DAS FEHLERHAFTE DESIGN

DIE FERNEN HORIZONTE
BUCH 2

A.R. KNIGHT

EINS

UNERWÜNSCHTES PAKET

Was tun mit Freiheit?

Eine Wahl stand quer über unserem eroberten Gebiet und lehnte an einem freundlichen, smaragdgrün beleuchteten Ausgang. Sie hatte einen Knöchel über den anderen geschlagen, und zu ihren Füßen lag eine gezackte silberschwarze Metallstange. Ihre Augen blickten aus der Kinderstube hinaus in die bläulich-neblige Mitte des Kanals.

Delta bewachte unser kleines Heiligtum, mehrere große quadratische Räume, die Tausende von menschlichen Leben beherbergten. Diese Leben, zusammengepresst in kleinen gefrorenen Röhren, warteten auf eine kommende Auferstehung, die zu gewährleisten meine Pflicht war. Es war nicht immer so gewesen, aber die Maschinen, die über diese statischen Seelen wachten, waren durch Zeit, schlechte Programmierung und fehlende Aufsicht korrumpiert worden.

Meine linke Hand lag jetzt auf einem dieser Pflegemechs, mit Rädern statt Füßen, mehreren weichen Händen zum Tragen von Neugeborenen und einem fröhlichen Lächeln, das in seine cremefarbene Metallhaut geätzt war. Meine rechte Hand, deren Finger zu einem Anschlussport verschmolzen waren, steckte in dem dafür vorgesehenen Schlitz an der Seite des Mechs.

Kaydee, eine Freundin, die sowohl tot als auch lebendig war, wirbelte ihren Code durch meine Verbindung. Wir hatten bereits einen Tag damit verbracht, Algorithmen umzuschreiben, vierundzwanzig Stunden lang durch Wenn und Dann, Funktionen und Variablen zu wühlen, um Fehler zu beseitigen, die von den ursprünglichen Programmierern des Mechs zurückgelassen worden waren.

Sie hatten die Kinderstube entworfen, um erstklassige Kinder zu produzieren, um genetische Exzellenz zu bewahren und alle Embryonen zu verbannen, die nicht zu den klügsten Köpfen, den stärksten Muskeln, den schnellsten Beinen führen würden. Ein fehlerhaftes Ziel, besonders wenn man mit fehlerhaften Exemplaren zu tun hat.

In meinem linken Auge sah ich die Aufzeichnung, eine Art Erinnerung, erneut ablaufen: Der Embryo wurde auf dem Förderband abgelegt, einem langen Ding, das zu meiner Rechten ruhte. Das werdende Kind begann als Nichts. Es durchlief einen Ansturm von Licht, Chemikalien und physikalischen Einwirkungen, um das Wachstum zu stimulieren. Mit jedem Meter, den das Fläschchen auf dem Förderband kroch, kam es dem Krabbeln ohne Band näher. Als das Kind das Ende der Strecke erreichte, saß ein vollständig geformter menschlicher Säugling da und wartete darauf, seinen ersten wimmernden Schrei auszustoßen.

In der Erinnerung – der Aufzeichnung – hatte das Kind nie die Chance, seine Meinung zu äußern. Scans, die ich nicht verstand, wuschen über das Kind hinweg, Kameras und Sensoren hüllten die kleine Gestalt ein, nur um suboptimale Werte auszuspucken. Nicht schlecht nach irgendeinem Maßstab, den ich finden konnte, aber nicht perfekt.

Das System stimmte nicht zu. Das Kind verschwand in einem Loch, dem wir nicht folgen konnten.

Aber wir konnten weitere Verluste verhindern, und das taten wir auch. Delta und ich besiegten gemeinsam sowohl unsere eigene Programmierung als auch die herrschende Maschine der Kinderstube. Dabei erfüllten wir unser Ziel. Dabei schufen wir ein Ziel.

Das verschwindende Kind schuf eine Mission.

Volt, ein feuriger Mech, der die Energie des Raumschiffs verwaltete, erzählte uns, dass das Kind möglicherweise noch am Leben sei. Er sagte uns, er hätte eine zunehmende Nutzung tief im unteren Heckbereich des Raumschiffs bemerkt. Fast bis zu den Triebwerken und weit weg von der Kinderstube. Volt untersuchte den Verbrauch und fand ein fehlendes Glied.

Alpha, ich selbst und Delta waren am Leben und gefunden. Beta war verschwunden, aufgeweckt von denselben leitenden Überresten, die mich aus meinem programmierten Schlummer geholt hatten, nur um dann zu verschwinden.

Volt fand sie, wie sie über die Kinder wachte, die die Kinderstube aussortiert hatte. Die Frage, die Volt nicht beantworten konnte, die er wollte, dass wir untersuchen, war warum.

„Seid ihr noch nicht fertig?", fragte Delta, ohne sich zu uns umzudrehen.

Sie kannte die Antwort bereits. Es war das dritte Mal, dass sie die Frage wiederholte.

„Wenn sich dieser hier wie die anderen bewegt, wirst du es wissen", antwortete ich.

„Zwei sollten genug sein", sagte Delta. Ihre Stimme hatte den festen Charakter und die Farbe von Bernstein. Reich nicht so sehr an Emotion als an Vernunft. „Sie wachen noch nicht auf."

Die beiden Krankenschwester-Mechs, die Kaydee und ich bereits repariert hatten, waren im hinteren Teil der Kinderstation beschäftigt und beseitigten all den Schaden, den wir in unserem lärmenden Kampf mit dem ehemaligen Besitzer des Bereichs verursacht hatten. Die Betreuer saugten Splitter auf, flickten im kleinen Spielzimmer zerbrochenes Spielzeug zusammen und überprüften die Vorräte an Babynahrung und Milch. Letztere reichten aus, um tausend Neugeborene drei Jahre lang zu versorgen, und sollten der Menschheit die Chance geben, sich zu etablieren, bevor sie eine neue Bevölkerung aufbaute.

„Wir wissen nicht, wie lange es noch dauern wird", sagte ich und beäugte erneut den Stecker. Kaydee brauchte bei diesem länger. „Die Stimmen deuteten an, dass wir nah dran sind."

„Sie deuteten viele Dinge an", sagte Delta. „Der einzige Weg, es mit Sicherheit zu wissen, ist zur Brücke zurückzukehren."

„Was wir tun werden, *nachdem* wir Beta gefunden haben."

„Eine unnötige Verzögerung." Delta trat vom Eingang weg, hob diese gezackte Klinge und schwang sie durch die Luft.

Die Bewegungen waren nicht zufällig, sondern präzise, kalibriert um ihre Reichweite zu testen. Sie war im Kampf ein wenig beschädigt worden, und anders als Menschen mussten wir Gefäße unsere Teile wieder zusammenflicken lassen.

Ich hatte mein Bestes getan. Man konnte die Schnitte nicht sehen, aber wenn man genau aufpasste, offenbarten sich die kleinsten Stockungen, als Delta die Klinge hin und her schwang. Millisekunden, die sich zu einer Rekordzeit addierten.

Ein Problem?

Das hing davon ab, was es auf dem Starship noch zu bekämpfen gab. Mit der Rückeroberung der Kinderstation hatten wir gegen die Stimmen gepusht. Ich musste hoffen, dass der herrschende, digitale Rat aus längst verstorbenen Menschen nicht alle Kräfte, die sie hatten, gegen uns einsetzen würde. Nicht all diese ungeborenen Leben riskieren würde.

Aber sie waren nicht die einzigen Feinde.

„Du machst dir Sorgen um Alpha?", fragte ich.

Delta nickte nicht, aber ihre Finger, die den Griff der Klinge fester umklammerten, dienten als Antwort.

„Alvie beobachtet ihn", fuhr ich fort. Der Mech-Hund hatte eine unerschütterliche Loyalität zu mir, die einprogrammiert wurde, als ich das Ding zu seinem metallenen Leben erweckte. „Wenn Alpha sich bewegt, wird Alvie ihn in Stücke reißen."

„Ich würde dem Hund für eine Stunde vertrauen", sagte Delta, „nicht für einen Tag. Wir hätten ihn töten sollen."

Mein Argument – wir waren nur vier Gefäße, Töten sollte nicht die erste Reaktion sein – erstarb, als der Stecker, der mich mit dem Krankenschwester-Mech verband, heraussprang. Der Krankenschwester-Mech zuckte nach vorne, drehte sich um und starrte in meine Richtung, fürsorgliche Augen nun in heißem, wütendem Rot.

„Tut mir leid", sagte Kaydee und tauchte rechts von mir auf, den Kopf schüttelnd. „Diese hier wollte nicht so mitspielen wie die anderen."

Ich wich zurück, als der Krankenschwester-Mech vorrückte. Wir waren gleich groß und mir fehlte es nicht an Kraft, aber ich hatte keine Waffe. Ein direktes Ringen könnte mich verletzen, etwas, das ich vor dem Aufbruch zu einer weiteren Reise nicht wollte.

„Also hast du sie wütend gemacht?", fragte ich Kaydee.

„Bedrohungsreaktions-Algorithmus", antwortete Kaydee, klang dabei nicht ganz so entschuldigend, wie ich es erwartet hätte. „Versuch, einen Krankenschwester-Mech zu manipulieren, und du bekommst eine Rundumverteidigung."

Mein Rücken stieß gegen ein hohes Regal, vollgestopft mit gefrorenen menschlichen Zellen. Der Mech näherte sich, Arme nach meinem Hals ausgestreckt. Ich protestierte, sagte ihr, dass ich nichts Böses im Sinn hatte.

Der Mech machte damit so viel wie ein wütendes Biest es tun würde. Sie griff nach mir und ich blockte sie ab, meine beiden Hände trafen auf ihre und hielten sie im Gleichgewicht. Der Mech hatte Kraft, aber meine synthetischen Muskeln hatten Flexibilität. Ich schob die Arme des Krankenschwester-Mechs beiseite, entzog ihnen den Hebel.

„Bitte", sagte ich. „Wir können dich immer noch gebrauchen."

Das eingeätzte Lächeln, die roten Augen, drängten stumm weiter.

Bis Deltas Klinge erschien, durch den Krankenschwester-Mech hindurchstoßend und fast mein eigenes Gesicht berührend. Funken regneten auf mich herab, kleine brennende Stiche, wo immer sie meine nackte Haut trafen. Die roten Augen des Krankenschwester-Mechs flackerten und verblassten, ihre Hände fielen herab, und als Delta die Klinge zurückzog, brach der Mech auf dem Boden zusammen.

„Sie ist gescheitert", sagte Delta und stieß die Klinge durch die Mitte des gefallenen Mechs, um den Kill zu bestätigen.

„Das kommt vor", erwiderte ich und klopfte mir Splitter ab.

„Ja", echote Kaydee, obwohl Delta sie nicht hören konnte. Kaydees Existenz als Programm, wenn auch ein komplexes, begrenzte ihre Auswirkungen auf meine Welt. Sie streckte Delta die Zunge raus, zeigte dem Gefäß den Mittelfinger und seufzte dann. „Einige von ihnen sind stärker korrumpiert, Gamma. Diese hier hatte ihren Code bereits durcheinandergebracht."

Das hatten wir auch anderswo gesehen: Mechs mit ihren inneren Funktionen, die dazu gedacht waren, sie an strikte Befehle, striktere Routinen zu binden, aufgebrochen in aggressive Varianten. Wenn zum Beispiel ein Mech damit beauftragt worden war, eine Wohnung sauber zu halten, würde die korrumpierte Version jede eintretende Person so interpretieren, als brächte sie Schmutz herein, und daher mit extremem Vorurteil handeln, um den Besucher dauerhaft zu entfernen.

Kaydee gab Alpha die Schuld, aber ich war mir nicht so sicher.

So vieles auf dem Starship schien das lange Ende von Jahrhunderten des Niedergangs zu erreichen. Alpha mochte Probleme haben, aber ich glaubte nicht, dass er so viel getan hatte, um das Schiff zu ruinieren. Vielmehr dachte ich, dass ohne regelmäßige Wartung die menschliche Codierung und ihre Fehler mehr Verantwortung trugen.

„Also?", fragte Delta. „Sind wir hier fertig?"

Hinter uns konnte ich hören, wie die beiden erfolgreichen Krankenpfleger-Mechs ihre Arbeit fortsetzten. Sie würden diesen hier schließlich finden und verschrotten, ihn durch die gewaltige Mitte des Conduits in die Schrottplätze darunter werfen. Dann würden sie zum Babysitten zurückkehren.

Was uns die Freiheit gab, wegzugehen.

„Glaubst du, diese beiden können all diese Menschen beschützen?", fragte Kaydee und tauchte neben mir auf, den Blick auf die Zellen gerichtet, die in Fläschchen über Fläschchen gestapelt und in dem Gefriergestell in seiner gläsern-schwarzen Intensität eingeschlossen waren. „Zwei Krankenpfleger-Mechs gegen das, was wir schon gesehen haben?"

„Wer wird hinter ihnen her sein?", erwiderte ich, während Delta den Kopf schüttelte, als ich mit jemandem sprach, den sie weder hören noch sehen konnte. „Die Stimmen?"

„Vielleicht."

„Dann habe ich eine andere Idee."

Gemeinsam verließen Delta und ich die Kinderstube in Richtung Conduit. Der massive Korridor, der sich über die Länge des Raumschiffs und den Großteil seiner Höhe erstreckte, durchschnitt es wie ein dunstiger blauer Schnitt. Noch nicht allzu lange her, als ich ihn zum ersten Mal entlanggegangen war, hatte dort Chaos geherrscht. Mechs hatten gegeneinander gekämpft, ihre Amok laufende Programmierung ließ die Maschinen gewalttätig werden. Feuer, reißendes Metall und Mechs, die einfach gegen Dinge rammten, verwandelten den Conduit in einen erschreckenden Anblick fehlgeleiteter Robotik.

Das war weiter oben im Conduit gewesen, näher an der

Brücke des Raumschiffs und auf der anderen Seite des Gartens. Hier hinten, wo die Mittelschicht des Raumschiffs dominiert hatte, waren die Mechs nicht so zahlreich und auch nicht so korrumpiert. Das, und Delta hatte schon so viele abgeschlachtet.

Schwer, einen Aufstand zu haben, wenn schon alle tot sind.

„Versiegle es", sagte ich zu Delta, als ich vom Bedienfeld des Kinderstuben-Eingangs wegtrat.

Der kleine schwarze Bildschirm suchte nach einer ID zum Scannen oder bot, falls das nicht klappte, die Möglichkeit, einen Code einzugeben, der den rot glühenden Edelstein in der Tür der Kinderstube auf Grün schalten würde.

„Du wirst nicht mehr hineinkommen", erwiderte Delta.

„Wir schneiden einfach ein neues Loch", antwortete ich.

Delta wartete nicht auf weitere Erklärungen und stieß mit der Klinge zu. Das Schwert traf den Bildschirm, schnitt direkt durch das Glas und den dahinter liegenden Prozessor. Die Tür der Kinderstube blieb rot, und das würde sich jetzt nicht mehr ändern.

Ich holte tief Luft. Aus Überlebenssicht unnötig, aber nützlich, um die Luft zu analysieren, ihre Bestandteile herauszufiltern. Im Moment kam der Conduit sauber durch, wenn auch mit einem winzigen modrigen Unterton. Das Raumschiff hatte nicht mehr viele biologische Teile übrig, aber da sich kaum noch jemand darum kümmerte, hielt sich die langsame Verwesung.

Delta wandte sich in Richtung Brücke, schwang die Klinge hoch und ließ sie auf ihrer Schulter ruhen. „Kommst du?"

„Das ist die falsche Richtung, Delta", sagte ich.

„Für dich", erwiderte Delta. „Ich habe noch etwas zu erledigen."

Ein herannahendes Geräusch stieg aus den Tiefen des Conduits auf, ein wellenförmiges Summen, das wir beide gut genug kannten. Delta legte beide Hände an ihre Klinge, und ich trat an das Geländer des Conduits, in Richtung des Geräusches blickend.

„Und da kommt es", sagte Kaydee und schnippte mit den Fingern, um virtuelle Feuerwerke über den Abgrund sprühen zu lassen.

„Da kommt was?"

„Die Wendung."

Das Geräusch formte sich zu etwas, das wie eine mit Armen überzogene Flasche aussah. Das dickere Ende des Kuriers spuckte einen weiß-goldenen Schub aus und schickte den Flaschen-Mech in unsere Richtung. Was in seinen Armen lag, war besorgniserregender – ein Paket, das der Mech freigab, als er in unserer Nähe vorbeischwirrte. Das Bündel prallte von der Außenwand der Kinderstube ab und kam in der Nähe meiner Füße zum Liegen.

Der fliegende Mech vollendete seine Schleife, drehte ab und düste wortlos den Conduit hinauf zurück.

Ich beugte mich über das Paket und fuhr mit den Händen über das Metall, die Gliedmaßen alle eng zusammengepackt. Die toten Augen und die Nachricht, die in Alvies Rücken geätzt war. Mein treuer Mech, in den Tiefen des Raumschiffs aus Schrott gebaut. Beauftragt, Alpha zu beobachten, und jetzt hier, kaputt.

„Wir hätten früher gehen sollen", sagte Delta und beobachtete mich, wie ich Alvies Gliedmaßen losband.

Ranken, die von den Wänden des Gartens gerissen worden waren, dienten als Seile, obwohl ich bezweifelte, dass sie Alvie gehalten hätten, wenn der Hund noch gelaufen wäre. Ich riss sie ab, suchte nach dem Anschluss, der mir Zugang zu Alvies Innerem gewähren würde, eine Chance zu sehen, ob noch irgendetwas funktionierte. Als ich den Anschluss fand, entdeckte ich noch mehr zerrissenes Metall. Alpha hatte die Verbindung zerfetzt.

Alvie müsste repariert werden, bevor ich überhaupt sehen könnte, ob der Verstand des Hundes noch da war.

„Gamma", sagte Delta. „Lass es. Alpha ist frei. Wir müssen ihm nach."

Ich schüttelte den Kopf. „Wir wissen nicht, wo er ist. Er könnte überall sein, darauf warten, uns in eine Falle zu locken, uns zu täuschen. Nein. Das Richtige ist zurück. Zu Beta."

„Hey", sagte Kaydee. „Liest du das?"

Sie zeigte auf Alvies Rücken, wo Alpha seine Botschaft eingeritzt hatte. Kurz, herablassend.

„Das Raumschiff vor Tyrannei retten?", fuhr Kaydee fort, als ich den Hund umdrehte. „Dir nicht vorwerfen, schwach zu sein und deiner Programmierung zu folgen? Dieser Typ."

Delta kniete sich neben mich und nickte, als sie die Nachricht las. „Wir müssen ihn aufhalten."

„Dafür haben wir mit Freunden eine bessere Chance", erwiderte ich und hob Alvie in meine Arme. „Es ist nicht weit, und ich denke, es ist unsere beste Chance."

„Stimme zu", echote Kaydee zu niemandem. „Alpha ist ein gruseliger Typ. Besser, wir holen uns überwältigende Feuerkraft."

Delta warf einen langen Blick den Conduit hinauf. Ich fragte mich, ob sie mich wirklich ignorieren und zu einem Alleingang aufbrechen würde, die Chancen zum Teufel. Stattdessen zitterte sie einmal und wandte sich dann wieder mir zu.

„Meine Programmierung verlangt, ein Versprechen zu erfüllen, Gamma", sagte Delta. „Ich kann Alpha nicht länger am Leben lassen."

Alvie in meinen Händen haltend, tot und dunkel, änderte sich meine Gleichung. Ich konnte es nicht allein schaffen, und ich konnte Delta nicht allein in die Gefahr stürzen lassen.

Beta und die Kinder würden warten müssen.

ZWEI

SCHROTT AUSWÄHLEN

Trotz all unserer Entschlossenheit kamen wir nicht weit den Conduit hinunter, bevor wir unseren ersten Halt einlegten. Die Kinderstube lag entlang der zentralen Ebene, einer Linie, die durch die Mitte des Conduits verlief. Über uns befanden sich eher Wohnbereiche, Apartments mit kreisförmigen, rotbesetzten Türen, die für unsere Interessen verschlossen blieben. Darunter lebte die Industrie, alles von Restaurants bis zu Fabriken, alles in einer post-menschlichen Existenz sich selbst überlassen. Ab und zu bot ein in die Seiten eingelassener Lift die Möglichkeit, die Ebenen zu wechseln, was wir ignorierten.

Schließlich würde uns diese zentrale Linie zur Brücke des Raumschiffs führen. Delta und ich waren uns einig, dass Alpha wahrscheinlich dort sein würde, angesichts seiner Wahnvorstellung, die Zukunft des Raumschiffs und alles darin zu kontrollieren. Um dorthin zu gelangen, müssten wir das Krankenhaus des Raumschiffs durchqueren, das nach Deltas Zerstörung der fehlerhaften Roboter der Einrichtung nun ein Mech-Friedhof war. Danach käme der Garten mit seiner sterbenden Schönheit.

Und dann würden wir an unserem Zuhause vorbeikommen.

„Euer Zuhause?", fragte Kaydee, die neben mir lief. „So denkst du darüber?"

„Nichts anderes kommt dem nahe", antwortete ich. „Es ist der Ort, an dem ich erwachte. Geboren wurde, in deinen Worten."

„Du weißt schon, dass du ganz vorne gemacht wurdest, oder?", sagte Kaydee. „Leo hat eine Fertigungslinie für dich und die anderen Gefäße gebaut."

„Dann nenne ich es vielleicht mein Zuhause, wenn ich es sehe."

Ich erntete einen misstrauischen Seitenblick, aber daran hatte ich mich mittlerweile gewöhnt. Kaydee schien alles, was ich tat, in irgendeiner Form oder Weise seltsam zu finden. Anfangs hatte es mich gestört, kein Mensch zu sein, es juckte wie ein Programmierfehler. Jetzt, nach all der menschlichen Torheit, die ich gesehen hatte?

Ich nahm es als Quelle des Stolzes.

Ich wiegte Alvie in meinen Armen. Delta blieb mehrere Meter voraus, ihre Klinge wieder auf den Schultern. Ihr Kopf drehte sich ständig hin und her, scannte auf und ab und überall nach möglichen Bedrohungen.

„Das sieht erschöpfend aus", sagte Kaydee und zeigte auf Delta. „Wie lange wird sie das noch machen?"

„Solange sie die Routine laufen lässt", antwortete ich.

„Das würde mich wahnsinnig machen."

„Ich versichere dir, sie verbindet keinerlei Emotionen damit."

„Mechs sind so seltsam."

„Aber du liebst uns trotzdem", sagte ich und wurde dann langsamer, als sich zu unserer Rechten eine bestimmte Öffnung auftat.

Die gewaltigen Energien des Raumschiffs mussten gelenkt werden, und der Hüter dieser speziellen Energieherde residierte hier. Wie zu viele Teile des Schiffs trug der Eingang, gekennzeichnet mit einer großen Blitz-Anzeige, Kratzer, Brandspuren und abgesprengte Stücke. Überbleibsel von Kämpfen, die man hatte verwittern lassen. Offenbar hatte Volt höhere Prioritäten als das Erscheinungsbild.

„Du hältst an?", sagte Delta und bemerkte irgendwie meine zögernden Schritte, ohne zu schauen.

„Ich kann Alvie nicht alleine reparieren", erwiderte ich. „Volt ist der beste Mechaniker, den ich kenne."

Delta runzelte die Stirn. „Noch eine Verzögerung."

„Noch ein Verbündeter", konterte ich. „Du weißt, dass Alvie gut in einem Kampf ist."

„Nicht gut genug", sagte Delta, las dann aber meine verengten Augen, meine entschlossene Haltung, als ich vor Volts Zuhause anhielt. Sie schwang ihre Klinge nach unten, ließ die Spitze auf dem Gehweg ruhen und winkte mich hinein. „Na gut. Wenn er sich beeilt, können wir anhalten."

Volt, ein Mech, der seit Jahrhunderten lief, arbeitete nicht nach Deltas Zeitplan. Wir fanden ihn in seinem Raum, über einen spinnenähnlichen Mech gebeugt, von dem ich mich fernhielt. Das letzte Mal, als ich diesen Mech gesehen hatte, war er kurz davor gewesen, mich mit einem Hochenergiestrahl zu rösten. Tatsächlich hatte er mich geröstet. Ich hatte ihn im selben verzweifelten Moment zerstört. Volt hatte mich wieder zusammengesetzt, und jetzt hatte er sich dem Chaos zugewandt, das ich angerichtet hatte.

Durch den Eingang gelangte man in eine weite Lobby, einen freigeräumten Raum, der scheinbar dafür konzipiert war, Schreibtische aufzunehmen. Büros oder rezeptionsähnliche Aufbauten für die Leute, die wegen der Energie-verteilung des Raumschiffs kamen. Bei unserem letzten Besuch hatte Delta hier mehr Mechs zerlegt, als ich zählen konnte. Wie das Krankenhaus war es zu einem Friedhof für Ersatzteile geworden, den Volt nun zu plündern begonnen hatte.

Der schwarz-gelbe Mech spielte mit seinen Werkzeu-gen, als wir uns näherten. Volt hatte mehr als nur ein paar Arme, einen käferartigen Kopf, der mit einem fassförmigen Körper verbunden war, und zwei starre Beine, die in flachen Polstern als Füße endeten. Nicht besonders flexibel, aber wenn man bedachte, dass seine Hauptfunktion darin bestand, auf großen Bildschirmen herumzutippen, die die Energielevel des Raumschiffs anzeigten, passte die Konstruktion zum Job.

„Ihr geht in die falsche Richtung", sagte Volt, als wir hereinkamen, wobei Delta sich dafür entschied, am Eingang zu verweilen. Sein Kopf drehte sich auf seinem Hals, während seine Arme weiter ein Bein der großen Spinne reparierten. „Beta ist achtern. Was hast du da?"

Ich hielt Alvie hoch: „Meinen Hund."

„Sieht nicht sehr nach einem Hund aus."

„ER WAR ES", antwortete ich. „Alpha hat das getan."

Volts schwarze Augen blitzten gelb auf. „Dieses Gefäß verursacht eine Menge Probleme."

„Deshalb müssen wir uns beeilen", sagte Delta.

„Ah", murmelte Volt. „Ich glaube, ich verstehe jetzt, warum ihr hier seid."

„Kannst du Alvie reparieren?", fragte ich.

Volt ließ das Bein mit einem befriedigenden Knacken

und Knirschen einrasten. Der Mech stand auf, drehte sich um und betrachtete Alvie.

„Könnte ich vielleicht", sagte Volt. „Hab aber die Teile hier nicht."

Ich musterte den herumliegenden Schrott. Kaydee, die neben mir auftauchte, blickte von Volt zu Alvie und teilte meine Meinung.

„Ich weiß, was du denkst, Kleiner, aber was dieser Hund braucht, ist kein neues Bein oder eine neue Frontplatte", sagte Volt und nahm Alvie mit zwei Armen aus meinem Griff. „Er braucht eine neue Batterie."

„Keine einzige funktionierende Batterie hier?", fragte Kaydee, und ich wiederholte dasselbe.

„Gib ihr die Schuld." Volts Augen huschten über meine Schulter. „Es liegt an ihrer Programmierung. Bei jedem Mech wurde die Energieversorgung zerschnitten."

„Das ist der einzige Weg, um sicherzustellen, dass der Mech nicht weiterkämpft", sagte Delta, deren Klinge wieder in ihrer Ausgangsposition war, die Hände am Griff.

„Wo bekomme ich dann eine neue Batterie her?", fragte ich.

„Die Fertigungslinien", sagte Kaydee.

Gleichzeitig verkündete Volt: „Der Junker könnte eine haben."

Als ich nicht antwortete, weil ich versuchte, beide Aussagen zu verarbeiten, begannen Kaydee und Volt mit Erklärungen. Ich versuchte, das Durcheinander zu sortieren und kam zu folgendem Ergebnis:

Die Fertigungslinien befanden sich nahe dem Boden des Raumschiffs, aber an dessen Vorderseite. Sie nahmen Rohmaterialien auf und spuckten nach einem programmierten Plan Mechs und andere Werkzeuge aus, die das

Schiff brauchen könnte. Große Kunststoff- und Metalldrucker. Kaydee vermutete, wenn irgendwo Batterien auf ihren Einsatz warteten, wären die Fertigungslinien der richtige Ort.

Delta wollte sowieso in diese Richtung gehen, vielleicht könnte ich sie überreden, einen Umweg in den Keller des Raumschiffs zu machen und meinem Hund eine neue Energiequelle zu besorgen.

Volt bot einen Gegenvorschlag an: Wenn Purity sich um die Wasserversorgung des Raumschiffs kümmerte, behielt der Junker den Überblick über den physischen Abfall und recycelte fast alles. Einiges wiederverwendbares Material ging zurück zu den Fertigungslinien, aber vieles blieb unten im Laden des Junkers, um verkauft zu werden. Seine Lager sollten noch reichlich Verwertbares haben.

„Bei nochmaligem Nachdenken", sagte Kaydee, die offenbar Volts Vorschlag aufgriff, „hat der Mech die bessere Idee. Bleibt den Fertigungslinien fern."

„Warum?", fragte ich, was Volt einen verwirrten Blick entlockte, den ich erklären musste. „Kaydee ist in meinem Gedächtnis, erinnerst du dich?"

„Ah ja", sagte Volt. „Ihr Gefäße. Verrückt auf die beste Art und Weise."

„Eine Möglichkeit, es zu betrachten", sagte Kaydee. „Jedenfalls, hier ist meine Theorie: Wenn du das Raumschiff steuern willst, musst du die Fertigungslinien kontrollieren. Die Stimmen müssen sie vor einiger Zeit verloren haben, sonst hätten sie einfach genug Mechs hergestellt, um die Kinderstube mit Gewalt zu übernehmen. Und wenn es etwas gibt, was du nicht tun willst, dann ist es, in eine feindliche Roboterarmee zu laufen."

„Woher weißt du, dass sie feindlich gesinnt wären?"

„Gamma, ich bin dein Freund, und selbst ich möchte dich die meiste Zeit schlagen", antwortete Kaydee. „Ich weiß es nicht sicher, aber unser Glück war bisher nicht besonders gut in dieser Sache."

Guter Punkt.

Delta schlug mit ihrer Klinge gegen die Wand und hinterließ eine schöne neue Kerbe in der bereits vernarbten Platte.

„Das dauert zu lange", sagte das Gefäß. „Ich gehe zur Brücke. Komm mit oder nicht. Letzte Chance."

„Weißt du, was auch in der Nähe des Junkers ist?", sagte Volt zu mir. „Beta. Die Kinder."

Delta allein Alpha verfolgen zu lassen, erschien mir keine gute Option, aber gleichzeitig blieb das Bild des Babys, das in dem Schacht verschwand, in meinem Kopf hängen. Der Kernzweck des Raumschiffs, die Menschheit zu einer neuen Welt zu bringen, resonierte in meinem Innersten. Ich konnte den Wunsch, diesen Zweck zu erfüllen, nicht auf eine bestimmte Zeile in meinem Code zurückführen, aber er war dennoch da.

„Du kommst nicht mit uns?", fragte ich Delta. „Wir könnten Beta finden. Gemeinsam wären wir zu viel für Alpha. Es gäbe kein Risiko."

„Was, wenn Alpha bereits die Fertigungslinien hat?", schoss Delta zurück. „Jede Sekunde könnte er, wie dein kleiner Freund sagte, mehr Mechs produzieren, die nur ihm allein loyal sind."

„Als ob du Probleme hättest, sie niederzumetzeln."

Meine Angeberei entlockte Delta nichts außer einem weiteren kalten Blick. Sie hob das Schwert, legte es sich auf die Schulter und wandte sich zum Gehen.

„Wenn du bereit bist, weißt du, wo ich sein werde", sagte Delta.

„Lässt du mir ein Stück von ihm übrig?", fragte ich ihrem Rücken zugewandt.

„Nein", antwortete Delta, dann verschwand sie durch den Eingang zur Leitung.

Volt und ich stapften zum nächsten Aufzug. Der Mech hatte seine Energiestation nicht verlassen wollen, aber als ich ihm sagte, dass ich keine Ahnung hatte, wie man zum Junker kommt, gab er nach. Kaydee flüsterte, dass sie mir hätte Anweisungen geben können, aber ich sagte ihr, sie solle still sein. Volt schien irgendeine Beziehung zu Beta zu haben und könnte möglicherweise Unstimmigkeiten glätten.

Mehr noch schien das Raumschiff ein zunehmend feindseliger Ort zu werden. Allein loszuziehen war nichts, was ich tun wollte. Und außerdem wehrte sich Volt nicht allzu sehr dagegen, mitzukommen.

„Weißt du", sagte Volt, nachdem ich den Vorschlag gemacht hatte. „Es gibt ein paar Dinge, die ich benutzen könnte, um meinem Liebling ein Upgrade zu verpassen. Sie hat ein paar Sicherungen durchgebrannt, als sie hinter dir her war, also denke ich, wir verstärken diese Babys und sie könnte noch heißer laufen. Vielleicht müssen wir den Strahl dann nicht mal für eine ganze Minute ausschalten!"

Volts Augen wurden orange, als er sprach, seine Arme und Beine zitterten.

„Das ist, äh, großartig", sagte ich. „Also kommst du mit?"

„Gib mir eine Minute, um meine Algorithmen einzurichten", antwortete Volt und zuckte hoch, um zurück zum Zentrum des Energiekerns zu gehen. „Wir wollen ja nicht, dass das Raumschiff in meiner Abwesenheit zur Nova wird!"

Der Mech lachte, ein helles, wahnsinniges Geräusch.

„Bist du sicher, dass du ihn mitnehmen willst?", sagte Kaydee. „Scheint irgendwie verrückt zu sein."

„Sind wir das nicht alle?", erwiderte ich.

„Du? Definitiv", sagte Kaydee. „Ich denke gerne, dass ich es noch draufhabe."

„Nach jedem vernünftigen Maßstab bist du genauso weit davon entfernt, ‚es draufzuhaben', wie ich."

Volt brauchte nicht lange, um zurückzukommen. Die Minuten verbrachte ich damit, seine Arbeit an dem Spinnenmech zu begutachten, der Maschine, die Volt gerne als seine Frau bezeichnete. Das Ding hatte seine Beine wieder in Aktion, obwohl der große alte Laser defekt schien. Auch er saß, wie Alvie, dunkel und schlafend da.

„Hab eine Batterie für sie", sagte Volt, als er sich uns wieder anschloss und herübergestapft kam, „aber ich werde sie erst einsetzen, wenn ich an ihrer Seite bin. Sie wird Angst bekommen, wenn sie ganz allein ist."

Ich blinzelte. Kaydee wirbelte einen Finger neben ihrem Kopf und verdrehte die Augen.

„Hab das hier auch für dich mitgenommen", sagte Volt und hielt etwas hoch, das wie ein Eimer mit Schultergurten aussah. „Gut zum Herumschleppen von Werkzeugen. Sieht aus, als würde dein Hund reinpassen."

Alvie passte hinein und gemeinsam fuhren wir mit dem Lift nach unten, weiter nach unten und dann noch weiter nach unten. Durch die dünne, staubige und schmutzige Glasabschirmung sah ich, wie wir an Schulen, Geschäften und dann an Imbissbuden und Versorgungsdepots vorbeifuhren. Orte, deren angelaufene Schilder Essen, Ersatzteile oder Unterhaltung anboten. Die Gehwege, an denen wir vorbeikamen, waren leer, nur ein paar vereinzelte Mechs trotteten herum und kümmerten sich um unbekannte Funktionen.

„Früher waren hier überall Menschen", sagte Kaydee und drückte ihr virtuelles Gesicht an das Glas. „Wenn überhaupt, war Starship überfüllt, als ich... du weißt schon."

„War das ein Teil des Problems?", fragte ich.

„Könnte sein", antwortete Kaydee. „Menschen mögen es nicht wirklich, in Dosen gestopft zu werden, egal wie schön sie sind." Sie zwinkerte mir zu, breitete dann ihre Arme aus, die Finger in entgegengesetzte Richtungen zeigend. Eine machte eine Schleife und hinterließ einen blau leuchtenden Kreis in der Luft. Die zweite zeichnete eine orangefarbene Linie darüber. „Ich denke, der wahre Grund war, dass alle sahen, wie nah wir dran waren, und wussten, dass es nur noch ein paar Generationen dauern würde."

„Sie konnten nicht warten?"

„Sie hätten es nicht geschafft", zuckte Kaydee mit den Schultern, als der Lift in der untersten Ebene zum Stehen kam. „Es ist eine Sache, wenn du in eine ausweglose Situation hineingeboren wirst. Eine andere, wenn du weißt, dass du einen echten Himmel sehen könntest, wenn du weitere fünfzig Jahre leben würdest. Besonders wenn du weißt, dass einige Menschen es können und werden."

„Manche Menschen konnten so lange leben?"

Der Lift öffnete sich und Kaydee zuckte mit den Schultern: „Ich werde dich später darüber aufklären. Sieht aus, als ob Volt deine Aufmerksamkeit will."

Der orangefarbene Mech führte mich aus dem Lift. Über uns stapelten sich die Ebenen des Conduits, als würden sie bis in die Unendlichkeit reichen. Unter mir jedoch sah Starships Boden wie eine verrückte Sammlung aus. Zerbrochenes, kaputtes Metall, Müllsäcke, organische Abfälle und alles andere lagen in riesigen Haufen. Durch Zufall hatten die Abfälle bröckelnde Türme gebildet, deren Spitzen fast bis zu uns heraufreichten.

In diesen Tiefen schien sich keine Menschenseele zu bewegen.

„Ich dachte, der Junker würde sich darum kümmern?", fragte ich, als Volt und ich über den Rand spähten.

„Dachte ich auch, aber sein Stromverbrauch ist schon lange niedrig", sagte Volt. „Vielleicht ist etwas schiefgegangen."

„Du meinst, wie überall sonst auf Starship?"

„Nicht ganz überall." Volt klang ein wenig defensiv. „Komm schon. Der Junker ist in dieser Richtung."

Volt drehte sich nach links und wir marschierten achtern. Anders als oben, wo jeder Abschnitt ein farbiges Schild hatte und jede Tür eine Adresse, liefen wir eine Weile, ohne etwas anderes zu sehen als leere Wände zu unserer Linken. Auf der anderen Seite sah ich nur eine einzige runde Tür, ein Schild daneben längst tot, seine leeren Glühbirnen zeigten *Lager* an.

„Wir kamen früher hier runter, Leo und ich", sagte Kaydee, während wir gingen. „Weit weg von zu Hause, aber wir schauten nach, ob der Junker etwas Nützliches hatte. Er gab die meisten Dinge billig her, besonders wenn wir ihm etwas Gutes von oben mitbrachten."

„Etwas Gutes?"

„Bier, Wein. Ein neuer Mech frisch von der Produktionslinie."

„Du konntest die bekommen?"

Kaydee hüpfte voraus, drehte sich um, um mich anzusehen, mit ausgestreckten Händen, Handflächen nach oben, Funken, die wie winzige Feuerwerke um ihren Kopf herum aufblitzten. „Schau mich an, Gamma. Denkst du nicht, ich könnte bekommen, was ich will?"

„Ich denke, du bist sehr gut darin, Menschen zu manipulieren."

Volt gab ein drahtig klingendes Lachen von sich: „Redest du immer so viel mit dir selbst?"

„Kaydee hat viel zu sagen", antwortete ich, aber als ich wieder den Gehweg hinaufschaute, war Kaydee verschwunden.

Wir erreichten Junkers Laden, als der Conduit begann, in Dunkelheit zu versinken und so jene künstliche Nacht simulierte, die für den menschlichen Schlaf-Wach-Rhythmus so wichtig war. Eine rotbesetzte Tür begrüßte uns unter einem Namensschild, das aus genau dem Schrott konstruiert war, den der Junker angeblich verkaufte. Neben der Tür hing ein Schild mit der Aufschrift *Rund um die Uhr geöffnet, es sei denn, wir haben geschlossen.*

„Informativ", sagte ich und zeigte auf das Schild.

„Zutreffend", erwiderte Volt. Er streckte die Hand aus und berührte den roten Edelstein. „Abgeschlossen. Ich könnte vielleicht einschlagen."

„Kein Problem."

Ich ging zu dem kleinen schwarzen Panel, hob seine Basis an, um den Anschluss zu finden, und stöpselte mich ein.

Wie die meisten Schlösser auf Starship präsentierte dieses eine einfache Überprüfung. Eine Datenbank, die eine Reihe von Kombinationen akzeptieren würde, vorausgesetzt, diese Kombination war zuvor vom Junker hinzugefügt worden. Verteidigungen waren nicht vorhanden, die Liste breitete sich im digitalen Universum wie ein langer Teppich auf einem unendlichen Grau aus. Ich ging daran entlang, fand das allerletzte Ende und las die letzte Zeile.

Zurück im Conduit tippte ich auf das Panel und gab die Kombination ein. Der Edelstein wechselte von Rot zu Grün, und Volt klatschte seine Arme in einem kreischenden, schleifenden Geräusch zusammen.

„Tut mir leid", sagte Volt. „Das sollte eigentlich fröhlicher klingen."

Ich grinste, legte meine Hand auf den grünen Edelstein und spürte seine Wärme. Die Tür klickte, ihre spiralförmigen Enden glitten frei und weit auseinander. Ich war mir nicht sicher, was ich auf der anderen Seite zu sehen erwartete, war mir nicht sicher, wie der Laden des Junkers aussehen würde.

Volts Fluch fasste es ziemlich gut zusammen.

DREI

BATTERIE-JAGD

Ich hatte menschliche Geschäfte und Häuser schon früher gesehen, dank Kaydees Erinnerungen. Sie waren in der Regel hell erleuchtet und warm, mit Dekorationen und allerlei Lebensspuren überall. Von Mechs betriebene Räume behielten zwar die Beleuchtung bei, verzichteten aber auf jeglichen Charme und zielten auf Effizienz ohne Emotionen ab. Es war nicht wirklich die Schuld der Roboter: Sie waren einfach nicht darauf programmiert, sich um Kunst oder Farbschemata zu kümmern.

Ich tat es auch nicht.

Die Werkstatt des Junkers fiel in keine der beiden Kategorien. Zunächst herrschte eine tiefe Dunkelheit in dem weitläufigen Raum. Nicht absolut: Winzige Dioden umrissen hier und da eingezäunte Bereiche, aber ihr saphirblaues Leuchten verschwand in den Tälern, bogenförmigen Konstruktionen, die durch gestapelten Schrott entstanden waren. Entlüftete Luft pfiff, als sie sich durch die Ritzen bewegte und gelegentlich ein Teil zum Klappern brachte, als würde ein Mech-Geist seine letzte Warnung geben.

Meine Nase und die Sensoren im Inneren identifizierten einen starken rostigen Geruch.

„Er ist abgeschaltet", sagte Volt und folgte damit seinem Fluch von einem Moment zuvor.

„Wie ein Programm?", fragte ich. Ich wusste nicht, woher ich die Idee hatte, dass der Junker ein Mensch war, aber natürlich ergab das keinen Sinn. „Oder ein Mech?"

„Der Junker ist schon lange digital", antwortete Volt und führte mich in den Raum. Seine Augen wechselten zu diesem hellen Gelb und leiteten uns mit zwei Strahlen. „Er hatte immer Mechs, die für ihn arbeiteten. Sie durchstöberten diese Haufen und sortierten alles, was nützlich sein könnte."

„Ich sehe keine Mechs."

„Wird's jetzt offensichtlich?", fragte Volt, und ich zuckte mit den Schultern. „Wenn wir diese Batterie ohne Hilfe finden wollen, müssen wir uns umsehen. Es ist ein großer Ort. Du gehst nach links, ich nach rechts."

„Ist es hier sicher?"

Volt schwenkte diese gelben Augen in meine Richtung und dämpfte sie ein wenig, um mich nicht zu blenden. „So sicher wie überall sonst auf dem Raumschiff. Sei nicht dumm, Gamma."

Damit stapfte Volt davon. Erst nachdem er zwischen mehreren knarrenden Stapeln verschwunden war – einer sah aus wie durcheinandergeworfene Toiletten, ein anderer zeigte Paneele und Türen – wurde mir klar, dass ich Alvies Batterie noch nie zuvor gesehen hatte. Ich hatte keine Ahnung, wonach ich suchen sollte.

„Ich helfe dir", sagte Kaydee und tauchte auf. Sie wedelte mit den Händen und warf Regenbogenkugeln in die Dunkelheit.

Die virtuellen Bälle beleuchteten rein gar nichts in der Werkstatt, was meiner Freundin ein Seufzen entlockte.

„Du hast es versucht", bot ich an, als ich nach links loszog.

„Es ist wirklich beschissen, virtuell zu sein, Gamma. Ich weiß nicht, ob dir das klar ist."

„Du hast es mehr als deutlich gemacht."

Mein zugewiesener Weg verwandelte sich schnell in eine seltsame Tour. Ohne Volts Beleuchtung stellte ich meine Augensensoren auf ein Schwachlichtspektrum um und fing diese saphirblauen Leuchtpunkte ein, die ich in Neongrün über die Werkstatt des Junkers verteilte. Ich hielt beim allerersten Stapel an, einer kurzen, gedrungenen Anordnung, die wie Kisten mit Rädern aussah. Manuelle Knöpfe waren außen angebracht.

„Frühe Mechs", sagte Kaydee. „Ich wette, die waren schon auf dem Raumschiff, als es startete."

Ich ging in die Hocke und betrachtete meine Vorgänger genauer. Sie trugen meine Anfänge in diesen quadratischen Hüllen: Steckplätze für Motherboards und Prozessoren, Transistoren und Kühlkörper. Speicher. Ein auf einer Seite eingebauter Bildschirm – obwohl das Glas entfernt worden war – gab Hinweise auf seinen Zweck. Mobile Nachrichten, Paketzustellung.

„Alles Einfache, was ein Mensch auf der Erde tun könnte, mussten wir hier testen, ob ein Mech es auch kann", sagte Kaydee und hockte sich neben mich. Sie trug einen karmesinroten Pullover, Jeans und das Logo der Raumschiff-Universität – das große Schiff, das durch goldumrandete Sterne raste – auf beidem. „Jeder Körper, den wir in Kryostase halten oder gar nicht erst wachsen lassen konnten, war ein Mund weniger zu füttern. Eine Person weniger, die unseren Sauerstoff atmete."

„Eine potenzielle Katastrophe weniger."

Kaydees eigener Tod war das Ergebnis einer gescheiterten Revolution gewesen, eines Versuchs der Unterdrückten des Raumschiffs, das Schiff und eine Mission zu übernehmen, die sich nicht mehr um diejenigen kümmerte, die im Hintergrund, im Rost schufteten. Ich gab beiden Seiten die Schuld, aber es war klar, dass die Probleme wegen der menschlichen Unbesonnenheit und Unberechenbarkeit begannen, weitergingen und endeten.

„So könnte man es sagen", erwiderte Kaydee.

Der nächste Bereich bot größere Kisten an, diese ohne Räder, aber mit weitaus komplexeren Innenleben. Regale, verbunden mit Kabeln zu leeren Akkupacks, zu Heiz- und Kühlmechanismen. Gasflaschen stapelten sich an einer Seite, beklebt mit Feuerwarnungen.

„Diese Jungs gingen früh", sagte Kaydee. „Kühlschränke, Öfen. Ich las darüber im Unterricht, wie sie kaputt gingen, Feuer verursachten."

„Also hörten die Menschen auf, Mahlzeiten zu kochen?"

„Wir änderten die Art, wie es gemacht wurde", antwortete Kaydee. „Hielten die Dinge eingedämmt. Restaurants konnten die Risiken in isolierten Küchen haben. Wohnungen hatten Produkte und vorgefertigte Mahlzeiten. Wir leiteten Luft und Wasser nahe dem Vakuum, um es abzukühlen."

Andere Stapel offenbarten weitere historische Schätze, die einen Weg von den frühen Abenteuern der Menschen auf dem Raumschiff zu ihren moderneren Effizienzsteigerungen nachzeichneten. Für jede geniale Anpassung, die Leben rettete, sah ich jedoch die Anzeichen, die zur heutigen Leere führten. Mechs wurden komplexer und verworrener, die eingesetzten Werkzeuge brauchten immer weniger menschliche Überwachung.

Und immer mehr die luxuriöse Wenigen und die mittelmäßige Masse. Anfangs waren Bildschirme, die Landschaften von der Erde als Kunst zeigen konnten, überall. Dann bildete die nächste Welle, die Gerüche und komplexe 3D-Immersion bot, einen viel kleineren Schrotthaufen. Kaydee sagte, ihre Familie hatte nicht einmal das, eine Möglichkeit, dem Raumschiffleben zu entfliehen. Zu teuer, zu schwer zu finden.

Andere Angebote waren ähnlich verfeinert für begrenzte Zahlen: Der Garten produzierte nicht unendliche Mengen jedes Gewürzes, jeder Nutzpflanze, und teure Wohnungen hatten Platz für mehr Lagerung und Vielfalt. Die Wohlhabenden hatten die besseren Mechs, hatten mehr Zeit, zum Garten zu gehen und sich die begehrenswertesten Lebensmittel zu holen.

„Es ist nicht schwer nachzuvollziehen, oder?", sagte Kaydee, als wir einen weiteren kleinen, aber schönen Haufen Reinigungsmechs hinter uns ließen. „Warum die Dinge so endeten, wie sie es taten?"

„Nicht besonders", antwortete ich. „Aber wenn wir es sehen können, konnten es die Menschen, die das erlebten, sicher auch sehen?"

Kaydee hatte darauf keine Antwort, und bevor ich sie weiter drängen konnte, entdeckte ich links von mir eine andere Anordnung. Ein eingezäunter Raum, fast wie eine im Zentrum der Werkstatt errichtete Hütte. Ein diodenbeleuchtes Schild außerhalb der Tür las *Büro*.

Wir suchten nach einem Akku, aber die Geschichte des Junkers, die Geschichte des Raumschiffs, hatte meine Neugier wieder geweckt. Und außerdem, es war ja nicht so, als würde Alvie irgendwohin gehen. Ein kleiner Umweg würde nichts schaden.

Die Tür, die hineinführte, hatte kein besonderes Schloss, nur einen Knauf, der sich drehte, als ich ihn umdrehte. Eine gemachte Pritsche dominierte eine Seite, verblasst und braun. Ein Schreibtisch mit einem dunklen Monitor auf der rechten Seite. Papierbögen lagen in ordentlichen Stapeln, Notizbücher und Ordner. Bilder hingen an den Wänden, Familien über Generationen hinweg, alle aufgenommen vor dem Schild des Junkers draußen im Conduit.

Eine schäbige Kommode aus geformtem braunem Kunststoff nahm den einzigen anderen Platz ein. Ich zog eine Schublade auf, sah echte menschliche Kleidung. Arbeitsstiefel, Hosen, Hemden.

„Hey", sagte Kaydee. „Könnte eine Chance sein, deinen Look zu aktualisieren, Kumpel."

„Kumpel?"

„Ein Ausdruck", antwortete Kaydee und schaute mit mir in die Schubladen. „Du wirst noch schlimmere lernen, wenn du diese Lumpen, die du trägst, nicht gegen etwas Besseres eintauschst."

Ich erinnerte mich, dass ich zurück in *Alvie's* genommen hatte, was ich von der Stange finden konnte. Ungetragene Überbleibsel. Diese hier gehörten jedoch jemandem. Während meine logischen Teile verstanden, dass der Junker nicht mehr am Leben sein konnte, ließ mich meine programmierte Zurückhaltung vor Diebstahl zögern.

„Gamma, sieh es so", sagte Kaydee, als ich dort stand, die Hände an den Jeans. „Du stiehlst nicht, du leihst aus. Du kannst später zurückkommen und all diesen Kram zurückgeben, wenn es dich stört."

„Semantik."

„Nenn es, wie du willst."

Kaydees kleines Schlupfloch wirkte Wunder auf meine binäre Moral. Indem ich mich selbst davon überzeugte, dass ich diese Kleidung zurückgeben würde, konnte ich durch die Angebote sichten, mich in neue, dickere Jeans und eine Arbeitsjacke kleiden, die schwer genug war, um Hitze und Metall standzuhalten. Die Handschuhe ließ ich weg und zog stattdessen Stahlkappenstiefel an.

Dann, ordentlich für die physische Welt gekleidet, machte ich mich auf die Suche nach der digitalen. Menschen bewahrten ihre Geschichten so oft in ihren Computern auf, ich nahm an, der Junker würde da keine Ausnahme sein. Kaydee erwähnte auch, dass der Junker wahrscheinlich sein Inventar auf der Festplatte des Dings aufbewahrte. Ich könnte eine Suche durchführen, herausfinden, ob noch Akkus unter dem Schrott verblieben waren.

Falls welche in den Jahren seit der Junker seine sterbliche Hülle hinter sich gelassen hatte, nicht gestohlen worden waren.

Der Monitor auf dem Schreibtisch war mit einem gedrungenen Computer verbunden. Das Ding war an eine Raumschiff-Steckdose im Boden angeschlossen und erwachte ruckelnd zum Leben, als ich den Einschaltknopf drückte. Der Monitor leuchtete auf und fragte nach einem Passwort. Nicht, dass ich eins brauchte.

Ich fand den Anschluss, presste meine Finger zusammen und klinkte mich ein.

Jede virtuelle Welt fühlte sich anders an, sah anders aus. Wenn ich in meine eigenen Schaltkreise springen und mich in meinen Prozessor eingraben würde, käme ich in einem flachen, grau-weißen Universum heraus, bevölkert von hängenden Kristallen. Jeder Kristall beherbergte eine

Funktion, die mich, meine Gliedmaßen, meine Gedanken steuerte. Ich könnte diesen Raum manipulieren, mir ein großes virtuelles Haus im Stil alter menschlicher Behausungen geben, könnte mir Flügel oder einen Schwanz geben. Jeder andere, der in meine Realität eindringen würde, müsste sich auch an meine Regeln halten.

Und jetzt musste ich mich an die Welt halten, die der Junker aufgebaut hatte.

Sie war, in einem Wort, nicht ordentlich.

Der Mann hielt seinen Computer wie seine Werkstatt. Ich stand auf einer großen Düne aus Bolzen, Schrauben und Nägeln. Über mir warf eine bronzene Sonne einen bernsteinfarbenen Schimmer auf ein Metallocean, das von unsichtbaren Strömungen bewegt wurde. Hier und da entdeckte ich Dateien, Erinnerungen, die aus den Trümmern herausragten. Jede hielt sich als leuchtende Diode, im gleichen Saphirblau wie in der realen Welt.

„Erklär mir, was wir hier sehen", sagte Kaydee, zog einen billigen Klappstuhl aus dem Äther und setzte sich neben mich.

„Ein Durcheinander", antwortete ich. „Eine dieser Dioden wird sein Inventar enthalten."

„Woher weißt du das?"

„Erfahrung? Es gibt nichts anderes, was wir sehen können." Ich hob eine Schraube auf und hielt sie hoch. „Entweder hat alles eine Bedeutung, dann werden wir nie etwas finden, oder der Junker hat einen Weg hinterlassen, die guten Teile herauszupicken."

„Es ist wirklich viel einfacher, diese Sachen auf normalem Weg zu finden. Durch Herumklicken auf einem Desktop."

„Zweifellos", erwiderte ich. „Du und Leo habt uns aber so erschaffen, also arbeiten wir damit."

Kaydee lehnte sich in ihrem Stuhl zurück, schirmte ihre Augen vor der Sonne ab und ließ ihren Blick schweifen. „Und wie kommen wir zu diesen Dingen? Sag mir, dass wir nicht laufen müssen."

„Nicht ganz."

Wenn ich in der Zeit seit meinem Erwachen etwas gelernt hatte, dann dass meine eigenen Fähigkeiten in diesen virtuellen Welten nicht zu unterschätzen waren. Ich konnte die Realität sogar in einem feindlichen System umschreiben, obwohl sich das System wehren konnte. Hier sah ich keinen Widerstand. Der Junker hatte keine Sicherheitsvorkehrungen eingebaut, hatte nicht darauf gewartet, digitalen Eindringlingen eine Falle zu stellen.

Ich winkte mit dem Arm und lenkte dabei unsere Düne um. Alle Metallwellen wogten umher, aber meine Anpassung schickte unsere Düne auf Kollisionskurs nach links mit der nächsten Düne, auf deren Spitze eine schimmernde Diode lag, die es zu holen galt. Kaydee stand auf, streckte die Hand aus und hielt sich an meinem Arm fest, als die Dünen ineinander krachten.

Teile und Bolzen flogen und verschmolzen, Kaydee und ich bewegten unsere Füße, um oben zu bleiben. Der Schwung holte unsere Düne ein, als der Zusammenstoß weiterging und den Schutt in die Richtung unseres Ziels verschob. Als die Schrauben unter meinen Zehen aufhörten, durcheinanderzuwirbeln, machte ich ein paar Schritte nach vorne, bückte mich und hob die blaue Diode von ihrem Ruheplatz auf.

„Was wollt ihr?", fragte eine rauchige, ölige Stimme hinter mir.

„Mensch", sagte Kaydee, als ich mich umdrehte. Sie brachte ein paar Meter Abstand zwischen sich und den

Mann, der eine komplette Schweißerausrüstung zu tragen schien. „Was ist los mit dir?"

„Ich habe die Frage gestellt", sagte der Schweißer. „Was wollt ihr?"

„Eine Batterie", antwortete ich, „für einen kleinen Mech-Hund. Habt Ihr eine?"

„Könnte sein." Der Schweißer, dessen Gesichtsplatte dunkel war, sah mich an. „Ich bewahre die Batterien hinten auf, sicher verstaut, wo sie kein Feuer verursachen können, und wenn doch, wird es sich nicht ausbreiten."

„Danke", sagte ich und warf einen Blick auf Kaydee. „Das war alles, was wir brauchten."

Der Schweißer sagte kein weiteres Wort, stand einfach da und starrte. Das beantwortete meine unausgesprochene Frage: Das war nicht wirklich der Junker, nicht in der Art, wie Kaydee existierte. Dies war eine Suche, ein Programm, bereit, eine Funktion auszuführen und sonst nichts.

„Moment mal", sagte Kaydee. „Bevor wir gehen, kann ich Ihnen eine Frage stellen?"

„Was wollt ihr?" Der Schweißer sah jetzt in ihre Richtung.

„Was ist mit Ihnen passiert?", fragte Kaydee. „Was ist mit diesem Ort geschehen? Wir pflegten hierher zu kommen, aber-"

„Ich weiß es nicht", unterbrach der Schweißer. „Es gibt Systemprotokolle. Möchtest du sie hören?"

„Ja, bitte."

Der Schweißer zögerte nicht, aber Kaydees unklarer Befehl bedeutete, dass das Programm am Ende begann. Die letzte Nachricht zwischen dem Junker und jemandem, den ich erkannte. Ein Mitglied der Stimmen, Peony. Sie schnitt den Junker ab, trennte den Zugang zum Netzwerk des Raumschiffs. Schloss ihn in seiner eigenen Werkstatt ein.

Das Warum kam nach dem Schicksal. Der Junker hatte Rohmaterial für Waffen an die rebellierende Seite des Raumschiffs geliefert. Als der Junker sich weigerte aufzuhören, hatte Peony mit fatalen Konsequenzen gehandelt. Der Junker hatte nicht einmal eine letzte Nachricht aufgezeichnet, sondern einfach den Computer ausgeschaltet und war verschwunden.

„Glaubst du, er hat es rausgeschafft?", fragte ich Kaydee, nachdem sie dem Schweißer gesagt hatte, er solle aufhören.

„Bei all diesen Dingen hier ist es möglich", antwortete Kaydee. „Aber ich kenne meine Mutter. Sie hätte ihn nicht gelassen." Sie runzelte die Stirn in Richtung des Schweißers. „Wir können jetzt gehen, Gamma. Dieser Typ fängt an, mich zu gruseln."

Ich tat, worum Kaydee gebeten hatte, und brachte uns zurück in die Realität. Die Schrottplatz-Dünen verwandelten sich in die kleine Hütte des Junkers, seine Pritsche und die Papiere und die Kommode waren wieder an ihrem Platz. Ich zog meine Finger aus dem Anschluss, richtete mich auf und genoss die Rückkehr der Luft und der Sinne, die damit einhergingen.

„Was habt ihr da drin gefunden?", fragte Volt, seine gelben Augen lugten durch die Tür.

„Unsere Batterie", antwortete ich. „Es sei denn, du hast schon eine?"

Volts Augen wurden dunkler, seine Stimme wurde tiefer: „Nein. Ich habe etwas Schlimmeres gefunden. Kommt mit."

Der Mech führte Kaydee und mich zurück durch die Stapel zu einer dunklen Ecke. Dort, eingebettet zwischen mehreren Mech-Tieren, die Alvie mehr als ein wenig ähnelten, lag ein längst abgenagtes Skelett. Die Knochen waren roh, die Verwesung hatte sie freigelegt, aber schmutzig zurückgelassen. Ein Papierblatt, festgehalten von einem katzenähnlichen Mech, lag neben dem Junker.

Mit Volts Augen als Lichtquelle beugte ich mich hinunter, um die Worte zu lesen. Alle drei.

Verliert nicht die Hoffnung.

„Eine seltsame Botschaft, die er hinterlassen hat", sagte ich, las die Worte noch einmal und fand auch beim zweiten Mal keine weiteren Antworten. „Zu wem spricht er?"

Ein Scharren war hinter uns zu hören, gefolgt von Klirren, als Metallrohre klappernd zu Boden fielen. Volt wirbelte herum, ebenso wie ich, die Füße des größeren Mechs dröhnten, als er sich umdrehte. Dort, gefangen in Volts Lichtern, stand ein menschliches Kind.

Es schrie.

Wir schrien direkt zurück.

VIER

FRISCHE FRÜCHTE

Der Junge hörte als Erster auf zu schreien, Angst verwandelte sich in Neugier, als Volt und ich unser eigenes Geschrei einstellten, um seinem zu entsprechen. Der Junge hielt ein Rohr in der rechten Hand und beobachtete uns aufmerksam. Als wir die Bewegung nicht nachahmten, runzelte er die Stirn. Ich versuchte zu verarbeiten, was ich mit einem echten, lebenden Menschen vor mir tun sollte.

Tief in meinem programmierten Herzen hatte ich einen unerschütterlichen Drang, Menschen zu beschützen. Leo musste diesen Drang eingefügt haben, und er trieb mich dazu, den Befehlen der Stimmen zu folgen, das Kinderzimmer zu retten, selbst wenn das bedeutete, Alpha laufen zu lassen. Das Konzept fühlte sich jedoch immer abstrakt an: Beschütze die Menschen, aber sie existierten nicht wirklich außerhalb dieser Phiolen.

Den Kinderzimmer-Mech zu sehen, wie er das kleine Kind wegwarf, war ein Schock gewesen, gefolgt von einem zu schnellen Kampf, um es richtig zu analysieren. Jetzt aber stand ein Junge direkt da, fast in Armreichweite. Sollte ich ihn packen, ihn fest umarmen, um ihn vor einem Kratzer zu schützen? Sollte ich ihn in die Kabine des Junkers stecken, einem Ort mit wenig, aber zumindest etwas Trennung von den vielen Gefahren des Raumschiffs?

„Hallo du", sagte Volt. „Wie heißt du?"

Volts Gelassenheit machte mich noch angespannter. Der Mech riskierte eine zwanglose Unterhaltung mit einem lebenden Menschen! Besser, den Jungen zu schnappen, bevor er weglaufen konnte, und seine Sicherheit zu gewährleisten.

„Wie heißt du?", erwiderte das Kind.

Seine Stimme hatte kein künstliches Summen, keine abgehackte Aussprache wie bei so vielen Mechs, mich eingeschlossen. Ich beobachtete, wie sich seine Lippen bewegten, und fragte mich, ob meine genauso aussahen. Die Haut des Jungen wirkte trocken, und obwohl sie eine natürliche gebräunte Farbe hatte, hatte das Leben im Dunkeln sie blasser werden lassen. Schwarzes Haar sah zerzaust aus, als wäre es mit einem Messer und willkürlich geschnitten worden.

Andererseits konnte ich als jemand, dessen Haare nie länger als den programmierten Zentimeter oder zwei wachsen würden, das nicht kritisieren.

„Volt", sagte der Mech und wartete dann.

„Und wie heißt er?", fragte der Junge und zeigte mit dem Rohr auf mich.

„Gamma", antwortete ich, „und ich werde dich beschützen."

Jetzt sah Volt mich mit fragenden blauen Augen an. Der Junge runzelte die Nase und den Mund.

„Häh?", fragte der Junge, sah sich dann um und kam schließlich wieder zu mir zurück. „Beschützen, wovor?"

„Vor allem", sagte ich.

„Immer langsam, Großer", flüsterte Kaydee. „Ich

verstehe, dass du aufgeregt bist. Verdammt, ich bin auch aufgeregt, aber lass uns die Freak-Vibes ein bisschen runterfahren."

Ich wollte Kaydee antworten, hielt mich aber zurück. Mit der Luft zu reden, würde wenig dazu beitragen, diese, wie Kaydee sie nannte, Freak-Vibes zu zerstreuen.

„Alles klar", sagte der Junge. „Ihr seid also nicht wegen uns hier?"

„Wir suchen ein paar Batterien", antwortete Volt und stellte seine Augen wieder auf ein angenehmes Grün. „Haben sie genau hier gefunden. Schade um den Junker allerdings."

Der Junge warf einen Blick auf das Skelett: „Der war schon immer da."

„Für dich vielleicht. Für mich haben wir uns erst gestern lange darüber unterhalten, was wir mit all diesem Schrott machen sollen", sagte Volt. Der Mech kniete sich hin, nahm die Notiz des Junkers auf und steckte sie in einen Schlitz an seinem fassförmigen Körper. „Weißt du, er hat mir geholfen, meine Frau zu entwerfen."

Der Junge blinzelte: „Ihr seid beide seltsam." Er sprang von seinem Schrotthaufen auf einen Pfad, warf uns einen letzten Blick zu. „Man sieht sich."

Dann rannte der Junge, das Wunder, davon.

Ich jagte hinterher.

Wie Alvie, der einem Ball hinterherrennt, kam die Entscheidung, dem Jungen nachzujagen, nicht aus rationalem Denken, sondern aus reinem Instinkt. Ich konnte nicht zulassen, dass dem Jungen etwas zustieß, und meine Güte, es gab so viele scharfe Kanten zwischen all diesem Müll. Er könnte fallen, etwas könnte auf ihn fallen, oder er könnte auf einen Mech mit bösen Absichten treffen.

Mein Aufbruch wirbelte Staub auf Volt, der etwas

davon rief, langsamer zu machen. Ich tat nichts dergleichen, sondern folgte stattdessen dem Schatten des Jungen, als er nach links lief, dann wieder links, dann rechts. Die blauen Dioden erfassten mein Ziel, als es sich bewegte, blinkend zwischen den Lichtern. Mit meinen größeren Schritten schloss ich die Lücke schnell.

„Was machst du da?", fragte Kaydee, die neben mir herlief. „Du jagst ihm Angst ein!"

„Ich rette ihn!"

„Wovor?"

„Vor allem!"

Ich folgte dem Jungen um einen bunten Mülltonnen-Haufen herum, bog ab und erwartete, seine Gestalt nicht einen Meter vor mir zu sehen. Da stand er, mir zugewandt mit einem schelmischen Grinsen, das Rohr hoch erhoben. Wollte er mich schlagen?

„Hey", ich breitete meine Hände aus, wurde langsamer. „Alles ist gut."

Etwas traf meine Schulter. Hart, aber nicht besonders schwer. Hinter mir, jede auf ihrem eigenen Weg, waren zwei weitere Kinder. Mädchen, die jünger als der Junge aussahen, und jede hielt irgendeinen Schrottgegenstand in der Hand.

„Das ist so seltsam", murmelte Kaydee.

Ein weiteres Kugellager prallte von meinem Rücken ab. Kein Schaden, aber ich konnte nicht verstehen, was hier passierte.

„Warum werft ihr Sachen nach mir?", fragte ich die beiden Mädchen und ließ dabei einfachere, existenziellere Fragen darüber, wie die Kinder überhaupt existierten, beiseite.

Die Mädchen kicherten, drehten sich um und rannten ihre Wege hinunter. Hinter mir hörte ich auch den Jungen fliehen. Ihre Handlungen ergaben keinen Sinn, folgten keinem Skript. Ich hatte es mit kaputten Mechs zu tun gehabt, aber diese Maschinen funktionierten immer noch nach einer gewissen Logik. Ihre Aktionen kamen aus programmierten Möglichkeiten, aber diese, diese ...

„Sie sind wie du", sagte ich zu Kaydee, die dastand und dorthin blickte, wo die Mädchen verschwunden waren. „Sie ergeben keinen Sinn."

„Hey, manchmal ergebe ich schon Sinn."

„Manchmal." Ich beschloss, dem Jungen zu folgen, wenn auch nur, weil ich wusste, dass er sprechen konnte. „Ist das normal für menschliche Kinder?"

„Hatte nie welche", sagte Kaydee, während sie neben mir herrannte, bei jedem ihrer Schritte sprossen virtuelle Blumen aus dem Beton. „Aber nach dem, was ich gesehen habe? Klar."

„Das erklärt einiges über dich."

„Und du, Gamma!", lachte Kaydee, als wir unter einem bröckelnden rostfarbenen Gitter hindurchtauchten. Der Laden des Junkers hatte so viel zufälliges Material. „Leo wollte doch, dass die Gefäße wie wir sind, oder?"

„Glück für mich."

Nach weiteren drei Biegungen dachte ich, ich würde den Jungen einholen. Stattdessen passierten wir eine dickere Wand, einen Bogen, der aussah, als wäre er irgendwann in der Vergangenheit eine Tür gewesen. Auf der anderen Seite waren die zufälligen Dioden zu einer vernünftigeren Anordnung entlang des Bodens gewandert und zeigten verschiedene Arten von Stapeln.

Kaydee pfiff und ich stoppte meinen stürmischen Lauf. Überraschungen häuften sich hier auf Überraschungen.

Vor uns breiteten sich in dem riesigen Raum Vorräte aller Art aus. Zu meiner Linken standen Dosen über Dosen, die auf schlichten Etiketten verschiedene Suppen anpriesen, in gestapelten Türmen. Zu meiner Rechten lagen Wasserkanister übereinander, wobei die Schichtung unvollkommen aussah, als hätten Leute einige entnommen. Vor uns lagen vorverpackte Trockenmähler.

Diese schienen schon wunderbar genug, aber dahinter warteten die wirklich interessanten Teile: Obst und Gemüse, das meiste davon frisch, in Reihen ausgelegt oder zusammengebündelt, wenn es die Lebensmittel erlaubten. Ich sah reife rote Tomaten, grüne und frische Spinatblätter. Orangen lagen in Mechteilen, die als Körbe umfunktioniert worden waren.

Der Garten hatte genug Pflanzen, die diese Ernte produzierten, sodass ihre Existenz auf dem Starship kein allzu großes Geheimnis war, aber der Garten war nicht gerade in der Nähe von unserem jetzigen Standort. Diese Pflanzen zu ernten und die Früchte hierher zu bringen, wäre-

„Erstaunlich", sagte Volt, der zu mir aufschloss. „Nun, das erklärt ein Rätsel."

„Ein Rätsel?"

„Ja, ja. Ich habe immer wieder gesehen, dass von hier unten mehr Strom abgezapft wurde", sagte Volt. „Das ist einer der Gründe, warum ich mit dir gekommen bin. Der Junker hat immer seinen fairen Energieanteil genommen. Es ist vor Jahren und Jahren gesunken, aber es schleicht sich wieder nach oben."

Wegen der Kinder?

„Hast du die Kinder gesehen?", fragte ich. „Ich bin dem Jungen hierher gefolgt, und da waren zwei Mädchen."

„Und viele mehr, vermute ich", sagte Volt.

„Ooooooh", murmelte Kaydee vor sich hin und stellte eine Verbindung her, die ich noch nicht gemacht hatte.

„Gamma, wie viele Ampullen fehlen in der Kinderstube?", fragte Volt.

Delta und ich hatten nicht gezählt, aber nach den leeren Behältern zu urteilen, waren es mehr als nur ein paar. Damals wollte ich nicht darüber nachdenken, wie viele Kinder das bedeutete. Jetzt verfolgte ich, worauf Volt anzuspielen schien.

Was, wenn diese Kinder nicht gestorben waren, nachdem die Kinderstube sie durch ihre Röhre geschleust hatte? Wie viele Menschen könnten hier sein, und wie alt könnten einige von ihnen sein?

Ich drehte mich langsam um, Volt neben mir, und betrachtete die aufgestapelten Vorräte. Die Konserven, die uralt aussehenden Trockenmähler, diese Stapel hatten erhebliche Einbußen erlitten, aber nicht in dem Maße, wie ich es für nötig gehalten hätte, um Hunderte über Jahre und Jahre zu versorgen. Entweder waren die Menschen hier nicht so zahlreich, oder dies war nicht all ihr Essen.

„Gamma?", fragte Volt erneut. „Wirst du meine Frage beantworten?"

„Genug", antwortete ich. „Genug Ampullen, um hier unten eine Gesellschaft zu schaffen. Aber wie?"

„Das ist eine Antwort, die ich nicht habe."

„Ich auch nicht", sagte Kaydee. „Aber das ist ziemlich cool, oder?"

Ich würde mein Urteil darüber zurückhalten. Besonders als dieser Junge wieder auftauchte, diesmal auf der anderen Seite, hinter den Vorratsstapeln. Der Raum verengte sich in diese Richtung und ich sah nur einen einzigen Weg, auf dem der Junge stand.

„Kommt ihr?", rief der Junge.

Ich zögerte. Meine Programmierungsprioritäten stellten die Erhaltung der Menschen ziemlich weit oben auf meine

Präferenzliste, aber mich selbst am Leben zu erhalten, stand noch höher. Mit all diesen Beweisen um mich herum, die zeigten, dass die Menschen nicht nur ein paar verirrte Kinder waren, stellte sich nun die Frage: Wo waren die übrigen?

Und warum würden sie ihr Essen und Wasser nicht verteidigen?

„Warum kommst du nicht zu uns?", rief Volt dem Jungen zu. „Wir haben nicht vor, dir wehzutun."

„Kommt schon!", sagte der Junge. „Es gibt mehr in dieser Richtung!"

Er wartete nicht auf uns, sondern stürmte wieder davon. Das Kind schien endlose Ausdauer zu haben, bereit zu rennen und weiterzumachen. Wenn das typisch für alle Menschen war, dann war ich noch nervöser bei dem Gedanken, dass so viele um uns herum lauern könnten.

„Ich nehme an, wir sollten folgen", sagte Volt. „Übrigens, ich habe das hier aufgehoben, während du das Kind verfolgt hast."

Volt reichte mir eine Batterie. Oder vielmehr, er steckte sie in die Tasche, die ich benutzt hatte, um Alvie zu tragen. Das gab mir zumindest etwas Trost. Wir hatten unser Hauptziel hier unten erreicht. Wenn sonst nichts, konnten wir gehen, meinen Hund zum Laufen bringen und dann Delta suchen gehen.

„Warte", sagte ich und sah Volt an. „Hast du nicht gesagt, Beta würde diesen Kindern helfen?"

„Als ich das letzte Mal von ihr hörte", sagte Volt, „sagte Beta, dass einige hier unten wären, dass ich den Strom nicht abschalten sollte. Ich dachte nicht, dass sie so alt oder so viele sein würden."

„Sind sie eine Bedrohung?"

Kaydee lachte: „Gamma, was? Diese Kinder?"

Volt schien jedoch zu verstehen, wonach ich fragte. Seine Augen wechselten zu einem hellen Orange, einer seltsam bedrohlichen Schattierung.

„Alles, was auf dem Starship passiert ist, kam von den Menschen", sagte Volt. „Alles Gute, alles Schlechte. Ob sie eine Bedrohung sind?" Volt nickte in Richtung des verschwindenden Jungen. „Ich weiß es nicht, aber sie könnten es sicherlich sein."

„Da kann ich wohl nicht widersprechen", sagte Kaydee.

„Dann gehen wir zusammen", sagte ich. „Bleibt wachsam."

Diesmal gingen wir dem Jungen hinterher. Kein Rennen, kein blindes Stürzen um Ecken. Wir ließen die Vorräte hinter uns und betraten einen anderen Raum, der von alter Hitze erfüllt war. Wenn der Laden des Junkers überall Schrotthaufen hatte, zeigte dieser, wohin dieser Schrott gehen würde. Riesige Öfen, eingebaut in bauchige Wände, standen untätig da, blaue Dioden ließen sie wie Münder aussehen, die in einem ewigen Schrei erstarrt waren. Platten erhoben sich vom Boden und kamen von der Decke herab, um Werkbänke und Fertigungspressen zu bilden.

Eine für Lärm konzipierte Schmiede fühlte sich in der Stille falsch an.

„Der Junker war stolz auf diesen Ort", sagte Volt, als wir hindurchgingen. „Sein Ururgroßvater hatte die Idee, Wärme von den Motoren des Starships abzuzweigen und sie hierher zu leiten. Gab dieser Seite des Schiffs ihre einzige Möglichkeit, eigene Mechs herzustellen."

„Nicht mehr", erwiderte ich.

„Oh, ich weiß nicht." Volt stapfte zu einem Ofen hinüber und spähte hinein. „Wette, diese Dinger würden wieder in Gang kommen, wenn man sie anzünden wollte."

Ich ging zu der Stelle, wo Volt hinschaute, und steckte meinen Kopf in den Ofen. Tatsächlich sah ein starker Lüftungsschacht danach aus, das Ding abzudichten. Eine einfache Kette in der Nähe der Ofentür schien in gutem Zustand zu sein, bereit, gezogen zu werden.

Nahrung, eine einsatzbereite Schmiede. Was würden wir jenseits davon finden? Unterkünfte? Ich wollte Volt gerade fragen, als eine Hand meinen Nacken packte. Hielt ihn fest. Ich spürte eine scharfe Spitze, die sich in meinen Bauch drückte.

„Das ist weit genug", sagte eine harte Frauenstimme, die ich nicht erkannte, aber trotzdem kannte.

Siehst du, sie hatte das automatische Zittern eines Mechs. Das, und Kaydee fluchte wie ein Rohrspatz.

„Du wirst dich bewegen, wenn ich es sage", sagte die Stimme. „Mach etwas anderes, und ich werde dich ausweiden, bevor deine Schaltkreise wissen, was los ist. Verstanden?"

Oh ja, ich verstand sehr gut.

„Schön, dich kennenzulernen, Beta", sagte ich.

FÜNF

VALENTINA

Das Gefäß ließ mich aus dem Ofen frei, behielt aber ihre Hand an meinem Hals und verlagerte den nadelspitzen Druck auf meinen Rücken. Ich richtete mich auf und sie erhob sich mit mir, meinen Kopf weiterhin auf den schwarzen Metallofen gerichtet, blaue Dioden warfen Schatten auf uns. Volt, der keinen solchen Geisel-Einschränkungen unterlag, drehte seinen Kopf, seine gelb leuchtenden Augen verrieten mir, dass sie sich umdrehten.

„Beta", sagte Volt, „wie schön, dich wiederzusehen. Zu sagen, es sei eine lange Zeit vergangen, wäre eine Untertreibung!"

„Volt", erwiderte Beta.

Und das war's. Herzliche und kuschelige Freunde, diese beiden.

Andere Stimmen tauchten hinter mir auf. Flüstern, das von den Wänden widerhallte. Schwere Schritte, aber ohne das Klirren eines Mechs. Ich wartete. Kaydee erschien, saß im Ofen und spähte heraus. Sie schüttelte den Kopf und warf mir einen Blick zu.

„Ich hasse es, dass ich nicht sehen kann, was du nicht siehst", sagte Kaydee. „Das ist wirklich nicht fair."

Ich blieb still. Solange Beta mich nach Belieben aufschlitzen konnte, beschloss ich, sie unsere Interaktion steuern zu lassen. Passiv, ja, aber Volt behauptete, Beta sei nicht verrückt, sie versuche den Menschen zu helfen. Ich musste darauf wetten, dass sie irgendwann auf mich zukommen würde.

Denn das Einzige, was ich sonst noch über Beta wusste, war, dass sie wie Delta kämpfte, und das bedeutete, dass jedes direkte Duell zwischen uns mich zu Staub und Schrott machen würde.

„Das hier ist Gamma", sagte Volt. „Er wird niemandem wehtun. Du kannst ihn loslassen."

„Was macht ihr hier?", fragte Beta, ohne Anstalten zu machen, mich freizulassen.

„Lange Geschichte", begann Volt.

„Fass es kurz zusammen."

Volt vibrierte das Mech-Äquivalent eines Hustens und fing dann wieder an. In klaren, einfachen Sätzen erklärte der Mech, dass wir auf der Suche nach einer Batterie waren, um meinen toten Robo-Hund wiederzubeleben. Wir sahen den Jungen, folgten ihm und landeten hier.

„Warum haben die Stimmen ein weiteres Gefäß aufge-weckt?", fragte Beta, als Volt fertig war. „Ich bin immer noch hier."

„Weil du zu lange gebraucht hast", sagte ich.

Betas Griff um meinen Hals verstärkte sich, aber da ich keine Luft zum Sprechen brauchte, konnte ich weiter Worte heraussprudeln.

„Die Stimmen haben mich und dann Delta aufgeweckt, weil sie die Kinderstube nicht zurückhatten", fuhr ich fort. „Wir haben sie gewonnen, und jetzt ist Delta da draußen und riskiert ihr Leben, um deinen Schlamassel aufzuräumen."

„Oooh", sagte Kaydee. „Aggressiv."

Beta muss das auch so empfunden haben. Sie ließ meinen Hals los, zog ihr Messer zurück und drehte mich dann mit ihrer freien Hand um. Von blauem Licht umrissen, zerstörte mein erster Blick auf Beta jede Hoffnung, dass wir Gefäße ähnlich sein würden. Alpha hatte sein rotes Haar, seinen narbenbeckten Körper und seinen verdorbenen, wahnsinnigen Schrei. Ich hatte meinen schmächtigen Körperbau und eine Vorliebe dafür, meine Finger nah beieinander zu halten, bereit, mich jederzeit einzuklinken. Delta bewegte sich wie flüssig, so schnell und präzise, jede Aktion genau das, was sie brauchte.

Beta?

Ich hatte noch nie etwas mit so vielen Kanten gesehen. In Kleidung gehüllt, die aussah, als hätte *Alvie's* einen tollwütigen Waschbären getroffen, hielt Beta ihr Outfit mit unzähligen Gürteln zusammen, alle in verschiedenen Schwarz- und Brauntönen und mit Holstern übersät. Messer, Seile, gezackte Splitter und Werkzeuge aller Art hingen in verschiedenen Winkeln, während Beta mich musterte.

Auch ihre Haare erwiesen sich weniger als Look und mehr als Vorteil: Sie hatte – oder jemand hatte – die Hälfte ihrer Haare abrasiert und eine freie Stelle hinterlassen, über die jemand eine Metallplatte mit hervorstehenden Nägeln gelötet hatte. Die andere Hälfte ließ hellrosa Haare bis unter ihre Schultern fallen, wo sie sich zu Zöpfen in allen Farben verdickten, Zöpfen, die im blauen Licht schimmerten und glitzerten.

„Glas", hauchte Kaydee, ebenso ehrfürchtig. „Sie hat zerbrochenes Glas in diesen Dingern."

Wenn Delta eine einzige Klinge mit mörderischer Effizienz führte, schien Beta alles andere zu führen.

Hinter ihr erwartete sie ein ebenso erstaunlicher Anblick. Menschen, Erwachsene quer durch alle Altersgruppen. Sie alle beobachteten mit wachsamen Augen, die meisten trugen irgendein Instrument, Rohre oder Hämmer oder sogar, in einem Fall, etwas, das wie ein selbstgebastelter Bogen mit Pfeil aussah. Ich hatte das Essen gesehen, und jetzt hatte ich seinen Zweck gefunden.

„Mein Schlamassel?", fragte Beta. Sie hielt den schmalen Schaber in ihrer linken Hand, ihre rechte hing in der Nähe eines anderen Messers in einem Oberschenkelholster. „Nichts davon ist mein Schlamassel."

„Vorsichtig, Gamma", flüsterte Kaydee. „Sei jetzt kein Arschloch."

Sie hatte einen guten Punkt, aber Beta sah eindeutig fähig aus. Verdammt, ich hatte ungefähr null Waffen bei mir, aber ich hatte mich trotzdem bis zur Kinderstube durchgekämpft. Sie hatte sich hier unten versteckt und Alpha Amok laufen lassen? Ließ zu, dass diese Kinder aufgepumpt und hinausgeworfen wurden?

„Ja, dein Schlamassel", sagte ich und stand aufrecht. „Hast du eine Ahnung, was da draußen los ist? Was mit Starship passiert?"

„Gamma", sagte Volt, der Mech streckte eine Hand nach meinem Arm aus.

Ich schüttelte sie ab.

„Delta und ich haben deinen Job gemacht", fuhr ich fort. „Wir wären hundertmal fast gestorben, um zur Kinderstube zu kommen, und jetzt versucht sie, Starship alleine zu retten, alles nur, weil du versagt hast."

Wenn meine Anschuldigungen irgendeine Wirkung

hatten, zeigte Beta es nicht. Sie wartete, bis ich fertig war, und runzelte dann die Stirn.

„Ich habe meine Entscheidungen getroffen." Beta zeigte mit dem Schaber auf die Menschen um uns herum. „Sie sind der Beweis, dass ich die richtigen getroffen habe."

Bevor ich dagegen argumentieren konnte, kam von hinten das Schreien eines Babys. Beta hob ihre leere rechte Hand und winkte damit nach vorne. Ein junger Mann trat aus den Schatten und hielt das schreiende Baby. Ich erkannte es in einer Sekunde: dasselbe Baby, das ich aus der Kinderstube hatte fallen sehen.

Und ich sagte es auch.

„Dann verstehst du es", sagte Beta. „Das sind die letzten lebenden Menschen auf Starship. Ich habe mich entschieden, sie zu beschützen, anstatt mein Leben damit zu verschwenden, die Kinderstube alleine anzugreifen."

„Aber-"

„Verflucht seien die Stimmen", fuhr Beta fort, „und ihre dummen Befehle. Wenn deine Programmierung mit meiner übereinstimmt, weißt du, dass es Priorität hat, die Menschen lange genug am Leben zu erhalten, um Starships Reise zu vollenden."

Der Mann gab dem Baby ein kleines Spielzeug zum Lutschen und das Kind hörte auf zu schreien. Die anderen Flüstereien nahmen wieder zu, als Beta sprach, die Menschen verteilten sich.

„Sie blockieren die Ausgänge", sagte Kaydee. „Mach sie nicht wütend, Gamma. Oder sicher mich wenigstens vorher irgendwo."

„Du solltest mir danken", sagte Beta, ohne Lächeln, ohne Humor in den Worten. Nur nackte Tatsachen. „Ohne dass ich hierher gekommen wäre, wärst du nie aufgewacht."

„Das Argument eines Feiglings", konterte ich.

„Die Wahrheit", sagte Beta.

Ein Klingeln, kristallklar und hell, ertönte im Raum. Ich fand die Quelle links von uns, eine ältere Frau, die ein kleines hohles Metallrohr und einen kurzen Stock zum Schlagen hochhielt. Wie die anderen Menschen trug sie zufällige Kleidung, aber im Gegensatz zu den meisten anderen, die ich sah, schien sie eine unantastbare Aura zu haben.

Als hätte sie zu viel gesehen, um sich von gewöhnlichen Problemen stören zu lassen.

„Das muss Spaß für euch beide sein", sagte die Frau, „aber wir haben andere dringende Prioritäten. Beta, entscheide bitte, ob du diese Mechs zerstören willst oder nicht."

Beta nickte und neigte ihren Kopf zu mir. „Volt, ist er korrumpiert?"

„Nicht dass ich es erkennen könnte."

„Bist du es?"

Volt lachte: „Würdest du mir glauben, wenn ich nein sage?"

„Klar", sagte Beta. „Alpha ist schlecht darin, seine Wahrheit lange zu verbergen. Wenn du lügst, wirst du dich verraten, und dann werde ich dich zerlegen."

„Was auch immer", sagte ich und echote Kaydee.

„Perfekt", erklärte die Frau. „Geht jetzt, zurück zu euren Pflichten. Und Chalo?" Die Frau sprach zu einem kräftigen älteren Mann, der links hing. „Bereite eine Sammelgruppe vor. Unsere neuen Freunde essen vielleicht nicht, aber der Rest von uns könnte eine Feier gebrauchen."

„Natürlich", sprach Chalo langsam und verbeugte sich mit der Schulter.

Das Flüstern wurde zu lautem Gemurmel, als die Menschen in Aktion traten. Die meisten behielten Volt und mich im Auge, als sie gingen und in den verschiedenen

Räumen verschwanden. Mehrere ruhende Öfen hatten ihre Lüftungen geöffnet, orange Feuer begannen in ihren Bäuchen zu lodern. Karren auf quietschenden Rädern machten ihre Ankündigungen, beladen mit Schrott zum Umschmieden. Chalos Stimme übertönte den Rest und rief nach Freiwilligen für einen Sammelgang.

Und die ganze Zeit stand Beta still da und beobachtete uns.

„Du kannst dich entspannen, Beta", sagte die Frau mit der Glocke und gesellte sich zu unserem Vierergrüppchen. Sie ließ ihre Augen über Volt und mich schweifen, herrisch, faltig und unbeeindruckt. „Keiner von diesen beiden sieht besonders gefährlich aus."

„Ein Gefäß ist immer gefährlich", sagte Beta. „Auch wenn sie nicht so aussehen."

„Noch mehr, wenn sie wie du aussehen", sagte ich.

„Aufhören", sagte die Frau, und zu meiner eigenen Überraschung tat ich es. „Es gibt nur wenige Zeiten, in denen kleinliche Zänkereien angebracht sind, und dies ist bei weitem keine davon. Ich nehme an, aus euren Reaktionen, dass ihr nicht wusstet, dass wir existieren?"

„Ich und der Großteil von Starship", sagte ich. Volt fügte hinzu, dass er seine Vermutungen hatte, aber seine Rolle ließ sie unbestätigt. „Sogar die Stimmen sagten, sie dachten, jeder lebende Mensch sei schon lange tot."

„Jeder Mensch, den sie kannten", sagte die Frau. „Nun, bevor wir weitermachen, wie sind eure Namen?"

Ich nannte meinen, Volt gab seinen preis. Die Frau stellte sich als Valentina oder Val vor.

„Ich bin die letzte lebende Eingeborene des Raumschiffs. Meine Eltern waren beide hier geboren", sagte Val. „Ich sage das nicht, um andere herabzusetzen, sondern um die Geschichte dieser kleinen Enklave zu beginnen. Diejenigen, die sie vor so langer Zeit gegründet haben, als die Unruhen auf dem Raumschiff gerade begannen, sind längst nicht mehr unter uns."

Val bat uns, ihr zu folgen, während sie die Geschichte fortsetzte und offensichtlich Gefallen daran fand, den Fremdenführer für das geheime Dorf zu spielen, das sie in den Tiefen des Raumschiffs geformt hatte. Volt und ich gingen neben ihr, während Beta hinter uns herlief.

Zuerst verließen wir die Schmieden und betraten einen anderen Raum, der Spuren von schwerem Gerät aufwies, das längst weggeschafft worden war, um Platz für notdürftige Unterkünfte zu machen. Schräg gestellte Metallteile, mit Stoff bedeckt, bildeten Zelte, die in Rillen eingepasst waren, die beim Verschieben der alten Ausrüstung entstanden waren. Zumindest ein Teil davon, vermutete ich, war auseinandergenommen worden, um die Behausungen zu errichten. Dioden in einer festlichen Farbpalette hingen an Seilen und verliehen dem ganzen Ort eine funkelnde, gemütliche Atmosphäre.

„Wir haben uns in zwei Gruppen geteilt", fuhr Val fort, „wobei sich die Mächtigen in der vorderen Hälfte des Raumschiffs versammelten. Wir im hinteren Teil protestierten, forderten eine gerechtere Gesellschaft und erhielten nichts als Befehle zur Antwort. Fügt euch, kümmert euch um unseren Müll und seid glücklich damit."

„Ich erinnere mich", murmelte Kaydee.

Sie war in diesen Konflikt verwickelt gewesen. Gefangen in der Entwicklung, die Val als Nächstes beschrieb, ein Vorstoß der stärkeren Seite, um Mechs aggressiver zu machen. Kaydee und Leo waren in den Machtkampf hineingezogen worden, mit dem Auftrag, Maschinen zu entwerfen, die die unruhige Bevölkerung in Schach halten konnten. Leo folgte dieser Logik und nahm an, dass sich die Bürger des Raumschiffs selbst zerfleischen würden, wenn man sie ohne die Einschränkungen ließe, die ein bewaffneter Mech bieten konnte.

Kaydee sah das anders. Sie war für diese Überzeugung gestorben.

Was ich nicht sagte, was ich mich aber fragte, war, ob Leo, mein eigener Schöpfer, seine Überzeugungen in mich eingepflanzt hatte. Ob das erklärte, warum ich, während Val gegen die langsame Zerstörung wetterte, gegen den Rückzug ihrer Leute hier unten, kaum Mitleid für eine der beiden Seiten empfand.

Menschen waren unvernünftige Wesen, und dennoch war ich mit der Aufgabe betraut worden, sie am Leben zu erhalten.

„Wir kamen hier herunter und versteckten uns", sagte Val. „Der Junker half uns, beschützte uns. Wir starben trotzdem aus, durch Alter und Krankheit."

„Bis die Kinderstube euch ein Geschenk schickte", sagte ich.

„Dieser Tag war eine Überraschung", nickte Val. „Das Kind kam mit anderem biologischen Abfall herunter, wurde zur Wiederaufbereitung durchgeschleust. Der Junker fing es auf, völlig verblüfft, und gab es uns. Weitere folgten, obwohl wir nie verstanden warum."

Ich gab diese Antwort, als wir uns auf einer zentralen Lichtung niederließen. Mehrere Tische, rudimentäre Plastikdinger mit grauen Platten und schwarzen Beinen, dienten als Mittelpunkt des Wohnbereichs. Ein künstlicher Baum, dessen Stamm, Äste und Blätter aus Schrott gefertigt waren, stand genau in der Mitte und glitzerte eindrucksvoll. Das Ding reichte vom Boden fast bis zur Decke. Kaydee pfiff anerkennend und ich stimmte mit ein.

Void und Beta blieben ihrerseits still.

„Noch ein Mech, der aus der Reihe tanzt." Val ließ sich in einen steifen Klappstuhl sinken.

„Also seid ihr seit Generationen hier unten", sagte ich.

„Ich?", sagte Val. „Ich wurde lange nach dem ersten Fehler der Kinderstube geboren. Wir fristen hier unten unser Dasein, stehlen, was wir an Nahrung aus dem Garten und den übriggebliebenen Vorräten des Raumschiffs bekommen können."

„Warum?", fragte ich. „Warum macht ihr weiter?"

Die Frage kam unaufgefordert, aber ich musste es verstehen. Ein Mech würde entschlossen seine Ziele verfolgen, bis er zerstört oder umprogrammiert würde, aber Menschen schienen nicht so zu sein. Sie flatterten von einer Idee zur nächsten. Sie waren ängstlich, zufällig, lächerlich. Selbst die Stimmen, angeblich die besten Menschen, die das Raumschiff zu bieten hatte, kämpften untereinander. Angesichts solchen Chaos, hier unten in der Dunkelheit gefangen, warum würde diese kleine Gruppe so lange weiterkämpfen?

„Für die Kinder", sagte Val und zeigte auf die beiden Mädchen und den Jungen, den wir gejagt hatten und die nun zwischen den Zelten herumliefen. „Ohne die Geschenke der Kinderstube und jetzt unsere eigenen natürlichen Kinder hätten wir schon vor langer Zeit aufgegeben. Einfach ausgedrückt, sie geben uns Hoffnung."

„Hoffnung worauf?"

„Auf etwas Besseres."

„Und das bist du", sagte Beta und sah mich an.

„Ich?"

„Die Stimmen haben uns abgeschnitten." Beta deutete auf das Lager. „Die Verbindungen sind gekappt. Wir sitzen hier unten im Dunkeln."

„Was hat das mit mir zu tun?", fragte ich.

„Du bist wie Alpha, oder?", sagte Beta.

„Ich weiß nicht, ob ich so weit gehen würde-"

„Computer. Du arbeitest mit ihnen?"

Ich zuckte mit den Schultern. „Schätze schon?"

„Dann bringe ich dich an den richtigen Ort, und du bringst uns wieder online." Beta nahm das Messer, das sie gehalten hatte, warf es in die Luft und fing es am Griff mit derselben Hand wieder auf. „Dann werden wir richtig fies."

Ich sah Val an. „Was sagt sie da?"

„Beta meint, wir müssen sehen, was das Raumschiff vorhat, was die Stimmen planen", antwortete Val. „Damit wir das tun können, was uns vor so langer Zeit misslungen ist, und dieses Schiff für uns selbst erobern."

Ich stand auf und schüttelte den Kopf. „Tut mir leid, ich bin hier heruntergekommen, um meinem Hund zu helfen, dann meinem Freund. Ich schließe mich nicht eurer kleinen Revolte an."

Beta grinste. „Wie süß, dass du denkst, du hättest eine Wahl."

„Du steckst echt in der Klemme, Gamma", sagte Kaydee und schwang sich um den Baum, wobei karmesinrote Feuerwerke die Luft um sie herum erfüllten.

SECHS

Der richtige Ort, um eine von den Stimmen getrennten Verbindung wiederherzustellen, war, nun ja, überall, wo ich diese virtuellen Herrscher erreichen konnte. Mit anderen Worten, jedes Terminal, das noch eine Verbindung zum riesigen internen Netzwerk des Raumschiffs hatte. Die gab es - wir hätten uns in eine beliebige Wohnung durchschlagen können mit guten Chancen, eines zu finden -, aber Beta hatte eine andere Idee.

Nach unserer Ankunft befahl Val einer kleinen Sammelgruppe, sich in Richtung des Gartens zu begeben, um frische Nahrung zu holen. Beta dachte, sie und ich könnten uns anschließen, zusätzlichen Schutz bieten und auf dem Rückweg ein Terminal ansteuern. So würde ich ein Gefühl für die Menschen bekommen und könnte ihr Anliegen den Stimmen gegenüber besser vorbringen.

Denn, wie ich auf ihrem provisorischen Dorfplatz betonte, die Stimmen könnten sie weiterhin abschneiden. Das Problem war weniger technischer als diplomatischer Natur. Freundlich reden, die Belohnung bekommen.

„Nett zu den Stimmen zu sein, bringt dir gar nichts",

sagte Val, als wir uns auf den Weg zurück zu den Schmieden machten. Kaydee, die etwas abseits stand, nickte. „Sie respektieren nur Macht. Sonst nichts."

Ich dachte an all die Filmplakate in Leos Wohnung zurück, wo ich zum ersten Mal aufgewacht war. Macht schien nach der gängigen Vorstellung auf der Fähigkeit zu beruhen, jemandem zu schaden, etwas zu zerstören. Oder andere dazu zu bringen, es für dich zu tun. Die Stimmen hatten lange Zeit Macht gehabt, schienen sie aber jetzt zu verlieren.

Vielleicht könnte ich einen Deal aushandeln: Den Menschen Zugang gewähren und im Gegenzug könnten sie zusammenarbeiten. Den Stimmen wieder eine physische Präsenz verschaffen.

„Wärst du dazu bereit?", fragte ich Val und präsentierte meine Idee.

„Eine Allianz mit der gleichen Gruppe, die meine Vorfahren vertrieben hat?", erwiderte Val.

Beta schnaubte neben ihr.

„Es würde euch beiden nützen", antwortete ich. „Das Raumschiff nähert sich seinem Ziel. Sie wissen, wie das Schiff funktioniert, und können euch nach der Landung helfen. Gleichermaßen werden sie eure Hilfe brauchen, um ihre Mission zu erfüllen, den ganzen Sinn ihrer Existenz."

„Siehst du", sagte Kaydee. „Dein Problem ist, dass du logisch denkst. Das machen wir nicht."

Val legte eine Hand auf meine Schulter und schenkte mir ein Lächeln, das sie vermutlich auch mit den kleinen Kindern teilte, die im Lager herumliefen, „Gamma, die Stimmen werden nicht *mit* uns arbeiten. Sie werden uns *besitzen* oder uns nichts geben."

„Aber wie sollen sie euch besitzen?", fragte ich. „Sie sind Computerprogramme."

„Sie werden einen Weg finden. Das ist es, was sie tun. Überzeuge die Stimmen, uns Zugang zu gewähren. Sag, was du sagen musst, um es zu erreichen." Val nahm ihre Hand weg und nickte quer über die Schmieden zu einem Quartett, das Waffen und Ausrüstung zusammenstellte. „Das ist die Gruppe, der du dich anschließen wirst. Chalo und seine Jäger."

„Moment, du bittest mich, für euch zu lügen?"

„Ich sage dir, dass du es tun sollst."

Val gab mir noch einen Klaps auf die Schulter und ging dann zurück in Richtung der Häuser. Ich sah ihr nach, bis ich spürte, wie mein Rucksack mit Alvie darin von meinen Schultern rutschte. Volt nahm das Ding ab und zog Alvie heraus.

„Ich denke, ich werde deinen Hund reparieren, während du unterwegs bist", sagte Volt. „Bleib nicht zu lange weg. Meine Energiekerne werden unruhig, wenn ich sie allein lasse."

„Bist du sicher, dass du nicht mitkommen willst?", fragte ich, weniger weil ich dachte, Volt könnte es nicht bewältigen, und mehr, weil der energiewechselnde Mech mein einziger Verbündeter hier zu sein schien.

„Ganz sicher", antwortete Volt. „Viel Glück!"

Kaydee kicherte.

Wenn ich nach der Übernahme der Kontrolle über die Kinderstube das Gefühl gehabt hatte, ich hätte einen Griff auf das Raumschiff und meinen Platz darin, so lösten die letzten Stunden diese Vorstellung in Staub auf. Mit Beta, die hinter jedem meiner Schritte lauerte, mit Vals Befehl, mich zum Sieg zu lügen, und mit Delta, der auf einer gewalttätigen Mission unterwegs war, hatte ich wenige Freunde und wenig Macht. Ich war geschaffen worden, um zu dienen, und wieder einmal war ich in den Dienst gepresst worden.

Ich bezweifle, dass es mich gekümmert hätte, außer dass ich jetzt Delta helfen wollte. Alpha aufhalten. Die sichere Landung des Raumschiffs sicherstellen, damit die Menschen, so fehlerhaft sie auch sein mochten, sich auf ihrer neuen Welt ausbreiten konnten. Die Stimmen dazu zu bringen, zu akzeptieren, dass diese kleine Enklave Netzwerkzugang brauchte, schien bestenfalls nebensächlich für dieses Ziel.

„Warum wollen sie sich ausbreiten?", fragte ich Beta und hielt an, bevor wir uns Chalos Gruppe anschlossen. „Das Raumschiff scheint seinem Ziel nahe zu sein. Sie riskieren Aufmerksamkeit."

„Willst du verrückte Maschinen dein Zuhause regieren lassen?", erwiderte Beta. „Was passiert, wenn ein Mech etwas Kritisches ausschaltet? Beschließt, allen Sauerstoff ins All zu blasen, weil es Spaß macht?"

Okay, faire Punkte.

Um uns herum dröhnten die Schmieden. Menschen, die meisten jünger als Kaydee, arbeiteten mit Metallen. Einige formten sie zu Utensilien, Töpfen und Pfannen zum Kochen. Andere stellten etwas her, das wie Waffen aussah: rudimentäre Schilde, Speere. Ich war mir nicht sicher, woher sie wussten, was sie taten, bis ich bemerkte, dass mehrere Menschen von Schmiede zu Schmiede gingen und Anweisungen erteilten.

„Sie haben sich hier gut organisiert", fuhr Beta fort. „Es ist nicht perfekt. Der Platz ist knapp. Menschen bleiben Menschen. Aber der Junker und die Alten haben sie gut aufgestellt. Haben Wissen vermittelt. Sie werden dieses Schiff irgendwann besitzen."

Ich überlegte, Betas Punkt weiterzuführen: Behelfsmäßige Schilde und Speere würden nicht viel gegen einen gewalttätigen Mech ausrichten können, der Flammen spuckt und brennendes Laserlicht schießt. Ganz zu schweigen davon, dass ein paar Dutzend Menschen nicht gegen Hunderte, Tausende unermüdliche Maschinen gewinnen konnten.

Andererseits hatte ich gesehen, wozu Delta fähig war. Wenn Beta nur halb so kompetent war, könnten die beiden zusammen vielleicht ausreichen.

„Chalo", sagte Beta, als wir näher kamen. „Du bekommst heute etwas Gesellschaft."

„Du?", sagte Chalo, und die Kälte in seiner Stimme ließ mich auf Abstand bleiben.

„Genau", Beta nickte in meine Richtung. „Dieser Trottel auch. Gamma. Nur zur Warnung: Er ist nutzlos im Kampf."

„Nicht nutzlos", sagte ich, als Chalo mich anstarrte. „Ich suche mir meine Momente aus."

„Solange du nicht im Weg stehst", erwiderte Chalo und hob einen leeren Rucksack. „Wir sind so weit bereit. Lass uns gehen."

Der Mann und die drei anderen – zwei Frauen, ein weiterer Mann, über Jahrzehnte im Alter verteilt – trugen ein federartiges Metallgewebe. Ja, Hemden und Hosen aus Stoff, aber darüber eine vogelartige Tunika. Die Federn sahen zu dünn aus, um viel Schutz zu bieten, aber ich erkannte den Grund, sobald das Quartett sich zu bewegen begann: Das Schimmern fing das Licht ein und reflektierte es, was es schwierig machte, sich zu konzentrieren, schwer für mich zu erfassen, was ich sah.

„Sie spielen mit deiner Programmierung", sagte Kaydee, deren eigenes Outfit jetzt auch diese Federtunika trug, allerdings in einer Regenbogenversion. Sie ging neben den

Jägern vor Beta und mir. „Du benutzt Funktionen, um herauszufinden, was du siehst, und sie verwirren diesen Code. Clever."

„Meine Idee", sagte Beta, obwohl sie Kaydee nicht gehört haben konnte. Das bewaffnete Gefäß klang nicht besonders stolz auf sich selbst, sie stellte nur eine Tatsache fest.

„Funktioniert es gut?", fragte ich.

„Nein, es ist Mist", antwortete Beta. „Deshalb tragen wir sie weiterhin."

Seufz.

Chalo führte uns von den Schmieden weg durch einen kurzen, engen Flur, der in einer versiegelten Spiraltür endete, an der ein roter Edelstein glühte. Ein kleines schwarzes Panel saß daneben und Chalo tippte den entsprechenden Code ein. Grün blinkend öffnete sich die Tür und brachte uns zurück zum Conduit.

Chalo trat beiseite und ließ zwei Jäger zuerst gehen. Der Mann und die Frau nahmen kurze, flexible Bögen von den Schultern und legten Pfeile ein, als sie in den Nebel hinaustraten.

„Woher haben sie das Holz?", flüsterte ich.

„Aus dem Garten", antwortete Beta. Ich bemerkte, dass sie sich ganz leicht verschoben hatte, um sich hinter meinen Rücken zu stellen. Um sicherzugehen, dass ich nicht weglief? „Jede Menge gutes Zeug dort."

Beta sprach nicht viel wie Delta und ich fragte mich, ob Leo die beiden unterschiedlich programmiert hatte, oder ob wir Gefäße eine gewisse Fähigkeit hatten, unsere eigene Zusammensetzung zu verändern. Meine eigenen Gedanken, Gefühle und Ideen hatten sich verändert, seit ich erwacht war, also waren wir vielleicht formbarere Maschinen als die meisten.

Wie auch immer, der Punkt war: Ich konnte nicht erwarten, dass Beta in irgendeiner Situation wie Delta handeln würde. Sie war ihr eigenes Selbst, genauso wie ich nicht Alpha war.

Zwei laute Zungenklicks kamen aus dem Conduit. Chalo und der andere Jäger nahmen das Zeichen auf und liefen los, schlüpften leise hinaus. Beta und ich folgten, wobei der Mech flüsterte, dass ich mich beim Gehen ducken sollte.

„Warum haben wir dann nicht diese Tuniken?", fragte ich.

„Weil wir der Köder sind, wenn wir angegriffen werden, Gamma", antwortete Beta, und ihr Grinsen machte deutlich, dass ihr diese Rolle nichts ausmachte.

Okay, vielleicht waren sie und Delta doch nicht so unterschiedlich.

Der Weg zum Garten führte entlang des unteren Gehwegs des Raumschiffs. Links konnte ich in die dunkle Grube blicken, die den Abfall des Raumschiffs ausmachte, der sich ansammelte, während Mechs sich oben gegenseitig oder sich selbst zerstörten. Ab und zu regnete es Splitter herab, manchmal gefolgt von einem größeren Mech, der auf einen Schutthaufen krachte und Scherben verstreute. Der Lärm hallte hin und her, eine gelegentliche Unterbrechung des allgegenwärtigen Summens des Raumschiffs.

Bei den ersten paar Einschlägen zuckte ich zusammen, dann beruhigte ich mich wie alle anderen zu einem stillen, einspaltig gehenden Marsch. Chalo führte an, die bogenbewaffneten Jäger bildeten die Nachhut, Beta und ich in der Mitte. Diese Metalltuniken reflektierten das sanfte blaue Licht und funkelten wie Sterne.

Auf seine Weise schön.

Wir gingen eine Stunde ohne Unterbrechung, in einem

stetigen, meditativen Tempo. Ich grub alte Erinnerungen aus, die der Bibliothekar hinterlassen hatte, jene menschliche Seele, die kurz nach meinem Erwachen von Kaydee verdampft worden war. Seine Überreste enthielten Mythen, Filme und harte Geschichten, Dinge, die ich schneller durchgehen wollte, aber nur stückweise erfassen konnte. Sie vervollständigten das menschliche Bild, setzten ihre Handlungen in einen Kontext.

Val und ihre Enklave begannen keine brandneue Geschichte, sie taten, was Menschen seit Jahrtausenden getan hatten: um Macht kämpfen.

Aber, so musste ich mich fragen, sie kam aus demselben System, das das Raumschiff hervorgebracht hatte, das offensichtlich die Erde so ruiniert hatte, dass sie diese wilden Hoffnungen an den Rand der Galaxie und darüber hinaus schickten.

Was würden Menschen sein, wenn jemand anderes ihre ersten Schritte lenken würde?

Ein weiterer Zungenklick unterbrach mein Grübeln. Beta tippte auf meine linke Schulter und ich folgte ihrem Blick nach oben. Ein Mech fuhr mit einem Lift herunter, um unseren Gehweg zu kreuzen. Die Maschine hatte überall Arme, jeder mit Sprühern und Wischern ausgestattet. Ein Reinigungsmech auf dem Weg, die schmutzigste Ebene zu warten.

Chalo hob seine linke Hand und winkte vorwärts. Die Menschen setzten sich in Bewegung, umringten den Lift, als er sich in Position brachte. Ein Bogenschütze und ein Nahkampfjäger – ich sah, dass Chalo und sein Gegenüber je eine Axt hatten, Metall an eine abgehackte Stange geschweißt, um die Waffe zu erschaffen – auf jeder Seite.

Beta hielt mich zurück, aber als ich sah, wie sich die Äxte hoben, schüttelte ich sie ab und ging nach vorne.

„Was machst du da?", fragte ich. Der Aufzug öffnete sich, der Mech machte einen zögerlichen Schritt heraus und sendete eine milde Warnung, auf Reinigungssprays zu achten. „Das Ding wird dir nichts tun."

Die Jäger sahen mich an, zögerten. Chalo funkelte wütend, schwang seine Axt und durchbohrte die Energieversorgung des Reinigungsmechs, einen viereckigen Klumpen auf dem Rücken des Mechs. Mit einem kläglichen Wimmern schaltete sich der Mech ab, seine Arme fielen um ihn herum zusammen wie graue Haare.

„Durchsucht es", befahl Chalo und bewegte sich an seinen Jägern vorbei auf mich zu.

„Wozu?", fragte ich. „Was bringt das?"

„Du hast hier nichts zu sagen, Maschine", sagte Chalo, sein Gesicht eine herausfordernde Maske, alles harte Kanten und Blicke.

Der Mann hielt sein Beil an der Hüfte. Ich kannte meine Geschwindigkeit, meine Stärke. Ich könnte seinen Arm mit meinem eigenen blocken, seinen Hals mit der anderen Hand brechen und mit Chalo fertig sein, bevor Beta mich aufhalten könnte. Sie würde mich danach wahrscheinlich töten, also war die Berechnung sinnlos, aber es fühlte sich besser an.

Wahrscheinlich Kaydees Einfluss. Sie hatte gesagt, ihre Anwesenheit würde auf mich abfärben, Variablen, die meine Routinen mit ihren Tendenzen infizierten.

„Ich suche keine Macht", antwortete ich. „Ich suche nach Sinn, und ich sehe keinen. Dieser Mech würde weder dir noch sonst jemandem etwas antun."

Die Jäger benutzten kleinere, glänzende Messer, um den Mech zu zerlegen. Einige Dinge, wie Verkabelung und die Reinigungssprays, steckten sie in ihre Taschen. Auch die Hauptplatine des Geräts, seinen Prozessor. Ich sah weg und konzentrierte mich auf Chalo.

„Noch nicht", erwiderte Chalo, ein knirschen der, heiserer Klang. Ich nahm an, sie bekamen wohl nicht genug frisches Wasser, trockene Kehlen und kratzige Stimmen waren allgegenwärtig. „Bis es verdorben wird wie die anderen. Bis es beschließt, dass ein Kind Schmutz ist, den es reinigen muss."

Ich hätte ihn verrückt genannt, wenn da nicht ein Hauch von etwas in dem gewesen wäre, was ich sah. Chalo sprach wie jemand, der das Schlimmste und noch mehr gesehen hatte. Und aus der Nähe trug er die Beweise dafür. Eine Linie in seinem Haar schimmerte in einem hellen Rosa einer Verbrennung, und sein Hals trug Narben in einem Kreis, die von einem Würgegriff durch etwas Starkes und Stählernes zeugten.

„Jede Maschine wird sich irgendwann gegen uns wenden", fuhr Chalo fort. „Auch du. Auch sie." Sein Blick huschte zu Beta, die ihn angrinste. „Wir sind in diesem Krieg in der Unterzahl, Mech. Ich werde keine Chance verpassen, unsere Chancen zu verbessern, wie gering auch immer."

Chalo drehte mir den Rücken zu, bevor ich antworten konnte, sagte seinen Jägern, sie sollten den Rest vergessen und weitergehen: Die Drähte und das Reinigungsspray würden niemanden ernähren.

Der Garten tauchte aus dem Nebel auf, eine vom Boden bis ins Unendliche reichende Platte, die den Conduit überquerte, abgesehen von regelmäßigen Löchern in seinen vielen Ebenen. Kaydee erzählte mir, dass diese Löcher früher den Verkehr durchließen, Drohnenboten und Menschen in Flugtaxis. Jetzt waren es überwucherte Tunnel, Pflanzen brachen durch die zerschlagenen Wände des Gartens und hingen herab. Moos und Schimmel bedeckten die Basis, wo wir standen, kein Eingang war hier unten zu finden.

Stattdessen hatten die Menschen eine Leiter angebracht. Als Chalo und die Jäger anfingen hinaufzuklettern, fühlte ich die Wand des Gartens. Die weiche Nässe. Auf der anderen Seite würde Purity sein, der Ort, an dem ich Alvie zum ersten Mal gefunden hatte, wo mir zum ersten Mal klar wurde, dass nicht jeder Mech auf dem Starship ein Freund sein würde.

„Nach dir", sagte Beta und deutete mit demselben Messer.

„Warum benutzen sie keinen Aufzug?", fragte ich. „Kann nicht einfach sein, mit dem Essen rauf und runter zu klettern."

„Ein Aufzug ist leichter zu verfolgen, leicht zu stoppen", antwortete Beta. „Die meisten Mechs haben keine Pfoten wie wir. Können nicht klettern, um ihr Leben zu retten."

Meine Frage beantwortet, machte ich mich daran, meine Pfoten zu benutzen. Die Leiter hielt stand, brachte uns zur nächsten Ebene, wo ein Garteneingang lag. Der Durchgang war gesprengt oder so aufgerissen worden, dass seine spiralförmigen Teile in seltsamen Winkeln herausragten. Chalo winkte die Gruppe durch, Beta und ich gingen wieder als Letzte.

Auf der anderen Seite befanden sich die trockensten Ebenen des Gartens, sandig und gefüllt mit Kakteen und anderen Wüstenfrüchten. Eine Jägerin begann, ihren Rucksack mit allem zu füllen, was sie finden konnte, zapfte einen Kaktus an und ließ dessen Milch in einen Kanister laufen. Die anderen drei machten sich auf den Weg zu einer der Treppen des Gartens.

„Wir gehen nach oben", sagte Beta. „Hier wird es interessant."

„Gut, denn ich beginne mich zu langweilen."

„Oooh, du hast also doch eine Persönlichkeit", erwiderte Beta, als wir schmutzige Stufen zu einer weiteren Wüstenebene hinaufstiegen, wenn auch mit etwas mehr Pflanzen. „Ich dachte schon, du wärst so stumpf wie dieser Dreck."

„Sie hat nicht Unrecht", sagte Kaydee und trat gegen den Sand.

„Ich habe meine Meinungen", antwortete ich beiden und versuchte, entrüstet zu klingen, was mir, wie ich fand, größtenteils gelang. „Es ist schwer, ehrlich zu sein, wenn man ein Messer im Rücken hat."

„Du Armer", sagte Beta.

Chalo und seine beiden anderen Jäger gingen noch drei Ebenen höher und erreichten die erste, die man als üppig bezeichnen konnte. Ein ruhiges Feld erwartete uns, Feldfrüchte längst frei von ihren Reihen, aber ansonsten im Boden gedeihend. Trockenere Wurzelgemüse wurden angeboten und schnell aufgesammelt. Als ich sah, dass sogar Chalo seinen Rucksack füllte, ging ich in seine Richtung, neugierig.

„Es gibt bessere Früchte weiter oben", sagte ich.

„In der Richtung gibt's auch schlimmere Bedrohungen", erwiderte Chalo und stopfte Kartoffeln in seinen Rucksack. „Keine Mahlzeit ist es wert, dafür zu sterben."

Als jemand, der nicht essen musste, konnte ich dem nicht viel entgegensetzen. Beta, die sich an die blassblaue Wand lehnte – sie simulierte einen klaren Himmel, glaubte ich – nahe der Treppe, schien nicht im Geringsten interessiert. Sie warf ihr Messer immer wieder hoch und fing es jedes Mal perfekt auf. Trotzdem hatte ich das Gefühl, dass sie mich im Auge behielt.

Während die Jäger Nahrung sammelten, gab ich mich meinen eigenen Erinnerungen hin und bahnte mir meinen Weg über die freie Ebene zur Mitte des Gartens. Dort befand sich ein Loch von oben bis unten, das sich über die gesamte Länge des Conduits erstreckte und die Möglichkeit bot, dass Wasser von Ebene zu Ebene heruntertropfen konnte. Vor nicht allzu langer Zeit war ich durch dieses Loch gestürzt, an dieser Ebene vorbei, bis ganz nach unten zum Reservoir am Boden.

Es sah genauso aus wie bei meinem letzten Besuch, ein gähnender Abgrund unten und ein Wasserfallgemisch oben, unterbrochen von Gitterplattformen, überlaufenden Becken und anderen Verästelungen, die für eine ordnungsgemäße Bewässerung sorgten. Ich hätte es wieder bewundert, wäre da nicht ein bestimmtes Geräusch gewesen, das sich von den natürlichen Klängen des Gartens und der sanften Unterhaltung der Jäger abhob.

Ein Klingen, Metall auf Metall. Unregelmäßig, scharf. Ein Geräusch, das ich schon einmal gehört hatte, aus Wut hervorgebracht, aus Rache.

Delta bei der Arbeit, und nicht weit über uns.

SIEBEN

Terminals, Netzwerkzugang, die Stimmen und die Menschen. All das verblasste, als ich Metall auf Metall hörte. Ich stürzte zur Treppe und ließ Chalos Gruppe bei ihren Kartoffeln und Karotten zurück. Sie brauchten meine Hilfe beim Sammeln von Nahrung nicht, aber Delta könnte in Schwierigkeiten sein.

Obwohl ich es nicht bereute, mit Volt losgezogen zu sein, um Alvies Batterie zu finden, brachte diese Entscheidung Delta in Gefahr. Sie war kopfüber in die Gefahr gestürmt, überzeugt von ihrer Fähigkeit, alles zu zerlegen, was es wagte, sie anzugreifen. Normalerweise hätte sie damit Recht gehabt.

Aber Alpha war kein normaler Mech.

Ganz oben auf der Liste der Dinge, die ich nicht wollte, stand eine korrumpierte Delta, mit violett glühenden Augen, wie sie die Menschen niedermetzelte, um mich dann mit diesem gezackten Schwert aufzuspießen.

„Keinen Schritt weiter, Kumpel", sagte Beta und wedelte mit dem Messer, während sie sich an der Wand neben der Treppe anlehnte. „Ich weiß nicht, was in deinem

Prozessor vorgeht, aber du solltest besser nochmal drüber nachdenken."

„Stich mich ruhig, wenn du willst, aber ich gehe nach oben."

Beta runzelte die Stirn, zum ersten Mal sah ich sie ein wenig unbehaglich. Ich hörte nicht auf, mich zu bewegen, glitt an ihr vorbei und ging die sandige Treppe hinauf. Ich rechnete halb damit, ein Messer im Rücken zu spüren, aber Beta ließ mich ihren Bluff durchschauen. Stattdessen hörte ich, wie sie Chalo etwas zurief, dann donnerten weitere Füße die Stufen hinter mir hoch.

Ich mochte wie ein Mensch aussehen, aber in meinem Inneren hatte ich synthetische Muskeln, die von einer bioelektrischen Batterie angetrieben wurden. Ich konnte mich bei Bedarf anschließen - mit diesem Stecker - um einen Energieschub zu bekommen, etwas, das notwendig sein könnte, nachdem ich etwas eindeutig Unmenschliches getan hatte. Wie immer und immer wieder zu springen.

Meine Beine schalteten in den Overdrive, nahmen nicht mehr eine Stufe nach der anderen, sondern sprangen fünf oder sechs auf einmal, überwindend ganze Ebenen in Sekunden. Ich landete auf den Absätzen mit kurzen Kniebeugen, fand Halt mit meinen Füßen und sprang zur nächsten Ebene. Die Umgebung des Gartens veränderte sich, wurde mit jeder Ebene feuchter und schwüler. Der Sand verschwand, ersetzt durch kriechende Efeus, Schimmel und Moose. Pilze wagten sich auf die Stufen vor, wuchsen in den Ritzen, während ihre Pilzfäden ungehindert vorrückten.

Der nächste Sprung landete mich in einem sich ausbreitenden Gestrüpp, einem Nadelhaufen, aus dem ich mich befreite und Kaydee vor mir stehen sah. Nicht physisch natürlich, aber dennoch da, ihr türkisfarbenes Haar schüttelte sich mit ihrem Kopf, die Arme verschränkt.

„Was machst du da?", fragte Kaydee. „Dein ganzes Ziel ist da hinten, du Trottel."

„Mein Ziel?" Ich hob meine Augenbrauen, kunstvoll geformte dunkle Linien über meinen Augen, genau einen Zentimeter dick. „Mein Ziel ist es, zu verhindern, dass Starship auseinanderfällt, bevor es landet."

„Der beste Weg dafür ist, diese Menschen sicher und auf deiner Seite zu halten."

„Der beste Weg, diese Menschen sicher zu halten, ist Delta dabei zu helfen, für sie zu kämpfen."

„Sie kann auf sich selbst aufpassen, Gamma, falls du es noch nicht bemerkt hast", erwiderte Kaydee. „Aber-"

„Warum kümmert dich das so sehr?" Ich zeigte die Treppe hinunter, bemerkte Beta, die schnell näher kam. Keine Ahnung, was sie tun würde, wenn das Gefäß mich erwischte, aber ich wollte es nicht herausfinden. „Sie sind nicht deine Freunde, sie wollen mich zerstören und, in der Konsequenz, auch dich."

„Wir können ihre Meinung ändern, Gamma. Gemeinsam."

Jetzt war ich an der Reihe, den Kopf zu schütteln, durch Kaydees Projektion zu gehen und die nächste Treppe hinaufzuspringen. Meine Stiefel rutschten auf dem feuchten Boden, die Hitze und Feuchtigkeit erreichten tropische Ausmaße. Der Kampf ging schneller als zuvor weiter, das Klirren und Klappern hallte durch das Treppenhaus.

„Sie werden dich brauchen", sagte Kaydee und erschien neben mir. „Sie wissen kaum, wie man überlebt, und wenn Starship landet, werden sie nicht wissen, wie man seine Ressourcen nutzt."

Ich sprang erneut. Landete auf einer nebligen Ebene. Der Kampf fühlte sich jetzt auf meiner Höhe an. Ich bog nach links ab und verließ das schlichte Treppenhaus für ein Dschungelgewirr. Hängende Lianen verhüllten den Eingang mit Ranken, die in medizinischen Blättern endeten. Bananenbäume, gedrungen und fruchtbar, beschatteten den Weg nach vorne mit ihren grünen Früchten. Und um meine Füße herum bildeten verschiedene Knollengewächse einen essbaren, wenn auch etwas steifen Rasen. Alles roch feucht, grün.

„Die Stimmen können sie lehren", antwortete ich auf Kaydees Frage.

„Du meinst dieselben Stimmen, die Val abgeschnitten haben?", erwiderte Kaydee.

„Sobald das Raumschiff landet, werden die Stimmen keine andere Wahl haben." Ich schob einen Zweig beiseite und näherte mich dem Zentrum des Gartens. „Es wird entweder Val sein oder niemand."

„Oder du wirst es sein."

Ich hielt inne. „Was?"

Kaydee trat vor mich und schnippte mit den Fingern. In der Luft erschienen auf der einen Seite eine winzige Val und ihr menschlicher Stamm. Auf der anderen Seite, quer über ihrer Reichweite, tauchte die Kinderstube mit ihren Reihen über Reihen menschlicher Phiolen auf.

„Die Stimmen können dich wählen, Gamma", sagte Kaydee. „Sie brauchen Lehrer, einen Führer. Sie werden dich dazu bringen, die erste neue Generation aufzuziehen."

Ich vergaß Deltas Kampf und blieb an dem hängen, was Kaydee zu sagen schien. Dass die Stimmen entscheiden könnten, Val und ihre Leute seien so falsch, dass man ihnen die Zukunft der Menschheit nicht anvertrauen könne, schien ... genau ihren Motiven zu entsprechen. Ihren kleinlichen Groll.

„Die Stimmen mögen mich auch nicht besonders", sagte ich.

„Aber wie du gerade sagtest, welche andere Wahl haben sie?", erwiderte Kaydee. „Du bist ein Gefäß. Programmiert. Ich kenne meine Mutter, und sie mag Kontrolle. Sie würden dich einer Frau mit freiem Willen jederzeit vorziehen."

Ein Gefäß, das die Menschen in ihre neue Welt führt?

Ich hatte nicht das Ego, um zu behaupten, dass das die beste Idee wäre, aber angesichts der Optionen wäre ich vielleicht nicht der schlechteste Pilot für dieses spezielle Flugzeug. So oder so war die Entscheidung noch nicht gefallen und würde auch noch eine Weile nicht getroffen werden.

„Ich verstehe immer noch nicht, warum das jetzt wichtig ist", sagte ich.

„Weil, wenn du verletzt wirst, wenn du da drin gefangen wirst", erwiderte Kaydee, „ich nicht weiß, was sie tun werden."

Nicht sehr überzeugend. Sicher nicht genug, um mich davon abzuhalten, Delta zu helfen. Ich ging weiter und kämpfte mich durch die Pflanzen zur Mitte des Gartens.

Und wünschte, ich hätte es nicht getan.

Dieselben Pflanzen, die sich hinter mir knurrend verschlangen, lagen in Klumpen um das Zentrum herum, zerhackt und herumgeworfen. Legierungen waren im Schutt verkeilt, Arme und Beine und Räder und wer weiß was noch, alles getrennt von größeren Massen, die in der improvisierten Arena funkelten, brannten und zerbrachen. Fettflecken verunstalteten das Grün, meine Nase nahm Ozon und verbrannte Pflanzen wahr. Das Summen und Rumpeln der stotternden Mechs übertönte die Ruhe des

Gartens, nur unterbrochen von den klingenden Zusammenstößen, als Delta auf der gegenüberliegenden Seite wütete.

Die Spur, die sie geschlagen hatte, war offensichtlich, ein metallener Todesmarsch von meinem Ende zu ihrer aktuellen Position gegenüber einem Mech. Delta sah kaum noch so aus, wie ich sie verlassen hatte, das todbringende Gefäß war mit Ölen, Asche und Säften geplatzter Früchte verkrustet. Nichts davon hielt sie von ihren schwindelerregenden Drehungen ab, ihren perfekten Rollen, dem Fersenkick vom Haupt-Mech – einem kastenförmigen Ding mit schnappenden Armen –, der es ihrer Klinge erlaubte, nach oben zu fegen, als Delta sich drehte, ihre Schneide den Mech in der Mitte teilte.

Delta landete und sprang einen Schritt zurück, ließ zwei weitere Mechs über die Überreste ihres Freundes klettern. Diese beiden sahen aus wie schnappende Hunde, lang und geschmeidig, die sich mit missgestalteten, krummen Reißzähnen auf Delta stürzten. Als ich näher kam, bemerkte ich, dass sie nicht ganz so sauber waren, wie ich gedacht hatte: Hunde ja, aber zusammengestückelt aus anderen Mech-Teilen. Ihre Körper gehörten zu Kurieren, ihre Beine und Pfoten zu Regal-Bestückungs-Mechs.

„Was zum Teufel?", sagte Kaydee neben mir und schien ihren früheren Protest beiseite zu schieben, jetzt, da ich mitten im Geschehen war.

Als ich um das mittlere Loch herumkam, das bis hinunter zu Puritys wässrigem Reich führen würde, wenn ich spränge, hob ich einen kräftigen Mech-Arm auf, um ihn als Keule zu benutzen. Keine besonders effektive Waffe, aber meine pure Kraft würde ihr etwas Nutzen verleihen.

„Delta!", rief ich und rannte los, als Delta, ihre Klinge vor sich schwingend, vor den Hunden zurückwich. „Halte ihre Aufmerksamkeit!"

Delta warf mir einen kurzen Blick zu, zeigte keine Überraschung und versetzte dann dem linken Hund einen abwehrenden Tritt. Der Schlag lenkte dessen Biss um, die Kiefer des Dings schnappten ins Leere. Sein Partner versuchte einen Sprung und nutzte Deltas Position aus, um über ihr zurückziehendes Bein zu springen, der Biss zielte auf ihr Gesicht.

Mein Schwung traf das gekrümmte Hinterteil des Dings und schlug es zur Mitte hin. Der Biss verfehlte sein Ziel, aber die Brust des Hundes traf Delta und schleuderte sie in ein Farngestrüpp. Der Hund prallte ab, landete auf demselben blättrigen Boden, erblickte mich und stürmte zurück, während sein Bruder auf Deltas Hals losging.

„Home Run?", fragte Kaydee, als ich erneut ausholte, diesmal alles auf eine Karte setzend.

Der Hund duckte sich unter meinem wilden Angriff weg, tauchte nach vorne und erwischte meine Knöchel, während mein Schwung eine wunderbare Brise erzeugte und sonst wenig bewirkte. Mein Rücken traf auf weichen Boden, genau wie Deltas, der Hund setzte seine Offensive mit einem schnellen Aufstieg zu meinem Gesicht fort, knirschende Kiefer schnappten immer näher.

„Du bist immer noch mies darin, Gamma", sagte Kaydee, als ich meine Keule fallen ließ, ausholte und die schmale Schnauze des Hundes packte.

Zähne schrammten an meinen Händen entlang, aber ich hielt trotzdem fest und drückte gegen den Hund. Der Mech hatte Griff, aber ich hatte Kraft, und für einen Moment waren wir ebenbürtig.

„Du liegst nicht falsch", murmelte ich zu Kaydee und rollte mich dann nach rechts.

Ich drückte mit meinen Knien, stieß sie in den Hund, als ich mich bewegte, und schob den Mech mit der

Drehung von mir weg. Als meine rechte Schulter den Boden berührte, schob ich meine Hände unter den Kiefer des Hundes und drückte, wodurch der Hund über den Rand der Mitte rollte. Ohne ein Heulen, ohne einen Laut außer den Schlägen und Rissen stürzte der Mech in die Tiefe.

Eine Hand packte meine linke, zog mich hoch. Delta, ihr eigener Hund ein zerhacktes Wrack hinter ihr.

„Danke", sagte Delta und musterte mich von oben bis unten. „Du siehst nicht beschädigt aus."

„Du siehst eklig aus."

„Es war schwierig", sagte Delta und nickte in Richtung des Durchgangs, den sie angegriffen hatte.

Diese Richtung führte vom Garten zur Brücke. Es hätte frei sein sollen: Als wir zuvor diesen Weg gegangen waren, hatten Delta und ich im Garten keinen Widerstand erlebt. Wir hatten solche Mechs tatsächlich nirgendwo gesehen.

„Ich weiß, was du denkst", fügte Kaydee hinzu und betrachtete Deltas Werk. „Leo und ich haben keinen davon entworfen. Die Stimmen haben sie auf keinen Fall gemacht."

„Alpha ist noch nicht lange genug frei", begann ich, nur um von einem scharfen Lachen hinter mir unterbrochen zu werden.

Beta schritt in den Raum, Messer in beiden Händen. Sie sah nicht im Geringsten überrascht aus von der Verwüstung, stattdessen bahnte sie sich ihren Weg hindurch, während ihr Blick auf Delta fixiert blieb.

„Alpha ist schon verdammt lange unterwegs", sagte Beta. „Er hatte auch Raum zum Streunen. Es wäre ein Leichtes gewesen, diesen Mist zusammenzubauen."

„Delta, Beta", sagte ich, trat zurück und gab Beta Raum, um sich unserem Trio anzuschließen. „Hab sie gefunden."

Delta hob ihr Schwert, als Beta näher kam, die Spitze direkt auf Betas Brust gerichtet. Das langhaarige Gefäß hielt ihre Messer weit ausgestreckt, ein teuflisches Lächeln umspielte ihre Lippen.

„Tu es", sagte Beta.

Delta stach zu, ein blitzschneller Angriff, der mich aufgespießt und festgenagelt hätte. Beta jedoch schwang sich nach links, drehte sich aus dem Weg. Die Klinge verfing sich in einem Bandelier und riss es ab. Beta wich nicht nur aus, sondern schlug mit ihrem Ellbogen auf das Schwert, wodurch die schwarzmetallene Waffe in Richtung Boden geschleudert wurde. Deltas Hieb blieb in einer Pflanze stecken, während Beta mit ihrer rechten Hand ausholte.

Das Messer flog, ein zwei Meter weiter Wurf, und Delta fing das verdammte Ding. Ich sah Deltas Hand nicht bewegen, aber in einem Moment hatte sie einen Zweihändergriff an ihrem Schwert, und im nächsten hatte das Gefäß ihre linke Hand oben, umschlossen um den Messergriff, mit der Spitze fast ihr Auge durchbohrend.

„Hey!", rief ich und schritt zwischen die beiden.

Ich wollte nicht unbedingt erstochen oder aufgeschlitzt werden, aber angesichts dessen, was um uns herum lag, würde ein sinnloser Kampf niemandem helfen. Delta warf mir einen vernichtenden Blick zu, versuchte aber keinen weiteren Angriff. Beta lachte nur wieder.

„Sind alle Gefäße verrückt?", fragte Kaydee, und ich konnte die Idee nicht von der Hand weisen.

„Fast", sagte Beta, als Delta ihr Schwert zurückzog. „Willst du noch eine Runde?"

Delta warf das Messer zu Beta zurück, die es, genau wie ihr Gegenstück, auffing und durch ihre Finger wirbeln ließ.

„Mein Kampf liegt in dieser Richtung", sagte Delta und nickte in dieselbe Richtung.

„Cool, viel Glück damit", erwiderte Beta.

„Warte", sagte ich und fühlte mich wie ein Schiedsrichter, der zwischen zwei Rivalen festsitzt. „Was meinst du damit, Alpha sei schon lange unterwegs?"

„Hast du nicht zugehört, als Val da unten geredet hat?", sagte Beta. Während sie sprach, driftete Delta einen Meter weg, genug Platz, um mit ihrem Schwert auszuholen und zuzuschlagen. Immer bereit, diese da. „Alpha und ich tanzen schon seit Jahrzehnten auf diesem Schiff. Die Stimmen haben mich rausgelassen, als Alpha anfing, in den Wahnsinn abzurutschen, und wir haben uns lange Zeit bekriegt. Schätze, sie haben die Geduld mit mir verloren und euch zwei reingebracht."

Jahrzehnte?

Alpha war seit Jahrzehnten auf dem Raumschiff unterwegs?

„Wir sind hier, weil du versagt hast", sagte Delta, eine völlig nützliche Bemerkung, die ihr einen ordentlichen Blick von mir einbrachte. „Jetzt darf ich dein Chaos aufräumen."

„Mein Chaos?", Beta benutzte das Messer, um an ihren Metallzähnen herumzustochern. „Nein, ich glaube, da irrst du dich. Der einzige Grund, warum ich Alpha nicht gekriegt habe, war, dass ich diese Fleischsäcke da unten beschützen musste. Konnte ihn ja schlecht quer durchs Raumschiff jagen und sie allein lassen."

„Sie waren nicht deine Anweisung", konterte Delta.

„Die Stimmen haben mir gesagt, ich soll die Menschheit retten, also hab ich das getan", schoss Beta zurück. „Nicht meine Schuld, dass es nicht die Menschen waren, die sie wollten."

Ich hustete. Oder vielmehr, ich simulierte das Geräusch eines Hustens. Schwer, das Echte ohne Lungen zu machen.

„Können wir zum Punkt zurückkommen? Alpha?", sagte ich. „Du sagst, er könnte diese gemacht haben?"

Beta kniete sich hin, stocherte mit ihrem Messer an einem kaputten Mech herum. „Ich sage, diese könnten an den Fertigungslinien hergestellt worden sein, und Alpha hat jahrelang damit herumgespielt."

Während sie sprach, erinnerte ich mich an all die kleinen Nagetier-Mechs, die mich im Garten überrannt hatten, kurz nachdem ich zum ersten Mal aufgewacht war. Das waren Überbleibsel gewesen, aber sie hatten alle auf Alphas Befehle reagiert. Er mochte sie infiziert, seine eigenen Anweisungen in die Maschinen eingefügt haben, aber wie viel einfacher wäre es, es an der Quelle zu ändern? Zu ersetzen und neu zu machen?

„Das ist Alvie passiert", sagte ich. „Alpha musste sich nicht befreien. Wir haben Alvie hier allein gelassen."

Der Gedanke ließ mich schrumpfen, verbrannte mich. Ich glaubte nicht, dass ich die emotionale Bandbreite eines Menschen hatte, aber Leo gab mir genug, um das Schreckliche zu spüren. Hatte Alvie bis zum letzten Bellen in diesem Garten gekämpft, allein, als Alphas Mechs hereingeschwärmt kamen?

Hatte Alvie nach mir gerufen?

„Hey", sagte Beta. „Gamma. Wir haben einen Job zu erledigen. Lass uns gehen."

Delta neigte ihren Kopf, „Du kommst nicht mit mir?"

Ich hätte ihr gesagt, warum, hätte ihr erzählt, was passiert war, aber ein Schrei von weit unten unterbrach das Gespräch. Ein menschlicher Schrei, ein wütender, der die Jäger zu den Waffen rief.

ACHT

MENSCHLICHE GEISTER

Beta war schon auf halbem Weg zur Treppe, als sie über zerschnittene Ranken stolperte und sich zu mir umdrehte.

„Kommst du?", fragte sie.

Ich hatte keine gute Antwort für sie. Ich war für Delta hierher gesprintet, aber die Menschen da unten hatten nicht gerade einen guten Eindruck hinterlassen. Chalo war eiskalt gewesen, hatte einen unschuldigen Mech ohne mit der Wimper zu zucken ermordet. Meine Direktive drängte mich dazu, Menschen am Leben zu erhalten, aber ich konnte diesen Befehl so auslegen, dass er sich auf all die Ampullen in der Aufzuchtstation konzentrierte.

Val und ihr Stamm waren nicht die Einzigen im Spiel.

„Geh", sagte Delta.

„Was?"

„Du schuldest ihnen etwas", fuhr Delta fort. „Das hast du selbst gesagt."

Beta kam wieder auf mich zu, mit einem entschlossenen Blick, der mich denken ließ, sie würde mich mitnehmen, egal was ich wollte. Das war der Nachteil, wenn man mit Gefäßen arbeitete, die stärker waren als man selbst.

„Was ist mit dir?", fragte ich Delta und suchte nach einem Ausweg, einer Ausrede, nicht wieder nach unten zu gehen.

„Ich gehe weiter", antwortete Delta. „Egal wie viele Mechs Alpha mir in den Weg stellt, ich werde ihn finden und das hier beenden."

„Gut", sagte Beta und griff nach meinem rechten Arm. Ich versuchte, mich loszumachen, scheiterte aber. „Verstehst du es jetzt?"

Manche Kämpfe, verdammt, die meisten Kämpfe, konnte ich nicht gewinnen.

„Dann lass uns die Menschen retten gehen", sagte ich.

Beta verlor keine Zeit und nahm nicht den Weg, den ich erwartet hatte. Stattdessen behauptete sie, wir hätten zu lange gewartet, und sprang in die Mitte, wobei sie mich mit über den Rand zog. Ich fluchte, schrie und klammerte mich an Betas Arm, während wir in die Tiefe stürzten. Der Fall war nicht sauber – wir prallten gegen wasserspendende Ranken, platschten durch Wasserfälle und wären den ganzen Weg bis zur Reinheit gefallen, wenn Beta nicht etwas Verrücktes getan hätte.

Während wir fielen, schleuderte Beta ein Messer vor uns hinunter. Durch vom Wind verwehte Augen sah ich, wie die Klinge die Verbindung einer Ranke zur Mitte durchtrennte. Beta schnappte sich das lianenartige Gebilde, als es fiel, und seine Verbindung zum eigentlichen Garten verwandelte unseren Sturz in einen schwingenden Abstieg zur nächsten Ebene. Gerade als wir parallel zum Boden kurvten, ließ Beta los und schleuderte uns ins Chaos.

Ich hatte eine Sekunde Zeit, um die versammelten Jäger und die Mechs, die gegen sie kämpften, wahrzunehmen. Silberne Klauen, die zustachen, Bögen, die schossen, und Äxte, die schwangen, huschten durch mein Blickfeld, als ich fiel, auf den Boden aufschlug und durch Gemüsereihen rollte. Blätter, Erde und zerstörte Karotten wurden zu meinem Bett und Bollwerk.

„Autsch", sagte Kaydee, die neben mir lag. „Nicht lustig."

„Nein", antwortete ich und blickte zur gemalten blauen Himmeldecke hinauf.

Mein Körper führte eine Bestandsaufnahme durch und meldete minimale echte Schäden. Schnitte in meiner synthetischen Haut zogen sich zusammen, als ich mich aufsetzte und versuchte herauszufinden, wo ich helfen konnte. Die vier Menschen waren von doppelt so vielen Mechs umzingelt, die sie in eine Ecke gedrängt hatten. Die beiden Bogenschützen spickten die herannahenden Maschinen, die meisten sahen aus wie kastenförmige, scharfhändige Schrecken, mit wirkungslosen Pfeilen: Ich sah, wie einer abprallte, ein anderer durchbohrte einen Mech-Arm und blieb dort stecken, ragte in einem seltsamen Winkel heraus.

Chalo und sein axtschwingende Freund hieben in langen Schwüngen um sich und verschafften sich Raum, während sich das Quartett zurückzog. Die Mechs schienen es nicht eilig zu haben, zufrieden damit, die Menschen sich selbst in die Falle laufen zu lassen, bevor sie die Jäger unter Metall begraben würden.

Beta würde das nicht zulassen.

Das Gefäß teilte meine Bedenken gegenüber den Menschen nicht und stürzte sich mit mörderischem Eifer in den Kampf. Beta sauste an mir vorbei, ihre Arme arbeiteten, während sie loslief, um die Mechs von hinten mit einem Messer, einem Schlagring und einem Schrapnellstück nach dem anderen aufzuspießen. Die Würfe sprühten Funken, als sie trafen und alle in die Energiepacks auf den Rücken der Mechs, in Kabel und Gelenke an ihren Armen und Beinen oder in surrende Motoren eindrangen. Drei Mechs kamen zum Stillstand, bevor Beta überhaupt ihre Linie erreichte.

Beta stieß sich in einen Tritt ab, ihr Fuß traf ihr eigenes geworfenes Messer und trieb es tiefer in den Rücken des ersten Mechs. Sie sprang von der Maschine ab, stieß sie zu Boden und landete mit zwei weiteren Messern, die sie bereits aus Oberschenkelholstern gezogen hatte.

Ich kam wieder auf die Beine.

Zwei Mechs stürmten auf Beta zu, ihre kombinierten vier Arme schlugen nach ihr aus, während die anderen drei ihr langsames Rollen beendeten und auf Chalos Gruppe zurannten. Beta ging nach links und schleuderte beide Messer auf den sich nähernden Mech, wobei jedes in dessen flache Mitte eindrang. Als das die Maschine nicht stoppte, stürmte Beta vorwärts und nahm die Kratzer an ihrem Rücken in Kauf, als der Mech angriff.

Sie legte eine Hand an jedes Messer und riss, wobei sie den Mech aufschlitzte. Als die Maschine ihre Arme um sie schlang, drehte Beta die Messer in den Rückwärtsgriff und stach zu. Die Messer verschafften dem Prozessor des Mechs eine kostenlose Erlösung. Er fiel rückwärts, die Arme nun in einer reaktionslosen Totenstarre um Beta geschlungen.

Der andere Mech hob seine eigenen Arme und wollte die Situation mit einem zerschmetternden Schlag ausnutzen. Ich, Kaydees ständige Behauptungen über meine Nutzlosigkeit in einem Kampf widerlegend, rammte das Ding. Mein Schulterangriff stieß den Mech gegen einen seiner beschädigten Kameraden und brachte die tote Maschine ins Wanken. Der Rückstoß brachte den lebenden Mech wieder in meine Richtung, seine gezackten Beine vollführten eine langsame Drehung zu mir.

Ich schlug dem Metallding ins kastenförmige Gesicht. Hinterließ eine Delle auf der ausdruckslosen Platte.

„Gut gemacht, harter Kerl", sagte Kaydee. „Sieht aus, als hätte er jetzt richtig Angst."

„Halt die Klappe."

Ich fing die Arme des Mechs ab, als sie kamen, und hielt jeden mit einer Hand fest. Die klauenartigen Finger des Mechs griffen nach meinen Augen. Ein Nagel streifte meine Stirn, ihr Druck brachte den Mech dem Sieg näher.

Also ließ ich das Ding gewinnen. Fiel zurück, zog die Knie an und pflanzte meine Füße auf den fallenden Körper des Mechs. Ich trat mit all der Muskelkraft, die Volts Upgrades mir gegeben hatten, ließ die Arme des Mechs los und sah zu, wie er flog, sich über meinen Kopf überschlug und in die offene Mitte des Bodens prallte. Kurz darauf bestätigte ein lautes Platschen das wässrige Grab des Mechs.

Für einen kurzen Moment nahm ich wieder die Welt um mich herum wahr. Die Geräusche des Konflikts hielten an, Metall prallte auf Metall. Chalo rief um Hilfe und klang, als würde er es hassen, das zu tun. Dreck klebte an mir, haftete, seit ich von den nassen oberen Ebenen in den trockenen Keller des Gartens gekommen war. Der Sand rieb an meinen scharfen, verfeinerten Zähnen, als ich mich aufsetzte und sah, wie Beta sich aus der tödlichen Falle ihres Mechs befreite.

Mit ihren Messern durchtrennte Beta die greifenden Arme, stieß sich vom toten Roboter ab und eilte zu Chalos Rettung. Der Mann, flankiert von den Bogenschützen – beide ohne Pfeile, ihre Bögen nutzend, um ausgreifende Arme abzuwehren – schien von zwei verbliebenen Mechs bedrängt zu werden. Eine Jägerin saß abseits, ihre Axt in einem Mech vergraben, der auch sie begraben hatte.

Ich torkelte in diese Richtung, während Beta einen wirbelnden Angriff startete, stach, schnitt, stieß und durchbohrte das verbleibende Mech-Paar in einem solchen Wirbel, dass die Maschinen in funkende Flüssigkeitspfützen ihres eigenen Kühlmittels zusammenbrachen.

Meine eigene Rettungsaktion war weniger dramatisch und weniger effektiv.

Den Mech von der Jägerin zu werfen, war nicht allzu schwer, obwohl der Mech so viel Gewicht hatte, dass ich die Maschine nicht so sehr wegschleuderte, als sie zur Seite zu rollen. Der Mensch unter dem Mech war zerschlagen und zerfetzt. Kaydee stöhnte und verschwand, während ich nach einem Puls tastete, der nicht da war.

Eine Hand schob mich beiseite. Chalo nahm meinen Platz ein und untersuchte die Wunden der gefallenen Frau. Die anderen beiden Jäger gesellten sich schnell dazu, nur um von Beta weggezerrt zu werden.

„Sie ist tot", verkündete Beta. „Ihr werdet auch tot sein, wenn wir nicht sofort verschwinden."

„Du gibst uns keine Befehle", sagte Chalo und starrte das Gefäß wütend an.

„Sie sollte es aber."

Chalo richtete seine zornigen Augen auf mich, und ich gab ihm denselben Blick zurück. Der Mensch mochte größer sein als ich, mochte mehr organische Muskeln an diesen sehnigen Armen haben, aber in einem Willenskampf hatte der Mann keine Chance. Mein Rückgrat kam nicht von Emotionen, sondern von kalter, harter Logik. Ich *wusste*, dass ich Chalo wie eine Brezel biegen konnte, und ich *wusste*, dass Beta hier den richtigen Ruf hatte.

„Heb sie auf", sagte Chalo. „Heb sie auf und trag sie mit uns. Sie bleibt nicht hier."

„Wag es ja nicht zu fragen, warum", sagte Kaydee, als ich den Mund öffnete. „So dumm bist du nicht."

Über Menschen und ihre sinnlosen Rituale? Könnte sein. Trotzdem folgte ich Kaydees Rat und befolgte Chalos Befehle ohne Widerrede. Ich hob den Körper auf, während Chalo und die anderen Jäger ihre Rucksäcke schulterten. Beta schnappte sich die Ernte des gefallenen Jägers, und gemeinsam wanderten wir ohne ein weiteres Wort aus dem Garten.

Ich musste mir den Körper über die Schulter werfen, um die Leiter hinabzusteigen, ein unbequemer Abstieg. Die Menschen gingen zuerst, ihr Geplauder war einer eisigen Stille gewichen. Beta nahm wie immer den letzten Platz ein und behielt mich dabei stets im Auge.

„Du verstehst es nicht, oder?", sagte Kaydee, die neben mir hinabschwebte.

„Über Trauer?", erwiderte ich. „Ich verstehe Trauer. Ich kenne Verlust."

Kaydee schüttelte den Kopf. „Nicht so wie das hier, das tust du nicht."

„Dann bring es mir bei."

„Du hast tausende Mechs in Stücke geschnitten gesehen, Gamma. Nicht einer von ihnen konnte nicht wieder aufgebaut werden. Diese Frau aber? Sie hatte ein Leben. Sie hatte Freunde, eine Familie. Etwas jung für Kinder, aber wer weiß das jetzt noch?" Kaydee streute Cartoon-Bilder für jede Bemerkung in die Luft, grobe Strichmännchen. „Ich wette, Chalo und die anderen haben all die Jahre mit ihr gelebt. Du bist, was, eine Woche am Leben?"

Ich antwortete nicht, konzentrierte mich darauf, von einer Sprosse zur nächsten zu kommen. Kaydee hatte Recht. Ich konnte nicht genau nachempfinden, was Chalo und die anderen Menschen fühlten.

„Was soll ich also tun?", fragte ich und kam zum eigentlichen Punkt. „Wenn das so weitergeht, Kaydee, wird es mehr davon geben. Vielleicht viel mehr."

„Sei geduldig, sei freundlich", sagte Kaydee.

„Du meinst, ich soll ignorieren, dass sie mich verschrotten wollen."

„Für den Anfang", erwiderte Kaydee. „Und wer weiß, wenn du kein Arsch bist, verschrotten sie dich am Ende vielleicht nicht."

Mit diesem Rat erreichte ich das untere Ende der Leiter, und wir machten uns auf den Weg zurück zum Laden des Schrotthändlers, der menschlichen Siedlung. Wir waren erst ein paar Minuten auf dem Damm unterwegs, als Beta vor einer rotbesetzten Tür zum Halt rief. Das einzige Schild zeigte eine Hausnummer und eine farbige Flagge, die der nahe der Tür des Schrotthändlers ähnelte.

„Geht ihr schon mal vor", sagte Beta. „Gamma und ich haben noch etwas Zusatzarbeit zu erledigen."

Chalo gab seinen Rucksack einem anderen Jäger und nahm den Körper. Er trug die Frau behutsam, als hielte er ein Kind, und wiegte sie an seine Brust. Einen Moment lang dachte ich, er würde etwas zu mir sagen, stattdessen ging er ohne ein Wort weg.

„Wenn sie dich vorher nicht mochten", sagte Kaydee, „werden sie es jetzt erst recht nicht tun."

Ich fragte nicht warum. Die Zusammenhänge der Situation waren klar genug. Ich hatte Beta hinter mir hergezogen und die Menschen ungeschützt gelassen. Ich konnte keinen Mech-Hinterhalt erwartet haben, aber mit Delta, die oben kämpfte, hätte ich mehr Feinde unten vorhersehen müssen.

Oder etwa nicht? War das mein Job?

„Hey, Kopfnuss", sagte Beta. „Komm mal rüber."

Sie tippte Zahlen in das Tastenfeld neben der Tür. Sie öffnete sich, der Edelstein wurde grün. Drinnen befand sich eine kleine, karge Wohnung. Ich erkannte das Layout wieder: Es entsprach dem, das ich kurz in Kaydees zurückgesetzter Erinnerung gesehen hatte, wenn auch kleiner, Küche und Wohnzimmer in einen einzigen kreisförmigen Raum gepresst. Kein Tisch, keine Stühle, nur ein paar eingebaute Schränke und leere Stellen für längst verlorene Geräte, die Hinweise gaben.

Eine einzelne Glühbirne an der Decke schaltete sich ein, als ich eintrat, und tauchte den Raum in rauchig-gelbes Licht. Beta zeigte hinter der Küche zum Schlafzimmer.

„Wessen Wohnung ist das?", fragte ich, während ich Betas Anweisungen folgte.

„Vals", sagte Beta. „Oder die ihrer Familie. Sie hält diesen Ort geheim. Will nicht, dass sich hier jemand versteckt."

„Weil?"

„Weil Menschen dumm sein können, du Dödel."

Kaydee lachte. „Dieses Mädchen ist völlig durcheinander. Leo muss ihre Programmierung ganz schön durcheinandergebracht haben."

„Oder vielleicht lebt sie schon zu lange mit deiner Spezies zusammen."

Ich spürte etwas Spitzes an meinem Hals, als ich das Schlafzimmer betrat.

„Mit wem redest du?", zischte Beta.

Ohne mich umzudrehen, in ein fast leeres Schlafzimmer mit einem einzelnen Eckschreibtisch und einem Computerterminal blickend, gab ich Beta alles, was sie über Kaydee wissen wollte. Über die Minds, den Prozess, dem mich die Stimmen unterzogen hatten. Als ich erwähnte, dass Alpha seinen Mind getötet hatte, schnaubte Beta.

„Natürlich hat er das", sagte Beta und zog das Messer weg.

„Was ist mit dir?", fragte ich. „Hast du einen?"

Jetzt lehnte sich Beta gegen den Türrahmen des Schlafzimmers und fuhr sich mit einer Hand, das Messer darin, durch ihr langes Haar. Sie lächelte, aber die Mundwinkel zuckten, als wäre sie unsicher, ob sie in ein Stirnrunzeln oder ein manisches Grinsen übergehen sollten.

„Ich bin schon lange wach, Gamma. Wenn ich einen Mind hatte, habe ich ihn nicht mehr." Beta blickte an sich herab. „Oder vielleicht doch, vielleicht bin ich mein Mind, oder er ist ich. Das machen sie doch, oder? Hinterlassen Spuren in dir?" Sie stand auf und schob mich zum Terminal. „Besser, du bringst die Menschen wieder online, bevor du aufhörst, du selbst zu sein, Gamma. Könnte jetzt jeden Moment passieren."

Ich ... wusste nicht, wie ich darauf reagieren sollte.

Kaydee tauchte auf, als ich mich dem Terminal näherte, Beta wieder hinter mir. Sie schüttelte schnell den Kopf, kleine wütende rote „Neins" erschienen in der Luft um sie herum. Ich ignorierte sie und konzentrierte mich auf den Computer. Ich faltete meine Finger zusammen, benutzte den Anschluss und klinkte mich ein.

Kaydee würde drinnen auf mich warten. Gemeinsam würden wir das fehlende Glied finden, das die Menschen im Dunkeln hielt, und es wieder einschalten.

Und die ganze Zeit würde ich mich fragen, wann ich aufhören würde, ich selbst zu sein.

NEUN

DAS NETZ

Die digitale Welt des Junkers war eine trübe gewesen, voller fehlplatzierter Dateien und Unordnung: Val hielt ihren Computer sauber. Ich tauchte in ein ruhiges Heiligtum ein, helle Perlwände, die mit beschrifteten hellblauen Türen übersät waren. Ein Buntglasdach ließ den gefliesten Boden zu meinen Füßen in Lila und Gelb erstrahlen. Hinter diesen Türen warteten Optionen von Dokumenten bis hin zu Datenbanken darauf, durchstöbert zu werden, aber ich verzichtete auf sie alle zugunsten des gewölbten Eingangs am anderen Ende.

Netzwerk, das in weißgoldenen Lettern über der Tür prangte, gab mir den entscheidenden Hinweis.

„Ich glaube, das ist die schönste Welt, in der ich je war", sagte Kaydee und tauchte neben mir auf. „So ordentlich."

„Wünschte, meine wäre so", fügte ich hinzu, während wir gingen. „Stattdessen habe ich überall Kristalle."

„Code kann geändert werden, weißt du", erwiderte Kaydee.

Ich stellte mir vor, dass Menschen, wenn sie tief in ihre eigenen Gedanken eintauchen würden, einen ehrlichen

Blick auf die Dinge werfen könnten, die sie antreiben. Ihre Gewohnheiten, ihre Impulse, ihre Instinkte. Für mich jedoch führte das Vordringen in die Tiefe zu einem schwarzen Loch, einer Dunkelheit, die ich nicht durchdringen konnte. Leo hatte diesen Teil abgeschottet, hielt mich davon ab, meine eigenen Schaltkreise neu zu verdrahten, außer durch den sehr, sehr mühsamen Prozess des Lebens.

„Wie?", fragte ich. „Val hat das alles manuell gemacht. Jemand müsste meinen Code, meine Funktionen umstellen, damit es so aussieht."

„Ich könnte das machen."

Ich hielt inne und warf Kaydee einen Blick zu, um zu bestätigen, dass sie es ernst meinte. „Du hast nicht gesagt, dass du auf diese Teile von mir zugreifen kannst."

„Es würde Zeit brauchen, aber ich bin wie ein kleiner Virus in deinen Eingeweiden, Gamma", Kaydee schnippte mit den Fingern und Versionen von mir erschienen im Raum um uns herum. Einer setzte sich hin, starrte zur Decke und rieb sich das Kinn. Ein anderer brach in einen Lauf aus und knurrte imaginäre Feinde an. Ein dritter begann zu tanzen, Arme und Beine bewegten sich in schnellem Rhythmus zu einem Lied, das nur er hören konnte. „Wir könnten dich zu allem machen, was du sein möchtest."

Ich runzelte die Stirn angesichts der eklektischen Beispiele. „Werde ich dann nicht zu dir?"

„Du wirst eine Note von mir haben, wenn wir lange genug zusammenbleiben", sagte Kaydee. „Schätze, das ist nicht viel anders als bei Menschen. Jeder wird von seinen Beziehungen geprägt."

„Sicher...", ich blickte zurück zur Netzwerktür. „Tu mir einen Gefallen und lass meine Eingeweide in Ruhe, okay?"

„Vertraust du mir nicht?"

„Wenn das deine Beispiele sind, dann nein, ich vertraue dir nicht."

Kaydee schloss sich meinem Gang an. Ich genoss die gleichmäßigen Schritte ohne Mechs, die mich jagten, Menschen, die mich anstarrten, oder Beta, die mir ein Messer in den Rücken hielt. Wieder einmal erwies sich die digitale Domäne als Zuflucht, wenn auch eine vorübergehende, fremde. Die Grenzen innerhalb von Vals Terminal waren starr: Anders als beim Hacken in Deltas oder sogar des Junkers Computer hielt Val ihre Routinen straff, ihre Dateien geordnet. Schön, ja, aber eine Art Gefängnis für einen wie mich.

Beta und Gamma waren für körperliche Stärke konzipiert worden. Sie machten Kunst mit ihren Waffen, ihren schneidenden, schlagenden Tänzen. Ich konnte herumstolpern und meine Fäuste schwingen, aber dies war meine Arena. Einsen und Nullen, Funktionen und Variablen. So schnell wie Delta ein Schwert werfen konnte, konnte ich winken und-

Die Tür stand vor uns, der Gang endete in einem Augenblick.

„Bereit?", fragte ich meinen Freund.

„Lass uns diese Fahrt am Laufen halten."

„In der Tat."

Die blaue Tür hatte keinen Griff, aber die schmale schwarze Linie, die ihre Mitte teilte, deutete auf einen Schubs hin, also tat ich genau das. Die Tür widersetzte sich. Ich schob härter, erhielt die gleiche Antwort.

„Nichts?", fragte Kaydee.

„Es scheint entschlossen, geschlossen zu bleiben."

Aber nur weil eine Tür sich nicht öffnen wollte, hieß das nicht, dass es unmöglich war. Ich sah mir die Kanten

der Tür genauer an, alle bündig mit Vals perfekten Wänden. Nirgendwo ein Ansatzpunkt, keine Fehler im Code. Wenn die Stimmen diesen Block gebaut hatten, hatten sie es gut genug gemacht, dass kein gewöhnlicher Benutzer ihn umgehen könnte.

Ich, stolzer Meister der digitalen Domäne, war kein gewöhnlicher Benutzer.

Zuerst versuchte ich es mit roher Gewalt, einem dekonstruktiven Angriff, um die Tür zu testen und zu sehen, ob ein bestimmter Bereich verwundbar wäre. Ein Beil, dessen Kante mit Zahlen, Buchstaben und Funktionen versehen war, erschien in meiner Hand, und ich schlug damit auf die Tür ein. Oben, in der Mitte, unten. Ich prüfte die Kante und versuchte, die Mitte zu durchbrechen.

Jeder Schlag hinterließ keine Spuren, keine Veränderung gegenüber dem vorherigen Zustand.

„Scheint, als wären sie schlauer als du", spottete Kaydee.

„Die einfachste Lösung zu verhindern, ist nicht schlau, es ist notwendig", erwiderte ich.

„Jetzt auf einmal Cybersecurity-Experte?"

„Willst du nur nerven oder kannst du auch helfen?"

Kaydee zuckte mit den Schultern, betrachtete die Tür und lachte. „Hätte früher merken sollen, worauf wir starren." Als ich sie mit fragendem Gesichtsausdruck ansah, seufzte sie. „Rate mal, wer bei den Stimmen ist?"

„Wer?"

„Leo, mein Freund. Er ist der Einzige in der Gruppe, der was von Programmierung versteht. Wenn meine Mutter Val isolieren wollte, wäre Leo derjenige gewesen, der das gemacht hätte."

„Und das bedeutet?"

Jetzt war es an Kaydee, mir einen genervten Blick zuzuwerfen. „Musst du immer jemanden haben, der dir alles vorkaut?"

„Ich könnte es versuchen, aber warum das Risiko einer Fehlinterpretation eingehen, wenn du gleich hier bist?"

„Da ist wohl was dran." Kaydee wandte sich wieder der Tür zu. In ihrer linken Hand hielt sie nun einen Marker und zeichnete damit eine gelbe Linie auf die Tür. Kein Quadrat oder Kreis, sondern ein Wappen, das ich schon einmal gesehen hatte. „Kapierst du's jetzt?"

Die einzige Universität des Raumschiffs hatte ihr eigenes Emblem, und jetzt prangte ihr raumschiffartiges Diagramm auf der Tür. Als ich die Universität bei meinem chaotischen Ausflug zur Brücke des Raumschiffs besucht hatte, hatte ich Kaydee und Leo durch die Korridore laufen und in Vorlesungen gehen sehen. Rückblenden aus Kaydees eigenen Erinnerungen.

Und ein Hinweis auf die Schutzmaßnahmen, die Leo verwenden könnte, um ein Computerterminal abzuriegeln.

„Das Raumschiff hält sein Netzwerk weit offen", sagte Kaydee und zeichnete einige Zahlen und Buchstaben in den Umriss des Raumschiffs. „Die ursprünglichen Erbauer haben es als Absicherung gegen einen möglichen Diktator konzipiert, glaube ich. Also musste man clever sein, wenn man einen Bereich abschotten wollte."

Als Kaydee den letzten Bereich ausgefüllt hatte, zog sie den Marker zurück, und alle gelben Linien schienen in die Tür einzusickern. Das blaue Holz blitzte einmal auf, und ich sah, wie sich der Rahmen lockerte und die Tür wie befreit atmete.

„Leo hat diesen Computer für Tests bestimmt", erklärte Kaydee. „Eine Universitätssperre, die ihn vom Zugriff auf das Netzwerk des Raumschiffs abhält."

„Und wie hast du sie entfernt?"

„Ich habe ihm gesagt, dass der Test vorbei ist." Kaydee wedelte mit dem Marker. „Es ist ein einfacher Passcode, den man von hier aus eingeben kann. Von außen müsstest du jemanden finden, der die ganze Maschine löscht und zurücksetzt. Oder jemanden von der Uni, der seine Zugangsdaten benutzt."

„Schwierig, wenn alle dort tot oder Mechs sind."

„Hab dir ja gesagt, Leo ist nicht dumm."

Ich drückte gegen die Tür. Ohne Reibung, ohne Geräusch schwang die Tür nach innen und offenbarte ein verworrenes Netz, das in krassem Gegensatz zu dem stand, was wir bisher gesehen hatten. Erdfarben Filamente kreuzten und umkreisten einander, verschwanden in einem diffusen Jenseits, das sich in alle Richtungen erstreckte, außer zurück zu uns.

Winzige rubinrote Partikel folgten den Linien und hüpften auf unentzifferbaren Wegen durch das endlose Geflecht. Das Netzwerk des Raumschiffs lag offen, eine Milliarde Punkte, verstreut über das riesige Schiff, die alles miteinander verbanden. Ein ausreichend intelligentes Programm könnte das Netz analysieren und seine Nachricht genau dorthin senden, wo sie gebraucht wird.

„Igitt", sagte Kaydee. „Das ist echt die schlimmste Art, das Internet zu visualisieren."

„Wieso?", fragte ich. „Ich finde es wunderschön."

„Ich hasse Spinnen."

„Wie kannst du Spinnen hassen, wenn du noch nie eine gesehen hast?"

„Filme, Gamma. Spiele", Kaydee schauderte. „Als ich noch träumte, hatte ich so viele Albträume."

„Vielleicht hat deine jetzige Existenz also doch einige Vorteile?"

Kaydee trat einen Schritt zurück, entweder um über

meine Idee nachzudenken oder weil ihr klar wurde, dass sie tatsächlich schon sehr, sehr lange nicht mehr geschlafen hatte. Auch ich zog mich zurück, weniger wegen eines philosophischen Dilemmas, sondern weil das Internet sich ausbreitete. Das Netz, nicht länger von der Tür zurückgehalten, dehnte sich in Vals makellose Kirche aus. Ranken krochen über die Fliesen und öffneten eine blaue Tür nach der anderen.

Ich stellte mich neben Kaydee, die auf einer schlichten Seite Zuflucht gesucht hatte, die die Ranken bisher verschont hatten. Gemeinsam beobachteten wir, wie Vals Computer sich wieder mit dem Netzwerk des Raumschiffs verband, wobei die rubinroten Partikel schnell hin und her blitzten.

„Ich würde es fast erstaunlich nennen, wenn es nicht so beängstigend wäre", sagte Kaydee.

„Dann werde ich es für dich erstaunlich nennen", erwiderte ich. „Werde ich jetzt auch Angst vor Spinnen bekommen wie du?"

„Ich weiß es nicht, Gamma", sagte Kaydee. „Wirklich nicht. Und sei nicht beleidigt, Kumpel, denn ich mag dich und so, aber ich will nicht du sein."

„Keine Beleidigung." Ich legte eine Hand auf Kaydees Schulter, während wir zusahen, wie das Netz wuchs. Es zerstörte Vals makelloses Setup, überzog die Fliesen mit seinen Strängen und schwärzte die Wände, als es in jeden Teil ihres Computers kroch. „Ich will auch nicht du sein."

„Cool." Kaydee zitterte. „Können wir jetzt gehen? Ich mag das Internet, aber das wird echt seltsam."

„Natürlich."

In einem Wimpernschlag verschwand Vals virtuelle Welt, und ich stand vor dem Computer, dessen Bildschirm fröhlich die Rückkehr des Internets verkündete. Beta, die an der Wand des Schlafzimmers lehnte, nickte mir zu, als ich mich umdrehte. Wie immer hielt sie ein Messer in der Hand und warf es in die Luft, um es wieder aufzufangen.

„Gute Arbeit, Kleiner", sagte Beta. „Jetzt bringen Val und Chalo dich vielleicht schnell um, statt dich langsam zu quälen."

ZEHN

MECH-MANAGEMENT

Achtzehn übrig. Beta nannte die Zahl, als wir Vals Apartment verließen, wobei das Schiff sorgfältig die Tür versiegelte, nachdem wir zurück in den Conduit getreten waren. Achtzehn Menschen mit genügend Fähigkeiten und Ausdauer, um als Jäger, Krieger und Kämpfer zu dienen. In Vals Gruppe waren es näher an fünfzig, aber die meisten waren entweder zu jung oder zu gebrochen, um auf Exkursionen zu gehen.

„Zu gebrochen?", fragte ich, während wir den Gehweg entlanggingen, mit der trümmerübersäten Basis des Conduits zu unserer Rechten.

Der ständige blaue Nebel umhüllte uns, während wir uns bewegten, Wassertropfen perlten auf meiner Haut. Die Feuchtigkeit kühlte mich ab und machte gleichzeitig die Luft dicker, was erklärte, warum Chalo und die anderen keine wärmere Kleidung trugen. Bei all diesen laufenden Schmieden mussten die Menschen heiß haben.

„Diese Mechs im Garten waren neu und übel", antwortete Beta. „Aber sie sind nicht die einzigen gefährlichen.

Am Anfang wimmelte diese ganze Seite des Raumschiffs von Schrott, die meisten davon bereit, einen umherwandernden Menschen in Stücke zu reißen."

„Programmierung, die schiefgelaufen ist?"

„Freigesetzt, korrumpiert, wer weiß", erwiderte Beta. „Als ich hier runterkam, war die Lage echt düster. Val und die anderen kauerten zwischen den Lebensmitteln und versuchten zu überleben."

„Sie scheinen dich dafür nicht gerade zu lieben."

„Ich verlange ihre Liebe nicht, und du solltest das auch nicht tun, denn du wirst sie definitiv nicht bekommen."

„Du redest, als wäre das meine Schuld. Ich habe dich nicht gezwungen, Chalo zu verlassen. Du musstest mir nicht folgen."

Betas Messer war blitzschnell an meiner Kehle, die Spitze drückte sich hinein. Ich weigerte mich, mich davon aus der Ruhe bringen zu lassen, unterdrückte den Drang zu kämpfen oder wegzulaufen. Inzwischen war ich dem Tod so oft so nahe gewesen, dass die Vorstellung nicht mehr viel Gewicht hatte. Schlimmer, bei weitem, wäre Korruption, mich in etwas zu verwandeln, das ich nicht war.

„Du hast hier keine Freunde, Kumpel", sagte Beta. „Sei vorsichtig, dir noch mehr Feinde zu machen."

„Ich war schon mal allein", antwortete ich. „Ich kann wieder allein sein."

Und in Wahrheit störte mich die Vorstellung nicht. So sehr ich auch mit Volt hier runterkommen und die Menschen finden wollte, die Erfahrung war keine gute gewesen. Beta mochte eine kompromisslose Loyalität zu Vals Stamm haben, aber ich ganz sicher nicht. Jede Interaktion schien von Wut, Misstrauen und Angst geprägt zu sein. Ich würde all das sofort gegen eine einsame Suche nach Delta eintauschen.

Beta bot keine Antwort, wir beide nahmen unseren Weg zurück zum Zuhause der Menschen wieder auf. Das Raumschiff blieb sein summendes, brummendes Selbst, gelegentlich rieselte Schutt von oben herab. Ansonsten kamen keine Aufzüge herunter, keine Mechs belästigten uns. Ich schrieb diese letzte Tatsache Betas Effizienz zu, nicht den Fähigkeiten der Menschen.

Ich blieb hinter Beta, als wir die Lagerhallen der Junker betraten. Nur für den Fall, wie Beta es ausdrückte, dass Chalo die anderen Menschen davon überzeugt hatte, dass mein Kopf die einzige würdige Bezahlung für den toten Jäger sei. Beta meinte, sie könnte mir ein paar Sekunden verschaffen, um wegzulaufen.

Ein beruhigender Gedanke.

Stattdessen fanden wir den Jungen von vorhin, der Wache hielt. Seine Augen waren niedergeschlagen, als wir uns näherten und an der Tür vorbeigingen. Als Beta ihn anstupste und fragte, wo die anderen seien, stieß der Junge einen Seufzer aus, der viel zu schwer für jemanden seines Alters war.

„Sie verabschieden sich."

Kaydee kam meinen fragenden Gedanken mit einer Schnellfeuer-Präsentation nach, die alle rechts angezeigt wurde, während Beta und ich zu den Schmieden gingen, wie Menschen sich in der Geschichte verabschiedet hatten. Begräbnisse, Steinhaufen und Verbrennungen schienen auf dem Raumschiff unklug: Es gab nicht wirklich Erde, um jemanden zu begraben, und einen Körper in Brand zu setzen schien die Luft des Schiffes unnötig zu verschmutzen.

„Richtig", sagte Kaydee. „Deshalb treten wir sie ins All."

Eine zeremonielle Ausstoßung durch eine Luftschleuse,

der Körper auf eine ewige Reise durch den Kosmos geschickt. Selbst wenn der Körper einen Stern oder einen Planeten fände, der ihn anzöge, würde die resultierende Einäscherung die Person in eine neue Welt verstreuen.

Ein schöner Abschied.

Val und die anderen nahmen diese Idee an, und wir fanden sie mit dem Jäger, der auf einem Transportschlitten aufgebahrt war, einem, der für den Transport von Schrott gedacht war. Sie hatten ein einfaches Leichentuch über den Jäger gelegt, das, wie es schien, aus großen Blättern gewebt war. Der Garten sorgte wieder einmal für alles. Stoff, vermutete ich, wäre zu wertvoll, um ihn vom Schiff zu schicken.

Wir drangen nicht über den Eingang des Lagers hinaus vor, sondern hielten inne, um zuzuhören, wie verschiedene Leute vortraten und Geschichten aus dem Leben des Jägers erzählten. Eine angenehme Grabrede, die ich mir selbst auch wünschen würde, obwohl ich mir nicht sicher war, wer diese Geschichten erzählen würde. Delta?

„Oh, ich würde das tun", sagte Kaydee.

„Aber wenn ich gehe, bist du wahrscheinlich auch weg", flüsterte ich zurück.

„Nein, nein", sagte Kaydee. „Du darfst nicht sterben, bis ich draußen bin. Das sind die Regeln."

„Aha."

Ich spürte ein Ziehen an meinem Hinterbein, während die Zeremonie weiterging. Als ich mich umdrehte und nach unten schaute, sah ich helle mechanische Augen, einen kurzen Körper und vier Beine, die in scharfen Krallen ende-ten. Alvie, lebendig und vernünftig genug, um sich ruhig zu verhalten. Ich konnte ein Lächeln nicht unterdrücken und gemeinsam bewegten wir uns von den Menschen weg, wobei Alvie mich mit sich zog. Ich spürte Betas Blick in meinem Rücken, aber sie folgte nicht.

Der Hund führte mich zurück durch die Schmieden – jetzt ruhig, der große Raum nur von diesen blauen Dioden beleuchtet – und in Richtung der Nahrungsmittellager. Dort wartete Volt, seine Augen leuchteten in einem Inselblau.

„War gerade dabei, wieder nach oben zu gehen, als dieser Kleine hier davonlief", sagte Volt, als ich näher kam. „Dachte mir, es müsste mit dir zu tun haben, so aufgeregt wie der kleine Mech war."

Alvie schaute von Volt zu mir, seine Augen blitzten in einem erfreuten Orange. Krallen tippten auf den Fliesen. Der kleine Schwanz des Dings wedelte schnell und schlug unbekümmert gegen mein Bein.

„Die Batterie funktioniert", sagte ich. Nicht gerade das Brillanteste, aber ich war mir nicht sicher, wie ich mitteilen sollte, dass wir im Garten gegen eine Menge Mechs gekämpft hatten, dass ein Jäger gestorben war und Delta auf ihrem Mordpfad entschlossen war. „Gehst du nach Hause?"

„War lange genug weg." Volt hob sich und pflanzte seine Füße auf. „Und diese Menschen lassen einen Mech sich nicht besonders willkommen fühlen."

Da konnte ich ihm nicht widersprechen.

„Hast du was dagegen, wenn ich mit dir komme?", fragte ich.

„Dagegen? Ich würde mich über die Gesellschaft freuen." Volts Augen wechselten zu einem misstrauischen Gelb. „Hast du diesen Leuten etwas angetan?"

„Ich erzähle es dir unterwegs."

Trotz meiner Worte gingen Volt und ich schweigend.

Alvie tappte neben uns her, als wir den Schrottplatz der Junker verließen, einen Aufzug fanden und zurück zu Volts bevorzugter Ebene schossen. Ich verbrachte die Zeit in meine eigenen Gedanken versunken und spielte Emotionen gegeneinander aus. Die Menschen ließen mich wütend und genervt fühlen, und ich wollte herausfinden, warum.

Wenn die Idee war, sie als Spezies zu retten, dann sollte ich nicht so viel Überdruss empfinden. Ich hätte zurückeilen, mich bei Val für den verlorenen Jäger entschuldigen und fragen sollen, was ich als Nächstes tun könnte, um ihnen zu helfen. Ich hätte die Schmieden überprüfen sollen, um ihnen zu helfen, ihre Produkte zu verbessern. Ich hätte neben Beta stehen sollen, ein Duo, das daran arbeitete, den Menschen zu helfen, das zu erreichen, wofür das Sternenschiff gebaut worden war.

„Ich weiß, was du fühlst", sagte Volt, als ich begann, meine Zweifel zu teilen.

„Tatsächlich?"

„Ich habe vielleicht nicht die emotionale Bandbreite, die ihr Gefäße habt", sagte Volt, „aber ich bin auch kein Stein. Du wurdest wie ein Mech behandelt, mein Freund."

„Was?"

„Denk mal darüber nach", erwiderte Volt, während unser Aufzug in Richtung des Blauen aufstieg, der Nebel wieder Tröpfchen auf meiner Haut bildete. „Seit du wach bist, hast du deine eigenen Entscheidungen getroffen. Deine eigenen Entscheidungen gefällt. Jetzt triffst du Val und sie gibt dir Befehle, als hättest du kein Mitspracherecht in deiner Existenz."

Ich starrte Volt an, seine Augen jetzt hellgrün. „Das ist ... scharfsinnig."

„Ich hab dir gesagt, ich bin kein Haufen durchgebrannter Schaltkreise", Volt stampfte mit einem Fuß auf den Aufzug. „Junker hat dasselbe mit mir gemacht, als ich ihn traf. Andere Menschen auch, vor langer Zeit. Sagten mir, ich müsste dies tun. Müsste das tun. Gaben mir Aufgaben und erwarteten, dass ich sie erledige."

„Und du hast es getan?"

Volt hob seine Hände, ließ seine dünnen, geschickten Finger zusammenklicken: „Diese Babys haben für die Menschen ihre Magie gewirkt, klar. Du musst verstehen, wie man auf diesem Schiff überlebt, Gamma. Du bist nicht Delta und Beta, du kannst dich nicht durchkämpfen, also musst du manchmal tun, was dir jemand sagt. Aber es fühlt sich nicht gut an."

„Das tut es nicht." Ich betrachtete meine Hände. Es war nicht ganz so befriedigend, meine synthetischen Finger zusammenzudrücken. Kein Klicken. „Was soll ich tun?"

Volt lachte, ein mechanisches Zwitschern. „Woher soll ich das wissen? Ich folge meiner Programmierung, folgte ihr auch, nachdem die Menschen sich selbst umgebracht hatten. Das Beste, was ich dir anbieten kann, ist: Dein Hund ist jetzt hier, vielleicht willst du mal nach deinem anderen Freund sehen."

„Das habe ich auch gedacht."

„Siehst du? Du triffst schon wieder deine eigenen Entscheidungen."

Der Aufzug kam zum Stehen und wir stiegen aus, auf dem Weg zu Volts Kraftwerk. Delta würde auch in dieser Richtung sein.

„Was passiert, wenn Val und die Menschen gewinnen?", fragte ich Volt, während wir gingen. „Wirst du dann ihren Befehlen folgen?"

Volts Augen wurden blau. „Am Ende sind wir Mechs, Gamma. Dafür wurden wir geschaffen."

Ich ließ Volt zurück, während der Conduit seine

Lichter auf die nächtliche Routine dimmt. Es war ein verdammt langer Tag gewesen, vom Kinderzimmer über das Treffen mit Val und Beta, den Garten und jetzt wieder hierher. Zu meiner Rechten lag dieses Kinderzimmer, sein rotedelsteinbesetzter Eingang bewachte all diese Leben. All diese Menschen, die noch nicht von Vals Verbitterung, von Chalos blutiger Erfahrung befleckt waren. Würden diese winzigen Samen uns anders behandeln?

„Was sagst du da?", fragte Kaydee, die neben mir auf dem Conduit erschien.

„Ich sage, es könnte andere Wege nach vorne geben. Wir müssen nicht Vals Weg einschlagen."

„Weil sie deine Gefühle verletzt hat?"

Ich sah Kaydee an. Trotz der gedämpften Beleuchtung des Conduits stand sie hell da, ein Vorteil des Digitalseins. Sie trug einen einfachen Pullover mit hochgezogener Kapuze über dem Kopf, was ihre Intensität jedoch nicht minderte. Ich ahmte den menschlichen Ausdruck nach und verschränkte die Arme.

„Ich bin ein Mech", sagte ich und legte einen Singsang in meine Stimme wie Kaydee. „Ich habe keine Gefühle."

„Tut mir leid, ich dachte, ich rede mit einem Erwachsenen." Kaydee streckte die Hände aus, packte meine Handgelenke, und obwohl sie mich nicht wirklich bewegen konnte, ließ ich zu, dass sie meine Arme führte.

Kaydee richtete meine Arme gerade aus, die Handflächen nach oben. Sie tippte nacheinander auf jede, und ein hellgrünes Moos wuchs aus ihrer Berührung. Alles fake, aber trotzdem wunderschön. Das Moos auf beiden Händen wuchs zu einem winzigen Hügel heran und hörte dann auf.

„Niedlich, oder?", fragte Kaydee.

„Nicht schlecht."

„Okay, Griesgram", erwiderte Kaydee. „Nun, hier

drüben", sie zeigte auf meine rechte Hand, „haben wir Val und all die Menschen, die du so sehr hasst." Ich nickte und sie zeigte auf meine linke Hand. „Hier sind all die Ampullen, von denen du sprichst. Nehmen wir an, das alles läuft gut. Delta schaltet Alpha in einer großen Mech-Schlacht aus. Die Stimmen landen das Raumschiff." Kaydee tippte auf Vals Moos und es wuchs wieder, ein kleiner Stängel lugte hervor und streckte seinen grünen Wedel nach oben. „Val hat den Vorsprung, also bringt sie ihre Crew raus. Du beschützt deine Ampullen. Lässt die Krankenschwestern all diese perfekten menschlichen Babys für dich machen."

Meine Freundin tippte auf das andere Moos, mein Moos, und ein weiterer Wedel, dieser purpurrot, kam hervor.

„Die Zeit vergeht, und vielleicht sind es Tage, vielleicht Monate, vielleicht Jahre", sagte Kaydee, und während sie sprach, wuchsen beide Stängel, beide breiteten grüne Ranken aus, einige aufeinander zu.

„Sie interagieren", sagte ich. „Ist das dein Punkt?"

„Einer davon", erwiderte Kaydee. „Rate mal, was passiert, wenn sie das tun?"

„Was Menschen ihr ganzes Leben lang getan haben. Gegeneinander kämpfen."

„Vielleicht." Kaydee fuhr mit einem Finger durch die Ranken und zog jede Pflanze näher zusammen. „Val hat aber nicht so viele. Die Chancen stehen gut, dass sie versuchen, ein Bündnis zu schließen. Die Chancen stehen gut, dass sie deine kleinen Freunde dazu bringen, einen Blick zurück in die Geschichte des Raumschiffs zu werfen. Ansichten ändern sich." Kaydee stupste mich diesmal an. „Du bist ein großartiger Mech, Gamma, aber du bist ein Mech. Etwas so Anderes als wir. Alle Menschen, die du aufziehst, mögen dich vielleicht lieben, dich respektieren, dir folgen, aber sie werden wissen, dass du nicht wie sie bist, und wenn die Zeit kommt ..."

Kaydee tippte auf den purpurroten Stängel und die ganze Pflanze welkte, starb. Das Moos ebenso. Gemeinsam zerfielen beide zu Staub, während Vals Stängel zu gelb blühender Pracht heranwuchs.

„Du sagst, ich habe keine Wahl", erwiderte ich, schüttelte die Pflanze ab und ließ Kaydees kleines visuelles Spiel verblassen. „Egal was ich tue, die Menschen bekommen die Kontrolle über mich."

Kaydee schüttelte den Kopf, bevor ich fertig war. „Schau uns an, Gamma. Schau uns an."

Ich kniff die Augen zusammen, „Und was soll ich sehen?"

„Wir sind Partner, du und ich", erwiderte Kaydee. „Das ist es, was du brauchst. Lauf nicht vor Val weg. Hilf ihr, aber behalte deine eigene Meinung. Bring sie dazu zu verstehen, dass du kein Feind bist, aber auch nicht nur ein Werkzeug."

„Ist das etwas, das du weißt, wie man es macht?"

„Lass mich darüber nachdenken", sagte Kaydee. „Ich werde in all dem Kram herumwühlen, den du hier gespeichert hast, und schauen, ob ich nicht mehr darüber herausfinden kann, was ihr passiert ist. Du gehst auf deine Jagd oder was auch immer."

Meine Jagd oder was auch immer. Kaydee hatte immer eine Art mit Worten.

Ich spürte eine Pfote, schwer und scharf, an meinem Bein und sah nach unten, wo Alvie wartete. Der Hund hatte seinen Metallkopf geneigt, zackige und unebene Zähne lugten um seine Lippen herum. Kaydee verschwand und ließ uns allein auf dem Gehweg zurück.

„Bereit für einen Spaziergang?", fragte ich den Hund.

Alvie bellte keuchend. Ein Geräusch, das ich zu lange nicht gehört hatte. Ich beugte mich hinunter und tätschelte den Kopf des Welpen.

„Geh und finde Delta", sagte ich, und als der Hund losrannte in Richtung der Brücke, mit all den Katastrophen des Raumschiffs zwischen hier und dort, folgte ich ihm.

ELF

MEIN MENSCH UND ICH

Kaydee und ich liefen der Sache voraus. Das endgültige Schicksal der Menschheit würde nicht von meinen Entscheidungen abhängen, es sei denn, eine ganze Menge anderer Dinge würden sich zu meinen Gunsten wenden. Eines davon wäre Alphas Rückkehr in Gefangenschaft oder seine Zerstörung. Ein anderes wären die Stimmen und ihre Kontrolle über das Raumschiff. Wer wusste schon, welche Kräfte oder Tricks sie für mich bereithielten?

Um Delta einzuholen, musste ich den Conduit entlanglaufen. Seine nächtliche Beleuchtung trat in Kraft, das Blau wich einem sternenhellen Silber, alte Schilder leuchteten auf und füllten das Halbdunkel mit bunten Anzeigen. Das Geländer zu meiner Linken umarmte den Dioden-Lifestyle und funkelte gelb, während ich daran entlanglief.

Zu meiner Linken wurde die Mitte des Conduits voller, als ich das Parkviertel erreichte. Delta und ich hatten dort drinnen mit einem verrückten Springbrunnen-Mech gekämpft, der damit beauftragt worden war, Volts Energiekern zu stehlen. Ich wäre fast plattgedrückt worden, während Delta kleinere Mechs dutzendweise zerschnitt.

Meine Rettung war ein offener Anschluss an der Basis des Springbrunnen-Mechs gewesen. Keine Erfahrung, die ich wiederholen wollte.

Aber eine, an die ich mich leicht erinnern konnte.

Während ich weiterlief, hinterließ Deltas vorheriger Durchgang auf derselben Route überall seine Spuren. Kaputte Mechs, sowohl von unserer ersten Reise als auch neue, funkelnde Überreste von früher am Tag, drängten sich auf den Weg. Ich hüpfte und sprang über die Trümmer. Alles, von kastenförmigen Müll-Mechs bis hin zu schlankeren Botenmodellen, war zerschnitten worden, ihre Teile über den ganzen Conduit verstreut.

Der Park selbst sah zumindest friedlich aus. Die Beleuchtung tief in den Bäumen und kleinen Amphitheatern flackerte im Verfall der Zeit und verlieh dem Grau des Conduits vergängliche Schimmer. Bezaubernd, ruhig. Ich hatte beim letzten Mal, als ich hier entlanggekommen war, Blitzlichter von Kaydee und Leo gesehen, die auf seinen Pfaden spazierten und Spaß hatten.

Würde ich jemals dasselbe tun können?

Als Nächstes kam das Krankenhaus, eine riesige Einrichtung voller Schrecken. Wie der Garten erstreckte sich das Krankenhaus über den Conduit und ging über viele Ebenen nach oben und unten. Anders als der Garten waren seine Stockwerke nicht mit Blumen und Früchten gefüllt. Sie hatten mörderische Mechs beherbergt, ein riesiges Heilkollektiv, das durch Codierungsfehler und, wie immer, die Zeit gefährlich geworden war.

Ich näherte mich langsam dem Eingang des Krankenhauses und sah, dass seine Türen aufgebrochen waren. Verräterische Schnitte hatten die großen Doppelschiebetüren auseinandergeschnitten und einen einfachen Zugang zu einem längst zum Friedhof gewordenen Flur geschaffen.

Die toten Mechs hier waren älter, Überbleibsel von unserem letzten Ausflug. Auf dem Fliesenboden – hier dank der ständig eingeschalteten Lichter des Krankenhauses taghell – konnte ich einer langen Kratzspur von einer Seite zur anderen folgen: Deltas Klinge, die entlangschleifte.

Sie zog die Linie durch die toten Mechs am Boden und schnitt hier und da Teile und Schrauben ab.

„Na, das ist ja düster", sagte Kaydee, als ich hindurchging.

„Delta hat einen Zweck", antwortete ich. „Das ist es, was sie tut."

„Ich erinnere dich nur daran, dass du auch ein Mech bist."

„Also wenn die Menschen mich nicht töten, könnte sie es tun?", erwiderte ich, während wir beide über einen den Flur ausfüllenden Mech sprangen, der dafür gedacht war, Medikamente von einem Ort zum anderen zu transportieren. „Ich bin von Feinden umgeben?"

„Ja, das fasst es so ziemlich zusammen."

„Und was soll ich tun, Kaydee? Mich verstecken? Weglaufen?"

„Eine Waffe zu besorgen, wäre für den Anfang hilfreich."

Trotz all ihres Sarkasmus und ihrer introspektiven Zuckungen hatte Kaydee einen Punkt. Ich vergaß so oft die physische Seite des Kämpfens. Ich hatte meine Fäuste, die Drähte und das Metall, die sie antrieben, aber so ziemlich alles wäre eine bessere Offensive. Meine Kleidung hatte auch alle defensiven Eigenschaften von Stoff: bequem und leicht zu durchschneiden.

Also hielt ich die Augen offen, während wir weitergingen. Ich entdeckte etwas Glänzendes, Rotes. Noch intakt.

„Was ist damit?", fragte ich Kaydee und zeigte auf den Feuerlöscher.

„Als Schlagstock benutzen?", fragte Kaydee. „Klingt nach dir."

Ich zog am Schrank, fand ihn verschlossen. Ich riss stärker und die Tür sprang ab. Ich stellte die Tür ab, lehnte sie gegen die Flurwand, das Glas intakt. Der Feuerlöscher kam leicht ab, ich nahm ihn mit einer Hand am Griff, während Kaydee mich vor dem Auslöser warnte.

„Siehst du?", sagte ich. „Bereit, dem Schicksal zu begegnen."

„Allerdings", Kaydee machte etwas Popcorn und warf es sich in den Mund. „Kann's kaum erwarten zu sehen, wie das ausgeht."

Wir mussten nicht lange warten. Der Garten lag nicht weit vom Krankenhaus entfernt und mein Lauf brachte uns schnell dorthin. Deltas Mech-Spur setzte sich fort, inzwischen so zugemüllt, dass ich nicht so sehr rannte als sprang, jeder Satz trug mich über zerschnittenen Schrott. Einige Mechs waren noch am Leben, ihre Köpfe verfolgten meine Annäherung. Ein paar boten verzerrte Grüße, ihre Stimmprozessoren kratzten den Ton. Diese Mechs konnten sich nicht bewegen, konnten weder angreifen noch sich selbst reparieren.

Sie würden dort liegen, bis ihre Batterien leer waren, bis jemand beschloss, ihre Teile zu bergen. Alvie würde anhalten, an den Dingern schnüffeln, bis ich ihn rief weiterzukommen.

„Wie ich schon sagte", murmelte Kaydee, während wir durch das Grün des Gartens wanderten. In der Nacht leuchteten Blumen blau und lila, eine Atmosphäre, die durch den fließenden Wasserfall verstärkt wurde. „Es ist ein bisschen verrückt."

„Sie hätten Delta getötet, wenn sie sie nicht zerstört hätte", sagte ich.

„Ich erinnere mich, dass du mal etwas differenzierter warst", erwiderte Kaydee. „Sie schlachtet sie einfach alle ab."

„Ich könnte vielleicht einen oder zwei umprogrammieren", sagte ich. „Aber nicht so viele."

Außerdem glichen die Mechs, an denen wir jetzt vorbeikamen, denen, die ich beim letzten Mal im Garten gesehen hatte. Die Hunde, die Flexi-Mechs mit Greifklauen. Das waren alles Alphas Kreationen, sein neuer Schwarm. Ob ich sie besänftigen könnte, wie ich es mit einigen der anderen getan hatte ... Alpha hatte mich beim letzten Mal, als ich versucht hatte, seine Arbeit zu hacken und seine Programme zu ändern, fast ausgelöscht.

„Du hast also Angst", sagte Kaydee. „Es macht dir nichts aus, dass Delta die Dinge auf die harte Tour erledigt, weil du denkst, dass Alpha dich fertigmachen wird."

„Er hat mich fertiggemacht, falls du dich erinnerst."

„Ob ich mich erinnere? Schwer zu vergessen. Aber damals warst du nur ein Baby-Gefäß. Jetzt bist du erwachsen."

„Ein paar Tage reichen also, hm?"

„Das ist alles, was du bekommst, Gamma."

Wir verließen den Garten, wieder auf der Oberklasse-Seite des Raumschiffs. Hier waren die Mech-Kämpfe schlimmer gewesen, weil, nun ja, sie hier mehr Mechs hatten. Läden und Häuser sahen auf und ab des Kanals ramponiert aus, mit zerbrochenen Schildern und eingeschlagenen Türen. Kratzer und Schnitte verunstalteten die Wände. Funkensprühende Drähte hingen hier und da heraus, Flammen züngelten auf, wann immer die Glut etwas zum Beißen fand.

Schlimmer noch, ich hörte wieder dieses besondere Geräusch. Das Krachen, Scheppern, Klingen von Delta, die einen Kampf gefunden hatte. Diesmal vor uns und, mit zusammengekniffenen Augen, sichtbar. Alvie und ich rannten los, der Feuerlöscher schlug gegen das Geländer.

Die vagen Figuren wurden zu einem Metall-Durcheinander, als Alvie und ich näher kamen. Der Durchgang war mit zerstörten Trümmern verstopft. Überall Mech-Körper, aller Art. Die meisten sahen nicht gefährlich aus, laufende Mülltonnen oder Putz-Mechs mit Bürsten. Alle waren zerschnitten, zerbrochen.

Delta bahnte sich ihren tödlichen Weg durch ein endloses Mech-Meer.

Wir holten sie ein, ihre Klinge sang, als sie sie hin und her schwang. Mechs füllten die Lücken, drängten mit zu langsamen Versuchen vorwärts, das Gefäß zu packen. Hinter ihr erstreckten sich die Roboter den ganzen Kanal entlang in Richtung Universität und Brücke. Andere fuhren mit Liften auf und ab zu unserer Ebene und schlossen sich dem stetigen Strom an, der in den Tod marschierte.

Obwohl der Angriff nicht ohne Erfolge blieb. Als wir näher kamen, sah ich Schnitte an Deltas Körper. Risse in ihrer Kleidung, ihre Arme und Beine bewegten sich nicht mehr so schnell, wie ich mich erinnerte. Auch sie war ein Mech, angewiesen auf Schaltkreise und ein konstruiertes Skelett, um weiterzumachen. Eine Batterie, die müde werden würde von Bewegung und Kampf ohne Pause.

„Gamma!", rief Delta und erfasste mich mit ihrem Auge, als sie einen brutalen zweihändigen Schwung vollendete und drei herannahenden Kasten-Mechs die Beine wegschlug. „Komm her. Wir sind nah dran!"

Ich zögerte, Alvie bellte die Mechs an. Delta war nicht

nah dran, wir waren nicht nah dran. Wir müssten eine Armee abschlachten, um zur Brücke zu gelangen...

„Gibt es keinen besseren Weg?", fragte ich und blieb mehrere Meter hinter Delta. Es machte keinen Sinn, ihren Schwertschlägen in die Quere zu kommen. „Es sind so viele!"

„Alpha stellt sie hier auf", sagte Delta. „Es sind sie oder wir, Gamma."

Das Gefäß stieß gerade zu, halbierte einen großen Reinigungsmech und ließ seine Hälften zitternd auseinanderfallen. Zwei schnellere Kuriermechs schossen darunter durch, ihre zigarrenförmigen Körper brachten sie durch die Trümmer. Als Delta versuchte, ihre Klinge freizubekommen, steckte sie im größeren Mech fest und gab den kleineren eine Chance zum Angriff.

Alvie schoss an mir vorbei. Der Hund fing den angreifenden Roboter links ab und rammte das Ding zu Boden.

Ich warf den Feuerlöscher, der Zylinder taumelte durch die Luft und traf den rechten Botenmech. Ein Knall, dann eine riesige weiße Wolke, als Schaum und Staub überall versprüht wurden. Delta stolperte zurück und zog das Schwert heraus. Ich konnte die nächste Mechwelle jenseits der Wolke nicht sehen, auch Alvie nicht.

„Wie lange kämpfst du schon?", fragte ich und trat neben Delta. „Die ganze Zeit?"

„Hab nicht mitgezählt", antwortete Delta.

„Wie steht's um deine Energie?"

„Genug", wich Delta aus. Sie streckte einen Arm aus und drückte mich an der Brust zurück. „Wenn du nicht kämpfen willst, Gamma, dann geh, damit ich mir keine Sorgen um dich machen muss."

Ein weiterer Mech stampfte durch die weiße Wolke, diesmal ein dürrer Regaleinräumer. Alpha musste seinen

Code verändert haben, denn der Mech benutzte seine zu vielen Arme, um Teile vom Boden aufzusammeln und sie auf Delta zu schleudern. Das Gefäß duckte sich unter einem weg, rollte an einem zweiten vorbei, um die Distanz zu verringern. Sie fing einen dritten direkt mit dem Bauch ab, als sie aufstand, ohne zusammenzuzucken, während sie die gezackte schwarze Klinge nach oben schwang und mit dem breiten Hieb Arme abtrennte. Ich sah das Glitzern, als sich der geworfene Metallsplitter in meine Freundin bohrte. Sah, wie der Mech mit seinen verbliebenen Armen nach Delta schlug, sie traktierte und das Schwert weit wegschlug.

Alvie flog dem Mech in den Rücken und warf ihn nach vorne an Delta vorbei, die sich erholte und einen tödlichen Stich in die Mitte des Mechs versetzte. Die Energieversorgung des Dings brach in einem orange-gelben Funkenschauer auf, als die Maschine zusammenklappte.

Weitere Mechs kamen. Es würden immer mehr kommen.

„Wir müssen rennen!", rief ich. „Das können wir nicht gewinnen!"

„Es gibt keine andere Option", erwiderte Delta und stellte sich der nächsten Welle entgegen.

„Sie hat wirklich einen Todeswunsch", sagte Kaydee und tauchte neben mir auf. „Leo hat euch alle ganz schön zugerichtet."

„Ich lasse sie nicht zurück", sagte ich und ging zum gefallenen Regaleinräumer. Seine Arme waren nicht perfekt, aber sie wären bessere Waffen als nichts. „Wenn die Mechs sie schnappen, wer weiß, was Alpha dann tun könnte."

Eine vollständig korrumpierte Delta, die auf dem Raumschiff wütet, wäre ein Albtraum. Val und ihr kleines

Lager würden genauso schnell zerstückelt werden wie diese Mechs. Selbst als ich einen geeigneten Arm abriss, begann ich, mich mit einer anderen Idee auseinanderzusetzen.

Wenn Delta nicht aufhören würde zu kämpfen, wenn wir nicht gewinnen konnten, dann durfte ich nicht zulassen, dass sie in Alphas Hände fiel.

„Ziemlich düster, Gamma", sagte Kaydee, während Delta und Alvie es mit einem weiteren Mech-Trio aufnahmen.

Ich antwortete nicht. Erhob mich mit meiner neuen Armkeule und betrachtete die jüngste Verwüstung. Bemerkte noch etwas anderes. Ein vertrautes rotjuweliges Leuchten. Eine Spiraltür und eine Nummer daneben, so tief in mich eingebrannt, dass ich sie nicht nicht erkennen konnte: Leos Wohnung.

Mein Zuhause. Unser Zuhause. Nur wenige Meter voraus.

Ich stürmte in den Kampf, schwang meine neu gefundene Keule mit beiden Händen. Ich traf den nächsten Mech, einen dünnen, rollenden Serviceroboter, und schleuderte ihn über seine Freunde hinweg in Richtung Brücke. Ein Pfiff von Delta ließ mich ducken, sodass ihr langer Schwung über meinen Kopf hinwegfegen konnte, ohne ihn mitzunehmen, die Splitter von ihrem Schnitt rieselten auf meine Wangen, verbrannten meine Hände.

Nicht, dass es mich kümmerte. Stattdessen rief ich, wir sollten weitergehen, vorwärts kämpfen, und Delta biss hart auf den Köder an. Sie und Alvie schlossen sich meinem Vorstoß an, wir drei stürmten in die Mech-Linie. Schneidend, schlagend, beißend bewegten wir uns mit einer Geschwindigkeit, die Mechs, die für Haushaltspflege konzipiert waren, nicht mithalten konnten. Trotzdem zuckte ich jedes Mal zusammen, wenn meine Keulenschläge einen

Prozessor zermalmten oder eine Energiequelle zerquetschten.

Dies waren alles unschuldige Maschinen, durch fehlerhafte Programmierung oder vollständige Korruption in eine Rolle gedrängt, die sie nie gewollt hatten. Keine verdiente diesen Tod, aber hier war ich und verteilte ihn trotzdem.

Zumindest hatte ich noch nicht das Niveau der Menschen erreicht, friedliche Mechs einfach so zu zerstören. Ein moralischer Hochgrund, an den ich mich klammerte, während wir uns Zentimeter für Zentimeter vorwärts kämpften. Bis rechts von uns diese rotjuwelige Zuflucht neben uns auftauchte.

„Da rein!", rief ich. „Wir können uns etwas Zeit verschaffen!"

„Nein", Deltas Antwort kam schnell und klar. „Wir kämpfen weiter. Es gibt kein Aufhören mehr, Gamma."

Delta trat wieder nach vorne, bereit, mehr Metall zu spalten. Ich sah ihr zu, wie sie sich bewegte, sah Alvie, den Hund, der nun auch Kratzer und Dellen trug, wie er ihr folgte. Wie viele Wellen würden wir noch durchhalten?

Ich stürzte zur Tür, gab den Code ein, der in meinem Gedächtnis ruhte. Die Tür blinkte grün auf, öffnete sich. Delta stieß einen weiteren Siegesschrei aus, als ich in den dunklen, mit Filmpostern bedeckten Flur blickte, der in Leos Wohnung führte.

Unser Zufluchtsort.

Delta wich einen Schritt zurück und befreite ihre Klinge von Kabeln. Alvie sprang zu mir, als ich dem Hund zuwinkte. Ich sagte ihm, er solle in der Nähe bleiben, uns beschützen, und ging zu Delta. Hinter ihr kamen die nächsten Mechs langsam, stampften mit einem stetigen, nicht enden wollenden Grollen vorwärts.

„Bitte", sagte ich.

„Das, Gamma, ist es, wofür ich geboren wurde", antwortete Delta. Sie streckte ihr Schwert aus, die Klinge auf den nächsten Mech gerichtet. „Du bist der Nächste!"

Sie machte einen Schritt nach vorn, festgelegt auf einen selbstmörderischen Kurs.

Also presste ich meine Finger zusammen und stieß sie in den Anschluss hinter ihrem rechten Ohr.

ZWÖLF

DIGITALISIERT

Das letzte Mal, als ich Delta gehackt hatte, war es, um einen eindringenden Mech rauszuschmeißen. Der fiese Aufseher der Kinderstube hatte seine Klauen in meiner Freundin und war dabei, sie von innen heraus umzuschreiben. Kaydee und ich tauchten in Deltas zerbrochenes Inneres ein, das als schwebende Plattformen in einer orangefarbenen, felsigen Leere angeordnet war, und kämpften darum, sie zu befreien.

Diesmal kämpfte ich darum, sie auszuschalten.

Ich stand wieder auf einer blassen Sandsteininsel, lose Ketten ragten heraus und verbanden sich mit Deltas anderen Programmen, jedes ein entscheidendes Teil, das ihr half, dieses Schwert zu schwingen, diese Mechs zu sehen und zu entscheiden, dass sie alle sterben mussten. Ich musste die richtige Kette finden, die mich zu Deltas Kern führen würde, um sie von dort aus zu deaktivieren.

Und das schnell genug, damit die Mechs draußen uns nicht zu Brei verarbeiten.

Zumindest hatte ich die Zeit auf meiner Seite. In der digitalen Ebene geschahen die Dinge mit Lichtgeschwindigkeit, Entscheidungen und Bewegungen waren augenblicklich, sobald Variablen umschalteten und Funktionen abliefen. Keine Notwendigkeit für Nerven, sich mit Muskeln zu verbinden, um sich zu bewegen.

„Mann, ich bin so froh, wieder hier zu sein", sagte Kaydee und holte neben mir tief und völlig unnötig Luft.

Die Luft schmeckte nach Glut, eine stille Hitze drückte um uns herum. Delta war nicht an einem Paradies interessiert. Oder besser gesagt, Leo hatte sich entschieden, ihr keines zu geben.

„Ich versuche, unser Leben zu retten", erwiderte ich. „Was meinst du, welchen Weg?"

„Wir könnten uns aufteilen?"

Ich runzelte die Stirn. „Ich schätze mal, Delta ist nicht gerade begeistert, dass wir hier drin sind. Sie wird nach uns suchen."

„Irgendjemand tut das immer."

Kaydees Gleichgültigkeit ließ mein Stirnrunzeln verschwinden. Die frühen Schrecken, die wir in Starship erlebt hatten, hatten in uns beiden eine neue Einstellung geschmiedet. Eine nüchterne Akzeptanz: Gefahr war unser Los, zumindest für den Moment.

Ohne einen offensichtlichen Hinweis in der Welt um uns herum, griff ich zu einem Trick. Ich klinkte mich in den Code ein, versuchte einen Pfad zu finden, eine Funktion, die uns dorthin führen würde, wo wir hin mussten. Die Insel, auf der wir standen, war ein Programm, ja, und diese Ketten verbanden sie mit anderen. Jede davon ein Link, der ein Verzeichnis bildete.

Wenn man weit genug das Verzeichnis hochging, bis zur allerersten Insel, würden wir wahrscheinlich den Kern finden. Oder zumindest einen Weg dorthin. Ich führte die Idee aus, ließ das Skript laufen – ein Gefühl, nicht unähnlich einer Tagträumerei – und eine der drei Ketten unserer Insel leuchtete in einem himmelblauen Ton auf.

„Warst du das?", fragte Kaydee.

„Das war sowas von ich", antwortete ich. „Lass uns gehen."

Gemeinsam gingen wir auf die Kette zu, unsere Füße prallten vom Kalkstein ab, als wäre er eine Wolke. Schwerkraft und andere physikalische Gesetze hatten hier nur die flüchtigste Verbindung, unsere Körper bewegten sich stattdessen dorthin, wo wir sie haben wollten. Beim ersten Mal fühlte es sich verwirrend an, und ich stürzte herum, weil ich vergaß, dass Reibung und dergleichen nicht galten.

Jetzt?

Wir *flogen*, die leichtesten Berührungen schickten uns mit Sprintgeschwindigkeit vorwärts. Die Kette bot reichlich Platz auf ihren monströsen Gliedern, alle schwarz und auf Hochglanz poliert. Sie glänzten, als wir von einem zum nächsten hüpften und ihre Länge zur nächsten Insel und der übernächsten entlang sprangen. Ich wurde schneller, stieß mich bei jedem Tipp ab, und Kaydee hielt mit, lachend während sie sprang.

Die letzte Insel sah der ersten sehr ähnlich: ein beiger, muschelförmiger Diamant ohne empfehlenswerte Landschaft. Der einzige Unterschied bestand in einer einfachen Box, die an ihrem entferntesten Rand ruhte. Das würde der Schlüssel zu Deltas Kernfunktionen sein, ihr Netzschalter.

Natürlich stand Delta davor, dieses gezackte Schwert machte den Sprung in ihre digitale Welt und gewann bei dem Übergang ein paar Meter an Länge. Jetzt lächerlich unpraktisch, sah die Klinge dennoch leicht und mühelos in Deltas Händen aus, als sie es auf uns richtete.

„Warum?", fragte Delta, als Kaydee und ich landeten.

„Du wirst dich und uns umbringen", sagte ich. „Ganz einfach."

„Das ist meine Entscheidung", konterte Delta. „Geht, jetzt."

„Du bist ziemlich zickig für jemanden, den wir retten", sagte Kaydee und trat vor mich. Sie ließ eine Hand hinter ihrem Rücken fallen, winkte nach links. „Ich meine, wir sind tief in deinen irren Gedankenpalast eingedrungen, um zu verhindern, dass du stirbst, und jetzt richtest du dieses Ding auf uns?"

Ich schob mich nach links, während Delta Kaydee beobachtete. Das Gefäß bewegte das Schwert in Richtung meiner Freundin.

„Letzte Chance", sagte Delta.

„Du willst nicht mal reden?", fragte Kaydee, obwohl sie beide Hände hob und sie zusammenfaltete.

Ich zögerte nahe der linken Kante der Insel. Jede Vorwärtsbewegung würde mich in Deltas Reichweite bringen, eine Chance, die ich nicht ergreifen wollte, bis Kaydee ihre volle Aufmerksamkeit hatte. Eine Bewegung, die ich eigentlich überhaupt nicht machen wollte.

Außerdem hatte ich eine andere Idee.

„Wir können draußen reden", sagte Delta und stürmte nach vorne.

Der Stoß kam schnell, direkt auf Kaydees Brust gerichtet. Er hätte treffen sollen, aber Kaydee tat, was Programme wie sie konnten: Sie spielte mit ihrer lokalisierten Realität und verschob sich einen Meter nach rechts, sodass Deltas Schwert vorbei zischte.

Damit hatte ich am Anfang auch zu kämpfen gehabt. Zu sehr an den Beschränkungen der physischen Welt festzuhalten, wenn ich es nicht musste. Delta schlug das Schwert nach links, ein weiterer schneller Hieb, der

Kaydees Ende hätte sein können, wenn sie sich nicht mit einer Geschwindigkeit, die für die Realität viel zu schnell war, flach auf den Boden geworfen hätte.

Deltas Augen verengten sich, ihr Mund wurde messerscharf dünn, als sie sich auf Kaydee fixierte, und ich machte meinen Zug. Geradeaus hätte mich direkt in Deltas Reichweite gebracht, also ging ich stattdessen nach links und schnitt über den Rand der Insel. Ich hielt meine Füße auf der Insel und lief auf ihrer Unterseite. Ein Meter, zwei, und bald würde ich die Rückseite der Insel erreichen. Umdrehen und die graue Box greifen.

Deltas Schwert biss durch die Insel und schnitt durch den Stein hinter mir. Überall flogen Fragmente und ich warf mich nach vorne, um dem Schlag auszuweichen. Dieser Ausweichversuch gelang – die Schwertspitze streifte meine Füße –, aber der Sprung trug mich über den hinteren Rand der Insel hinaus, in die orangefarbene Ödnis. Deltas ungenutzter Speicher, ihr Nichts.

Ich drehte mich und sah zurück, wie Kaydee durch die Öffnung sprang, die Deltas Schwung geschaffen hatte. Sie stieß das Gefäß mit dem Ellbogen beiseite, ein Schlag ohne Wirkung. Delta nahm den Treffer hin, drehte den Griff des Schwertes und ließ es zurückschwingen. Kaydee konnte den Angriff nicht kommen sehen. Ich rief ihren Namen, als ob es etwas ändern würde.

Kaydee hob die graue Box nicht so sehr auf und warf sie, sondern trat sie eher, ein stolpernder Versuch, als Deltas Schwert sie mit einem streifenden Schlag traf. Kaydees linker Arm brach ab und löste sich in Nichts auf. Kaydees Körper würde in einer Sekunde folgen, ihr Eindringen wurde abgewehrt.

Aber diese Box flog auf mich zu. Nicht ganz auf Kurs,

aber ich streckte mich aus, verlängerte meine Arme, um danach zu greifen.

„Beeil dich!", rief Kaydee, ihre Stimme wurde roboterhaft, als sie verschwand.

Delta sprang von der Insel auf mich zu, rief meinen Namen und hielt das Schwert hoch. Wenn es je einen Todesengel gegeben hatte, musste er in diesem Moment so ausgesehen haben wie sie, die Klinge, die ein unendliches Orange teilte, Ketten und schwebende Steine hinter ihr, ihr Gesicht pure Wut.

Die graue Box traf meine ausgestreckten Finger. Sie fühlte sich kühl an, viel zu glatt. In diesem Gefühl offenbarten sich die Funktionen der Box: eine Speicherlöschung, ein kompletter Shutdown.

„Tut mir leid", sagte ich zu Delta, als sie das Schwert hob.

Es traf nie.

Als ich in die Realität zurückkehrte, bemerkte ich zuerst Alvie. Der Hund hatte unseren Laufsteg mit schnellen Sprüngen überzogen und prallte oft von herannahenden Mechs ab, um sie einen Schritt zurückzuwerfen. Alvie kläffte die ganze Zeit, roboterhafte Keuch-Beller hallten von all dem Metall wider. Die Mechs, die gegen Delta gekämpft hatten, versuchten nach Alvie zu schnappen, aber der Hund schien zu klein zu sein, um ihn gut zu treffen. Stattdessen griffen schnappende Klauen, schlagende Arme und die surrende Säge eines Mechs ins Leere.

Alles ein paar Meter von dort entfernt, wo ich stand und eine nun tote Delta hielt. Ihr großes schwarzes Schwert klirrte auf den Boden des Laufstegs, als ihre Hand den Griff losließ. Ich dankte Volt erneut für die zusätzliche Kraft, die er mir gegeben hatte, hob das Gefäß auf und rannte auf den grün-edelsteinbesetzten Eingang zu Leos Wohnung zu.

„Alvie!", rief ich.

Der Hund gehorchte meinem Ruf ohne zu zögern. Ich setzte Delta gerade innerhalb der Tür ab, spürte, wie sich die Luft verschob, als Alvie direkt neben mir hereinflog. Eine Berührung des Kontrollpanels ließ die Tür sich schließen, das rote Edelsteinleuchten war so beruhigend wie nie zuvor.

Ich lehnte mich gegen dieses spiralförmige Tor und blickte den roten Flur hinunter, diese Filmplakate. Delta, den Kopf hängend, saß leblos neben mir. Alvie tappte vorwärts, schnüffelte herum, bereit, in einem Moment vom Kämpfen zum Suchen überzugehen. Hoffentlich würde er keine weiteren Schrecken finden, die hier auf uns warteten.

Ich war mir nicht sicher, ob ich damit umgehen könnte, wenn er es täte.

„Kaydee?", fragte ich und bekam keine Antwort.

Ich war mir nicht sicher, was passieren könnte, wenn sie in Deltas digitalem Raum gelöscht wurde. Würde dieser Befehl sich zu mir zurückschleichen, sie auch in meinem Gedächtnis auslöschen?

„Es ist okay", sagte ich zu mir selbst. „Kaydee wurde schon früher gelöscht und sie kommt immer zurück."

An diesem Gedanken festhaltend, setzte ich unsere aktuelle Lage zusammen. Ja, ich hatte Delta vor einem selbstmörderischen Kampf bis zum Ende dort draußen auf dem Conduit gerettet, aber uns in Leos Wohnung einzusperren, war nur eine vorübergehende Lösung. Diese Mechs könnten draußen lauern oder, schlimmer noch, irgendeine Barriere über der Tür errichten, um uns hier einzuschließen. Wir konnten uns ausruhen, aber nicht lange.

Ich trug Delta in den Raum, in dem wir zuerst aufgewacht waren, einen mit vier leeren Pritschen unter einem frostigen blau-weißen Licht. Mehr Filmplakate, überall Waffen und Explosionen, auf die dunkelgrauen Wände geklebt. Ich legte Delta auf ihre Pritsche und betrachtete die Wunden, die Treffer, die sie eingesteckt hatte.

Die Wunden zogen sich wie eine Landkarte über sie, lange zackige Linien vermischten sich mit kurzen Schnitten und tiefen Dellen, wo eine hämmernde Faust Delta flach getroffen hatte. Schon machte sich die synthetische Haut daran, sich selbst wieder zusammenzunähen. Eine nette Funktion, aber nicht zu schnell. Delta würde vielleicht wieder in einen funktionsfähigen Zustand kommen, aber sie würde es nicht bald schaffen.

Alvie bellte, ein Geräusch, das den Flur entlang hallte. Ich sagte Delta, sie solle sich festhalten, und ging dem Hund nach. Der kurze Weg führte mich an dem Raum vorbei, in dem ich den Bibliothekar getroffen hatte und wo Kaydee kurz darauf den Bibliothekar zu digitalem Staub gesprengt hatte. Alvie war in keinem der beiden, sondern hielt in einem dritten Hof.

Dort lieferte ein großer flackernder Bildschirm eine Idee. Zuvor hatte dieses Terminal mich mit den Stimmen verbunden, als sie mir zum ersten Mal die Kinderzimmer-Mission gegeben hatten. Jetzt konnte ich wieder mit ihnen in Kontakt treten. Wir waren nicht im besten Einvernehmen auseinandergegangen, aber jetzt hatte ich neue Informationen, ich hatte etwas zum Tauschen.

Wenn jemand einen Starship-Trick nutzen konnte, um uns aus dieser Falle zu befreien, dann wären es die Stimmen.

„Gute Idee, Kumpel", sagte ich zu Alvie, der mich mit seinen gelben Augen anblinzelte.

„Du hast Glück, dass er keine Zunge hat, sonst würdest

du jetzt einen Schlecker ins Gesicht bekommen", meinte Kaydee.

Ähnlich wie ich es bei Vals Terminal gemacht hatte, presste ich meine Finger zusammen und verschwand nach innen. Im Gegensatz zu Vals Terminal, das mit Geschichte vollgestopft war, hielt sich dieses sauber. Das einzige laufende Programm präsentierte mir eine purpur-schwarze Leere, die mich mit Starships Netzwerk und seinen blauen Sternenpunkten umgab.

Das Hin- und Herspringen zwischen der realen und der digitalen Welt brachte seinen eigenen Schwindel mit sich. Mein Körper hatte einen Moment lang alle Sinne, dann verlor er im nächsten die meisten, wenn ich in eine Welt aus Einsen und Nullen eintauchte. Leos Programmierung, die Funktionen, die mich am Laufen hielten, bewiesen sich der Aufgabe gewachsen, halfen dabei, die verschwommene Verwirrung beiseitezuschieben und mich fokussiert zu halten wie eine besonders starke Droge.

Für einen Menschen? Ich konnte mir nur vorstellen, wie erschöpfend es wäre.

Ich gab dem Programm eine Anfrage ein, suchte nach den Stimmen und ihrer Verbindung. Ein einzelner Stern in der Konstellation um mich herum wurde hell, so hell, dass er alle anderen überstrahlte. Ich machte einen Schritt darauf zu, fand mich direkt neben seinem Glühen teleportiert und trat ein.

Das letzte Mal, als ich mit den Stimmen gesprochen hatte, wirklich mit ihnen gesprochen hatte, waren sie in einem Bergrefugium gewesen. Ein gemütlicher Ort, um ihr digitales Leben zu verbringen, während sie darauf warteten, dass Starship seine Heimat fand. Jetzt fand ich mich auf einem Festungswall stehend wieder.

Stein lag fest unter meinen Füßen, die hohen Mauern

blickten über eine zerschlagene Ebene voller Stachelgruben und Barrikaden. Das Zentrum der Burg ragte in den Himmel, Ballisten lauerten an jeder Ecke. Pfeile glänzten und fingen das Licht einer kalten Sonne ein. Wie Deltas Schwert wären diese Dinge bereit zu löschen, jedes Programm zu zerstören, das sie erwischten.

Ich hörte Geräusche von unten und schaute hin, entdeckte eine Phalanx, die Übungen durchführte. Diese Soldaten, alle generisch, mit exakt der gleichen Größe, Geschwindigkeit und Bewegungsreichweite, als sie ihre Speere und Schwerter schwangen, nahmen Befehle von einem Mann entgegen, den ich erkannte. Einer, der an den Rändern verschwommen war, der gelegentlich flackerte, als er herumging und Anweisungen gab.

Leo, der neue Programme trainierte und testete.

„Du bist zurück", sagte eine königlich angepisste Stimme, und eine, die es verdient hatte.

Schließlich hatte ich Peony beim letzten Mal, als ich mit ihr gesprochen hatte, von dem abgeschnitten, was sie am meisten wollte.

Sie kam auf mich zu auf dem Wall, ihre stämmige Figur noch verstärkt durch einen gigantischen Satz mittelalterlicher Rüstung. Statt schwarz schimmerte Peonys Ausrüstung in einem brillanten Orange, wie der frühe Kuss eines Sonnenuntergangs. An einem Gürtel um ihre Taille hingen jedoch keine Schwerter, sondern eine modernere menschliche Waffe: schwarze Pistolen.

Hinter ihr marschierten zwei weitere generische Programme, die Hellebarden hielten und mich mit leblosen Augen anstarrten.

„Nicht weil ich es will", sagte ich. „Wir stecken in Schwierigkeiten."

„Sieht es so aus, als wären wir es nicht?" Peony deutete

auf die Burg. Die Programme. Dann verengte sie ihre großen Augen zu mir. „Wo ist meine Tochter?"

Ich wusste es nicht. Kaydee kam und ging, wie es ihr gefiel, in diesem Reich oder jedem anderen.

„Nicht hier", sagte ich. „Was passiert hier?"

Peony starrte mich lange an. Kaydee sagte immer, ihre Mutter hätte eine gemeine Ader, könnte kleinlich sein, wenn sie Lust dazu hatte. Die Chancen schienen nicht null zu sein, dass sie ihre Waffe ziehen und mir eine virtuelle Kugel zwischen die Augen jagen würde. Stattdessen schnaubte sie und kratzte sich mit einem gepanzerten Finger an der Wange.

„Alpha versucht, die Brücke zu übernehmen", sagte Peony. „Wir haben die Barrieren aktiviert. Er muss entweder hier einbrechen oder dort draußen durchbrechen."

„Und wird er das?"

Peony verzog das Gesicht: „Das, Gamma, ist eine Frage, die ich nicht beantworten kann. Aber wenn er es tut, wird er Starship überall hinbringen können, wohin er will. Er könnte uns in den tiefen Weltraum steuern, uns in den nächsten Mond rammen oder alle Türen öffnen und jedes verbliebene Leben auf diesem Schiff ins Vakuum saugen lassen."

„Das wäre schlecht."

„Das wäre es." Peony zeigte auf mich. „Und es wäre alles deine Schuld."

So sehr ich auch wollte, ich konnte dem nicht widersprechen. Stattdessen warf ich unsere Situation zurück. Sagte, dass Delta und ich versuchten, Alpha auszuschalten, aber wir uns in Leos Labor gefangen fanden.

Peony lachte, als ich fertig war.

„Siehst du da unten?", sagte Peony und zeigte diesmal

auf das Schlachtfeld. „Er hat uns endlos angegriffen, aber jetzt hat er aufgehört. Erst vor ein paar Minuten. Wette, ich kann raten warum. Du willst Hilfe, Gamma, hilf dir selbst. Wir überleben hier."

„Bis wann?", fragte ich. „Wollt ihr ihn aussitzen?"

„Starship ist nicht weit von seinem Ziel entfernt", sagte Peony. „Wir halten noch ein paar Jahrzehnte durch, und sobald Alpha landet, steckt er in Schwierigkeiten."

„Warum?"

Aber Peony winkte ab: „Ich würde mir an deiner Stelle Sorgen um dich selbst machen, Gamma. Ich glaube, du wirst sehr bald einige echte Probleme haben."

Ich überlegte, hinunterzuspringen und Leo ein Plädoyer zu halten, aber Peonys Hand wanderte zu ihrer Waffe. Die beiden Wachen neigten ihre Hellebarden in meine Richtung. Das Letzte, was ich jetzt brauchte, war irgendeine digitale Wunde, korrupte Daten, die Zeit zur Reparatur brauchen würden.

Also zeigte ich Peony stattdessen eine unhöfliche Geste, die ihre Tochter zu schätzen wüsste, und ging.

DREIZEHN

DEALS UND GESCHIRRSPÜLER

Die dumpfen Schläge, die durch Leos Wohnung hallten, kamen in einem gleichmäßigen Rhythmus. Keine menschliche Zufälligkeit, nur ein stetiges Hämmern wie eine Galgentrommel, die zu meinem Untergang schlug. Delta und ich waren bei unserem Verschwinden nicht gerade subtil gewesen, und Alphas Mechs folgten buchstabengetreu ihrer blinden Programmierung. Sie würden in zunehmender Zahl und mit wachsender Kraft an die Tür hämmern, bis die Hülle nachgab.

In diesen engen Gängen gäbe es selbst dann keine Fluchtmöglichkeit, wenn ich Delta wecken würde. Ich hatte auf die Stimmen gesetzt und den Kürzeren gezogen.

„Netter Versuch, Gamma", sagte Kaydee, während sie mit mir zum rotbesetzten Eingang zurückging. „Man kann nicht sagen, dass du nicht alles versucht hast."

„Wir hätten wegrennen sollen", erwiderte ich.

„Hätte, könnte, würde", meinte Kaydee. Vor uns paradierte ein Bild von mir, wie ich mit Delta lief und Alvie uns an den Fersen hing, den Gang hinunter, nur um kurz vor dem Ende zu stolpern und hinzufallen. „Entweder würden sie dich erwischen, du würdest auf die Nase fallen, oder du würdest entkommen, nur um dich genau hier wiederzufinden."

„Weil Delta nicht aufhören wird."

„Weil Delta nicht aufhören wird." Kaydee nickte. „Du warst in letzter Zeit ziemlich genervt von uns Menschen, aber immerhin können wir uns ändern."

„Das können wir auch, wenn man daran arbeitet", sagte ich.

„Und in deinen Eingeweiden herumfummelt."

„Du musst es nicht so ausdrücken."

„Hab ich aber." Kaydee deutete mit dem Daumen auf den Schlafraum, in dem Delta lag. „Willst du sie aufwecken? Gemeinsam rausgehen?"

Die Schläge waren lauter geworden, mehr hatten sich dem stetigen Takt angeschlossen. Die Tür klapperte, die Vibration drang durch die Metallplatten bis unter meine Füße. Ein Filmplakat fiel von der Wand und glitt zu Boden, um in meiner Nähe liegen zu bleiben. Das Cover zeigte einen kantigen Actionhelden mit einer Schrotflinte nahe seinem Gesicht. Eine Sonnenbrille bedeckte die Augen des Mannes.

Der Slogan *Es ist nichts Persönliches* stand am unteren Rand.

„Nein", sagte ich, ging zur Tür und passierte Delta. „Sie muss sich ausruhen."

„Viel Ruhe wird es nicht geben, wenn diese Mechs hier reinkommen."

„Ich arbeite daran", sagte ich und bückte mich dann, um Alvie ordentlich zu streicheln. „Du bleibst bei Delta, okay? Pass auf, dass ihr nichts passiert."

Alvie schnaufte besorgt.

„Mir wird nichts passieren", sagte ich dem Hund.

Falls doch, würde Alvie sich nicht lange Sorgen machen müssen, bevor Alpha ihn zerstören oder korrumpieren würde. Diesen Gedanken behielt ich für mich.

Der rote Edelstein bebte, als ich näher kam, und schepperte protestierend bei den Schlägen. Die Schläge hörten jedoch auf, als ich mein Gesicht nah an die Tür brachte und eine Frage hindurchrief. Eher eine Bitte.

„Mutig", sagte Kaydee mit verschränkten Armen neben mir. „So einen Zug würde ich machen."

„Ich lerne von dir, schon vergessen?"

„Klar, aber bis jetzt dachte ich, du würdest all die falschen Lektionen mitnehmen."

„Wie man sich die Haare stylt?"

Kaydee streckte mir die Zunge raus und verschwand dann in einem silbernen Glitzerregen. Der Glitzer führte zu einem Knistern vom Tastenfeld der Wohnung, dessen winziger Bildschirm sich aufbaute und einen Mech zeigte, der ... eine andere Maschine auf seinem eigenen Bildschirm zeigte. Alpha, langes rotes Haar zerzaust um sein schmales Gesicht. Seine Augen, so intensiv wie immer, starrten mich ohne zu blinzeln an.

„Gamma, Gamma, Gamma", sagte Alpha, wobei seine Wiederholungen meinen Namen in seinem Stimmregister auf und ab wandern ließen, als teste er seine Reichweite. „Ich muss sagen, du tauchst immer zu den ungünstigsten Momenten auf."

„Ich werde immer besser darin."

„Allerdings." Alphas Lächeln wurde breiter. Er hatte immer noch nicht geblinzelt. „Hier waren wir, kurz davor, Delta zu Staub zu zermalmen, als du auftauchst. Sag mir, dass du meine Zeit nicht verschwenden wirst."

„Ich werde deine Zeit nicht verschwenden."

Alpha lachte, ein schriller Klang, der weit hallte. Das

Gefäß befand sich also nicht in einem kleinen Raum wie ich. Wenn das, was Peony gesagt hatte, stimmte, dann musste ich vermuten, dass Alpha vor dem Eingang zur Brücke stand, auf der weiten halbkreisförmigen Plattform am Ende des Conduits.

„Dann leg los, Gamma", erwiderte Alpha. „Nenn mir deine Gründe, warum ich eure Leben verschonen sollte."

„Weil wir dir helfen können."

„Aber wirst du es tun?" Alpha fuhr sich mit den Händen durch die Haare. „So oft, Gamma, so oft habe ich die Szenarien durchgespielt. Mit dir und Delta auf meiner Seite hätten wir Starship innerhalb eines Tages unter unserer Kontrolle. Unsere Mechs wären sicher, unsere Zukunft gesichert. Und trotzdem kann ich die Gleichungen nie zu meinen Gunsten ausgehen lassen. Du liegst immer falsch. Delta liegt immer falsch." Alpha ließ sein Haar über sein ganzes Gesicht fallen, diese durchdringenden Augen lugten zwischen den rötlichen Strähnen hervor. „Innerhalb einer Stunde oder einer Minute fällt mir einer von euch immer in den Rücken."

„Ich kann das ändern", sagte ich. „Meinen Code, Deltas Code. Ich kann ihn modifizieren, uns zu deinen wahren Partnern machen."

Alphas Kopf neigte sich ganz leicht, ein verräterisches Zeichen, das durch die Bewegung seiner Haare sichtbar wurde. Ich hatte ihn da, ein Gedanke, den er noch nicht in Betracht gezogen hatte.

„Lass ihn nicht nachdenken", flüsterte Kaydee. „Überrumpele ihn."

Richtig.

„Ich habe die Menschen getroffen", fuhr ich fort. „Die, die sich im hinteren Viertel von Starship verstecken." Vals genauen Aufenthaltsort preiszugeben, schien unfair. Auch wenn sie mich wie ein Werkzeug behandelt hatte, bedeutete das nicht, dass sie den Tod durch tausend Mechs verdiente. „Sie sind nicht die Lösung, Alpha. Nicht diese."

Das Gefäß nickte. „Siehst du es jetzt?"

„Die Stimmen sagten uns, wir sollen sie retten", antwortete ich, während Kaydee, die in meinem Augenwinkel stand, mir zuwinkte weiterzumachen. „Also ging ich zu den Menschen in der Annahme, wir könnten zusammenarbeiten."

„Aber sie sind nur an sich selbst interessiert", sagte Alpha. „Sie wollen nichts von uns. Sie würden uns zerstören, wenn sie könnten."

„Ich wollte es nicht glauben, aber du hast recht."

„Dann siehst du, warum wir Starship für uns selbst übernehmen müssen", sagte Alpha.

„Das tue ich."

„Dann komm hier raus, Gamma", Alpha trat von der Kamera zurück und zeigte eine Plattform voller Mechs. „Komm, sei endlich Teil deiner wahren Familie."

Wie konnte ich dazu nein sagen?

„Du kannst diesem Typen nicht trauen", sagte Kaydee, als ich Leos Apartment für die wartenden Mechs öffnete.

„Würde ich nie", antwortete ich. Ich straffte meine Schultern und setzte eine Miene auf, von der ich hoffte, dass sie zu der abweisend selbstbewussten Haltung passte, die ich anstrebte. „Das verschafft Delta die Zeit, die sie braucht."

Aber ich würde mich selbst belügen, wenn das der einzige Grund wäre. Sicher, ich könnte mich vielleicht in Delta hacken und ihre Verbindungen umschreiben. Ich könnte möglicherweise meine eigenen ändern. Einige Funktionen verschieben und so verloren sein wie Alpha. Wahrscheinlicher wäre, dass ich es versuchen, scheitern und Delta mir für den Versuch den Kopf abschlagen würde. Dann würde sie direkt zu ihrem selbstmörderischen Ansturm zurückkehren.

Nein, der einzige Weg, Delta zu retten, war, Alpha aufzuhalten, und zwar auf meine Art.

Die Mechs gaben meinem Plan zumindest einen guten Start. Sie teilten sich zu beiden Seiten, als ich auf den Conduit trat, belästigten mich nicht im Geringsten, als ich Leos Apartment hinter mir schloss und versiegelte. Ja, sie könnten einbrechen, aber das würde eine Weile dauern, würde einen weiteren Befehl von Alpha erfordern. Ich musste darauf wetten, dass das Gefäß das nicht tun würde, bis und sofern er mich verloren hätte.

Bis Alpha diese Erkenntnis gewonnen hätte, wäre er hoffentlich tot.

Für ein Gefäß, das nicht an Berühmtheit gewöhnt war, fühlte es sich zeremoniell an, den Conduit mit Mechs zu beiden Seiten entlangzugehen. Viele waren so groß wie ich oder größer, Arme und Geräte hingen an ihren Seiten. Batterien surrten und Komponenten ratterten, eine wissenschaftliche Symphonie, die auf mich zumarschierte.

„Wird das die ganze Strecke so weitergehen?", fragte Kaydee, während wir gingen.

Glücklicherweise tat es die Mech-Ehrengarde nicht, sie verlor sich nach etwa zehn Minuten des Gehens. Die Brücke war nicht gerade nebenan. Um von Leos Apartment dorthin zu gelangen, musste man an der Universität von Starship vorbei, durch mehrere Bezirke gehen. Die Mech-Reihe bröckelte ab, Alphas verschiedene Maschinenheere teilten sich auf andere Ebenen auf. Ich hörte sie, sah sie in andere Geschäfte einbrechen, Gruppen für Überfälle auf den Garten zusammenstellen. Einige, so musste ich annehmen, würden Expeditionen nach achtern planen, um Val und die Menschen zu jagen.

Wenn ich Volt und Beta hätte warnen können, hätte ich es getan. Stattdessen musste ich hoffen, dass die Mechs offensichtlich genug sein würden, um sich selbst zu verraten.

An der Universität von Starship ging es schnell vorbei. Diesmal keine Verhöre durch die wachhabenden Mechs. Sie standen still und stumm in ihren Nischen. Ich konnte nicht sagen, ob Alpha auch sie übernommen hatte, aber etwas anderes zu glauben, schien inzwischen töricht.

„Er hat sich schnell bewegt", sagte Kaydee, als wir auf der anderen Seite der Universität mehr Mech-Trupps auf und ab patrouillieren sahen. „Wie konnte er so viele so schnell kontrollieren?"

„Er ist ein cleverer Wahnsinniger", sagte ich. „Das ist alles, was ich weiß."

Die Frage nagte auch an mir, als wir uns der Brücke näherten. Vor nicht einmal ein paar Tagen war Alpha geschlagen gewesen, im Garten gefesselt ohne eine Mech-Armee, die er zu Hilfe rufen konnte. Jetzt schien es, als würde sich ganz Starship auf seinen Befehl bewegen, bis auf zwei winzige Teile, die Menschen und die Stimmen. Was hätte ihm erlaubt, in so kurzer Zeit so viel umzuschreiben?

„Weißt du was, du wirst es herausfinden müssen", sagte Kaydee.

„Um das Rätsel zu lösen?"

„Weil du tun musst, was auch immer er getan hat."

„Ich werde es besser machen müssen."

Kaydee pfiff, grüne Fragezeichen schwebten vor mir auf den Gehweg. Wir hatten die Universität hinter uns gelassen und waren im letzten Abschnitt von Starship, mein eigenes Tempo ein schneller Trab. Private Spiraltüren wechselten sich mit großen Werkstätten ab, High-Tech-Räume mit Namen wie *Innovationsstation* und *Gerrys Genetik*. Überreste einer seltsameren Zeit.

„Ich will die Mechs nicht an mich binden", sagte ich. „Sie sind nicht meine Diener. Sie müssen für alle arbeiten, auch für sich selbst. Das ist ihr Zweck."

„Ich bin froh, dass du das so siehst", erwiderte Kaydee. „Nach dem, was du zu Alpha gesagt hast, war ich mir nicht sicher. Du bist in letzter Zeit ziemlich defensiv geworden, wenn es um die Mechs ging."

„Weil sie es nicht verdienen, wegen dem, was sie sind, misshandelt zu werden", sagte ich. „Selbst ein Mülleimer sollte respektiert werden."

„Weißt du, da steckt irgendwo ein guter Punkt drin."

Ich schüttelte den Kopf und lief weiter. Alphas ausgewählte Plattform tauchte aus dem Nebel auf. Mehr Mechs drängten sich darauf, diese hier schlanker, mit Knoten, die in Anschlüssen endeten, anstatt in Klauen oder anderen fieseren Waffen. Für einen anderen Gegner konzipiert.

Alpha hatte die Gruppe in seinem Bann, stand in der Mitte der Plattform und blickte auf die roten Lasertore. Er wirkte wie ein Prophet, die Arme ausgebreitet und predigend zu einer gefangenen Menge. Kaydee und ich hörten seine Worte, als wir näher kamen, eine wirre Tirade über eine von Mechs getriebene Zukunft, darüber, dass Starship ihr Zuhause sei, und reichlich Schmähungen gegen gierige, fatal fehlerhafte Menschen.

„Ist ihm klar, dass sie ihn nicht verstehen können?", sagte Kaydee. „Bestenfalls können vielleicht ein Drittel Sprache verarbeiten. Aber wir reden hier von so was wie ‚Mach den Boden sauber'. Nicht ‚Stürz die Gesellschaft'."

„Cindy schien es zu verstehen", sagte ich und erinnerte

mich an den flammenspeienden Mech aus meinen ersten Schritten außerhalb von Leos Labor. Dieser war von einem Krieg zwischen Mechs überzeugt gewesen, ein verschwommenes Bild, das sich seitdem geschärft hatte, als Starships verbliebene unkorruptierte Maschinen gegen Alphas konvertierte Streitkräfte kämpften. „Sie hat Partei ergriffen und danach gehandelt."

„Einer unter Millionen."

„Oder einer von Alphas frühesten Bekehrten." Ich blickte an mir herunter, unbewaffnet, in abgenutzter und verbrannter Kleidung. „Jetzt dürfen wir so tun, als wären wir die Neuesten."

„Stell bitte sicher, dass es nur Vortäuschung ist", sagte Kaydee. „Ich möchte nicht noch einmal mit dir umgehen müssen, wenn du korruptiert bist. Das war echt mies."

Einverstanden.

Ich straffte die Schultern und ging durch den Mech-Perimeter, der Alphas Plattform umgab. Seine Wachen – Mülleimer, Küchen-Mechs, mobil gewordene Geschirrspüler – waren nicht besonders einschüchternd, aber ihre Lichter folgten mir, ihre Glieder verfolgten mich, und ihre Motoren drehten hoch. Bereit für welche Aktion auch immer ein Geschirrspüler ergreifen könnte.

„Da ist er!", verkündete Alpha, als ich die Plattform erreichte, ein Halbkreis, der in den Conduit hinausragte. Andockplattformen ragten am Ende hervor, um Platz für Taxis zu schaffen, Kurier-Mechs, die längst verschwunden waren. Rechts saß die Brücke selbst hinter jenen rot glühenden Toren. Sie würden alles verbrennen, das dumm genug wäre, hindurchzugehen. Alpha hatte Mechs in einer Reihe davor aufgestellt, als warteten sie darauf, die Barriere zu stürmen.

„Hier bin ich", sagte ich.

Aus der Nähe sah Alpha aus wie zuvor, außer dass er sein Outfit gewechselt und seine Haare zu einem Pferdeschwanz hochgebunden hatte. Nicht länger in zen-ähnlichen Roben gekleidet, hüllte sich das Gefäß stattdessen in einen engen, erdbeerroten Sportanzug. Kaydee kicherte zur Seite und sagte, es sähe aus, als würde Alpha gleich auf einen Fußballplatz wandern. Ein Tor schießen.

Eine Sache, die sich nicht geändert hatte? Alphas Intensität. Diese Augen, diese zuckenden Muskeln behielten ihr Feuer bei.

„Du bist unbehelligt angekommen, nehme ich an?", fragte Alpha, als ich mich zu ihm in den mehrere Meter freien Raum gesellte, den er sich in der Mitte der Plattform reserviert hatte. „Meine Mechs neigen dazu, sehr loyal zu sein."

„Sie haben mich nicht angerührt."

„Gut", Alpha legte eine Hand auf meine Schulter, ein fester Griff. „Ich fürchte, wir müssen den Deal ändern, mein Freund."

Kaydee hätte irgendeine freche Bemerkung darüber gemacht, dass sie nicht sein Freund sei, darüber, wie selbstverständlich Alpha den Deal ändern würde. Kaydee hatte allerdings keinen Körper, der von innen nach außen verdreht werden konnte, hatte keinen Freund, der tot auf einer Liege lag, verletzlich und größtenteils allein.

„Was brauchst du?"

„Siehst du diese Barrieren dort?", sagte Alpha. „Die hübschen?"

„Schwer zu übersehen."

„Ich würde sie viel lieber weg haben", fuhr Alpha fort, als hätte ich nicht gesprochen. „Ich weiß, ich weiß, du und ich kommen in ihrer Welt gut zurecht, aber sie halten nach mir Ausschau." Alphas Gesicht verzog sich in diesem

Moment, sein Mund öffnete sich zu einem weiten, stummen Knurren. Eine halbe Sekunde später schnappte es zurück zu seiner lächelnden, Geheimnisse-erzählenden Form. „Also gehst du rein, deaktivierst diese Barrieren, und wir können das Gespräch, das du wolltest, auf der anderen Seite führen."

Zu fragen, was passieren würde, wenn ich die Stimmen nicht untergraben würde, schien sinnlos. Alphas Mechs machten deutlich genug, dass unser ‚Deal', welche Bedingungen auch immer er hatte, einseitig war. Ich war seiner Gnade ausgeliefert, und meine Optionen waren begrenzt: mich selbst opfern in einem Versuch, Alpha den Hals umzudrehen, bevor seine Mechs meinen brachen, oder tun, was er wollte, und die Brücke freischalten.

Vielleicht hätte ich mich bei Letzterem schlechter gefühlt, wenn die Stimmen nicht solche Monster gewesen wären.

Der Anschluss saß, wo ich ihn in Erinnerung hatte, nahe den Barrieren selbst, auf der linken Seite in Starships sich verjüngender Wand. Ein winziger Schlitz, perfekt für meine zusammengekniffenen Finger. Mehrere Mechs, ihre Gliedmaßen in einem bedrohlichen Rahmen um mich herum ausgebreitet, überwachten meine Bemühungen, während Alpha zu seiner Diktatur über die Expansion den Conduit hinunter zurückkehrte. Aus seinen Worten verstand ich die Strategie: Nimm die Mechs, die korruptiert werden konnten, zerstöre den Rest. Einschließlich aller Menschen. Jeder Schrottrest sollte zu den Fabrikationslinien gehen, wo er zu etwas Nützlicherem umgestaltet werden konnte.

Starship würde nicht mehr lange sein unabhängiges, bunt zusammengewürfeltes Durcheinander bleiben.

Meine Finger formten den Anschluss. Steckten ein.

Suchten nach den Barrierenkontrollen und fanden sich zurückgewiesen, stehend am Rande einer elenden Ebene, die ich nur zu gut kannte. In der Ferne ragte ein zackiges Schloss in einen wogenden grauen Himmel.

Die Stimmen hatten sich weggesperrt, und die Barrierenkontrollen würden bei ihnen drinnen sein.

„Also, wie schalten wir das für Alpha ein?", fragte Kaydee und tauchte neben mir auf, getarnt in einer braunen Tunika, grüne und braune Farbe verschmierte ihr Gesicht.

„Ich weiß es nicht", sagte ich.

Die Wahrheit?

Wenn es eine Wahl zwischen Alpha und den Stimmen wäre ... Ich wusste, für welche Seite ich mich entscheiden würde.

VIERZEHN

FESTUNGSANGRIFF

Die düsteren grün-schwarzen Ebenen erstreckten sich jenseits des Waldrandes, krochen zu hohen Steinmauern empor und einer zackigen Burg, die sich dahinter erhob. Ein genauer Blick auf die Bäume oder das Gras bestätigte, dass jedes Element mit seinen Artgenossen übereinstimmte, exakte Kopien, um Speicherplatz in Starships überfüllten Laufwerken zu sparen. Die Wolken darüber teilten in ihrer grauen Bedrohlichkeit ihre DNA, Kopien, die über einen einheitlich schiefergrauen Himmel trieben. Die Brise strich gerade an mir vorbei, ein konstanter Schwall ohne das schlängelnde Gefühl natürlicher Luft.

„Ein billiges Versteck", sagte ich, bückte mich und fuhr mit dem Finger an einem steifen Grashalm entlang. „Ich hätte mehr erwartet."

„Es ist ja nicht so, als hätten sie Zeit gehabt, sich vorzubereiten", meinte Kaydee. „Alpha tauchte kampfbereit auf. Ich schätze, das Gras hatte keine hohe Priorität."

„Sie hatten Jahre über Jahre Zeit, sich vorzubereiten." Ich richtete mich auf und starrte zur Burg hinüber. Ein einzelner Rabe kreiste um ihren Turm und krächzte alle paar Sekunden sein Unheil. „Die Stimmen haben Alpha geweckt, sie haben zugesehen, wie er strauchelte. Sie haben keine Entschuldigung."

„Außer, dass sie menschlich sind, richtig?", fragte Kaydee. „Ist es das, was du von mir hören willst?"

„Du stimmst nicht zu?", erwiderte ich und studierte Kaydees Haltung. Sie stand mir nun unter den Ästen gegenüber, die Stirn unter ihrer Tarnung gerunzelt, die Arme verschränkt. Kleine Funken tanzten von ihrem Körper. „Kein Gefäß oder Mech würde, wenn es seine Programmierung zuließe, eine so dürftige Verteidigung errichten."

„Du vergisst, über wen du sprichst. Die Stimmen sind keine Generäle. Sie sind Zivilisten. Und sie kommen nicht gut miteinander aus. Eigentlich nie."

„Inwiefern entschuldigt sie das?", fragte ich und deutete auf die Burg. „Starships führende Bürger sind jetzt da drin und warten auf ihr Ende. Erbärmlich."

„Gamma?", Kaydee wandte den Kopf und warf mir einen fragenden Seitenblick zu.

„Das waren die Leute, die versuchten, uns herumzukommandieren? Die Delta und mir diktierten, was zu tun sei?" Ich redete weiter, die Worte sprudelten aus einem Brunnen, der sich in meinem kurzen Leben gefüllt hatte. „Sie sind mit Alpha und Beta gescheitert, mit Delta und mir gescheitert, haben Val und ihren Stamm im Stich gelassen. Du redest von ihnen, als sollten wir Angst vor ihnen haben, als sollten wir sie respektieren." Ich schüttelte den Kopf. „Nein. Nicht noch einmal, nicht mehr."

Ich begann zu laufen. Ich würde die Ebene zur Burg überqueren, einfach hineingehen, und wenn eine der Stimmen versuchte, mich aufzuhalten, würde ich sie in Stücke reißen. Ich spürte die Grenzen, die in den Raum codiert waren, den die Stimmen zusammengebastelt hatten: Hier gab es kein Zerreißen der Realität. Jeder Konflikt würde mit Fäusten, mit Füßen, mit Mut ausgetragen werden. Die Stimmen hatten nichts von Letzterem und wenig vom Ersteren.

Sie würden zerbröckeln, und dann würde Alpha den Rest erledigen.

„Gamma", sagte Kaydee, ohne mir zu folgen. „Du hilfst Alpha. Ist dir das klar? Dem Ding, das versucht hat, dich zu korrumpieren?"

„Ich helfe Alpha nicht", antwortete ich, ohne mich umzudrehen. „Ich rette Delta."

Ein Nadelstich verfing sich in meiner Kleidung, zog mich zurück. Ich wirbelte herum, folgte der silbernen Angelschnur zurück zu ihrer Quelle. Kaydee, die Rute in ihren Händen, zog mich einen weiteren Schritt zurück. Ich packte die Schnur, zog und ließ sie von den Füßen fliegen. Ich griff nach vorn, nahm die Rute – eine kleine Funktion, die sie geschrieben hatte, um sich an mich zu binden – und zerbrach sie.

„Du belügst dich selbst, das ist es, was du tust", sagte Kaydee vom Boden aus, ihre Hände spreizten sich, um sich hochzudrücken. „Es gibt keine Möglichkeit, dass Alpha dich freilässt. Dich oder Delta."

„Ich weiß. Das ändert nichts. Das hält Delta am Leben, also ist es das, was ich tue."

„Selbst wenn es uns alles kostet?"

„Uns?", fragte ich. „Ich glaube, du meinst die Stimmen. Ich glaube, du meinst die Menschen, die mich wie ein Werkzeug behandelt haben."

Kaydee hatte keine schlagfertige Antwort parat, also setzte ich meinen Marsch ins Gras fort. Die hüfthohen Halme streiften mich, als ich ging, bewegten sich um die

Stachelgruben, die Palisaden, die ölverschmierten Abschnitte, die auf Feinde warteten, die nie kommen würden. Wäre ich nicht gekommen, hätte Alpha vielleicht versucht, die Stimmen mit Gewalt zu bezwingen, tausend Angriffe auf die Mauern zu schleudern.

Stattdessen ging ich allein.

Befreit von den Grenzen des Conduits, wenn auch in einem künstlichen Sinne, spielte ich mit dem Gefühl: ein Horizont, der sich in alle Richtungen erstreckte, ein Himmel darüber, der nicht mit Metallplatten endete. Keine elektrische Beleuchtung, keine surrenden Motoren. Friedlich, wenn auch mit einer düsteren Note dank der von den Stimmen gewählten Umgebung. Dennoch weckte der Gang zu den Wällen eine gewisse Vorfreude auf Starships eventuelles Landen. Ich könnte eines Tages wirklich nach draußen gehen, und das in gar nicht allzu langer Zeit.

Jedes Staunen verflog, als ich mich den Wällen näherte und die ersten programmierten Wachen ihre Köpfe über die Zinnen der Burg streckten. Drei, und ihre Augen fixierten mich, ihre Köpfe bewegten sich synchron. Bögen mit eingelegten Pfeilen hoben ihre Spitzen und richteten sie auf mich.

Zeit, ein anderes Spiel zu spielen.

Ich winkte den Wachen zu. Sie reagierten nicht, aber die Tatsache, dass sie nicht sofort schossen, verriet mir, dass sie den Stimmen bereits mitgeteilt hatten, dass sich jemand näherte. Mein nächster Zug hing davon ab, was die Stimmen zu tun beschlossen.

Vor mir stand das Haupttor der Burg: ein tiefbraunes, regengesprenkeltes Holz. Wahrscheinlich dick und nicht leicht zu durchschlagen. Wachtürme erhoben sich zu beiden Seiten, weitere Wachen tauchten auf diesen höheren Plattformen auf, um ihre eigenen Pfeile auf mich zu richten. Würde mich auch nur einer treffen, würde das, so vermutete ich, eine rasche Löschung einleiten, mich hinauswerfen und möglicherweise Schlimmeres bewirken.

„Gamma", rief Leo herunter, der Kopf des Ingenieurs gesellte sich zu den Wachen auf den Mauern. Er sah selbst aus dieser Entfernung mitgenommen aus, als ob sein virtuelles Selbst noch immer die Belastungen eines Lebens am digitalen Abgrund spürte. „Was machst du hier?"

„Ich treffe eine Entscheidung", antwortete ich. „Ich muss durch, Leo."

„Wozu?"

Ich übermittelte die Details, eines nach dem anderen. Delta, Alpha, die Mechs, Val und mehr. Leo nahm alles ohne Kommentar auf. Ich erwartete, dass Kaydee unterbrechen würde, dass sie versuchen würde, mit ihrer ehemaligen Freundin zu sprechen oder ihre übliche Farbe hinzuzufügen, aber sie blieb abwesend. Vielleicht hatte ich sie dort wirklich beleidigt.

Ein Problem für ein anderes Mal.

„Wenn Alpha die Brücke erreicht, wird er Starship kontrollieren", sagte Leo. „Das weißt du."

„Nach dem, was ich gesehen habe, was du aus dem Ort gemacht hast, bin ich mir nicht sicher, ob das eine schlechte Idee ist."

Leo presste seine schmalen Lippen zusammen: „Es gibt schlecht und es gibt schlimmer. Alpha könnte alles zerstören."

„Das könntest du auch."

Das brachte ihm zumindest ein Nicken ein. „Gamma, ich werde keine rhetorischen Spielchen mit dir treiben. Die Brücke gehört uns. Wenn Alpha verhandeln will, steht es ihm frei, das zu tun, ohne eine Armee vor unsere Tür zu stellen."

Die erwartete Ablehnung.

Ich würde auf die harte Tour eindringen müssen.

Ich stürmte vorwärts, direkt auf das Holztor zu. Leo schrie *Feuer*, als ich loslief, die Pfeile wurden abgeschossen, als er zu sprechen begann. Der enge Schusswinkel arbeitete jedoch gegen die Programme, und ihre Schüsse trafen den harten Boden hinter meinen Fersen. Mit dem Rücken gegen das Holztor gepresst, blickte ich nach oben und stellte fest, dass die Zinnen mich zwar nicht mehr treffen konnten, aber die Wachen in den Wachtürmen das sehr wohl konnten.

Ich zählte ein, zwei Sekunden, dann stürzte ich vom Tor weg und griff nach einem Pfeil aus dem Dreck. Meine linke Hand schloss sich um den Schaft und zog ihn heraus. Mit der rechten schnappte ich mir einen weiteren, riss ihn aus der Erde. Ich wirbelte herum und machte einen Seitenschritt, als ich mich wieder zur Burg wandte.

Die Wachen in beiden Wachtürmen passten sich meiner neuen Position an, während andere auf den Zinnen versuchten, sich umzudrehen und ihre Bögen erneut anzulegen. Jetzt war ich jedoch nicht mehr der Einzige mit Waffen.

Wie winzige Speere warf ich die Pfeile auf die Wachturmwachen. Erst nach rechts, dann nach links. In der Welt der Stimmen flogen die Pfeile gerade und präzise, trafen genau dort, wo ich sie hinwarf, eher wie Kugeln oder Laser als gefiederte Stöcke. Jeder traf sein Ziel, die Pfeile erfüllten ihre Funktion ohne Rücksicht auf die Wirkung: Jede Wache löste sich in Pixel auf und verschwand dann.

Ich schnappte mir einen weiteren Pfeil und rannte auf das Holztor zu, wieder einmal den Zinnenwachen und ihrem Gegenfeuer um Sekundenbruchteile voraus. Diesmal hatte ich mir etwas Luft verschafft. Diese Mauerwachen würden in einer Minute zu den Wachtürmen hochsteigen und denken, sie hätten mich nun am Tor in der Falle.

Zum Glück hatte ich mehr als nur meine Hände.

Ich rammte den Pfeil in das Holztor und hoffte, dass die Löschfunktion auch auf das Tor anwendbar wäre, so wie sie bei den Wachen funktioniert hatte. Wenn die ganze Barriere verschwände, könnte ich einfach hindurchrennen und den Pfeil als Universalschlüssel benutzen, um das Königreich der Stimmen auf dem Weg zu seinem Zentrum abzureißen.

Mein gestohlenes Werkzeug biss mit einem leisen *Chunk* ins Holz und blieb dort zitternd stecken. Das Tor blieb leider ziemlich solide.

Okay, Plan B.

Ich zog den Pfeil heraus, rannte zur Ecke des Tors, wo es an den linken Wachturm grenzte, ging in die Hocke und sprang hoch. Als ich den höchsten Punkt meines Sprungs erreichte, schwang ich meinen rechten Arm nach vorne, wobei sich der Pfeil diesmal tief ins Holz grub. Ich stemmte meine Füße gegen das Tor, meine linke Hand gegen den Wachturm, und betete, dass der Pfeilschaft mein Gewicht halten würde.

Für einen kurzen Moment tat er es.

Ich stieß mich mit meiner linken Hand und meinen Füßen ab, sprang hoch und zog den Pfeil mit mir, hämmerte ihn einen Meter höher wieder ins Holz. Leos Rufe drangen herüber, er rief die Wachen auf ihre Positionen. Rüstungen und Waffen klirrten, als die Programme sich die Wachtürme hochkämpften.

Ich sprang erneut, riss den Pfeil hoch und pflanzte ihn wieder ein.

Und noch einmal.

Der Rand des Wachturms lag nur noch ein paar Meter

über mir, das Tor selbst ragte nicht viel höher auf. Ich sammelte mich für einen weiteren Sprung, nur um zu sehen, wie eine Wache ihren Kopf über die Mauer meines Wachturms streckte. Mit angelegtem Pfeil visierte das Programm mich an.

Also täuschte ich. Ich setzte zum Sprung an und hielt dann inne, meine Füße rutschten am Holz entlang. Die Wache ging auf den Köder ein und schoss ihren Pfeil über mich hinweg ins Tor. Ich sprang schnell, ohne mich darum zu kümmern, meinen alten Pfeil herauszuziehen. Als ich das tat, schlug ein weiterer Schuss von der anderen Seite in der Nähe meiner Brust ein. Meine verzweifelten Taktiken näherten sich ihrem Ende.

Delta hätte hier vielleicht etwas Verrücktes abgezogen, wie den alten Pfeil mit den Füßen herauszuflicken, ihn mit der Hand zu fangen und auf eine andere Wache zu schleudern. Ich hatte diese Geschicklichkeit nicht, hatte diese Expertise nicht, also tat ich das Einzige, was ich konnte.

„Du wirst sie töten, Leo!", schrie ich. „Wenn ich sterbe, stirbt sie auch!"

Leos Antwort kam schnell, er befahl den Wachen, das Feuer einzustellen. Ich hing dort, mein Fuß balancierte auf meinem alten Pfeil, meine rechte Hand klammerte sich an den, den die Wache daneben geschossen hatte. Die Verzögerung gab beiden Wachtürmen Zeit, sich zu verstärken, sodass, als Leo erschien, vier gespannte Pfeile auf meinen Bauch gerichtet waren.

„Diese Pfeile werden dich nicht töten", sagte Leo und starrte mich an. „Das weißt du."

„Nein, aber Alpha wird es", erwiderte ich. „Wenn ich diese Barrieren nicht ausschalte, wird er mich vernichten. Und wenn ich sterbe, stirbt auch Kaydee."

Leos Hände umklammerten den Stein des Wachturms

und wurden weiß, als er fest zudrückte. „Du verlangst von mir, Starship gegen ein einziges Leben einzutauschen."

„Nein", sagte ich. „Ich bitte dich, mir eine Chance zu geben."

„Eine Chance wofür?"

„Du hast uns erschaffen, Leo. Du hast uns zu Starships Versicherung gemacht. Lass uns tun, wofür du uns entworfen hast, und sicherstellen, dass dieses Schiff dorthin gelangt, wo es hin muss."

Leo bewegte sich jedoch nicht. Er befahl nicht, das Tor zu öffnen. Stattdessen schlossen sich seine Augen, diese Hände hielten immer noch fest am Stein, als ob in diesem digitalen grauen Ziegel Antworten zu finden wären. Ich hatte genug Menschen gesehen, um zu wissen, dass der Mann schwanken musste, kurz davor war, sich auf meine Seite zu schlagen.

Ein letzter Schubs.

„Alpha wird sowieso durchkommen", sagte ich. „Du weißt es, Peony weiß es. Er wird die Barrieren zerreißen, wenn er muss, und das Schiff hat genug Mechs, um es zu tun. Lass mich durch, und zumindest wirst du auf der anderen Seite Hilfe haben."

Leo zog seine Hände weg, eine kratzte an seinem Gesicht, während er sich umdrehte und einen langen Blick über den Wald schweifen ließ.

„Wenn Alpha die Brücke erreicht, wird er versuchen, uns auszulöschen", sagte Leo. „Das darf nicht passieren. Nicht weil ich egozentrisch bin, sondern weil Starship uns immer noch braucht." Er wandte sich wieder zu mir. „Ich werde die Barrieren herunterfahren und du wirst deinen Zugang haben. Alpha wird uns nicht wartend vorfinden."

„Danke, Leo."

„Gamma, ich tue das für dich. Für sie. Lass nicht zu,

dass all unsere Hoffnung stirbt, lass nicht zu, dass all diese Leben, all diese Jahre für diese Maschine verschwendet werden."

„Das werde ich nicht."

Ich hielt mein Gesicht gerade, als ich die Worte sagte, und versuchte, die Wahrheit zu verbergen, die sich dahinter verbarg: dass es vielleicht das Beste für Starship und alle Mechs darauf wäre, all diese Jahre zu verschwenden.

FÜNFZEHN

MENSCH ODER MASCHINE

Mit Leos Einverständnis zappte ich mich vom Schloss und seinem krächzenden Raben weg. Die Rückkehr von den grauen Wolken zum grauen Metall des Raumschiffs war nicht so schockierend, obwohl die kirschroten Barrieren und ihr helles Leuchten einen Farbkontrast bildeten. Um mich herum türmten sich Mechs auf, zu denen sich jetzt, wie ich bemerkte, die größeren und stärkeren Wächter gesellt hatten, die ich in der Universitätsreihe und im wohlhabenderen Teil des Raumschiffs gesehen hatte.

Alpha verstärkte weiterhin seine Roboterarmee.

Ich richtete mich auf und beobachtete die roten Barrieren. Entweder würde Leo durchkommen oder Alpha würde mich in Stücke reißen und sich dann trotzdem durch die Barrieren schlagen.

„Du hast ihn also gesehen", sagte Kaydee, die links von mir an der Wand saß und auf meine Füße blickte.

„Du weißt, was ich gesehen habe", antwortete ich. Sie konnte meine Gedanken nach Belieben lesen, ein freier Zugang, den ich nie einzuschränken versucht hatte. Wenn Kaydee das jemals missbrauchen würde, könnte ich sie aussperren, aber das war ein Schritt, den ich nicht gehen wollte. „Die Stimmen haben nirgendwo hin. Alpha wird so oder so durchkommen."

„Aber du hast mich benutzt, Gamma. Meinen Namen."

„Um unsere Leben zu retten."

Kaydee hätte vielleicht noch etwas zu sagen gehabt, aber stampfende Geräusche hinter mir unterbrachen unser Gespräch. Die Maschinen teilten sich, um Alpha durchzulassen, der so wahnsinnig gelassen wie immer war. Er breitete die Arme aus, seine Augenbrauen schossen seine Stirn hinauf.

„Nun?", fragte Alpha. „Ich sehe, die Barrieren stehen noch."

„Warte noch ein oder zwei Minuten", erwiderte ich. „Sie werden fallen."

Alpha beugte sich vor, inspizierte mein Gesicht, seine Augen krochen über meine Haut. „Keine Spur von einer Lüge an dir, Gamma. Obwohl es bei Mechs immer so schwer zu erkennen ist. Keine nervösen Zuckungen."

Ich schwieg. Widerstand dem Drang, Alphas Hals zu packen und ihn gleich hier zu brechen. Die Mechs standen ein paar Meter zurück, und ich hätte es vielleicht schaffen können. Sicher, ich würde zertrampelt und in Stücke gerissen werden, aber es wäre ein befriedigendes Ende gewesen.

Außer dass es die Stimmen an die Macht bringen würde.

So viele schlechte Entscheidungen.

Die kirschroten Barrieren flackerten und erloschen, als Alpha sich zurücklehnte. Das Gefäß klatschte einmal scharf und laut in die Hände. Mit einem breiten Grinsen wirbelte Alpha seinen rechten Arm wie ein Windrad und winkte die wartenden Mechs durch.

„Los, los!", rief Alpha. „Marschiert gleich durch, meine Freunde, und stellt sicher, dass keine Überraschungen auf uns warten." Alpha blickte zu mir und senkte seine Stimme zu einem Flüstern. „Beim letzten Mal, als ich hier war, ließen mich die Stimmen einfach durchgehen. Wette, sie haben ihre Lektion gelernt."

„Es wird nichts passieren", sagte ich.

Eine dumme Sache zu offenbaren, und ich zuckte zusammen, als Alpha seine Cheerleader-Rolle aufgab – die Mechs kümmerten sich nicht darum, sie marschierten sowieso weiter – und sich wieder auf mich konzentrierte.

„Und woher weißt du das?", fragte Alpha. „Du hast die Stimmen doch nicht etwa völlig vernichtet, oder?" Ein kurzes Kichern. „Oh, was für eine Freude das wäre. Ihre letzte Hoffnung, du, wendet sich am Ende gegen sie. Sag mir, dass du es getan hast."

Ich zuckte mit den Schultern und drehte mich zur erloschenen Barriere. „Willst du nicht loslegen? Deine Mechs könnten etwas beschädigen."

Alpha hüpfte an mir vorbei und wedelte mit dem Finger in meine Richtung. „Richtig, natürlich, aber denk nicht, du hättest dich meiner Frage entzogen." Die Freude verschwand, ein Rückfall in die ernste Miene. „Die Stimmen müssen weg, Gamma. Früher oder später. Ich hoffe wirklich, du hast die Drecksarbeit erledigt, aber wenn nicht ... mehr Spaß für mich."

Er winkte mich hinter sich her und ohne andere Optionen folgte ich.

Das Erreichen

zur Brücke bedeutete, durch einen Gedenk-Korridor zu gehen. Rechts und links verschwanden Starships uninteressante graue Platten in dickeres, massives Silber. Namen waren in sauberen Spalten in die Oberfläche geätzt, die

Buchstaben erschienen zunächst klar, bevor sie in der zweiten Hälfte des Flurs in zerkratzte Verrücktheit übergingen: Alpha, der seinen eigenen Namen immer und immer wieder in die Platten geritzt hatte.

Das Gefäß hielt nicht inne, um sein eigenes Werk zu beurteilen, sondern ging mit seinen Mechs, die neben ihm rollten, weiter zur Brücke. Ich jedoch blieb stehen, weil Kaydee vor mir erschien und mit einer Hand und wütenden Augen auf die Markierungen zeigte.

„Das", sagte Kaydee. „Das ist derjenige, dem du dich entschieden hast zu helfen."

„Als ob die Stimmen das Vorbild für geistige Gesundheit wären", stichelte ich.

„Ich verstehe einfach nicht, warum du dich so sehr gegen mich gewandt hast", sagte Kaydee und zog ihren Arm zurück. Jetzt sah sie eher besorgt als wütend aus, ihr Mund verzog sich zu einem Stirnrunzeln, während sie den Kopf neigte. „Es ist, als würdest du einen Anflug von Val als Anklage gegen uns alle sehen."

„Wie du schon sagtest, ich lebe noch nicht so lange", antwortete ich. „Vielleicht fehlt mir die Reife, um mit diesem Anflug umzugehen und weiterzumachen."

„Das ist Quatsch und das weißt du auch."

„Dann sag mir, was ich falsch verstehe?", forderte ich sie heraus, während die letzten von Alphas marschierenden Mechs an uns vorbeizogen. Das Gefäß ließ eine große Streitmacht draußen auf der Plattform zurück, offenbar um andere Eindringlinge abzuschrecken. „Was verstehe ich nicht?"

„Dass Menschen nicht anders sind als du und Alpha", sagte Kaydee. „Wir wollen eine bessere Zukunft für uns, wir wollen Sicherheit, Nahrung und Unterkunft. Glück. Und wir werden dafür kämpfen."

„Nichts davon rechtfertigt, Mechs wie Dreck zu behandeln."

„Als ob du dich nie wie ein Idiot verhältst", erwiderte Kaydee. „Schau dir das an, Gamma. Wenn du ihn in der Kontrolle lässt, wird Alpha alles zerstören. Dich, mich, Starship. Val und all die eingefrorenen Kinder, die in der Kinderstube warten? Weg. Das wird auf dein Konto gehen."

Ich schüttelte den Kopf, setzte mich in Bewegung und ging an ihr vorbei.

„Auf dein Konto, Gamma", sagte Kaydee zu meinem Rücken.

Der Flur endete in einem verzweigten Eingang, mit Optionen nach links und rechts und keinem klaren Weg zur Brücke, ohne sich für eine Seite zu entscheiden. Jeder Weg führte eine sanfte Steigung hinauf, die Fliesen waren mit Griff-Noppen versehen, um zu verhindern, dass jemand ausrutscht. Handläufe boten sich in perfekt poliertem Chrom an.

Ich hielt an und studierte die Umgebung.

Menschen hatten Starship entworfen, es aus dem Nichts erschaffen und in dieses galaxiendurchquerende Schiff verwandelt, vollgepackt mit Unterhaltung, Verpflegung und einem Plan, um Tausende und Abertausende über Jahrtausende am Leben zu erhalten. Sie hätten sich mit dem Minimum begnügen können, aber hier hatten sie Geländer eingebaut, Rampen und Griffe, um ihrer eigenen Spezies beim Fortbewegen zu helfen.

Und nicht nur ihnen.

Die Leitung war in einem einfachen geraden Verlauf angelegt, mit ebenen Gehwegen, breiten Aufzügen zwischen den Stockwerken. Klare Bereichsabgrenzungen. Nicht nur einfach für Menschen zu navigieren, sondern auch für Mechs. So feindselig Val auch zu mir gewesen war, ihre Vorfahren hatten sich auf Mechs wie mich verlassen, hatten sich besonders bemüht sicherzustellen, dass die Mechs ihre Arbeit leicht erledigen konnten, ohne Schaden oder Zerstörung.

Und was war mit Sybil Renoir?

Starships eigene Architektin behielt den Putz-Mech ihrer Familie, ließ ihn sicher und geschützt im Haus ihrer Familie leben. Geschützt vor dem Chaos draußen. Sybil hatte keinen Grund, ihm diesen Schutz zu gewähren, hatte als virtuelle Erinnerung keine Notwendigkeit für den alten Mech ihrer Familie. Dennoch gab sich Sybil diese Mühe.

Ich konnte mich nicht ganz dazu bringen zu glauben, dass Menschen ihre Mechs liebten, sie als gleichwertig behandelten, aber vielleicht waren sie auch nicht alle arrogante Herren. Ich konnte mir vorstellen, dass einige sogar mit ihren Maschinen zusammenarbeiteten, eher als Partner denn als Direktor und Diener.

Mein Code, meine Logik als Maschine wollte eine einfache Antwort: Menschen schlecht, Gefäße gut. Oder umgekehrt. Ich schätze, ich hatte nicht so viel Glück.

Kaydee meldete sich nicht zu Wort. Ich wartete dort an dieser Verzweigung darauf, dass sie auftauchen und mir sagen würde, sie hätte die ganze Zeit meinem Grübeln zugehört. Erklären, dass sie die ganze Zeit recht gehabt hätte. Vielleicht war Kaydee, wie schon zuvor, selbst am Nachdenken.

Jedenfalls hörte ich Alpha meinen Namen rufen. Ich hatte ihm Zugang zur Brücke gewährt, und jetzt musste ich sehen, was er damit anfangen würde.

Die Rampe hinauf und herum öffnete sich die Brücke in drei gestapelte Ebenen. Glatte weiße Tische, beladen mit Bildschirmen, erstreckten sich über jede Ebene, mit einer absteigenden Rampe in der Mitte, die zum heiligen Gral der Aussicht auf Starship führte: ein riesiges Glasportal mit Blick ins All. Niedrige gelbe Beleuchtung, eingebettet in den Boden, bot Orientierung und ließ die Betrachter gleichzeitig die funkelnden Sterne da draußen sehen.

Mehr als das konnte ich jedoch Planeten sehen. Die in unserem Blickfeld schwebenden Murmeln sahen fast wie Unvollkommenheiten im Glas aus: hier ein beigefarbener Fingerabdruck, dort ein grünlicher Schimmer. Ein größerer Stern lag jenseits von ihnen allen, das Zentrum des Systems, an dem Starship vorbeizog. Oder in das es eintrat, soweit ich wusste.

„Der letzte Halt", sagte Alpha, das Gefäß stand mit dem Gesicht gegen das Glas gedrückt. „Wir sind fast da, Gamma."

„An Starships Ziel?"

Alphas Mechs verteilten sich entlang der Brücke, jeder so nah wie möglich an den Computermonitoren. Nicht, dass diese Mechs irgendeine Ahnung hätten, geschweige denn die Fingerfertigkeit, um die Computer der Brücke zu bedienen. Ich schob es auf Alphas Besessenheit und ging weiter, positionierte mich am oberen Ende der Brücke.

Nur ein paar Mechs standen in meiner Nähe, und ohne dass einer meinen möglichen Rückzug blockierte, hatte ich Möglichkeiten zu entkommen. Ich hätte genau in diesem Moment weglaufen und hoffen können, dass Alpha, fasziniert von seinem Schatz, Delta und mich vergessen würde.

Aber ich wollte sehen, was er tun würde. Wollte sehen, ob ich wirklich einen monströsen Fehler gemacht hatte, indem ich Alpha Zugang zu Starships wichtigsten Systemen gewährt hatte.

„Noch nicht ganz", sagte Alpha, legte beide Hände auf das Glas und fuhr daran herunter, als würde er den

Schreibtisch streicheln. „Starships ursprüngliches Ziel liegt noch viele Jahre vor uns. Der Rand der Galaxie. Aber ich bin gelangweilt, Gamma. Ich will nicht so lange warten, um unsere Zukunft in Gang zu bringen." Alpha wirbelte zu mir herum, ging schnell die Brücke hinauf. „Bist du nicht auch dieser engen Gänge überdrüssig? Ich höre schon so lange dasselbe Grollen, dieselben Geräusche …"

Alphas Stimme verstummte, als er sich mir näherte, ein Lächeln, das mit der Annäherung wuchs. Für einen Moment dachte ich, er würde mein Kinn umfassen und mein Gesicht schütteln, aber stattdessen ging er rechts an mir vorbei. Er stieß einen Mech weg, der dort gestanden hatte, und brachte ihn zu Fall.

Der Mech piepte alarmiert und bat um Hilfe. Alpha ignorierte ihn, presste seine Finger zusammen und klinkte sich in den dortigen Computer ein. Den, der mit einem goldenen Schild vor der Arbeitsstation als der des Kapitäns von Starship gekennzeichnet war. Alphas Augen schlossen sich, sein Körper entspannte sich. Er war in den Computer eingedrungen und tat wer weiß was.

Ich ging um das Gefäß herum und half dem Mech wieder auf die Beine. Die Maschine, ein zylindrischer, vielarmiger Mech, war eigentlich zum Reinigen und Sortieren von Müll bestimmt. Doch sobald ich ihn aufrecht hingestellt hatte, zeigte der Mech keine Verwirrung darüber, wie weit seine gegenwärtige Position von seinem eigentlichen Zweck entfernt war. Alphas Werk, das Original auslöschend und durch sein eigenes ersetzend.

Sekunden, dann Minuten krochen dahin, und ich verbrachte sie damit, die Sterne zu betrachten. All diese unendliche Schwärze. Nimm die Brücke um mich herum weg, und der Weltraum wäre nicht allzu verschieden von einigen der virtuellen Welten, in die ich mich gestürzt hatte. Eine Unendlichkeit, die ich nie durchqueren könnte.

„Glaubst du, er zerstört sie?", fragte Kaydee und blieb in den Schatten zu meiner Rechten. „Ermordet sie einen nach dem anderen?"

„Wenn Leo schlau ist, wäre er inzwischen mit den Stimmen verschwunden." Ich nickte zu Alpha hin. „Diese Computer sind alle vernetzt. Sie könnten fliehen, sich vor Alpha verstecken. Außerdem glaube ich, dass Alpha etwas anderes vorhat."

Als Kaydee nicht antwortete, blickte ich in ihre Richtung und sah nichts außer Dunkelheit.

Die Stille wurde von einem scharfen Knistern durchbrochen, statisches Rauschen, das aus seit vielen Jahren nicht genutzten Lautsprechern ausgetrieben wurde. Dann ertönte eine Stimme, eine sanfte Frau, die alle warnte, dass Starships Manövriertriebwerke bald feuern würden. Stühle und Gurte wurden empfohlen, ansonsten Handläufe.

Ich hatte weder das eine noch das andere, bewegte mich nicht.

Starship ächzte, vibrierte. Das Schiff hatte das schon immer getan, aber dies fühlte sich eher an, als würde man in einem schüttelnden Becher gerüttelt. Ich streckte die Hand aus, legte sie an die Wand. Neue Geräusche hallten durch das ganze Schiff, Knallen und Knattern, Heulen und Schnurren, als sich Komponenten bewegten, ein- und ausschalteten. Die Mechs, einschließlich des gerade von mir aufgerichteten, fielen um und schlugen gegeneinander.

Die Sterne draußen fesselten meinen Blick. Sie bewegten sich, zunächst langsam und dann schneller, bis der grüne Punkt, den ich zuvor bemerkt hatte, in der Mitte von Starships Fenster saß. Als er sich verschob, hörte Starships Zittern auf, und die Stimme kehrte zurück, um das Ende des Manövers zu verkünden.

Ich ließ die Wand los, als Alphas Kopf nach oben schnellte, seine Aufmerksamkeit zur Realität zurückkehrte. Während ich den Reinigungsmech wieder aufrichtete, trennte sich Alpha vom Computer und grinste mich an.

„So, das hätten wir", sagte Alpha. „Unsere Reise hat sich von Jahren und Jahren auf Tage verkürzt."

„Tage?"

„Dieser Planet erfüllt Starships Kriterien", sagte Alpha und runzelte dann die Stirn. „Ich habe versucht, einen geeigneten Asteroiden zu finden, aber der Computer ließ mich nicht so weit gehen. Es muss bewohnbar sein." Ein Lächeln kehrte zurück. „Aber zweifellos wird das interessanter sein."

Ich nickte und versuchte zu verstehen, was Alphas Ankündigung wirklich bedeutete. Starship würde landen, und zwar bald?

„Das bedeutet allerdings, dass einige Dinge komplizierter werden", sagte Alpha. „Ich hatte gehofft, wir könnten irgendwo Ödes landen, die Türen öffnen und das Vakuum unser menschliches Problem lösen lassen. Da das nicht der Fall sein wird, Gamma, glaube ich, es ist an der Zeit, dass du deinen Teil der Abmachung erfüllst."

„Was?"

„Delta", Alpha legte seine Hände auf meine Schultern, wie ein Priester, der seinen Schüler segnet. „Bring sie zu mir, Gamma, und mach sie zu meiner."

SECHZEHN

GOTTKOMPLEX

Alpha ließ mich ohne ein weiteres Wort gehen. Ich protestierte nicht, bot keinen anderen Plan an, denn das war genau das, was ich brauchte: eine Gelegenheit.

Zurück im gemeißelten Gang erwartete ich, dass Kaydee auftauchen würde, um mich dafür zu tadeln, dass ich Alpha erlaubt hatte, Starships Kurs zu ändern. Sie tauchte nicht auf. Mein einziger Begleiter den langen Gang hinunter war ein stiller und großer Wächter. Die großen Mechs hatten die Universität und die wohlhabendere Hälfte des Conduits patrouilliert, sahen aus wie große Menschen und trugen gewichtete Stahlschlagstöcke. Dieser hier beobachtete mich, ohne dass sich ein Ausdruck auf seinem Gesicht formte.

Und auch keine Meinungen.

Hatte ich das Richtige getan? Ich lebte noch und vorerst auch Delta. Ja, Alpha hatte Starship von seinem Ziel am Rand der Galaxie abgebracht, aber war nicht ein bewohnbarer Planet so gut wie ein anderer hier draußen?

Würde Val nicht die Chance vorziehen, frische Luft auf ihrer eigenen Zunge zu schmecken?

Der Gedanke an die Menschen verwirrte mich, als ich die Brücke verließ – diese Barrieren immer noch tot – und zurück zu der Ebene ging, wo ich Delta zurückgelassen hatte. Ich war frustriert gewesen von Val, von den Stimmen und den reizbaren Widersprüchen der Menschheit. Alpha hatte sich natürlich auch nicht als viel besser erwiesen. Das Schiff befürwortete in einem Atemzug die Mechs, während es sie im nächsten dominierte.

Wenn keine Seite es wert schien, ihr zu folgen, sollte ich mir dann vielleicht meine eigene schaffen?

Gamma, Anführer der freien Mechs. Der freien Völker.

„Eher der freien Kinder", platzte Kaydee herein, als ich den Conduit entlangging.

„Kinder?"

„Du denkst, als würden all diese kleinen Reagenzglasbabys voll entwickelt herauskommen, Gamma", sagte Kaydee und schwebte neben mir her. „Es wird Jahre und Jahre dauern, bis sie bereit sind, etwas anderes zu tun, als deine Aufmerksamkeit zu fordern."

Ich runzelte die Stirn. „Bist du nur zurückgekommen, um mir das zu sagen?"

„Ich bin zurückgekommen, weil ich gesehen habe, wie sich dieser Gottkomplex entwickelt."

„Gottkomplex?"

„Gamma, Herr und Meister von Starship und allem innerhalb ihrer Mauern", intonierte Kaydee. „Verneigt euch und benehmt euch, sonst werdet ihr in die Tiefen des Gartens verbannt."

„Klingt gar nicht so schlecht."

Kaydee und ich bewegten uns um die Mechs herum, von denen uns keiner die geringste Aufmerksamkeit schenkte. Während wir weitergingen, stichelte Kaydee weiter an meiner kurzen Wahnvorstellung herum und überhäufte mich mit Fragen darüber, wie ich regieren würde, was ich überhaupt von der sprichwörtlichen Krone wollen würde. Ob ich all die Entscheidungen bewältigen könnte, nachdem meine kurze Existenz durch das Befolgen von Befehlen definiert worden war.

„Was dann?", sagte ich schließlich zu Kaydee, als wir uns Leos Wohnung näherten. „Wenn ich die Menschen nicht ertragen und Alpha nicht vertrauen kann, was dann?"

„Du gehst Kompromisse ein, Dummkopf."

„Val wird nicht auf mich hören, und Alpha-"

„Alpha wird auf niemanden hören", stimmte Kaydee zu. „Aber mit Betas Hilfe? Du könntest Val an Bord holen. Ändere ihre Perspektive, Mechs können für sie nützlich sein."

Eine geänderte Perspektive konnte sich immer wieder ändern. Val könnte uns Mechs benutzen, bis sie entschied, dass wir nicht mehr nötig waren, aber andererseits blieben meine Optionen begrenzt. Ich hatte das Spiel mit Alpha teilweise gespielt, um zu sehen, was er tun würde, aber auch um Delta und mir etwas Zeit zu erkaufen. Jetzt, als ich Leos Wohnung betrat und die Spiraltür hinter mir schloss, könnte ich Val auf die gleiche Weise brauchen.

Es gab zwei Kräfte auf Starship, und ich war keine von ihnen.

Alvie kam angerannt, als ich hereinkam, und bellte keuchend und fröhlich. Seiner Haltung nach zu urteilen nahm ich an, dass kein Mech versucht hatte, den Ort zu betreten, was bedeutete, dass Delta genau dort sein sollte, wo ich sie zurückgelassen hatte. Tatsächlich schien Alvie meine Absichten zu spüren, und der Hund führte mich mit klackernden Metallpfoten zu Deltas Zimmer.

Sie lag so still auf der Pritsche. Das blaue Licht überzog ihre synthetische Haut, die sich mit der Zeit perfekt regeneriert hatte. Deltas Kampfanzug hatte schon bessere Tage gesehen, aber ihre gezackte Klinge ruhte in der Nähe des Raumeingangs, bereit, wieder aufgenommen zu werden. Das war auch gut so, denn ich hatte das Gefühl, dass Alpha mir nicht viel Zeit geben würde, mein Wort zu beweisen.

Oder dessen Fehlen.

Gefäße hatten keinen Schalter, genau genommen. Tatsächlich wusste ich nicht, wie einer von uns sich einschaltete. Ich hatte Delta von innen abgeschaltet, und dorthin ging ich wieder. Ich kniff meine Finger zusammen, steckte sie in den Anschluss hinter ihrem Ohr und verschwand.

Diesmal schwebte der graue Würfel, der all Deltas Kernfunktionen enthielt, allein in einem unendlichen Weiß. Keine digitale Delta erschien, um mich aufzuhalten, als ich mich dem Kern näherte, als ich meine Hand darauf legte und ihm den Startbefehl gab, nach dem er zu suchen schien.

Die graue Box summte, und ich wartete nicht ab, was sonst noch passieren würde. Ich glitt zurück in die reale, physische Welt und stand neben der Pritsche auf. Wartete. Mir wurde klar, dass ich die Klinge ein paar Meter wegbewegen sollte, und tat es.

Eine wütende Delta könnte ohne nachzudenken handeln, besser, tödliche Gegenstände aus der Gleichung zu entfernen.

Ihre Augen flackerten. Deltas Beine und Arme zuckten, ihre Finger und Zehen krümmten sich. Deltas Mund, in einem neutralen Stirnrunzeln erstarrt, taute zu ihrer üblichen geraden Linie auf. Ohne weitere Vorrede drehte sie ihren Kopf zu mir. Erstaunlich, wie schnell dieser durchdringende Blick zum Leben erwachte.

„Warum?", fragte Delta, eine durchaus vernünftige Frage, die mich aus der Fassung brachte.

Ich hatte erwartet, dass sie vom Bett springen würde, vielleicht eine Dreier-Kombination von Schlägen, die damit endete, dass ich auf dem harten Metallboden lag. Stattdessen sprudelte ich alles heraus. Schnell, direkt auf den Punkt.

„Du wärst gestorben", schloss ich. „Ich wollte das nicht."

„Das war nicht deine Entscheidung", erwiderte Delta und ließ ihre Beine von der Pritsche gleiten. „Jetzt wird Alpha noch schwerer zu töten sein."

„Wir gehen nicht allein gegen ihn vor", sagte ich. „Du und ich, wir gehen zurück zu Beta, Volt und den Menschen. Gemeinsam haben wir vielleicht eine Chance."

Delta richtete sich auf, streckte die Hand aus und legte einen einzelnen Finger auf meine Brust. „Gamma, du kannst tun, was du willst, solange du mich nie wieder anfasst. Jetzt geh mir aus dem Weg."

„Sie ist so verdammt stur", sagte Kaydee, die es sich auf meiner alten Pritsche bequem gemacht hatte. „Aber wer weiß, vielleicht gewinnt sie ja?"

Ich wusste nicht, wem ich zuerst antworten sollte, und in meinem Zögern nahm Delta ihre gezackte Klinge auf. Das Gefäß ließ ihre Augen über die Länge der Waffe gleiten und überzeugte sich davon, dass sie so gut wie immer aussah.

„Du kannst nicht", sagte ich.

„Du kannst mich nicht aufhalten", erwiderte Delta, legte die Klinge auf ihre Schulter und ging auf den Ausgang des Raumes zu.

„Wenn du das allein machst, wirst du verlieren." Ich bewegte mich nicht hinter ihr her. Wollte irgendwie, dass mein Stillstehen zeigte, wie abgetrennt Delta sein würde. „Du wirst zahlenmäßig unterlegen sein und zerstört werden. Nachdem er mit dir fertig ist, wird Alpha dasselbe mit mir machen. Er wird die Stimmen finden und sie löschen. Seine Mechs werden Beta zerschmettern und jeden verbliebenen Menschen auf dem Sternenschiff töten."

Delta wurde langsamer, hielt an, warf mir einen angespannten Blick zu: „Du willst, dass ich wegläufe."

„Ich will, dass wir zusammenarbeiten, um ihn aufzuhalten und die Menschen zu überzeugen, dass wir mehr sind als nur Zubehör."

Ein rasselnder Knall schnitt Deltas Antwort ab. Alvie bellte, und wir folgten beide dem Hund zum Eingang der Wohnung. Ein zweiter Knall folgte, begleitet von einem metallischen Schneidgeräusch. Als Delta ihre Klinge in Richtung der Tür ausrichtete, machte ich einen Schritt zurück, suchte nach einer Waffe und fand keine.

Wieder einmal bloße Hände.

„Sei bereit", sagte Delta, stellte ihre Schultern gerade und beugte die Knie.

Ich tat mir leid um das, was auch immer auf der anderen Seite dieser Tür wartete.

„Denk daran", sagte ich, als ein weiterer Knall ertönte. Die Spiralen der Tür quietschten, eine wurde oben aus ihrem Gewinde gerissen. „Wir gehen nach links. Weg von hier."

„Wenn ich Alpha sehe, nehme ich seinen Kopf."

Ein vierter Knall ließ die Tür der Wohnung hereinfallen, die Spiralarme verdreht wie eine welkende Blume. Der rote Edelstein verblasste zu Schwarz, während gebrochene Drähte an den Rändern Funken sprühten und den Eindringling mit ihren weißgoldenen Gluten überschütteten. Der erste Mech, der hereinkam, schleifte seinen schweren silbernen Schlagstock über den Boden und duckte sich, um in die Wohnung zu gelangen.

„Gamma!", rief der Mech, und die Stimme, die aus seinen Lautsprechern kam, gehörte nicht zu irgendeiner namenlosen Maschine. „Hast du dein Versprechen gehalten? Hast du mir Delta gebracht?"

„Darüber ...", begann ich, und Delta vollendete den Satz.

Trotz der beengten Verhältnisse reagierte der große Mech schnell auf Deltas Ausbruch und ignorierte den klobigen Schlagstock, um mit einer schnellen, metallischen Hand zuzugreifen. Delta drehte ihren Griff und schwang die Klinge nach oben und quer über ihren Körper. Die Schneide trennte die ausgestreckten Finger ab, und der umgekehrte Griff ermöglichte Delta, über die verbliebene Handfläche zu springen, wobei Klinge und Körper gerade unter der Decke blieben. Sie landete mit ihrer rechten Hand nun auf meiner linken, den Rücken zum Gesicht des großen Mechs gewandt.

Und stieß die Klinge genau dorthin, wo sie hingehörte.

„Zeit zu gehen", sagte Delta, während sich die sterile Grimasse des Mechs hinter ihr in einen feurigen Tod verwandelte.

„Bin direkt hinter dir", antwortete ich, während Alvie neben mir keuchend bellte.

Gemeinsam kletterte unser seltsames Trio über den Mech und in den Conduit. Als wir in diesen blauen Nebel eintauchten, verspürte ich den starken Drang, in Leos zerstörte Wohnung zurückzukehren: Zumindest dort konnten die Mechs nur aus einer Richtung auf uns zukommen.

„Wow", sagte Kaydee. „Er hat dir wirklich überhaupt nicht vertraut."

Auf beiden Seiten des Conduit-Durchgangs drängten sich weitere Universitätswachen. Diese hielten ihre Schlagstöcke erhoben, zum Zuschlagen bereit. Ich zählte sechs auf jeder Seite und weitere, kleinere Mechs, die zur Verstärkung anrückten. In der riesigen Mitte des Conduits kündigten summende Geräusche das Kommen von Kurieren und anderen Fluggeräten an. Sie würden in wenigen Augenblicken hier sein, bereit, uns festzusetzen.

Und hier war der Teil meines Plans, wo die Details verschwommen wurden. Ich hatte darauf gewettet, genug Zeit zu haben, um mit Delta zu entkommen, darauf gewettet, dass Alpha entweder weniger wahnsinnig oder langsamer darin wäre, sich gegen mich zu wenden. Beides stellte sich als falsch heraus, und jetzt waren Delta und ich in der gleichen Lage wie zuvor: Mechs stürmten auf uns zu, und wir hatten keinen Ausweg.

„Verdammt", knurrte Delta, drehte sich nach links und lief auf den großen Mech zu.

„Los", sagte ich zu Alvie, und wir rannten beide hinter ihr her.

Der erste Mech, drei Meter unbeugsames Metall, hob seinen Schlagstock und schmetterte ihn in Richtung Delta. Anders als die klobigeren Mechs, die zum Kampfeinsatz gezwungen wurden, obwohl sie für Reinigung oder Essenzubereitung konzipiert waren, wusste dieser, wie man kämpft. Der Schwung antizipierte Deltas Geschwindigkeit und zwang sie zum Anhalten. Sie schleuderte ihre Klinge hoch, um das vordere Ende des Schlagstocks abzulenken, was in einem bebenden Aufprall auf dem Durchgang endete. Die Wucht brachte Delta auf ein Knie, beide Hände um den Griff ihrer Klinge geschlungen, um sie oben zu halten.

Alvie hatte keine solchen Einschränkungen: Der Hund sprang, packte den Schlagstock und rannte den dicken Kopf hinunter zu einem weiteren Sprung in Richtung des verwundbaren Gesichts des Wächters. Der Mech griff mit seiner freien Hand nach Alvie, aber ich stürzte mich darauf, umklammerte das linke Handgelenk des größeren Mechs mit meinen eigenen Händen. Ich drückte zu, verbeulte den Mech, hielt meinen Griff, hielt die Hand von Alvie fern.

Mein Hund traf das Gesicht des Mechs mit Wut, zerriss, schnappte und zerstörte. Der Mech taumelte zurück, ließ seinen Schlagstock fallen und schüttelte mich ab, griff nach oben in Richtung Alvie.

„Spring!", rief ich dem Hund zu, und Alvie gehorchte fast, bevor ich die Worte beendet hatte, und sprang in meine Richtung.

Ich fing den schweren Welpen auf und ließ Alvie dann direkt auf den Gehweg fallen. Hinter mir rief Delta eine Warnung: Der erste Mech von rechts war herangekommen und holte zum Schlag aus. Ich begann mich umzudrehen, als ein Krachen den Gehweg erschütterte. Der Mech, den wir beschädigt hatten, prallte gegen das Geländer und fiel über den Rand, während ein anderer, den Schlagstock bereits von seinem Räumungsschwung zurückziehend, seinen Platz einnahm.

Wir hatten Glück gehabt, als wir es mit einem zu tun hatten. Zwei weitere mit anderen, die im Hintergrund lauerten?

„Vertrauenssprung", sagte Kaydee, als Alvie den heran-nahenden Mech anbellte. „Es würde einen Menschen töten, aber du könntest überleben."

„Vertrauenssprung?", ich krabbelte über den Durchgang

und hob den fallengelassenen Schlagstock des gestürzten Mechs auf. „Wovon redest du?"

Hinter mir erklang Deltas Klinge, als sie einen Schlag parierte. Mit meinem eigenen Mech, der sich aufbaute, wollte ich meine Kampffähigkeiten nicht auf die Probe stellen. Ich hob den Schlagstock über meinen Kopf und schleuderte ihn mit voller Kraft, wodurch die Waffe zu einem stumpfen Geschoss wurde. Mein Ziel bewegte seinen eigenen Schlagstock schnell genug, um abzulenken, aber nur teilweise. Mein Schlag traf den Mech an der Schulter und warf die große Maschine auf den Rücken.

Nur damit drei dieser mechanischen Hunde über seinen Körper sprangen, ihre gelblich leuchtenden Augen auf der Suche nach Blut.

„Spring in den Conduit!", sagte Kaydee und legte zum ersten Mal Dringlichkeit in ihre Stimme. „Es ist ein Schrottmetallchaos am Boden, aber du könntest es schaffen!"

Normalerweise würde ich gerne etwas Analyse einbringen, die Chancen abwägen und einen Plan aufstellen. Mit dem sicheren Tod, der reißzahnbewehrt auf mich zuflog, würde normal nicht funktionieren.

„Delta!", rief ich, drehte mich um und packte Alvie, warf ihn in einem langen Schritt zum Geländer. „Folge mir!"

Ich konnte nicht sagen, ob meine Freundin es sah, konnte nicht sagen, ob sie verstand. Ich spannte meine synthetischen Waden an, drückte mit meinem rechten Fuß nach unten, spürte, wie sich eine Klaue in mein linkes Bein grub, und flog, mich drehend, über das Geländer in den blauen Nebel.

SIEBZEHN

MÜLLPROBLEME

Ich drehte mich im Fall und blickte in das strahlende Blau, während die Ebenen an mir vorbeizogen. Die Luft peitschte gegen meinen Rücken und zerzauste mein Haar. Kaydee, die neben mir fiel, schrie in einer Mischung aus Angst und Begeisterung. Anders als im Garten bedeutete der Fall hier zumindest nicht, von Ketten und Objekten abzuprallen. Stattdessen nur blauer Nebel den ganzen Weg hinunter.

Das Leben, so wie es war, zog nicht an meinen Augen vorbei. Keine Verlangsamung bot Zeit zum Nachdenken. Wir hatten versucht zu fliehen, und ob wir es schaffen würden, hing von der Physik, dem Glück und dem Müll ab, den Alphas Mechs in den Boden des Conduits geschickt hatten.

Des einen Mechs Müll, des anderen Mechs Rettung.

Alvies Aufprall hallte eine Sekunde vor meinem zu mir herauf, sein flauschiger Spritzer gab mir einen Funken Hoffnung, bevor ich auf einen schmutzigen Haufen prallte. Der Aufprall ließ Warnungen in meinem Rücken aufleuchten, als ich einen Müllhang hinunterrollte, wobei sich bei jeder Drehung Schrauben und Teile in mich bohrten. Möbel, ruinierte Schilder und halb verkohlter Abfall dienten als mein Fangnetz. Meter um Meter prallte und krachte ich, meine Gliedmaßen flogen wild umher.

Bis ich zum Stillstand kam, eingeklemmt zwischen einer alten Matratze und einer sperrigen, in der Mitte verbogenen Tür. Das V, das ihre Formen bildeten, diente als Nest, in dem ich einen langen Moment lang lag und die grünen Rautenmuster auf der weißen Matratze zählte. Meine Systeme analysierten sich selbst und stellten fest, dass mein Ableben unwahrscheinlich war. Geringfügige strukturelle Schäden. Reparaturen wären wichtig, vielleicht Gelenkersatz, um die optimale Effizienz wiederherzustellen. Aber, wie meine Analyse bestätigte, ich konnte gehen. Sogar laufen, wenn auch mit einem Hinken. Eine raue Vorstellung, angesichts dessen, dass Alpha seine Mechs hinter uns herschicken würde, aber es hätte schlimmer sein können.

„Ich wäre plattgedrückt worden", sagte Kaydee und schwang ihre Beine von der Matratze. „Leo hat euch alle wirklich gut gebaut."

„Das hat er", sagte ich und setzte mich auf. „Ich schätze, er erwartete von uns, dass wir alles bewältigen können."

„So ziemlich das Einzige, was er richtig gemacht hat."

Die berühmte Trennung. Leo und Kaydee, Freunde und mehr, zerrissen durch Starships eigene Klassenunterschiede. Kaydee sparte nicht mit Kritik an Leo, aber ich hatte nicht viel von dem Voices-Mitglied zu der Situation gehört. Kaydees einseitige Geschichte hatte ein beunruhigendes Gewicht: Leos Bereitschaft, die weniger Glücklichen zu überrollen, versprach nichts Gutes.

Ein Problem für einen anderen Tag, den ich wahrscheinlich nie erleben würde.

Ein keuchendes Bellen lenkte meine Aufmerksamkeit weiter den Schutthaufen hinauf. Alvies Pfoten kratzten in der Luft, während der Hund ansonsten begraben war. Ich stieß mich von der Matratze ab und bahnte mir rutschend meinen Weg nach oben. Die neblige Luft des Conduits half nicht gerade, sie überzog den ganzen Müll mit einem dünnen, feuchten Film. Meine Hände und Füße verfehlten ihre Ziele, mein Vorankommen war langsam, während meine Kleidung und Haut an zerbrochenen Dingen hängen blieben. Ich spürte, was mein System andeutete: Muskeln, die langsamer reagierten als normal, Finger, die rutschten, wenn sie sich eigentlich festklammern sollten.

Eine weitere Gestalt erschien auf dem Gipfel des Haufens, als ich Alvie erreichte, ihr eigener Schatten ein willkommener Anblick vor dem Blau. Wenn ich verletzt war, stand Delta da und blickte nach oben, als hätte sie ihre eigene Landung mit einer perfekten Zehn gemeistert. Sicher, sie hatte ihre Schrammen, aber dieses gezackte Schwert saß immer noch in ihren Händen, während sie ohne das geringste Problem auf einem kaputten Bettgestell balancierte – vielleicht das frühere Zuhause meiner Matratze.

„Du bist weggelaufen", sagte Delta, als ich Alvie ausgrub. „Hast meinen Rücken ungedeckt gelassen."

„Ich hatte keine Wahl", sagte ich, während mein Welpe sich nach vorne beugte und Fuß fasste. Alvie bellte keuchend und sprang herum, schien es zu mögen, in den winzigen Geröilllawinen zu rutschen, die der Hund verursachte. „Sie hatten uns in der Zange."

„Das ist jetzt das zweite Mal, dass du mich in einem Kampf hängen lässt, Gamma", sagte Delta. „Beim nächsten Mal bleibst du besser weg."

„Oder was, du bringst mich um?"

„Vielleicht."

„Gut, Delta. Sehr gut", erwiderte ich. Der Fall, das Hin und Her mit Alpha, die Mechs und Menschen hatten erneut mein normalerweise stoisches Selbst überwältigt und es angeschlagen zurückgelassen. „Denn genau das brauche ich jetzt. Noch mehr Drohungen von meinen Freunden."

„Dann-"

Ich stand auf, ein wackeliges Unterfangen, aber ich pflanzte einen Fuß auf ein zerfetztes Schild und klemmte den anderen gegen eine gespaltene Stange. Ich zeigte mit dem Finger auf Delta: „Nein, kein *dann*, kein *wenn du*, denn das ist jetzt vorbei. Du hast es auf deine Art versucht und bist gescheitert. Ich habe es auf meine Art versucht und, rate mal, es lief auch nicht so toll. Also gehen wir einen dritten Weg."

„Und der wäre?"

„Ich habe die Voices da oben nicht zerstört", sagte ich. „Leo hat sie versteckt. Alpha wird Jagd auf sie machen, weil sie die Einzigen sind, die die Kontrolle über Starship zurückgewinnen könnten. Wir finden die Voices, beschützen sie und vereinen uns wieder mit Val und Beta. Gemeinsam greifen wir dann die Brücke an."

„Das wird nicht schnell gehen. Alpha wird Zeit haben, sich zu verschanzen."

„Es ist eine Chance, und es ist die einzige, die wir haben."

Ich wartete darauf, dass Delta meine Analyse ignorieren und wieder einmal erklären würde, dass ein Alleingang gut genug wäre. Stattdessen sah sie mich an, blickte hinauf zur Brücke, die weit oben verborgen war, und nickte.

„Okay. Aber schnell."

„Da sind wir uns zumindest einig."

Sich schnell zu bewegen erwies sich als leichter gesagt als getan. Während Delta mit gezielten Sprüngen den Schutthaufen hinunterhüpfte und auf jedem weggeworfenen Haufen perfekt landete, rollten, stolperten und fielen Alvie und ich und sahen dabei genauso aus wie der Schutt, den wir durchquerten. Wir hatten auch keine wirkliche Richtung, außer so weit wie möglich nach unten und weg zu kommen.

Schon jetzt verrieten oben die surrenden, wimmernden Motoren der Mechs Alphas Ungläubigkeit über unseren todbringenden Sprung von der Klippe. Ich nahm an, dass das Schiff eine Bestätigung für unseren Aufprall haben wollte, aber die Geschwindigkeit, mit der er die Mechs losschickte, war etwas entmutigend.

„Du wirst niemals frei sein, mein Freund", sagte Kaydee, als ich über etwas stolperte, das wie ein alter Ofen aussah, und ein paar Meter den Abhang hinunter auf dem Gesicht landete. Delta, zu meiner Linken, lachte. „Sie werden dich jetzt immer haben wollen."

„Ugh", erwiderte ich und stützte mich auf ein ausgefranstes Sofakissen, das mich freundlicherweise aufgefangen hatte. „Warum?"

„Weil das passiert, sobald du auf dich aufmerksam machst", sagte Kaydee. „Ich sollte es wissen. Nachdem Leo und ich mit unseren Designs genug Aufmerksamkeit erregt hatten, wurden wir endlos belästigt."

„Von deiner Mutter?"

„Von ihr und allen anderen. All die Fraktionen, die neue Mechs für dies und das wollten", Kaydee hielt inne, tippte sich ans Kinn – wobei bei jedem Tippen ihre charakteristischen Regenbogenfunken aufblitzten – und zeigte zur linken Seite, der Seite, von der wir herabgestürzt waren. „Ich glaube, wir sind ungefähr an der richtigen Stelle."

„Die richtige Stelle wofür?" Ich stand auf und wäre fast wieder umgefallen, als Alvie mich einholte und gegen mein Bein prallte, keuchend bellend in dem, was ich als Freude über unser Sturz-Abenteuer deutete.

„Wir nannten es die Klärgrube", sagte Kaydee. „Wo der Müll hinkam, bevor er für die Fertigungslinien oder was auch immer wiederverwertet wurde. Die Dinge wurden in ihre Grundteile zerlegt, um wiederverwendet zu werden, und die Metallteile, die wir nicht wollten, wurden danach zum Schrottplatz gebracht."

„Was sagt dir dein Verstand?", rief Delta und schwang ihre Klinge in Richtung des nahenden Geräusches. „Wir verschwenden Zeit."

„Geh in diese Richtung", ich machte mich nach links auf, krachend hinunter zum absoluten Boden des Conduits.

Hier unten war der normalerweise saubere Rumpf des Schiffes mit einer Schmutzschicht überzogen. Zu Staub zermahlener Schutt bedeckte einen Boden, der mit einem steifen Schaum ausgelegt war. Ausgelegt, wie ich vermutete, um den harten Metallrumpf vor herabstürzendem Müll zu schützen. Die Schutthaufen erstreckten sich hinter mir wie eine chaotische Bergkette und gaben kaum einen Hinweis darauf, wie lange der Boden des Conduits ohne seine Putzkolonne ausgekommen war.

Tage? Jahre? Jahrzehnte?

Jede Antwort löste sich in Luft auf, als Delta Kaydees Türöffnung fand, einen kurzen, breiten Aufzug vom Grundboden zur nächsten Ebene. Designed, um seine Schrottladung zu transportieren, brachte uns der Aufzug langsam und stetig nach oben und setzte uns direkt vor einem riesigen, sechs Meter breiten Eingang ab, dessen verschmutztes Schild mit dem Wort ‚Klärgrube' in leuchtend grüner Farbe übermalt worden war.

„Siehst du?", bemerkte Kaydee. „Genau wie ich gesagt habe."

Als wir den Aufzug verließen, ergossen sich neue Lichter hinter uns, helle Kreise, die die Schrotthaufen durchkämmten. Alphas Mechs waren hier und auf der Jagd. Ich musste Delta nichts sagen: Sie stürmte hinein und Alvie und ich folgten.

Durch den Türrahmen bewies die Klärgrube ihren Namen schnell. Große Becken, einander gegenüber angeordnet, blubberten mit unterschiedlich farbiger Beleuchtung. Im Eingangsbereich, zu unserer Linken, befanden sich zwei smaragdgrüne Becken, während rechts ein blaues und ein orangefarbenes glühten. Jedes sah klar und sauber aus, und Alvie machte Anstalten, an einem zu schnüffeln.

„Besser, du lässt ihn das nicht tun", sagte Kaydee. „Es sei denn, er möchte eine Gliedmaße verlieren."

Ich zog Alvie zurück, während Kaydee die Details erläuterte: Dies waren verschiedene Säurebäder, gedacht, um Dreck zu entfernen, der in den Fertigungslinien oder anderswo nicht beseitigt werden konnte. Je nach Stück wurde eine andere Konzentration verwendet. In der Blütezeit von Starship waren Mechs und Menschen überall in diesem Bereich unterwegs gewesen, hatten alte Vermögenswerte durch ein Bad nach dem anderen geführt, bevor sie die Aufzüge am hinteren Ende zu den Fertigungslinien oder wohin auch immer der Gegenstand gebracht werden musste, nahmen.

„Du sagst also, es gibt einen weiteren Aufzug ganz hinten?", fragte ich, als Kaydee, die während ihrer Erklärung über jedes Becken gesprungen war, mit einem wütend roten Bad am Ende schloss.

„Sollte es geben", antwortete Kaydee. „Hast du schlaue Gedanken?"

Ich sah in Deltas Richtung: „Zuerst finden wir hier unten ein Terminal, damit ich herausfinden kann, wo die Stimmen sind. Dann fahren wir mit einem Aufzug zu einer mittleren Ebene. Alpha wird hoffentlich nicht überall scannen, und wir können ohne erwischt zu werden zum Heck zurückkehren."

„Machbar", sagte Delta.

Zurück zum Conduit hin fuhren die Scheinwerfer fort, die Hügel abzusuchen, aber keiner hatte seinen Weg ins Innere der Klärgrube gefunden. Wir ruhten uns auf diesem Vorteil nicht aus, sondern drangen tiefer ein, vorbei an den Becken und in ein Labyrinth, wo jeder Gang Schienen im Boden hatte. Die Tunnel, so groß wie die Gänge in Leos Wohnung, dienten als Wege, um Materialien herumzutransportieren, mit Aussparungen und anderen Räumen hier und da, um herannahenden Wagen auszuweichen.

Perlförmige Dioden an der Decke dienten als Lichter, willkürliche gelbe Blitze zuckten auf, wo die Dioden nicht dunkel geworden waren. Zunächst dachte ich, die Schatten könnten dazu dienen, uns zu verbergen. Als ich jedoch die Schrift an den Wänden bemerkte, kamen mir andere Ideen.

„Bleibt wachsam", murmelte Delta, während sie uns führte. „Wir sind vielleicht nicht die Einzigen hier unten."

Die Kritzeleien, einige mit messerartigen Kerben ins Metall geritzt, andere wie mit Markern gemalt, boten eine Mischung aus Warnungen fernzubleiben, Willkommensgrüßen und Aufforderungen weiterzugehen. Einige stellten nur einfache, unmögliche Fragen wie *Warum?* und *Wann werden wir gerettet?*.

Die Schrift und die Beleuchtung hatten nur Starships normales Geräusch zur Gesellschaft und wenig anderes. Wenn wir von Mechs verfolgt würden, hätte ich erwartet, Stampfen oder einen tuckernden Motor zu hören. Stattdessen hatten wir, sobald wir die blubbernden Becken hinter uns gelassen hatten, nur unsere Fußschritte und das konstante Grollen unter unseren Füßen.

Ich fragte Kaydee, ob sie eine Ahnung hätte, wer die Kritzeleien hinterlassen haben könnte, und mein blauhaariger Geist schüttelte ihre stachelige Frisur.

„Schau, wir wussten alle, was hier passiert ist", sagte Kaydee. „Aber es war nicht so, dass Leo und ich so weit nach unten vordringen wollten."

„Wieder eine Klassensache?"

Kaydee seufzte: „Ich habe dir gesagt, Gamma. Es gibt vieles, worauf ich nicht stolz bin, was wir getan haben, aber damals lief Starship eben so."

Jetzt war nicht der Moment für eine weitere philosophische Diskussion.

„Du weißt es also nicht."

„Hör zu, die Politik hier drang selten nach oben", sagte Kaydee. „Wenn es Probleme gab, wusste ich nichts davon."

„Dann gehen wir weiter."

Delta hatte keine Einwände. Alvie blieb dicht bei uns. Der Hund gab keinen Laut von sich außer dem Geräusch seiner Krallen auf dem Boden, seine gelben Augen leuchteten umher, als er versuchte, alles gleichzeitig im Blick zu behalten.

„Hier", verkündete Delta, als wir einen breiteren, kreisförmigen Raum betraten, wo sich mehrere Wagenspuren mit einem beweglichen Rundtisch in der Mitte kreuzten. In einer Nische an der Seite befand sich ein Terminal, dessen Monitor grün blinkte und einsatzbereit war. „Mach schnell, Gamma."

„Bin dabei", sagte ich, kniff meine Finger zusammen und formte den Anschluss. „Während ich drin bin, werde ich euch nicht hören. Ich werde euch aber fühlen. Tippt mich an, wenn ihr mich draußen braucht."

„Verstanden", sagte Delta. Ihr harter Blick wurde weicher. Sie legte steif eine Hand auf meine Schulter. „Gamma, vermassele es nicht."

Für eine Aufmunterung von Delta war das so gut, wie es nur ging. Ich steckte meine Finger in das Terminal, und die Klärgrube verschwand.

Wenn sie nur durch etwas Besseres ersetzt worden wäre.

ACHTZEHN

RUNDHERUM UND RUNDHERUM

Wenn Vals Terminal eine Kapelle mit Buntglasfenstern bot und die Stimmen ihr Schloss hatten, so stürzten sich die Besitzer der Cesspool auf ihre eigene Idee. Ich hatte riesige digitale Ebenen, wunderschöne Wiesen und sternübersäte Nebel besucht. Ich war noch nie an einem reißenden Fluss gewesen. Wer auch immer das Betriebssystem der Cesspool betrieb, hielt seine Programme am Laufen, erstellte und löschte Daten mit einer wahnsinnigen Geschwindigkeit, die mich, als ich mich orientierte, plötzlich in einem Strom dahintreiben ließ.

Ich tauchte inmitten der bewegten Flüssigkeit auf, in der einen Sekunde in einem digitalen Übertragungstunnel und in der nächsten auf einer endlosen Fahrt dahinglei-tend. Blaugrünes Wasser spülte mich auf einer meter-breiten Rutsche vorwärts. Bei genauerem Hinsehen entpuppten sich die auf mich spritzenden Tropfen nicht als Moleküle der Fleischwelt, sondern als codierte Bits, die Anweisungen zum Reinigen von diesem und Herstellen von jenem trugen.

Eine umgebende gelbe Leere umgab den Fluss und fing

den Sprühnebel auf, der über die Seiten der Rutsche schwappte. Zunächst fragte ich mich, während ich dahintrieb, ob diese digitalen Bits für immer verloren gingen. Ein Spritzer auf meinem Kopf beantwortete die Frage: Diese Tropfen fielen einfach um die Welt herum, um wieder in den Fluss zu platschen, eine Recycling-Funktion.

Ich war auf der Suche nach den Stimmen gekommen, aber ich konnte nicht verstehen, warum jemand sein Terminal so einrichten würde. Ständig bewegte Dateien und Ordner würden es unmöglich machen, irgendetwas zu finden, würden Arbeit unmöglich machen.

Kaydees Kopf durchbrach neben mir das Wasser, und sie spuckte etwas davon in die Luft wie ein Wal, der nach Luft schnappt.

„Was zum Teufel ist das?", fragte Kaydee und gesellte sich zu mir auf der schwebenden Reise.

Obwohl ich noch nie zuvor schwimmen gegangen war, stellte ich fest, dass ich es hier nicht versuchen musste. Kein Gewicht zog mich unter die Oberfläche des Flusses. Stattdessen fühlte ich mich wie eine Feder im Wind, getragen von einer Kraft, die ich nicht beeinflussen konnte.

„Jemand war sehr kreativ", antwortete ich.

„Warum?"

„Gute Frage, und eine, die wir beantworten müssen, bevor wir unsere Suche fortsetzen können."

Wie bei Vals Terminal musste ich Zugang zum Netzwerk des Raumschiffs bekommen, um nach den Stimmen zu suchen. Anders als bei Vals Terminal bot der Fluss hier keine Tür zum Durchgehen, keinen Ast zum Greifen, der mich dorthin bringen würde, wo ich hin musste. So unmöglich der Fluss zu benutzen wäre, musste ich hoffen, dass irgendwo eine Lösung lag, ein Schlüssel, um das Schloss des Flusses zu knacken und sein Geheimnis zu verstehen.

„Wie sollen wir das beantworten?", fragte Kaydee.

Da es keine unmittelbaren Hinweise gab, dachte ich, wir müssten tiefer graben. Ich hatte Delta, die Kinderzimmer-Mechs oder sogar mich selbst nicht verstehen können, bis ich mir die Gründe hinter unseren Handlungen genauer angesehen hatte. Delta zum Beispiel ging mit tollkühner Verwegenheit in jeden Kampf, weil sie glaubte, programmiert war zu glauben, dass sie jede Schlacht gewinnen könnte und es ihre Pflicht sei, dies zu tun.

Was mich betrifft, so spielte die Rettung der Menschen am Anfang eine Rolle, ein Ziel, das auf jede meiner Handlungen Druck ausübte, bis ich im Kinderzimmer herausfand, wie ich um seine Gitter herumkommen konnte. Jede Handlung als Förderung der menschlichen Sache zu rahmen, und der Druck würde sich auflösen, meine Funktionen würden mir die Freiheit geben, die ich brauchte.

„Wer würde eine Welt wie diese erschaffen, und warum?", fragte ich. „Da fangen wir an."

„Jemand, der Wasser liebt?", wagte Kaydee zu vermuten.

„Der Fluss, in dem wir uns befinden, und das, was er für den Betreiber des Terminals darstellt, sind zwei verschiedene Dinge." Ich schöpfte eine Handvoll digitaler Flüssigkeit und ließ sie durch meine Finger laufen. „Ich glaube, wir stecken in einer Sicherheitsfunktion fest. Wer auch immer das hier besitzt, will uns nicht hineinlassen."

„Schockierend, wirklich."

„Ungewöhnlich für das Raumschiff", erwiderte ich. „Die meisten Terminals hatten nicht viel Sicherheit."

„Den Stimmen sei Dank", erwiderte Kaydee und drehte sich neben mir in die Rückenlage. „Als die Dinge anfingen, brenzlig zu werden, starteten sie einen Feldzug für offene Informationen. Sie ließen Leo oder einen seiner Lakaien

Scans entlang des Raumschiffs durchführen, wobei sie jeden vernetzten Computer anpingten und nach Verschlüsselung suchten. Wenn sie dein Terminal erwischten, musstest du es besser schnell entsorgen."

„Sie jagten nach Rebellion?"

„Organisierte Widerstandspläne, Erpressung, was auch immer", sagte Kaydee, ihre Augen entschlossen nach oben in den goldenen Schein gerichtet. „Alles unter dem Vorwand verkauft, dass du nichts zu befürchten hättest, wenn du nichts zu verbergen hättest. Leo informierte mich immer, wenn sie scannen würden, und ich steckte mein Terminal aus."

„Aber jemand hätte sich vielleicht so gegen den Eingriff verteidigt?"

„Vielleicht, aber das wäre nur ein Signal für die Stimmen gewesen, dich zu finden. Es ist so: Du baust die Mauer, du wirst zum Ziel."

Wir trieben dahin, beide in unsere Gedanken versunken. Ich konnte nicht sagen, ob Kaydee versuchte, eine Lösung zu entschlüsseln, oder ob sie in alte Erinnerungen abgedriftet war. Früher sickerten diese Erinnerungen in meine Wahrnehmungen und zeigten mir Geister aus Kaydees Vergangenheit. In letzter Zeit kamen sie allerdings nicht mehr so häufig zum Vorschein. Möglicherweise hatte sie begriffen, wie sie sie kontrollieren konnte, wie sie sich vor mir verstecken konnte.

„Warum zeigst du mir deine Erinnerungen nicht mehr?", fragte ich, als der Fluss uns in eine weitere Kurve trieb. Ich sah, dass er schließlich in sich selbst zurückkehren würde, eine Endlosschleife. „Früher sah ich dich überall, wo ich hinging."

„Hab das Leck in meinem eigenen Code gefunden und gestopft", sagte Kaydee. „Keine Sorge, ich werde mich mit der Zeit immer noch in deine Funktionen einschleichen und sie mit meinem eigenen Geschmack färben, aber zumindest wirst du nicht mehr mein vergangenes Ich vor deinen Augen herumtanzen sehen."

„Du blockierst mich also."

Kaydees Augen blitzten auf, als sie mich ansah: „Du *willst* diese Erinnerungen sehen?"

„Sie boten Kontext."

Ein Lachen: „Schön, dass ich helfen konnte. Hast du mal daran gedacht, dass ich meine Erinnerungen vielleicht für mich behalten möchte?"

„Was, wenn ich dich zwingen würde?"

„Tut mir leid, Gamma, aber du kannst diese Drohung nicht mehr umsetzen", Kaydee streckte sich, immer noch auf dem Rücken treibend. „Wir sind jetzt so verwoben, dass der Versuch, mich zu löschen, dich in einen matschigen Haufen verwandeln würde. Delta würde dich töten, nur um dich von deinem Elend zu erlösen."

Ich streckte die Hand aus und berührte ihre Hand. Spürte den Code darunter, all die verschachtelten Algorithmen, die Kaydee halfen, sich selbst anzutreiben, visuell und anderweitig. Ich spürte auch die Wärme, den Druck, als sie meine Hand im Gegenzug ergriff, während wir beide gemeinsam den Fluss entlang trieben. Ein schöner, ruhiger Moment inmitten eines Lebens, das bisher zu arm an solchen war.

Und in diesem Moment fand ich eine Antwort.

„Du blockierst mich, weil ich keine Bedrohung mehr bin", sagte ich.

„Äh, was?"

„Deine Erinnerungen, Kaydee", fuhr ich fort, die Worte begannen sich zu häufen und strömten heraus, während ich sie entwirr te. „Du blockierst mich von ihnen, weil du es dir leisten kannst."

„Okay, sicher?"

„Du sagtest, jeder, der eine Blockade wie diesen Fluss errichtet hätte, hätte alles riskiert, als die Stimmen noch da waren", sagte ich. „Folglich müssen sie diese Sicherheitsvorkehrung aufgebaut haben, nachdem die Stimmen ihre Überprüfungen eingestellt hatten."

„Genau als das Raumschiff in seine mechanische Hölle zusammenbrach, nehme ich an", sagte Kaydee. „Und?"

„Das bedeutet, es besteht die Chance, dass wir nicht allein sind."

„Gamma, nochmal, wir reden von einer sehr langen Zeit, seit meine Mutter zu einem digitalen Geist wurde und du uns mit deiner Anwesenheit beehrtest. Selbst wenn jemand damals gelebt und all das zusammengestellt hätte, wäre er jetzt nicht mehr da."

„Genau das ist es, Kaydee. Das Terminal war eingeschaltet, als wir es fanden. Aktiv. Jemand hat es in gutem Zustand gehalten."

„Nun, wenn du recht hast, haben wir die eine Person, die uns ein paar Antworten geben könnte, allein mit Delta gelassen." Kaydee spritzte mich nass, ich wehrte das Wasser ab. „Wie viel wettest du, dass sie sie bereits getötet hat?"

Ich schreckte aus dem Fluss zurück in die dunklen Tunnel der Kloake. Spürte eine Hand an meinem Arm, eine zweite bedeckte meine Lippen. Delta hatte mich, und ein schnelles Kopfschütteln bestätigte die Geschichte, die ihre Hände erzählten: sei leise, bleib leise.

Das gezackte Schwert des Schiffes lehnte an der gerundeten Wand des Ganges, unsere kleine Nische bot nicht viel Deckung. Trotzdem drückten wir uns tiefer hinein, als gelbe Lichter hin und her schienen und wenige Meter von uns entfernt über die Wände glitten. Das ausspähende Leuchten entsprach dem gleichen Farbton wie die Scheinwerfer zurück in den Schrotthaufen des Kanals – Alphas Mechs kamen, um uns zu finden.

Jede Chance, Delta von meiner Idee zu erzählen, schwand, als die Mechs näher kamen. Ihr Surren hallte von den Wänden wider, wie hundert sich drehende Ventilatoren, während sie langsam den Gang entlang glitten. Bald zogen die scheibenförmigen Lichtkränze ihrer Scheinwerfer an uns vorbei, ersetzt durch die sich ausbreitenden Kegel, die von ihren Lampen ausgestrahlt wurden. Sicher würden sie unser Versteck erreichen und uns mitnehmen, sicher würden wir entdeckt werden.

Delta entfernte sich vorsichtig von mir. Sie glitt zur rechten Wand der Nische, der, die den sich nähernden Mechs am nächsten war. Ihr Gesichtsausdruck entspannte sich von ernster Panik zu der festen Haltung einer Kämpferin. Es war nicht schwer, ihre Gedanken zu lesen: Wir hatten es auf meine Art versucht, mit Springen und Rennen. Jetzt würde Delta ihre Chance bekommen.

Zumindest musste ich nicht weit nach einer Waffe suchen. Das Terminal bot einen Schreibtischstuhl, klein und aus Metall. Robust, wenn auch ohne jeglichen Komfort. Jegliches Polster war längst verschwunden und zeigte nur noch eine fleckige Sitzfläche. Mit beiden Händen hob ich ihn hoch, drehte ihn um, um einen guten Griff an der Rückenlehne zu bekommen, die vier Beine nach vorne gerichtet.

Auf ein Nicken von Delta ging ich in die Knie, bereit zum Angriff.

Ich betrachtete mich selbst als eine Art Kampfveteran. In realen und virtuellen Welten hatte ich mich Maschinen und Menschen gestellt, Waffen und meine eigenen Fäuste benutzt. Ich war in der Unterzahl und im Vorteil gewesen. Ich hatte aus diesen früheren Kämpfen gelernt, die Details und Daten in meinem Speicher abgelegt. Nicht länger sah ich dem kommenden Kampf mit nervöser Vorfreude entgegen, nicht länger fragte ich mich, wie weit ich meine Beine beugen sollte, wie fest ich den Stuhl halten sollte, ob es besser wäre, das Ding zu schwingen anstatt zu werfen. Ich wusste, wie weit mich mein erster Schritt tragen würde, wie viel Kraft ich auf mein Ziel ausüben konnte.

Alles, worauf ich in diesem Moment wartete, war eine Chance zu beginnen.

Der erste Kurier, ein halb offener Zylinder, der dafür konzipiert war, Behälter entlang des Conduits hin und her zu transportieren, schwebte ins Blickfeld. Seine summenden Ventilatoren hielten die Maschine in der Luft, während ihr gelber Scheinwerfer zuerst nach rechts schwenkte und die leere Wand und Deltas angelehnte Klinge erfasste, dann begann er seinen Weg nach links.

Delta schlug zu, bevor der Mech uns fand. Sie legte beide Hände zusammen und rammte sie in einer fließenden Bewegung auf die Oberseite des Mechs, überwältigte die Ventilatoren und trieb den Kurier zu Boden. Metall knirschte, als der Kurier versuchte, wieder in die Luft zu kommen, ein Versuch, der noch schwieriger wurde, als Delta ihm einen harten Tritt versetzte und die Maschine durch die Luft wirbelte, direkt in ihre angelehnte Klinge.

Ich erwartete, dass das Schwert und der Mech verwickelt zu Boden fallen würden, aber Delta traf den Kurier mit so viel Kraft, dass die Klinge, selbst als sie fiel, einen Teil des Kuriers abschnitt. Kabel bluteten aus, als die Maschine mit einem letzten knisternden Summen zusammenbrach. Ein Triumph, der geraubt wurde, als die zweite Maschine Delta mit ihrem Scheinwerfer fand.

„Runter!", rief ich, und Delta duckte sich.

Ich schleuderte den Stuhl über ihren Kopf hinweg und warf ihn direkt in das goldene Auge des zweiten Kuriers. Ich warf den Stuhl wie einen Pfeil, sodass er sich nicht überschlug, sondern stattdessen ein Bein direkt in den Scheinwerfer rammte. Das Licht erlosch, der Kurier-Mech nahm den Treffer hin und prallte von der Tunnelwand ab, schwankend. Delta folgte meinem Wurf, rollte nach links, kratzte ihre Klinge vom Boden und stürmte auf die benommene Maschine los.

Ihre Teile fanden sich bald dreigeteilt auf dem Boden wieder.

„Waren wir schnell genug?", fragte ich und blickte auf die beiden toten Maschinen.

„Unklar", sagte Delta und nickte dann an mir vorbei in Richtung des Terminals. „Hast du dort drin gefunden, was wir brauchen?"

„Nicht was wir brauchten, aber eine interessante Frage", antwortete ich.

„Fragen spielen keine Rolle. Es sind die Stimmen oder wir rennen."

Delta hatte einen guten Punkt: Dieses Terminal mochte gesperrt sein, aber es gab andere, die uneingeschränkten Zugang zum Netzwerk des Raumschiffs hatten, einschließlich Vals eigenem. Wir konnten uns in Sicherheit zurückziehen und dann unsere Suche fortsetzen. Es würde Alpha mehr Zeit geben, die Stimmen vor uns zu finden, aber wir würden am Leben bleiben.

Ein wichtiger Faktor, das.

„Okay, wir gehen", sagte ich.

Wir rannten durch die weitläufige Klärgrube, ihre Behandlungsräume, Mannschaftsquartiere und Schrotthaufen erwiesen sich als schwieriges Labyrinth. Dennoch waren wir Gefäße, und unser Orientierungssinn kam nicht aus Intuition, sondern aus fest kodiertem Wissen. Wir drängten zur Steuerbordseite des Raumschiffs, einer Kante, die einen anderen Weg nach oben haben sollte, müsste. Nicht für den normalen Gebrauch, sondern für die Materialien, die den Prozess durchliefen.

Während wir uns bewegten, stiegen Geräusche auf, Echos aus dem Conduit. Mechs, die herabkletterten, mit harten Aufschlägen landeten, ihr metallisches Knirschen machte ihre Absichten deutlich. Die Kuriere hatten ausgestrahlt, was sie gefunden hatten, und Alpha schickte die Vollstrecker, um uns zu erledigen. Die großen Wächter mochten Schwierigkeiten haben, durch diese Tunnel zu passen, aber Alpha konnte uns mit kleineren Mechs begraben, uns austrocknen lassen und dann in Stücke schlagen, wenn unsere Batterien leer waren.

Es sei denn, wir fänden einen Ausweg.

Der Lastenaufzug der Klärgrube befand sich an einer Vierwegekreuzung, unser Tunnel traf auf mehrere weitere wie eine halbe Spinne, ein halbmondförmiges Ende offenbarte den Aufzug und seine käfigartige Tür. So breit wie der Eingang der Klärgrube selbst bot der Aufzug eine geräumige Fahrt, wenn wir die Tür öffnen könnten. Ein einfacher Schalter saß rechts am Aufzug, ein schwaches rotes Licht leuchtete an der Box.

Während Delta zur Käfigtür selbst ging und an den verschlossenen Stäben rüttelte, ging ich zum Schalter. Ich versuchte, ihn umzulegen, und fand den Hebel festsitzend. Unter dem rot leuchtenden Licht befand sich ein Schlüsselloch, eine archaische, manuelle Methode. Noch seltsamer war, dass das Schlüsselloch neuer aussah als alles andere am Aufzug, als hätte jemand das ursprüngliche Panel herausgerissen und durch etwas Einfacheres ersetzt.

„Etwas, das nicht gehackt werden kann", sagte Kaydee neben mir.

„Was ist los?", fragte Delta.

„Wir stecken fest", antwortete ich.

Delta starrte mich an, hob ihre Klinge, schwang sie und zerschnitt das Gitter des Aufzugs, um einen Weg auf den flachen Lift freizumachen. Sie nickte in Richtung der Fahrt.

„Nett, aber nicht das Problem", erwiderte ich und tippte auf das rote Licht. „Der Lift wird sich nicht bewegen, ohne dass das hier funktioniert."

Und wir würden den Lift bald zum Laufen bringen müssen. Ich betrachtete das Schlüsselloch genau, seine scharf geschnittenen Linien, und versuchte, das Zischen, das Hämmern, das Klirren zu ignorieren, als eine mechanisierte Armee auf uns zurannte. Egal wie viele Schlachten ich gekämpft hatte, egal wie abgehärtet meine Schaltkreise waren, ich konnte den Klang nicht ausblenden, die Angst nicht zum Schweigen bringen.

NEUNZEHN

MESSERKAMPF

Das Schlüsselloch erwies sich als ein Hindernis, das ich nicht überwinden konnte. Ich konnte meine Finger zusammenpressen, um verschiedene Anschlüsse zu bilden, wobei meine künstlichen Fingernägel zurückglitten und diverse Stifte und Schlitze offenbarten, aber nichts, was ins Metall eindringen und es drehen konnte. Delta bot an, den verschlossenen Teil wegzuschneiden, was ich in Erwägung zog, aber ablehnen musste.

„Du könntest die Drähte durchtrennen und dann hätten wir keine Chance mehr, den Aufzug zu aktivieren", erwiderte ich, während sich das stampfende Geräusch der Mechs nun auch auf die anderen Gänge ausbreitete.

Alpha musste gründliche Anweisungen erteilt haben: Stellt sicher, dass die beiden Gefäße nicht entkommen können, blockiert jeden Ausgang.

„Dann gehen wir eben selbst nach oben", sagte Delta, und ich folgte ihr durch das aufgeschnittene Tor in den Aufzug.

Darüber befand sich ein Schutzgitter, das Delta wahrscheinlich durchschneiden konnte. Die Schwierigkeit lag dahinter, sichtbar im goldenen Licht der verschachtelten Lampen um uns herum: Der Frachtschacht hatte keine Leiter, nur glatte Wände ohne Griffe. Delta traf meinen Blick und ich konnte die Berechnung ablaufen sehen, wie viele Kerben sie beim Aufstieg schneiden könnte, wie weit wir nach oben kommen würden, bevor uns die Mechs erwischen würden?

„Nicht genug", beantwortete ich die ungestellte Frage. Die Böden bebten und Alvie winselte. „Neuer Plan."

„Und der wäre?"

„Wir wählen einen Weg", antwortete ich. „Schneiden uns in eine Richtung durch und laufen dann weiter, überlisten sie und kehren zum Conduit zurück. Gehen so weit wie möglich auf der untersten Ebene. Vielleicht den ganzen Weg."

„Sie werden uns auf Schritt und Tritt belästigen", sagte Delta.

„Ich habe nicht gesagt, dass es einfach oder lustig wird."

Delta nickte, verließ den Aufzug und stellte sich in die Mitte des Raums. Ich gesellte mich zu ihr, und für einige lange Sekunden lauschten wir, beobachteten die Gänge nach sich nähernden Scheinwerfern.

„Die Mitte", sagte Delta. „Die wenigsten Vibrationen."

Das bedeutete nicht unbedingt die wenigsten Mechs, aber Starships gefährlichste Maschinenbewohner neigten dazu, schwer zu sein.

„Wann?", fragte ich.

„Sobald wir sie auf allen Seiten sehen. Das wird es ihnen erschweren, umzukehren."

Wieder sah ich mich um, auf der Suche nach einer potenziellen Waffe. Mit Deltas Hilfe schnitten wir einen Teil des Aufzugsgitters frei, was mir eine kräftige Stange zum Benutzen gab. Mit zusätzlichen Schlägen verwandelte

Delta das quadratische Ende in eine stechende Spitze. Nicht ganz eine Klinge, aber tödlich genug.

„Ich kann nicht fassen, dass ihr Schwerter und Fäuste auf einem großen Raumschiff benutzt", sagte Kaydee und beobachtete unsere Arbeit. „Es ist, als würde man in der Zeit zurückreisen."

„Schusswaffen haben dir ja auch nicht so gut geholfen, wenn ich mich recht erinnere", erwiderte ich.

„Das war nicht ihre Schuld", konterte Kaydee. „Zahlen sind Zahlen, und Maschinen werden nicht müde."

„Wir auch nicht."

Nicht ganz wahr, aber kinetische Bewegung hielt Delta und mich ausreichend aufgeladen. Ich zapfte auch zusätzliche Energie an, wann immer ich mich irgendwo einklinkte, sei es an einem Terminal oder, sagen wir, an den Barrieren in der Nähe der Brücke. Delta schien ruhige Momente zu nutzen, um dasselbe zu tun, indem sie ein Fingerpaar in eine verfügbare Steckdose steckte. Ich hatte sie auch in Leos Apartment Saft tanken lassen.

Es würde lange dauern, bis wir tot wären. Die physische Zerstörung, die Alphas Mechs anrichten würden, war eine unmittelbarere Sorge.

Bereit, diese Furcht wahr werden zu lassen, erschien Alphas Eröffnungssalve in den drei Tunneln, die sich dem Aufzug näherten. Seine Mechs kamen organisiert: In der Mitte jedes Tunnels rollte ein radgetriebener Küchenmech, dessen zum Hacken und Kochen entworfene Gliedmaßen in unsere Richtung winkten. Über ihren Schultern schwebten mehrere Kuriere, deren Vorderseiten mit aufgepfropften Energiewaffen gespickt waren, die Laufspitzen glühten heiß weiß.

Kein Weg bot sich als die einfache Option an, aber Delta wählte trotzdem einen und entschied sich für links und stürmte los. Sie stieß eine scharfe Herausforderung aus, einen wortlosen Kampfschrei, der sicher jeden umherstreifenden Mech in unsere Richtung locken würde.

„Stirb nicht!", rief Kaydee mir hinterher, als ich meiner Gefäßfreundin und ihrer schwarzen Klinge in die Schlacht folgte.

Die Kuriere auf unserem gewählten Weg feuerten zuerst, ihre Waffen verrieten ihre Absicht wie ein sich langsam einschaltendes Licht. Delta sprang nach links und nutzte die sich windenden Gangwände als Laufraum, sodass ich allein in der Mitte vorankam.

Bevor ich die Chancen abwägen konnte, dasselbe zu tun, stieß sich Delta von der Wand ab, wich den Eröffnungsschüssen der Kuriere aus - ihre Bolzen, zu schnell, um sie wirklich zu sehen, hinterließen kochende orange Flecken in Deltas Fußstapfen - und tauchte über die wirbelnden Messer des Küchenmechs hinweg. Ich hörte mehr als dass ich sah, wie der linke Kurier explodierte, bemerkte, wie der rechte sich von mir wegdrehte, um sich auf die unmittelbare Bedrohung durch Delta zu konzentrieren.

Die Küchenmaschine tat nichts dergleichen und setzte ihren langsamen Angriff fort. Ihre verschiedenen Messer kehrten von ihren Hieben in Deltas Richtung zurück, um nach mir zu stechen, Attacken, denen ich auf meine bewährte Art auswich: indem ich zurückwich.

Zumindest bis ich hinter mir knurrendes Winseln hörte, als die anderen Gänge, unbehelligt, sich als leichte Wege für Alphas andere Mechs erwiesen. Wenn ich nicht an diesem Ding vorbeikäme, würde ich in wenigen Augenblicken in die Zange genommen werden. Was danach passieren würde, nun, ich beschloss, mir darüber keine Gedanken zu machen.

„Können wir nicht darüber reden?", fragte ich die ausholenden Messer.

„Bestellung fertig!", antwortete der Küchenmech in fröhlichem Ton.

Also schwang ich meine Stahlstange, das schwere Ding zog die Messer an. Der Mech biss bei meinem Schwung hart zu, schlug seine Klingen gegen meine Waffe und zerkratzte meine Stange, verbog aber seine eigenen bei dem Versuch. Kochmesser mögen gefährlich aussehen, aber diese waren nicht dafür gedacht, Metall zu schneiden. Funken flogen, ein häufiges Merkmal in diesen Kämpfen, und eines, durch das ich mich durchbiss, vorwärts drängte und die Stange quer über meinen Körper zurückschwang.

Alvie seinerseits bellte keuchend um meine Füße herum, diese Arme und ihre scharfen Enden hielten den Hund auf Abstand.

Mein Rückschwung nahm noch mehr Messer mit, wodurch der Mech in seinem knorrigen, zackigen Durcheinander unheimlich aussah. Meine Stange verbog auch einige dünne Arme und ließ sie aneinander schrammen, als der Mech sich mir näherte. Jeder Kratzer warf goldene Funken und sandte ein schleifendes Geräusch durch den Gang. Eine Öffnung wurde weiter, als ich sein Ende erreichte.

Mir ging der Platz aus.

Ein heller Blitz zischte an mir vorbei und brannte sich in den Boden nahe meiner Füße. Der Kurier eines anderen Ganges hatte seinen ersten Schuss abgegeben. Es mochten keine militärischen Maschinen sein, die präzise den Tod brachten, aber ich konnte mich nicht auf schlechtes Schießen verlassen, um mein Leben zu retten. Ich musste etwas anderes versuchen, etwas Verzweifeltes.

Ich schob die Schuld auf Kaydee, deren Verhalten in meine Methoden sickerte.

Ich setzte meine Füße und stieß mich in Richtung des lädierten Küchenmechs ab. Ich führte mit der Stange, hielt sie wie einen Speer vor mich. Die Maschine hackte darauf ein, Arme und kaputte Messer schepperten gegen meine Waffe, schabten Farbe ab und splitterten den Kern darunter. Als die Stange selbst den Mech traf, kam ich fast zum Stillstand, aber ich stemmte die Stange gegen meine Schulter und schob.

Diese Volt-verstärkten Muskeln erwachten zum Leben, saugten Energie aus meiner Batterie, um den Motor des Küchenmechs – ohnehin nicht gerade für Bewegung gebaut – zu überwältigen und den großen Roboter rückwärts zu schieben. Ich schrie, eine wilde Freude, den alten Geschichten entlehnt, der Ruf triumphierend, als ich den Mech zurückdrängte.

Voreilig.

Ein zweiter Blitz traf meinen Rücken auf der linken Seite, eine stechende Warnung, dass meine linke Seite gerade ein Drittel ihrer Kraft verloren hatte. Ein schneidender Hieb erwischte mich von hinten, grub sich in meine Schulter, als der zweite, verfolgende Küchenmech die Distanz schneller schloss, als mein Schieben mich befreien konnte. Der Schnitt ließ meinen Schub ins Stocken geraten, mein rechter Arm zitterte bei dem Schlag und ließ die Stange fallen.

Ich hatte genug Platz für eine weitere Nische zu meiner Linken geschaffen, in die ich stolperte, Alvie huschte hinter mir her. Düster und leer bis auf einige Reinigungsgeräte, zeigte mir der Unterschlupf bei einem einzigen goldenen Licht meinen nahenden Untergang. Zwei Küchenmechs, von Hindernissen befreit, drängten sich in den Eingang der

Nische, stießen aneinander und hinderten sich gegenseitig daran, näher zu kommen.

Ich presste mich an die Rückwand der Nische, diese schneidenden Messer weniger als einen Meter von meinem Gesicht entfernt. Alvie kauerte sich neben mich, seine gelben Augen weit aufgerissen, leuchtend.

„Das war knapp", sagte Kaydee, die sich zu mir gesellte. „Sie hätten dich fast gehabt."

„Sie haben mich", sagte ich, während ich zu Boden sank und kleine Gestalten in mein Blickfeld schweben sah. „Die Kuriere."

Ohne viel Bewegungsfreiheit konnten die kleinen Bots ungehindert auf mich schießen. Entweder würden sie mich jetzt rösten oder mich auslaugen, mich hier unten in die Falle locken wie so viele andere im Starship, denen die Zeit davonlief.

„Delta wird zurückkommen", sagte Kaydee, die sich neben mich auf den Boden setzte.

„Kaydee", sagte ich. „Hör zu. Hörst du sie?"

Die schlagenden, reißenden Geräusche, die normalerweise Deltas Fortschritt anzeigten, waren verschwunden. Das Gefäß war entweder entkommen, hatte sich den Weg in die Freiheit gebahnt und beschlossen, dass es besser sei, allein weiterzumachen, oder sie war von zu vielen Mechs erwischt worden, selbst für sie zu viele.

„Hinterhalttaktik", sagte Kaydee. „Wart einfach ab."

Ich hatte weder die Wahl noch die Zeit zu warten oder sonst etwas zu tun. Hinter diesen wirbelnden Klingen stellten die Kuriere ihre Schüsse ein. Ein Wischeimer stand zu meiner Linken und ich griff danach, hielt ihn vor mein Gesicht. Ich zählte bis eins, dann duckte ich mich nach links. Ein Schuss brannte sich in die Wand, wo mein Kopf gewesen war, ein anderer schmolz die Hälfte des Eimers zu Schlacke.

Ein dritter erwischte meinen rechten Fuß, verbrannte meine synthetische Haut und ließ mich ohne Möglichkeit zu gehen zurück.

Kaydee schrie für mich. Alvie bellte und zog sich in eine Ecke zurück.

Und ich rief nach Delta. Ein letzter verzweifelter Ruf.

„Kaydee und ich brauchen dich, Delta!", schrie ich. „Wenn du hier bist, bitte, lass uns nicht im Stich!"

Ich wusste nicht genau, warum ich Kaydee in diesen Ruf einschloss, außer dass wir beide so viel durchgemacht hatten, so viele Momente am Rande des Todes, dass wir uns nicht mehr getrennt fühlten. Sie und ich teilten einen einzigen Körper, und der Tod eines von uns würde das Ende für beide bedeuten.

Zumindest fühlte es sich so an, als ich auf diese orangefarbenen und weißen Blüten an den Kurieren starrte, unsere Namen rief und hoffte, dass Delta es hören würde.

Oder wenn nicht Delta, dann irgendjemand, irgendein Heiliger, der in Starships dunklem Unterleib steckte.

Laser machen selbst keinen Ton. Superfokussiertes Licht, die Strahlen spucken in einem Blitz hervor, verwüsten ihr Ziel, die Beweise am Einschlagpunkt. Die Treffer kamen einer nach dem anderen, drei präzise Schüsse, jeder einzelne schaltete einen Kuriermech mit einem hellblauen Blitz aus. Ein Schuss teilte den Mech in zwei Hälften, ein zweiter schmolz den Laser des Drohnen weg. Der dritte verbrannte die Düsen eines Kuriers, der Mech stürzte hinter seine kulinarischen Brüder und schlug mit einem Knall auf dem Boden auf.

Weitere Blitze überstrahlten die Lampe der Nische und trafen die Küchenmechs, schmolzen sich durch sie hindurch. Diese wirbelnden Klingen verlangsamten sich, stoppten, als die Energieversorgung der Mechs versagte.

„Delta?", fragte ich. Sie hatte zuvor keine solche Waffe wie den Laser benutzt, aber vielleicht hatte sie eine gefunden? „Warst du das?"

„Wer sonst sollte es sein?", sagte Kaydee.

Keine Antwort kam zurück, aber weitere Blitze zuckten den Korridor gegenüber der Nische entlang und trafen Mechs, die ich nicht sehen konnte, zurück in Richtung des Aufzugs. Dies waren keine verstreuten, zufälligen Schüsse, wie ich sie in Kaydees Erinnerungen gesehen hatte, abgefeuert in Verzweiflung von Soldaten unter Beschuss. Diese waren präzise, so wie die Kuriere auf mich geschossen hatten.

Also vielleicht Delta? Ich rief wieder, hörte keine Antwort. Die Blitze wurden langsamer, hörten auf, und mit ihnen kam eine andere Stille. Alphas Mechs füllten den Cesspool nicht länger mit ihren stampfenden Füßen, ihren surrenden Motoren.

Die Küchenmechs, beide tot, zitterten, verschoben sich. Ich stand auf, beobachtete, wie etwas an ihnen zog.

„Ich würde mich kampfbereit machen", sagte Kaydee. „Wer weiß, was hinter diesem Ding steckt?"

Guter Rat. Ich hob den halb geschmolzenen Eimer auf und plante, ihn auf was auch immer wartete zu werfen. Mir selbst einen Moment Zeit kaufen, um nach vorne zu stürzen. Mein kaputter rechter Fuß schloss Weglaufen aus der Überlebensgleichung aus, aber meine Arme waren stark genug. Einen guten Schlag landen und ich könnte das Ding außer Gefecht setzen, bevor es auf mich schießen konnte.

Tief drinnen sagte meine eigene Logik, dass dies eine wahnwitzige Idee war, aber welche andere Chance hatte ich?

Der linke Mech rumpelte, kippte nach vorne, fiel dann zurück, seine Räder rutschten in die Luft. Eine Gestalt nahm seinen Platz ein, trat nach vorne. Humanoid, größer als Delta. Hände hielten eine große Waffe. Ich warf den Eimer, sah, wie das Ding meinen Versuch abwehrte, als ich zu einem verzweifelten Schlag ansetzte.

Mein Ziel wich zurück und ich landete auf dem Boden, ein unrühmliches Ende meines Versuchs. Als ich meine Hände unter mich stemmte, begann mich hochzudrücken, hörte ich Kaydee fluchen, nicht vor Wut, sondern vor Verwirrung. Das heiße Ende der Waffe setzte sich auf meinen Kopf und hinderte mich am Aufstehen.

„Nicht", sagte ich und versuchte einzuordnen, was vor sich ging, welche Kombination von Worten, Bitten, mich am Leben erhalten würde.

Das Ding, seine Stimme trug die Vibration eines Roboters und die Emotion eines Menschen, fragte nur eines: „Wo ist Kaydee?"

ZWANZIG

TICKENDE UHREN

Wenn du Eindruck schinden willst, versuch's mal damit, die Hälfte deines Gesichts durch eine Metallplatte zu ersetzen. Graviere dann goldene Drähte in diese Platte, die zunächst zufällig aussehen, aber wenn die Leute genauer hinsehen, klar als Leiterplatte erkennbar werden.

Die Gesichtsplatte war nicht die einzige Veränderung, die den Menschen von seinem Ausgangspunkt zu seiner jetzigen, cyborg-ähnlichen Existenz trieb: Schimmer in seiner zerschnittenen Kleidung offenbarten weitere metallische Streifen, diese in verschiedenen Rot-, Blau- und Goldtönen übermalt. Sein Atem rasselte in der Stille nach seiner Frage, Luft, die durch nicht ganz biologische Teile strömte.

„Kaydee?", erwiderte ich und versuchte, Zeit zu schinden.

Irgendetwas an dem Mann kam mir bekannt vor, obwohl ich seinen kahlen Kopf und seine stämmige Gestalt noch nie zuvor gesehen hatte. Seine Augen? Nein. Vielleicht die Art, wie er die Waffe zögernd in seinen Armen hielt, ein Werkzeug, das nicht gewollt, aber notwendig war.

Als er sich hinkniete, um mir direkt in die Augen zu sehen, hallte ein leises hydraulisches Zischen wider.

„Ich kenne dich", sagte der Mann und streckte eine Hand aus, um mein Gesicht zu umfassen, wobei seine Finger entlang meiner Kieferlinie drückten. Er zog mich näher. Der Instinkt sagte, ich solle zurückweichen, die Logik sagte mir, dass Widerstand zwecklos war. „So nah, aber da ist es."

Er ließ los, stand wieder auf und richtete seine Waffe auf mich. Alvie, der aus der Ecke gekrochen kam, knurrte zu meiner Verteidigung. Eine gute Sache, denn mein kaputter rechter Fuß weigerte sich, mir Halt zu geben.

„Kannst du die Waffe runternehmen?", fragte ich.

Ohne das Gewehr auch nur einen Millimeter zu bewegen, hob der Mann eine Hand zu seiner Metallgesichtsplatte und drückte auf einen Knopf in der Nähe seines Ohrs. Alvie schmiegte sich eng an mich, beobachtete den Mann, die Beine zum Sprung bereit. Ich flüsterte dem Hund zu, er solle ruhig bleiben und einen kühlen Kopf bewahren.

„Hab noch eine gefunden", sagte er. „Bring sie nach Hause. Ich komme nach." Er holte Luft, die Augen auf mich gerichtet. „Nein, ich werde keine Hilfe brauchen. Diese hier ist nicht so gefährlich."

„Gamma", flüsterte Kaydee, die neben mir erschien. „Mach nichts Dummes."

„Hatte ich nicht vor", erwiderte ich, nur damit das Gewehr des Mannes zuckte und seine Hand das Kommunikationsgerät in seinem Kopf verließ.

Alles Teil des Plans.

„Mit wem redest du?", fragte der Mann.

„Kaydee", antwortete ich.

Diese Augen verengten sich. Dieses Gesicht spannte sich an.

„Erklär das."

„Bist du ein Mensch?"

„Ich bin es, wo es zählt", erwiderte der Mann. „Ich werde nicht noch einmal fragen."

„Ich bin kein Mensch. Nicht dort, wo es zählt", sagte ich. „Mein Gehirn ist ein Prozessor, meine Synapsen sind Speicherbänke. Eine Batterie pumpt Energie statt Blut durch meine Haut." Ich hob meine Hände und bewegte sie langsam im Licht. „Trotzdem bin ich nicht wie diese Mechs, die du zerstört hast. Meine Routinen sind komplex, aber nicht komplex genug, um als Person durchzugehen. Nicht ohne Kaydees Hilfe."

Der Mann blieb ruhig. Bewegte seine Waffe auch nicht. Kaydee beobachtete mich ebenfalls neugierig.

„Sie hat mir beigebracht, wie man lacht. Wie man lächelt und Witze macht, wie man rennt und wie man seinen Weg über das Starship findet", fuhr ich fort. „Sie hat mir Geschichten aus ihrem Leben erzählt und mich daraus lernen lassen. Sie hat mir viele Male von einer bestimmten Person erzählt, einer Person, die ihr fehlte."

Jetzt schwankte das Gewehr, das Gesicht entspannte sich. Seine Augen wurden abwesend, und ich nahm an, ich hätte ins Schwarze getroffen.

„Kaydee hat mich geleitet, seit die Stimmen mich geweckt haben", sagte ich, „und jetzt hat sie mich zu dir gebracht, Leo."

Okay, also nicht ganz die Wahrheit. Kaydee hatte mich nicht wirklich hierher *gebracht*, und es schien, als hätte Kaydee, nach ihrem anhaltend verwirrten Gesichtsausdruck zu urteilen, überhaupt nicht erwartet, dass Leo noch am Leben sein würde. Trotzdem blieb ich dabei. Diese lange Zeit mit Kaydee und anderen Menschen hatte gezeigt, dass sie emotionale Verbindungen zu Ereignissen mochten: Leos Zuneigung zu Kaydee würde ihn eher dazu bringen, mir zu helfen.

„Da ist es", sagte Leo, beugte sich vor und inspizierte etwas in der Nähe meiner linken Schulter. Ich sah hinunter, sah nichts außer meiner schmutzigen Ausrüstung. „Teilweise Wahrheit, teilweise Lüge. Du *bist* ein Gefäß." Leo richtete sich wieder auf, gab mir Raum. „Kaydee ist also dein Verstand. Nicht das, was wir beabsichtigt hatten." Leo schnaubte einmal, leise. „Aber ich bin froh, dass sie bei uns ist."

„Dann wirst du mir helfen?"

Leo sagte nicht nein.

Er bot mir seine Schulter als Stütze an, und Leo und ich, mit Alvie klappernd hinter uns, verließen die Nische und kehrten zu den runden Gängen der Kloake zurück. Unser Start kam schnell zum Erliegen, als ich Alphas deaktivierte, beschädigte Mechs sah: andere Menschen, die meisten mit umfassenderen Metallmodifikationen als Leo, umschwirrten die Maschinen. Mit Schraubenschlüsseln, Brechstangen, Schraubenziehern und anderen Werkzeugen bewaffnet, zerlegte die Gruppe jede Maschine mit Präzision. Jede Person trug einen Rucksack auf den Schultern, einige stopften kaputte Teile in ihre, während andere Platz für intakte Drähte, Schrauben und andere Komponenten sparten.

„Weitergehen", sagte Leo und lenkte mich weg vom Aufzug, weg von der Plünderung.

„Wie können sie am Leben sein?", sagte Kaydee, und ich wiederholte die Frage, als Leo uns weiterschob.

„Du siehst gerade, wie", antwortete Leo. „Wenn du

normale Menschen suchst, schau woanders hin. Wir sind den Stimmen näher als dem, wie wir geboren wurden."

Mein fragender Blick veranlasste sowohl einen Seufzer als auch einen Redeschwall, während wir uns fortbewegten. Leo erzählte von der Spaltung, einem Riss zwischen Fraktionen, nachdem Kaydees angestiftete Rebellion verglüht war. Diejenigen, die das Starship leiteten – die Stimmen waren damals nicht allmächtig – wollten mehr Mechs, wollten, dass das ganze Schiff von Maschinen betrieben würde, während sie schliefen.

„Schliefen?", unterbrach ich.

„Kryo", Leo schüttelte den Kopf. „Instabil, schädigend, aber mit dem Rücken zur interstellaren Wand gedrängt, entschieden sie sich, vor dem Leben, das sie hatten, in Richtung einer Fantasie zu fliehen. Jetzt sind sie alle oben versiegelt und warten darauf, dass Starship nach Hause kommt."

„Alle" bedeutete in diesem Fall Starships letzte Generation von Führungskräften, die Reichen und die Einflussreichen. Sie drängten Leo und einige andere Koryphäen dazu, die Stimmen zu erschaffen, diesen digitalen Wiederbelebungen Zugang zum Netzwerk von Starship zu verschaffen, damit der Rest in eine eingefrorene Zeitschleife springen konnte.

„Peony und ich waren die einzigen, die zu der Zeit noch am Leben waren", sagte Leo, als wir zu einer weiteren Kreuzung kamen. Das Hämmern von Werkzeugen hallte durch die Korridore, darunter plätscherte Unterhaltung. „Ich habe die anderen aus gespeicherten Daten neu aufgebaut. Sie sind eher reine Programme als Peony und ich, weshalb sie den Laden schmeißt. Das, und sie war die einzige von uns, die sich für die Mission aufgeopfert hat."

„Meine Mutter?", fragte Kaydee. „Niemals."

Leo schien die Frage erwartet zu haben und nickte, als ich Kaydees Behauptung wiederholte.

„Kaydee, falls du zuhörst", sagte Leo, was sich seltsam anfühlte, da er mich ansah, während er sprach, „das geschah nicht von heute auf morgen. Jahre vergingen, jeder drohte jedem, Starship selbst war in Gefahr. Ich bin mir immer noch nicht sicher, wie sie es geschafft hat, aber wir landeten in einer Art Frieden. Die großen Spieler würden sich einfrieren lassen und Starship den Mechs und der Arbeiterklasse überlassen."

„Das hat nicht funktioniert", sagte ich.

„Anfangs schon", erwiderte Leo. „Aber Menschen werden älter. Menschen jedenfalls. Wir hatten die Wahl, entweder in Kryo zu gehen und die Kontrolle über uns zu verlieren oder etwas anderes zu tun."

„Wenn du sagst *wir*, meinst du ...?"

„Nicht alle", Leo hatte den Anstand, entschuldigend auszusehen, als er auf eine Stahlschotte in der Mitte klopfte. Die Schotte zitterte und schob sich nach oben. „Starship hatte nie die Ressourcen, um jedem einen Ausweg zu geben. Peony wählte einen Weg. Ich wählte beide."

„Der Bastard hat sich gespalten", murmelte Kaydee, als wir durch den schmalen Eingang gingen. „Kein Wunder, dass seine digitale Version Probleme hat. Leo wollte es schon immer auf beide Arten."

Beide Wege hatten Leo ziemlich gut aufgestellt. Die Wohnung, in der ich oben aufgewacht war, hatte nicht den Charakter, den Raum, der hier unten zur Schau gestellt wurde. Nicht einmal Val und die Übernahme ihres Stammes konnten mit den Techno-Menschen mithalten: Geätzte oder gemalte Kunstwerke schmückten jede Oberfläche, ein Regenbogenlicht sickerte durch aufgehängte

Prismen nach oben zur Spitze eines mehrstöckigen rechteckigen Blocks.

Am anderen Ende unseres Eingangs floss Wasser aus einem Ausguss, fiel durch einen Glaszylinder mit schwarzen Linien alle paar Meter, bevor es in einem Tank endete. Kleinere Glasröhren zweigten vom zentralen Zylinder ab und bewässerten Gartenbeete, die mit ... Blumen gefüllt waren. Schlammig-bronzene Leitern, an den Wänden der Kammer verschraubt, führten zu kunstvoll gestalteten Überhängen, die mit Stühlen, Tischen und einer einzelnen Liege wie der, auf der ich aufgewacht war, beladen waren.

„Das ist was ganz Besonderes", sagte ich, als Leo mir half, hineinzukommen.

Der Boden der Kammer stand im Kontrast zu all der Kreativität darüber: Werkbänke vermischten sich mit Schrotthaufen. Mehrere andere Menschen arbeiteten in dem Raum, einer transplantierte gerade eine neue Platte auf seinen linken Arm. Als er bemerkte, dass ich ihn ansah, schaltete der Mann seinen Bohrer aus und richtete seine Augen, beide rot leuchtend und künstlich, auf mich. Ich wäre erschrocken gewesen, hätte vielleicht gezuckt, wäre da nicht mein kaputter Fuß gewesen.

Stattdessen nickte ich zurück.

„Es gibt zwei Möglichkeiten, es bis zur Landung von Starship zu schaffen", sagte Leo und setzte mich in einen Stuhl neben einer leeren Werkbank. Ich konnte keine Namensschilder sehen, keine Besitzmarkierungen an irgendetwas. „Entweder du machst es wie sie und frierst dich zum Schlafen ein, oder du hörst auf, vor der Biologie davonzulaufen." Leo tippte mit einer Hand auf meine Brust, während er seine Waffe ablegte. „Du hast keine tickende Uhr. Wir schon."

Der Arm-Transplantierer gab einen Hinweis darauf, wie Leo und seine Gruppe ihrer eventuellen Auslöschung begegneten: ein allmähliches Ersetzen des Lebendigen durch Metall. Ich fragte nach und Leo erklärte, während er meinen zerschlissenen Stiefel abriss und den Stoff um meinen gebrochenen Fuß herum wegriss. Als Organe versagten, als Gliedmaßen verletzt wurden oder schmerzhaft wurden, entwarf Leo Ersatzteile.

„Wir fingen einfach an und verließen uns auf existierende Technik", sagte Leo. „Das Problem war, dass Starship nicht alle spezialisierten Teile hatte. Wir machten unsere eigenen Versionen." Ein Finger an der Gesichtsplatte, der entlang der transplantierten Linie mit seiner Haut fuhr. „Nicht immer hübsch, und sie werden uns nicht ewig am Leben erhalten, aber vielleicht lange genug."

„Lange genug wofür?"

Leo sah nicht auf, als er antwortete: „Würde ein Gefäß verstehen, wie es sich anfühlt, etwas zu vermissen, das man nie gesehen hat? Nie gefühlt hat?"

Zuerst dachte ich, die Antwort wäre ein einfaches Nein. Wie könnte ich? Aber dann sah ich Kaydee dort, wie sie Leo von hinten ansah. Die Art, wie sie ihn beobachtete, änderte meine Meinung. Ich war nicht dafür konzipiert worden, mich zu sorgen, zu *lieben*, so kitschig das auch auf einem Metallkoloss klang, der durch den Weltraum in den Händen einer wahnsinnigen Maschine raste.

„Vielleicht doch", sagte ich.

Anstatt zu antworten, schnappte sich Leo ein Messer von der Werkbank und schnitt die synthetische Haut um meinen Knöchel weg. Ich stoppte die Warnungen mit einem Befehl und sah zu, wie der Ingenieur an meinen verbogenen Platten arbeitete, den flexiblen Stangen, die als Ersatz für biologische Knochen dienten.

„Wir wollen einen echten Himmel sehen", sagte Leo und wechselte die Werkzeuge zu einem kleinen Schraubenschlüssel und einer präzisen Zange. „Luft atmen, die nicht tausend Jahre lang recycelt wurde, auch wenn keiner von uns dann noch echte Lungen haben wird."

„Was werdet ihr dann haben?"

„Für diejenigen, die es schaffen?", Leo blickte auf, nickte zu meinem Kopf. „Unsere Gehirne sind das Endziel. Wir können keinen Weg finden, sie zu replizieren oder zu ersetzen, ohne die Person darin zu verlieren."

„Ohne sie in Minds zu verwandeln, meinst du."

Leo schüttelte den Kopf: „Nicht das Gleiche. Anfangs ist es nah dran, aber wenn du eine neurale Karte von jemandem machst und das in Code übersetzt, bekommst du trotzdem nur ein Abbild. Eine Hülle, die sich mit der Zeit immer weiter entfernt."

Hinter ihm erstarrte Kaydee. Sie hatte ihre Arme um sich geschlungen, ihr türkises, stacheliges Haar stand scharf in alle Richtungen ab. Ich konnte an ihrem Gesicht nicht erkennen, ob sie kurz davor war zu weinen oder in einen Wutanfall auszubrechen.

„Woher weißt du das?", fragte ich Leo.

Ich spürte ein Ploppen. Sah, wie Leo eine kaputte Stange über den Boden warf.

„Woher ich das weiß?", erwiderte Leo. „Ich beobachte mich selbst. Spreche mit mir. Was, ehrlich gesagt, eine surreale Erfahrung ist."

„Der bei den Stimmen?"

„Richtig."

Ein zweites Ploppen, und mein Fuß fühlte sich richtig an. Fest und stabil. Als Leo sich von mir zurücklehnte und mir zuwinkte, seine Arbeit zu testen, sprang die Tür, durch die wir gekommen waren, wieder auf. Diesmal wurde kein

Gefäß von einer helfenden Hand hereingeführt, sondern Delta stürmte herein, ihre Klinge an der Kehle einer anderen Frau, deren gesamter Oberkörper mit silbergeätztem Stahl glänzte.

„Lasst Gamma frei", verkündete Delta, ihre freie Hand richtete, was wie eine gestohlene Energiepistole aussah, auf Leo. „Oder ich bringe euch alle um."

EINUNDZWANZIG

GESCHMIEDETES BÜNDNIS

Trotz ihrer weit aufgerissenen Augen und zitternden Arme und Beine unternahm Leo nichts, um Deltas Geisel zu beruhigen. Während die anderen Schmiede von ihren Werkbänken herüberschauten, stand Leo da und zeigte seine Hände. Dabei zeigte er auch ein leichtes Lächeln und schüttelte langsam den Kopf.

„Ich erinnere mich, dass ich diese Zeile programmiert habe", sagte Leo, als Delta die gestohlene Pistole auf ihn richtete. „Eine der letzten. Das Poster hängt genau über der Stelle, wo ich dich zurückgelassen habe, falls es noch da ist."

Delta zuckte nicht einmal mit der Wimper. Sie zeigte keinerlei Reaktion auf das, was Leo andeutete. Stattdessen blickte sie kurz zu mir herüber. „Gamma, geht es dir gut?"

„Besser", antwortete ich. „Ich glaube nicht, dass sie der Feind sind, Delta. Sie haben Alphas Mechs ausgeschaltet."

„Er hat recht", sagte die Geisel, woraufhin Delta die Klinge fester gegen ihren Hals drückte.

Leo, der sich ansonsten sehr still verhielt, sprach mit fester Stimme: „Delta. Du warst die Letzte. Mein Ass im Ärmel, falls alles andere schiefgehen sollte." Sein Gesicht verzog sich zu einer Grimasse. „Wenn du wach bist, müssen die Dinge wirklich ernst stehen."

„Gute Einschätzung", sagte ich. „Delta, lass sie los. Bitte. Wir verschwenden nur Zeit."

Vielleicht war es dieser Kommentar, der Hinweis auf unsere eigentliche Mission. Vielleicht hatte Leo Deltas Neugier genug geweckt, um ihre Aggression zu töten. Wie auch immer, das Gefäß stieß die Geisel nach vorne und zog dabei das Schwert weg, während sich die Geisel bewegte. Dabei richtete sie die Waffe für einen guten Schuss auf den Rücken der Frau. Sie behielt immer noch die Kontrolle.

„Es ist mir egal, wer du bist", sagte Delta zu Leo. „Wir haben ein Ziel und wir werden verfolgt."

„Von wem werdet ihr verfolgt?", fragte Leo.

„Wie du schon sagtest." Ich stand auf und legte eine Hand auf Leos Schulter. Nicht um ihn zu trösten, sondern um Delta einen weiteren Schubs in eine friedliche Richtung zu geben. Ich wusste aus der Kinderstube, wie schwer es war, Delta vom Rand des Gemetzels zurückzuholen, also kämpfte ich um jeden Zentimeter. „Das Sternenschiff ist in einem schlechten Zustand. Du könntest vielleicht helfen."

Von da an erzählte ich weiter und sprudelte die ganze Geschichte heraus. Alphas Übernahme, der Rückzug der Stimmen. Unser Gerangel. Als ich fertig war, hatte Leo eine Hand am Kinn und rieb sich mit ein paar Fingern über den knorrigen Stoppelbart. Seine Augen waren nicht auf mich gerichtet, sondern starrten auf einen Punkt über meine Schulter hinweg.

„Leo", sagte die Frau, Deltas ehemalige Geisel, die sich jetzt erholt hatte und Delta finster anstarrte. „Schaff sie hier raus. Ich kenne diesen Blick, und du solltest dich besser daran erinnern, was du versprochen hast."

„Ich weiß, was ich versprochen habe, Clara", erwiderte

Leo und fand in die Gegenwart zurück. „Spielt das eine große Rolle, wenn das Sternenschiff auf der falschen Welt abstürzt?"

Ich stand neben Delta und beobachtete. Meine Partnerin hielt das Schwert fest umklammert, den Rücken an die Wand neben dem Eingang gelehnt. Sie konnte in beide Richtungen Ausschau halten, ein Schutz, den ich nutzte, um mich auf den Wortwechsel zwischen Leo und der anderen Schmiedin zu konzentrieren.

„Wir haben uns dir angeschlossen, um einen Himmel zu sehen, der nicht dieser hier ist", sagte Clara und deutete auf die anderen zuschauenden Schmiede. Die Bewegung entblößte den Großteil ihres Bauches, der durch ein zerrissenes Hemd sichtbar wurde. Er war mit Platten bedeckt, genau wie Leos Gesicht. „Das ist alles, was wir wollen, Leo. Wenn dieser Alpha uns schneller dorthin bringt, bevor wir noch jemanden verlieren, ist das dann nicht eine gute Sache?"

„Das haben wir alles schon gesagt, bevor die Stimmen die Kontrolle verloren haben." Leo zeigte zum Ausgang der Kammer. „Ich hätte nie gedacht, dass das Sternenschiff völlig auseinanderfallen würde."

„Lügner", unterbrach ihn Clara. „Wir leben schon so lange hier unten, vielleicht erinnerst du dich nicht mehr. Ich schon. Ich schon." Während sie die letzten Worte sprach, zeigte Clara nach links auf einen anderen Schmied auf der anderen Seite des Raumes, der zusammenzuckte und sich abwandte. „Acho erinnert sich auch. Genauso wie Mioh und Baker und DeMar. Wir alle haben das kommen sehen, und deshalb sind wir hier heruntergekommen. Wir haben alles aufgegeben für das eine Versprechen, Leo. Das eine verdammte Versprechen, und jetzt denkst du darüber nach, das alles wegzuwerfen?"

„Moment mal." Leo trat einen Schritt zurück und griff nach seiner Werkbank. „Ich habe noch gar nichts gesagt."

„Aber du denkst darüber nach."

„Ich denke darüber nach, diesen beiden zu sagen, wohin sie gehen sollen, und dann werden sie uns in Ruhe lassen. Das ist es, worüber ich nachdenke."

Clara verfiel in ein Stirnrunzeln und beobachtete, wie Leo in seiner Werkbank herumwühlte. In den Schubladen wurde Krimskrams herumgeschoben. Da Delta jeden mit Blicken erdolchte, dachte ich, ich könnte unser Anliegen vorbringen und Leo etwas Rückendeckung geben.

„Clara", sagte ich und erntete einen vernichtenden Blick. „Tut mir leid, ich versuche nicht, das zu stören, was ihr hier habt. Es war ein Zufall, dass wir hierher kamen, aber einer, der sich für uns alle als hilfreich erweisen könnte."

„Für uns alle?" Claras Tonfall gab mir nicht viel Ermutigung.

Ich liebte es, unter Druck zu improvisieren.

„Alpha weiß nicht, wie man aufhört", sagte ich. „Er kontrolliert die Fabrikationslinien und stellt jede Minute mehr Mechs her. Er will das Schiff mit Maschinen überfluten, die genau das tun, was er will. Selbst wenn das Sternenschiff landet, bevor er euch findet, werdet ihr es nie nach draußen schaffen, ohne in Stücke gerissen zu werden."

„Lustig, dass du das sagst." Clara schüttelte den Kopf. „Der ganze Grund, warum wir überhaupt hier heruntergekommen sind, war, dass sich das Sternenschiff selbst zu zerreißen drohte. Die Menschen darin jedenfalls. Diesem Tod sind wir entkommen. Und jetzt soll ich einem verdammten Mech zuhören, der mir erzählt, dass die Mechs kommen?"

„Ist das nicht Beweis genug?", sagte Delta und deutete auf den Flur und die Mech-Leichen dahinter.

„Ja, ein Beweis dafür, dass ihr Mechs euch gegenseitig bekämpft", erwiderte Clara. „Rate mal, wie sehr mich das interessiert?"

„Du gehst nicht auf meinen Punkt ein", sagte ich. Kaydee, die neben Clara erschien, zuckte zusammen. „Ich sagte, Alphas Mechs werden mit Verstärkung zurückkehren, bevor oder nachdem das Schiff landet."

„Dann werden wir uns durch sie durchkämpfen", antwortete Clara, ohne auch nur mit den Schultern zu zucken. „Das Einzige, was wir hier unten im Überfluss haben, sind Waffen. Genug, um uns durch ein paar Blechbüchsen zu schneiden."

„Das ist eine kurzsichtige Sichtweise."

„Was hast du zu mir gesagt?"

Zu meiner Rechten bemerkte ich, wie Delta ihr Schwert verlagerte. Sie hielt nicht länger Ausschau nach zukünftigen Bedrohungen, sondern machte sich bereit, diese hier und jetzt zu beseitigen.

„Gefunden!", verkündete Leo und zog unsere Aufmerksamkeit auf das schwarze Rechteck in seiner Hand. „Wer hat jetzt eine Batterie, die ich benutzen kann?"

Nachdem wir Acho überredet hatten, die Batterie seines Schweißgeräts aufzugeben, kehrte Leo zu seiner Werkbank und einem wartenden Publikum zurück. Ich hatte versucht, Clara ein paar weitere Perspektiven nahezubringen, die sie jedoch alle mit ähnlichen Argumenten abwehrte: Sie habe jahrzehntelang ihren kaputten Körper ersetzt, um die Chance zu haben, wieder einen echten Planeten zu sehen, und sie würde das nicht riskieren, nur weil ich behauptete, ein verrückter Mech hätte die Kontrolle über das Starship.

Leo ersparte mir einen vierten Versuch. Kaydee war vielleicht dankbarer dafür als ich, ihre Verachtung wurde mit jedem Wort, das ich an Clara richtete, immer beißender.

„Es ist alt, aber es sollte sich immer noch mit dem Netzwerk des Starships verbinden können", sagte Leo, während er die Batterie einsetzte und den weichen grauen Knopf oben auf dem tragbaren Gerät gedrückt hielt. „Ein Vorteil dieses Schiffes? Wir konnten im Inneren nicht viel aktualisieren, also läuft es immer noch mit tausend Jahre alter Technik!"

Leo sah sich um, mit einem leichten Lächeln und hochgezogenen Augenbrauen. Niemand, mich eingeschlossen, gab ihm ein Lachen, einen Applaus oder sonst etwas.

„Das ist er", sagte Kaydee leise neben mir. „Nach all dieser Zeit ist er immer noch so stolz auf sich, wenn er diese kleinen Verbindungen herstellt."

Ich hörte absolut keine Schärfe in ihrer Stimme, nur Wärme.

„Dann mach schon", sagte Delta zu dem Forger.

„Richtig." Leo tippte auf dem Gerät herum, der Bildschirm war zu weit von mir entfernt, als dass ich hätte sehen können, was er tat. Glücklicherweise war Leo der Typ, der jeden seiner Schritte kommentierte. „Seht ihr, Starship behält seine wichtigsten Prozesse in seiner zentralen Betriebsmatrix. Dort haben wir die Stimmen untergebracht. Es ist wie die Mitte eines Spinnennetzes, von wo aus sie einem Faden folgen können, um auf jeden Teil des Schiffes zuzugreifen, den sie brauchen."

Leo zögerte. Er machte ein Geräusch zwischen Frustration und Stöhnen. Ich wagte eine Vermutung.

„Wir haben dir die Wahrheit gesagt", sagte ich.

„Das Netz zerbricht", antwortete Leo. „Ihr habt Recht.

Selbst mit meinem Zugang ist die Brücke offline. Die Kinderstube auch. Jemand schneidet Starship von seinem Herzen ab, und es gibt nur ein paar Leute, die ich mir vorstellen kann, die das tun könnten." Leo blickte zu mir. „Und du bist einer von ihnen."

„Du kannst froh sein, dass er es ist", sagte Delta. „Gamma versucht zu helfen, nicht sich hier unten zu verstecken."

„Klar, ja", erwiderte Leo und wandte sich wieder seinem Tablet zu. „Wenn ihr die Stimmen vor Alpha schützen wollt, dann müsst ihr sie vom gemeinsamen Netzwerk trennen."

„Was bedeutet das?", fragte Delta.

„Wir werden sie herausreißen müssen", antwortete ich.

Wir standen zurück am Frachaufzug, den Delta vor der Ankunft der Mechs beschädigt hatte. Leo, Delta, ich selbst, Alvie und eine genervte Clara, die von hinten zusah. Wir hatten neue Kleidung aus den Vorräten der Forger zusammengesucht, ich entschied mich für schwerere Arbeitskleidung, während Delta einen schlanken, glatten Anzug fand, der für Wartungsarbeiten in engen Räumen konzipiert war. Mein wiederaufgebauter Fuß funktionierte gut und brachte mich hinter Leo her, während wir Pläne schmiedeten.

Starships zentrale Betriebsmatrix befand sich trotz ihres Namens nicht in der Mitte des Schiffes. Die ursprünglichen Ingenieure hatten dort nach Leos Einschätzung den Energiekern untergebracht, wollten aber die wichtigsten Teile aufgeteilt halten. Sie platzierten die Betriebsmatrix ganz oben und vorne in einer flachen Nische, um sie vor Mikrometeoriten zu schützen. Zufälligerweise war es auch der Teil des Schiffes, der von den wohlhabendsten und mächtigsten Personen an Bord kontrolliert wurde.

„Echte Überraschung, ich weiß", sagte Leo, als er einen

Schlüssel in den Frachtaufzug steckte und drehte. „Aber das war das Design. Die Idee."

„Menschen und ihre Klassensysteme", sagte ich.

„Wir sind, wer wir sind", erwiderte Leo. „Ich verteidige es nicht, aber bis jetzt bedeutete die Aufbewahrung der Matrix dort, dass die Kämpfe sie nie berührten. Starships Systeme sind nie ausgefallen, sonst wären wir alle tot."

„Sie scheint nicht zu denken, dass das wichtig ist", sagte Delta und nickte in Richtung Clara.

„Wir haben hier unten viel durchgemacht", antwortete Leo und schnitt Claras zweifellos schärfere Erwiderung ab. „Hört zu, ich bringe euch nach oben. Ich sollte in der Lage sein, alle verschlossenen Türen zu öffnen. Dann, wenn wir bei den Stimmen ankommen, könnt ihr sie nehmen und losrennen. Überlegt euch, wie ihr euren Krieg führen wollt."

Leo betrat den Aufzug, wir folgten. Hinter uns zerlegten die Forger weiterhin Alphas Mechs, ihre Arbeit reduzierte die Überreste des Kampfes bereits zu verstreutem Schutt. Bald, so vermutete ich, würden die einzigen Beweise Laserspuren auf Metallplatten sein, wie in so vielen Teilen des Starships. Geschichten, die in der Zeit verloren gingen.

„Und dann kommst du zurück?", fragte Clara, die uns nicht in den Aufzug folgte. „Oder verlässt du uns nach all dieser Zeit?"

„Ich komme zurück", antwortete Leo. „Ich träume immer noch von demselben wie du, Clara. Der Himmel, der Wind. Ein echtes Leben an einem echten Ort, auch wenn es nur für einen Tag ist."

Clara hörte nicht auf zu stirnrunzeln, aber sie erhob auch keinen Einwand, als Leo sie bat, den Knopf des Aufzugs zu drücken. Mit einem klappernden Geräusch und einem Summen fuhr unser Aufzug nach oben, zog die Cesspool aus unserem Blickfeld und brachte uns näher zu den Stimmen, Alpha und dem Kampf um die Zukunft des Starships.

Zu meiner Linken sah Delta aus wie immer. Stahlharte Augen, das Schwert über der Schulter, frisch geschärft mit Forger-Werkzeugen. Leo vergrub sich in sein Tablet, während der Aufzug nach oben fuhr, durchlief Starship-Diagnosen und machte nicht allzu beeindruckte Geräusche. Kaydee, für meine Partner unsichtbar, beobachtete ihre ehemalige Flamme ausdruckslos.

Ich? Ich kniete mich hin und streichelte Alvie über seinen gerippten, narbigen Rücken. Ein ruhiger Moment, einer der letzten, die wir für lange Zeit haben würden.

ZWEIUNDZWANZIG

AUSSERHALB DER LINIEN

Unsere Fahrt endete mehrere Ebenen höher, weit von der Spitze des Raumschiffs entfernt. Der Aufzug ächzte, als er versuchte, das von Delta unten herausgeschnittene fehlende Tor zu bewegen, und brachte uns in einen weiten Raum, der dem Cesspool ähnelte, den wir hinter uns gelassen hatten. Statt kreisförmiger Tunnel hatten wir hier jedoch nur zwei Möglichkeiten: einen breiten, geraden Weg, gesäumt von Ladewagen, und einen Seitengang, der durch eine geschlossene Tür mit der Aufschrift *Luftschleuse* in fetten roten Buchstaben blockiert war.

„Wo sind wir?", fragte ich, als Leo den breiten Gang hinunterging.

„Fertigungslinien", antwortete Leo. „Der Cesspool beseitigt den Müll, die Fertigungslinien verwandeln ihn in Schätze."

Ich blieb stehen. „Hab ich nicht gesagt, dass Alpha die Fertigungslinien kontrolliert? Wir können nicht dorthin gehen."

„Es gibt keinen anderen Weg vom Lastenaufzug", erwiderte Leo achselzuckend. „Entweder wir kommen durch alles, was Alpha hier hat, oder wir stecken fest."

„Dann los", sagte Delta und schwang die Klinge von ihrer Schulter. „Wir kommen schon durch."

„Ihre Einstellung gefällt mir", grinste Leo. „Wusste doch, dass ich bei euch vieren was richtig gemacht hab."

Mit diesem Selbstvertrauen gingen wir langsam den hellen, gelblichen Flur entlang. Hinter den Wagen mischten sich Warnschilder mit populären Postern an den Wänden. Anders als bei den Filmplakaten in Leos Wohnung waren die Blätter hier über und über mit Kritzeleien bedeckt, Botschaften von einer Schicht zur nächsten, die Errungenschaften hervorhoben und denen dankten, die vor und nach ihnen kamen. Zunächst fand ich die Dekoration seltsam, bis mir auffiel, dass die Blätter genauso vergilbt waren wie die ockerfarbenen Wände dahinter: Diese Linien gingen Hunderte, vielleicht tausend Jahre oder mehr zurück, eine lebendige Geschichte der Menschen, die hier gearbeitet hatten.

Namen, die längst in Vergessenheit geraten waren, paarten sich mit Maschinen, die von ebendiesen Namen erfunden worden waren. Zu meiner Rechten hing eine Skizze des ersten echten Reinigungsmechs, turmhohe Dinger, die ganze Ebenen auf einmal schrubbten. Der Name des Designers prangte in blauem Marker daneben, gefolgt von dem Trio, das den ersten Bau geleitet hatte. Andere Erfindungen, wie die Edelsteinschlösser in den Türen und die Liftbildschirme, die ich im Garten gesehen hatte, folgten.

Das Raumschiff war nicht in einem perfekten Zustand abgehoben. Es hatte sich weiterentwickelt, auch wenn die einzigen Materialien aus ihm selbst herausgeholt werden mussten. Die Innovation hörte nie auf.

Leo führte uns an, Delta hinter ihm. Alvie und ich bildeten das Schlusslicht. Immerhin hatte ich diesmal eine richtige Waffe: Zurück in der Kammer der Forger hatte Leo mir die Waffe gegeben, die Delta ihrer Geisel abgenommen hatte. Die Energiewaffe hatte genug Wumms, um ein brennendes Loch durch die Haut eines dünnen Mechs zu bohren, und würde mir glücklicherweise erlauben, Abstand zu halten.

Ich hatte genug vom Schlagen und Prügeln für ein digitales Leben.

Die Wagen, an denen wir vorbeigingen, hatten unterschiedliche Anordnungen, jeder mit farbigen Streifen gekennzeichnet und mit aufgeklebten Buchstaben, die verschiedene Metalle und andere Materialien benannten, für die die Wagen bestimmt waren. Weiter vorn machten sich die Ziele der Wagen durch eine wachsende, rasselnde Symphonie bemerkbar. Zahnräder knirschten, Riemen quietschten, Hydrauliken zischten, alles im und aus dem Takt miteinander.

„Das ist ein wahnsinniger Lärm", sagte Kaydee, die neben mir herging, während ich Leo und Delta Platz ließ. „Jetzt verstehe ich, warum niemand diese Jobs wollte."

„Du meinst, die Linien zu betreiben?", erwiderte ich.

„Ja. Mechs haben immer den Großteil der manuellen Arbeit erledigt, aber man brauchte Menschen zur Überwachung, um Probleme zu beheben", sagte Kaydee und sprang von einem Wagen zum nächsten, ihr stacheliges Haar wieder in strahlendem Türkis. „Leo und ich hatten Studienkollegen, die hier unten gelandet sind. Wir gingen was trinken, und sie bestanden auf Orte ohne Musik. Sagten, sie könnten Hintergrundgeräusche nicht mehr ertragen."

„Gab es keine Möglichkeit, den Lärm zu blockieren?"

„So wie sie es beschrieben, drangen die Vibrationen bis

in die Knochen", verzog Kaydee das Gesicht. „Bei all den Wundern auf diesem Schiff gab es auch einige Dinge, die wirklich beschissen waren."

Da konnte ich nur zustimmen. Eine Sache, die allerdings nicht dazuzugehören schien, war unser neuer Forger-Freund. Zumindest für Kaydee, deren Blicke immer wieder zu Leo wanderten, während wir gingen. Sie schlüpfte unter den Geländern eines Wagens durch, hüpfte über den nächsten, immer den Mann im Blick behaltend.

„Du bist überrascht, dass er noch am Leben ist?", bot ich an, als die Wagen weniger wurden und der Korridor sich weitete, als wir uns den eigentlichen Linien näherten.

„Es ist komisch. Oder vielleicht auch nicht, was weiß ich schon?", sagte Kaydee und verließ die Wagen, um neben mir herzugehen. „Ich hab nie darüber nachgedacht, was mit ihm passiert ist. Als ich dich gefunden habe, war es schon so lange her."

„Du hast angenommen, er wäre gestorben."

„Schätze schon?", Kaydee biss sich auf die Unterlippe und blickte zur Decke, als ob dort eine bessere Antwort auf sie warten würde. „Zu... diesem hier zu werden, ich hab das Gefühl, alles, was vorher passiert ist, als ich noch lebte, ist so weit weg. Als wäre es jemand anderem passiert. Und da Leo, oder ein Teil von ihm, auch eine der Stimmen war, dachte ich einfach, das wär's gewesen. Wir sind jetzt Programme."

„Als Mech finde ich deinen Ton fast beleidigend."

Kaydee lachte: „Damit musst du klarkommen. So wie ich damit klarkomme. Er ist nicht mehr dieselbe Person, die ich kannte, oder? So viel Zeit ist vergangen. Er ist zur Hälfte Maschine. Aber trotzdem..."

„Trotzdem was?"

Ein leichtes Lächeln: „Weißt du was, Gamma? Wenn

wir das alles hier überstehen, finde ich vielleicht heraus, was ich eigentlich sagen will."

Ich ließ Kaydee in Ruhe, nicht weil ich nicht mehr verstehen wollte. Zu begreifen, wie Menschen funktionierten, entwickelte sich von einem interessanten Nebenprojekt zu einer lebenswichtigen Mission, je mehr von ihnen aus Starships dunklen Ecken auftauchten. Und wenn ich ehrlich zu mir selbst war, wollte ich eine tiefere Verbindung zu meiner eigenen Existenz finden.

Leo hatte mich für einen Zweck erschaffen, und die Stimmen hatten mich aktiviert, um dieses Ziel zu erfüllen. Jetzt hatte ich ein anderes, aber irgendwann musste das Alles-oder-Nichts enden, und ich würde mich fragen, was als Nächstes käme. Diese Entscheidung mit mehr als Einsen und Nullen, Gewinn und Verlust zu treffen, erschien verlockend, auch wenn es das Risiko der unvernünftigen Emotionen eines Menschen mit sich brachte.

Ich würde dieses Risiko eingehen, nur um mich so zu fühlen, wie Kaydee aussah, während sie Leo beobachtete.

Die Fertigungslinien kamen zum Vorschein und verzweigten sich in sieben verschiedene Richtungen aus dem Korridor. Bewegliche Förderbänder, schmutzig schwarze Lamellen, erhoben sich vom halbkreisförmigen Ende zu unserem Weg. Dünne Geländer begrenzten die Seiten und führten zwei oder drei Meter hinauf zu Bildschirmen, die in Farben und Abkürzungen die von der Linie angeforderten Materialtypen anzeigten. Als wir uns näherten, liefen alle Linien. Mechs an der Vorderseite, einfache mit mehreren Greifklauen, die an starken Bolzen befestigt waren, hoben poliertes Metall, Drähte und mehr aus beladenen Wagen und platzierten die Materialien auf den Förderbändern.

Ich gesellte mich zu Delta und Leo in der Nähe des

Eingangs des Halbkreises und kauerte mich hinter einem Wagen, während wir die Arbeit beobachteten.

„Wie bekommt er das Material?", flüsterte ich, während ich hinter Leo und Delta kauerte. „Der Lastenaufzug wurde nicht benutzt?"

„Siehst du diese beiden?", Leo zeigte auf ein Paar Förderbänder in der Mitte. Ich hatte es auf den ersten Blick nicht bemerkt, aber die Linien liefen rückwärts, die Mechs nahmen das herunterkommende Material und luden es in die entsprechenden Wagen. „Sie bewegen den Schrott manuell aus dem Leitungskanal. Er muss ein paar Linien dafür opfern, aber der Typ hat keine andere Wahl."

Auf meinen fragenden Blick hin zog Leo den Schlüssel des Lastenaufzugs hervor.

„Analog lässt sich nicht hacken, Kumpel."

Wir konnten uns auch nicht an Analog vorbei schleichen. Während die Lader-Mechs nicht besonders bedrohlich aussahen, schwebten diese fliegenden Kuriere auch entlang der Linien und beobachteten den Fortschritt. Wahrscheinlich meldeten sie an Alpha zurück, dass alles reibungslos lief. Diese hatten keine angebrachten Waffen wie die, mit denen wir unten zu tun hatten, aber Augen auf uns wären schon schlimm genug.

„Wenn du keinen anderen Trick auf Lager hast", sagte Delta, „wird es ziemlich chaotisch, wenn wir weitergehen."

„Hmm", brummte Leo. „Kann mich noch nicht unsichtbar machen. Du wirst uns wohl durchschneiden müssen."

„Nein", sagte ich. Der aggressive Plan musste gestoppt werden, bevor Delta anfing zu schneiden und uns wieder unter einem Mech-Angriff begrub. „Es sei denn, deine Forger sind bereit, uns zu helfen, wird das nicht funktionieren. Wir werden begraben sein, bevor wir den Leitungskanal erreichen."

Sowohl Delta als auch Leo sahen mich an, als hätte ich ihnen den Spaß verdorben. Am liebsten hätte ich die Hände gehoben, sie geschüttelt, die letzten Stunden noch einmal abgespielt, einschließlich unserer verzweifelten Flucht zurück in der Kloake. Vielleicht hatte Delta so eine programmierte Zuversicht, die sie in jeden Kampf mit dem Glauben gehen ließ, sie würde gewinnen, aber Leo sollte es besser wissen. Leo sollte sehen, was passieren würde.

„Bitte", sagte ich und legte zur Betonung eine Hand auf Alvie. „Jeder Kampf riskiert, dass einer von uns stirbt. Riskiert, Starship für immer zu verlieren. Wir müssen wählen und vermeiden, wenn wir können."

„Gamma", sagte Kaydee und tauchte hinter meinen beiden Freunden auf, „sieh dich an, wie du den verantwortungsvollen Anführer spielst. Das gefällt mir."

Leo kratzte sich endlich an der Nase und blickte hinter mich, zurück den Weg, den wir gekommen waren.

„Na ja, wenn du wirklich nicht direkt gehen willst, gibt es einen anderen Weg", sagte der Mann. „Er ist, äh, allerdings ein bisschen ungewöhnlich."

„Schau dir das alles an", sagte ich und deutete auf Delta, mich selbst, die von Mechs betriebenen Fertigungslinien. Leo mit seinem halb-metallischen Gesicht. „Ist hier irgendetwas *nicht* ungewöhnlich?"

Leo hatte recht. Seine Idee war ziemlich abgefahren. Wir gingen den ganzen Weg zurück zum Lastenaufzug und nahmen dann den einzigen anderen Weg. Den, der mit *Luftschleuse* gekennzeichnet war. Ähnlich wie die, in der ich außerhalb der Universität festgesessen hatte, präsentierte sich die Luftschleuse sauber, weiß und mit Warnhinweisen übersät. Die sich verengenden Wände wurden von

Inventarschränken unterbrochen, die meisten davon bereits geleert.

„Die haben wir schon vor langer Zeit geplündert", sagte Leo, während wir gingen. „Die Raumanzüge hatten gute Stoffe, Materialien, die wir für Teile verwendet haben. Keiner von uns dachte, dass wir je wieder nach draußen gehen würden."

„Warum?", fragte Delta. „Starship hätte euch vielleicht gebraucht, um etwas zu reparieren."

„Nichts, was die Stimmen nicht einen Mech hätten machen lassen können. Denk dran, es mag jetzt alles wie Müll aussehen, aber als ich hier runterkam, war Starship stabil. Verdammt, ich hatte mich selbst zum Chef gemacht."

„Für all das Gute, das es gebracht hat", murmelte ich.

Leo seufzte: „Mein jüngeres Ich dachte immer, ich könnte alles großartig machen mit ein bisschen mehr Macht, ein bisschen mehr Kontrolle. Jetzt weiß ich es besser."

Die Luftschleuse selbst wartete hinter einer dicken perlweißen Tür auf uns. Ein Hebel auf der rechten Seite wartete darauf, unser Portal zu öffnen. Ein schmales Glasfenster blickte in den antiseptischen Raum dahinter, der einige Haltegriffe und eine lange Enterhakenleine für potenzielle Weltraumspaziergänger enthielt.

„Und jetzt?", fragte Delta.

„Jetzt nehmt ihr zwei die malerische Route", sagte Leo. „Ich öffne die Luftschleuse. Ihr zwei geht nach draußen, lauft Starship nach oben und kommt dort wieder rein."

„Draußen?", fragte ich. „Wie in, im Weltraum?"

„Ziemlich sicher, dass das im Moment das Einzige ist, was außerhalb von Starship ist", erwiderte Leo, seine Augen funkelten auf eine Weise, die ich etwas bedrohlich fand. „Schau, da draußen sind überall Leitern. Könnte nicht einfacher sein. Folgt den Sprossen bis zu ihrem Ende."

„Wie werden wir die Luftschleuse da oben öffnen?", fragte ich. „Können wir das selbst machen?"

„Da wird es knifflig. Diese Dinger wurden entwickelt, um das Äußere, nun ja, draußen zu halten. Man brauchte immer einen Partner, um einen wieder reinzulassen", antwortete Leo und legte eine Hand auf den Hebel. „Obwohl ich wette, wenn Delta diese Klinge ganz ausfahren kann, könnte sie vielleicht einen Weg frei-schneiden."

„Ein verrücktes Risiko eingehen", sinnierte Kaydee und lehnte sich gegen die Luftschleuse. „Typisch Leo eben."

Welche andere Wahl hatten wir? Jede Minute brachte Alpha den Stimmen näher, näher daran, jeden Teil von Starship zu kontrollieren. Sobald er das hatte, könnte Alpha Beta, Val und die anderen Menschen auslöschen, könnte jeden Gang mit seinen Mechs füllen. Wir würden zerstört oder assimiliert werden. Leo und seine Forger auch.

„Wir können das schaffen", verkündete Delta. „Lass uns gehen."

Ich nickte Leo zu: „Du hast sie gehört."

Der Mann war nur zu glücklich, den Hebel nach unten zu drücken. Die Luftschleuse schwang auf. Delta ging voran, Alvie und ich folgten. Als ich an Leo vorbeiging, hielt ich inne.

„Ich habe Clara gehört. Ich weiß, was deine Gruppe versucht zu tun", sagte ich, „aber weiter achtern gibt es andere, die ums Überleben kämpfen. Sie könnten deine Hilfe gebrauchen." Leo zuckte zusammen, also fuhr ich fort. „Denk darüber nach. Du kannst es dir nicht mehr leis-ten, dich zu verstecken."

Ich gesellte mich zu Delta in der Luftschleuse, Alvie

krabbelte hinter uns her. Leo drückte ein paar Knöpfe auf dem Panel neben dem Hebel, und eine allzu ruhige Stimme verkündete, dass der Sauerstoff in wenigen Sekunden abgelassen würde.

„Hast du das schon mal gemacht?", fragte ich Delta.

„Nein", antwortete sie und blickte durch das letzte Fenster in die unendliche Dunkelheit.

„Angst?"

„Nein."

„Aufgeregt?"

„Nein."

Immer eine faszinierende Unterhaltung. Nichtsdestotrotz standen wir Seite an Seite, als der Countdown zu Ende ging. Ich konnte nicht fühlen, wie die Luft meine nicht vorhandenen Lungen verließ, aber meine Sensoren sagten mir, dass ich jetzt im Vakuum stand. Auf Leos Anweisung hin griffen wir beide nach den Griffen neben der Tür, die in die Wände der Luftschleuse eingelassen waren.

Als sich Starships Tür öffnete, ein schnelles Wegschieben, zog nichts an mir. Stattdessen verblasste Starships magnetisierte Schwerkraft und ich spürte, wie meine Beine schwebten. Alvie, seine Krallen in meinen Rücken gekrallt, zitterte. Ohne Luft wurde die Welt still.

Draußen lockten die Sterne. Neben mir fing Delta meinen Blick auf, zeigte auf die Leiter an Starships Hülle zu unserer Rechten.

Und raus gingen wir.

DREIUNDZWANZIG

DIE WEITE PERSPEKTIVE

Starship teilte den Weltraum in zwei Hälften. Mit meinen Händen an den Sprossen sah ich nach oben und unten, wo sich Starships narbige Metallebene in beiden Richtungen zu einem gekrümmten Ende erstreckte. Unter meinen Füßen hatte das Schiff eine schärfere Neigung, die zu einer flachen Basis führte, perfekt für eine eventuelle Landung. Über meinem Kopf wand sich Deltas Gestalt, als sie ohne zu zögern von einer Sprosse zur nächsten kletterte.

„Sie nimmt sich keine Zeit, um die Rosen zu riechen", sagte Kaydee, die neben mir auftauchte.

Normalerweise bemühte sie sich, mit der Umgebung zu interagieren und sich zumindest einigen physikalischen Gesetzen zu unterwerfen. Diesmal schwebte Kaydee einfach wie ein Geist im endlosen Weltraum. Auch ihre Stimme war nicht wirklich ein Geräusch, sondern eine Manifestation in meinem Betriebssystem, Code, der auf die einzige Art und Weise ausgeführt wurde, die er kannte.

Kaydee und ihr Code hatten jedoch einen Punkt. Bei all der Hektik, die wir hatten, bei all dem Risiko für Starship, die Menschen und die Stimmen, verdiente es einen

Moment des Nachdenkens, hier draußen zu sein. Ich hielt mich gut an den Sprossen fest – es gab zwar keinen Druck, der mich wegdrückte, aber irgendein Gesteinsbrocken im All könnte mich treffen und wegschleudern – und schwang mich herum, sodass ich mit dem Rücken zur Starship stand.

Eine mit Sternen übersäte Unendlichkeit breitete sich in alle Richtungen aus. Ich hatte so etwas Ähnliches auf der Brücke der Starship gesehen, aber die anderen Lichtquellen und das Glas der Brücke machten deutlich, dass ich mich noch in einem Behälter befand. Hier, frei schwebend, zählte ich tausend leuchtende Sterne. Billionen weitere lagen in den dunklen Zwischenräumen, ein schwaches kollektives Glühen verhinderte ein reines Schwarz.

Zu meiner Rechten, wie eine interstellare Wolke, verschmierte ein purpur-orangefarbener Nebel mein Blickfeld. Tief in seinen Wirbeln und ausgreifenden Tentakeln brannten hellere Sterne durch ihre Fusionsursprünge. Ich fragte mich, ob Starship auf ihrer Reise durch einen solchen geflogen war, ob die Menschen hier durch die Fenster geschaut und die Geburt eines neuen Sterns miterlebt hatten.

Trotz all des Verlangens, das sie gezeigt hatten, einen neuen Planeten zu erreichen und unter einem neuen Himmel zu stehen, gab es hier draußen Wunder, die diese Menschen nie wieder sehen würden.

„Wir haben jeden Tag hinausgeschaut", sagte Kaydee und las meine Gedanken. „Aufwachen, einen Blick nach draußen werfen, sehen, ob es neue Sterne gibt. Ein vorbeiziehender Komet oder ein Nebel wie dieser da." Sie zeigte in den Weltraum hinaus, und ein regenbogenfarbener Sternenregen sprühte aus ihrer Fingerspitze und glitzerte vor uns. „Cool, oder? Meistens sahen wir aber nur die gleichen wenigen funkelnden Funken. Oder einfach nur schwarzen

Weltraum. Wenn du dir Videos von der Erde ansiehst, siehst du Wetter, Gamma. Jeden Tag etwas anderes. Jahreszeiten. Wind und Regen. Hier haben wir nichts davon."

„Und das hat euch gestört?"

„Die Erwachsenen mehr als die Kinder, denke ich", antwortete Kaydee. „Als ich ein Kind war, rannte ich von einer Sache zur nächsten. Eine neue Klassenstufe, neue Freunde, neue Ideen. Es waren die Erwachsenen, die die größten Probleme hatten, die sich zu dem entwickelten, was Starship zerriss. Für uns änderte sich nach der Universität nie etwas."

„Aber Veränderung ist nicht immer gut."

„Klar, aber es ist trotzdem Veränderung! Wir sind keine Mechs. Wir konnten nicht die gleiche Beleuchtung, die gleichen Schichten, die gleichen Filme ertragen – wir haben zwar Gemeinschaftstheater aufgeführt, aber es ist nicht so, als hätten wir große Filmsets auf dem Schiff gehabt. Ohne etwas, das die Tage und Jahre markiert, beginnt man, den Bezug zur Realität zu verlieren."

Eine seltsame Vorstellung. Eine, mit der ich mich, nach nur wenigen Tagen Leben, nicht identifizieren konnte. Würde ich wie die Menschen nach Jahren und Jahren zusammenbrechen, mein Code verfallen ohne neue Anregungen? Oder wäre ich wie die Reinigungsmechs, die Krankenpflegemaschinen, die ohne Bedenken ewig durch ihre Routinen trotten?

„Ist es das, wie du dich jetzt fühlst?", fragte ich.

„Ich ... ich weiß es ehrlich gesagt nicht", sagte Kaydee achselzuckend. „Bevor ich dich gefunden habe, bevor ich diesen Putzmech geschnappt habe, war es nicht viel anders als das, was wir jetzt sehen. Ich bin aufgewacht, glaube ich, als die Stimmen Alpha geweckt haben."

Während sie sprach, drehte ich mich um und begann

mit dem Aufstieg. Delta hatte einen großen Vorsprung, und der Aufstieg zum Raumschiff würde nicht kurz sein.

„In einem Moment existierte ich nicht wirklich. Dann, bumm. Hier bin ich, zusammengedrängt mit so vielen anderen Bewusstseinen in einem großen leeren Raum. Die Stimmen hielten alles unter Verschluss. Wir konnten nichts tun, außer zu warten, bis wir gerufen wurden. Ich konnte mit niemandem reden, keine Fragen stellen.

„Als Alpha seine Bewusstseine auswählte, verschwanden sie einfach. Ich wusste zuerst nicht, was passiert war. Ich möchte sagen, dass eine lange Zeit verging, denn das tat sie, oder? Aber dort, in dieser Stasis, konnte ich nichts davon wahrnehmen. Es dauerte ewig, es dauerte einen Augenblick. Bis sie Beta aufweckten und einen Fehler machten.

„Rückblickend denke ich, dass Alpha da seinen ersten Versuch unternahm, die Brücke zu übernehmen. Die Stimmen gerieten in Panik. Sie wählten die Bewusstseine nicht so sehr aus, sondern ließen die Dinge offen. Wir konnten uns bewegen, wir konnten sprechen und wir konnten rennen. Einige schafften es zu Beta, als sie sich an die Anschlüsse anschloss. Ich folgte, quetschte mich mit zwei weiteren Bewusstseinen hinein.

„Beta brauchte uns jedoch nicht. Ich meine, wer würde das schon? Sie kappte die Verbindung und ließ uns dort sitzen, in diesem Terminal. Ich, ein alter Professor und ein Pilot. Keiner von uns wusste, was zu tun war, und das Terminal bot uns nicht viele Möglichkeiten. Also warteten wir wieder. Erzählten uns gegenseitig unsere Lebensgeschichten. Sie wurden träge in diesem endlosen Grau. Hatten nicht einmal Kristalle wie ihr. Nur ein Dummy-Terminal, bis der Putzmech vorbeikam. Er steckte sich in den Anschluss, um sich schnell aufzuladen, und ich nutzte die Chance."

„Und deine Freunde?"

„Sie haben es nicht geschafft", sagte Kaydee. „Wir alle kannten den Einsatz. Ein Bewusstsein auf einmal. Ich war zufällig als Erste da. Sie hätten dasselbe mit mir gemacht."

So viele Sprossen. Die Kälte des Raums drang durch meine synthetische Haut. Mein Kern lief heiß, um meine Metallknochen in Bewegung zu halten. Trotzdem hatte Kaydees Geschichte noch ein unbeantwortetes Detail.

„Das Terminal war kaputt? Hast du das getan?", fragte ich sie.

Kaydee verstummte und blieb still, während ich weiter die Sprossen hochkletterte. Weit über mir hatte Delta die Spitze erreicht. Sie hantierte an einer Luftschleuse herum und warf mir gelegentlich fragende Blicke zu.

„Du musst verstehen, Gamma", antwortete Kaydee schließlich. „Wir alle wussten, auf welcher Seite wir gestanden hatten. Meine Mutter hat mich so erschaffen, weil sie die Macht dazu hatte. Der Professor und der Pilot teilten meine Ansichten nicht, und wenn ich sie dort gelassen hätte, wären sie vielleicht als Nächstes hinter mir her gewesen."

„Also hast du sie ermordet."

„Gelöscht. Wie den Bibliothekar", schoss Kaydee zurück. „Fang nicht an, mich anzuklagen. Du hast deine eigene Opferliste. Und du hilfst dieser Superkillerin da oben. Das Raumschiff ist kein Ort für Helden und Heilige."

Darin zumindest hatte sie Recht.

Delta hatte die äußere Luftschleuse geöffnet, als ich sie erreichte.

Was Kaydee betraf, hätte ich versuchen können, sie zu löschen, genau wie sie es mit den anderen Bewusstseinen getan hatte. Die praktische Sichtweise zwang mich jedoch dazu, meine Verbündeten zu zählen: Delta, Volt, Alvie und, nun ja, Kaydee. Ein Viertel meiner Unterstützung abzuschneiden, nur weil sie einige schlechte Entscheidungen getroffen hatte, Entscheidungen, die ich selbst vielleicht auch getroffen hätte?

„Bereit?", fragte Delta, ihr Mund bewegte sich ohne jeden Laut. Der Daumen nach oben in einer Hand, vermischt mit ihren fragenden Augen, verriet mir ihre Bitte.

„Bereit", antwortete ich und hob meinen eigenen Daumen.

Sie schwang sich mit einem leichten Nicken durch die offene Tür, und ich folgte Delta in eine weitere perlweiße Kammer. Wir zogen die Außentür zu und stellten die Dichtung her. Dann blickten wir auf die zweite Tür, so dick wie die untere, mit einem Glasfenster zum Hineinsehen. Delta hob ihre Klinge, während wir schwebten, bereit zuzuschlagen.

Als ich diese Tür betrachtete und den braunen und roten Korridor dahinter, hatte ich eine andere Idee.

Mit einem Schubs brachte ich Alvie zur inneren Tür. Mit einer Hand legte ich die Krallen des Metallhundes auf die Oberfläche, drückte die scharfen Klauen in die Barriere und kratzte sie dagegen. Alvie verstand schnell genug und kratzte mit seinen Krallen über die Oberfläche.

Wir konnten in dieser Kammer nichts hören, aber ich musste davon ausgehen, dass, wie überall sonst auf dem Raumschiff, etwas aufmerksam sein würde. Etwas würde kommen, um zu sehen, was da angeklopft hatte.

Und wenn nicht, könnte Delta sich immer noch den Weg freibrechen.

Es vergingen jedoch nur wenige Minuten, bis eine Veränderung des Lichts zeigte, dass Alvies Bemühungen erfolgreich gewesen waren. Eine weiche, ozeanblau gefärbte Kuppel rollte ins Blickfeld und füllte das schmale Fenster aus, durch das sie uns anstarrte. Nach einem Moment schienen wir welchen Test auch immer der Mech durchführte, bestanden zu haben, und der charakteristische Countdown des Raumschiffs begann. An seinem Ende flutete Luft unsere Kammer, brachte uns zurück auf den Boden und wärmte unsere eiskalten Schaltkreise.

Mit einem Knall öffnete der Mech die innere Tür und hieß drei Mörder und unseren Hund in der luxuriösesten Enklave des Raumschiffs willkommen.

VIERUNDZWANZIG

LUXUSPREIS

Wohlstand begrüßte uns mit einem höhnischen Gesicht. Das kantige Antlitz eines Mannes mittleren Alters breitete sich über die Glaskuppel des Mechs aus, vom Glas zu einem verzerrten Klecks verschmiert. Diese Kuppel thronte auf einem kastenförmigen Körper mit Ketten, aus dem an jeder Seite ein meterlanges silbernes Tentakelarm hervorragte. Diese Arme endeten in fünffingrigen Händen, die in ihrem metallischen Glanz flexibel waren und die Luftschleuse für uns offen hielten.

„Na, das ist ja überhaupt nicht merkwürdig", sagte Kaydee, als wir vorbeigingen. Delta verschob ihre Klinge, während sie voranging und hielt die Schneide einen Handgelenk-Schlenker davon entfernt, den Drohnen aufzuschlitzen. „Sieht so aus, als könnten die Reichsten des Raumschiffs keinen anständigen Mech entwerfen."

„Danke", sagte ich zu der Maschine, deren Augen Alvie fixierten, während das höhnische Grinsen flackerte und wie ein Film mit fehlenden Segmenten in ein Stirnrunzeln überging.

Der Flur, in den wir eintraten, ersetzte das eher zweckmäßige Design des Raumschiffs durch sanfte Farben. Warme Rottöne, Orange und Gelb dominierten. Lichter, die unten eingelassene Kugeln gewesen wären, flackerten stattdessen in gläsernen Kronleuchtern. Meine Füße landeten auf dickem karmesinrotem Teppich mit eingewebten goldenen Rauten. Subtile Zimtdüfte lagen in der Luft. Ein träges Cello-Solo erklang.

Die Wände, die aussahen wie Leos Apartment, nur um einiges edler, tauschten Filmplakate gegen gerahmte Bildschirme. In diesen Rahmen liefen Porträtaufnahmen in Endlosschleife, Bewohner des Raumschiffs, die in die Kamera lächelten, zwinkerten oder einen Toast ausbrachten, bevor sie aus dem Bild traten und von jemand Neuem ersetzt wurden. Alle sahen makellos aus, mit hohen Kragen, Spitze, Make-up und mehr.

„Es ist, als würden sie sich selbst karikieren", murmelte Kaydee, als wir ein paar Schritte weitergingen. Hinter uns schloss der Mech die Luftschleuse. „Das ist so stereotypisch. So-"

„Ihr seid hier nicht erlaubt", sagte der Mech. „Da ihr offensichtlich in Not zu sein schient, habe ich euch hereingelassen, aber ich muss euch bitten, sofort zu gehen."

In dem Wissen, dass Delta eine tödliche Lektion in Klassenpolitik erteilen würde, wenn der Mech weitermachte, stellte ich mich zwischen sie und versuchte, entschuldigend auszusehen, während ich meine Hände ausbreitete.

„Ich heiße Gamma, das sind Delta und Alvie", sagte ich und verbeugte mich leicht vor dem Mech. Die Geschichten des Bibliothekars deuteten darauf hin, dass solche Gesten gut waren, wenn man versuchte, eine mächtige Person dazu zu bringen, einem Aufmerksamkeit zu schenken. „Wir sind eigentlich hier, um mit den Stimmen zu sprechen."

Wieder flackerte das Gesicht, diesmal in ein freundliches Lächeln übergehend: „Und ihr könnt mich Winston nennen. Die Stimmen, fürchte ich, sind nicht hier. Sie sind, wie ihr seht, im Netzwerk. Ein Teil dieses Schiffes und nicht auf einer bestimmten Ebene. Ihr könnt sie nach Belieben von einem geeigneteren Ort aus kontaktieren." Winston schlängelte seinen nach vorne gerichteten Arm in die Nähe meines Gesichts und zeigte an mir vorbei. „Hier entlang, wenn ihr wollt."

„Da hat wohl jemand den Anschluss verpasst", sagte Kaydee.

„Gamma", warnte Delta. „Ich hab langsam die Schnauze voll von dem Typen."

Winston hatte nicht mehr als ein paar Sätze gesagt, aber ich teilte bereits Deltas Einstellung. Es brauchte echtes Talent, um mich so schnell auf die Palme zu bringen, und mich wie Dreck zu behandeln, auf den man treten sollte, reichte dafür aus.

„Ich auch", antwortete ich meiner Freundin. „Winston, wie wär's, wenn du dich für eine Weile zurückziehst und uns in Ruhe lässt?"

Das Gesicht des Mechs flackerte zu einer geraden Linie: „Ich fürchte, das kann nicht gestattet werden. Wenn ihr nicht geht, wird euch die Sicherheit vom Gelände eskortieren."

Klar würden sie das. Ich sagte es nicht, aber alle Anzeichen deuteten darauf hin, dass das Sicherheitsteam des Raumschiffs den gleichen Weg gegangen war wie alles andere auf diesem Schiff: zur Hölle. Stattdessen sagte ich Delta, sie solle weitergehen, ließ Alvie wissen, er solle ein Auge auf Winston haben, und folgte meiner klingenschwingenden Mörderin. Winston hörte nicht auf zu reden, aber es war uns egal.

Nach so langer Zeit, in der wir vor gefährlichen Mechs weggelaufen waren oder gegen sie gekämpft hatten, fühlte es sich ziemlich gut an, einen zu ignorieren.

Der Flur der Luftschleuse öffnete sich zu einem, offen gesagt, riesigen Raum nach Raumschiff-Maßstäben. Ich hatte mich an enge Quartiere gewöhnt, eingequetscht von schmutzigem Metall. Selbst in größeren Räumen, wie dem Garten oder dem weitläufigen Laden des Schrottsammlers, machten niedrige Decken und gedämpftes Licht die Dinge bedrückend, Gefahr und Tod waren in jeder Ecke möglich.

Die Oberschicht des Raumschiffs teilte offenbar meinen Widerwillen gegen das Düstere: Ein weites Rechteck, das sich viele Meter vor uns erstreckte, strahlte als Hauptattraktion der obersten Ebene Wärme aus. Sofas und Stühle gruppierten sich um dunkle Holztische. Eine zentrale, runde Küche und Bar schienen sogar jetzt noch mit glänzenden Flaschen und vorverpackten Mahlzeiten bestückt, die darauf warteten, serviert zu werden. Überall im Raum liefen Filme auf Bildschirmen, wenn auch ohne Ton.

„Man konnte seine Kopfhörer auf den Kanal einstellen", sagte Kaydee, die vor uns herumwanderte und mit den Fingern über die geschwungenen Stuhlrücken und ihren feinen Stoff fuhr. „Man konnte an der Bar alles bestellen, was man wollte. Es wurde von deinem Konto abgebucht." Sie wippte auf den Zehenspitzen auf und ab, federte auf dem rot-goldenen Teppich. „Es gab Gerüchte über ein Paar, das zu viel Geld verloren hatte, um hier oben zu bleiben, aber eigentlich ist das nicht passiert." Sie drehte sich zu mir um, und in einem Augenblick verwandelte sich ihr Arbeitsoutfit in ein funkelndes goldenes Kleid, das zu den Fäden unter ihren Füßen passte. „Man gehörte zu dieser Klasse, und auf dem Raumschiff war man versorgt."

Versorgt, in der Tat. Über uns verschwand das Metall des Raumschiffs zugunsten einer in den Rumpf eingelassenen Aussichtskuppel. Der Weltraum umgab den Raum, die gelbe Kerzenbeleuchtung wusch genug von den Sternen aus, um eher einen ominösen onyxfarbenen Himmel als einen Blick ins Universum zu bieten. Mit dem Tag-Nacht-Zyklus des Raumschiffs, so vermutete ich, nahm der Raum bei gedämpftem Licht einen anderen Zauber an. Ein anderes Gefühl, beunruhigend in seiner Hingabe an Pracht statt Zweckmäßigkeit.

Delta sah genauso verloren aus wie ich. Der Raum war frei von Mechs und Bedrohungen. Sogar die Bar schien für Selbstbedienung ausgelegt zu sein. Keine rollenden Mülleimer kamen auf uns zu, bereit uns zu Boden zu werfen. Es zeigte sich auch keine offensichtliche Richtung: Abzweigungen vom Rechteck trugen Beschriftungen mit Wohnungsnummern, kein Ort, an dem sich die Stimmen aufhalten könnten.

„Ihr scheint verloren zu sein", brummte Winston und gesellte sich zu uns im Raum.

War es schädlich, dem Mech unsere Verwirrung einzugestehen? Wahrscheinlich nicht.

„Wie gesagt, wir suchen nach den Stimmen", antwortete ich. Vor uns gingen Delta und Alpha weiter in den Raum hinein. Meine Freundin drehte sich um sich selbst, mit weit aufgerissenen Augen und erschlafftem Gesicht. „Sie haben die Brücke verloren und sich vom zentralen Netzwerk des Raumschiffs getrennt. Wir sind sicher, dass sie hierher gekommen sind."

„Und wenn ihr die Stimmen findet", sagte Winston, während sein Gesicht zu einer hochgezogenen Augenbraue und einer gekräuselten Lippe flackerte, „werdet ihr dann gehen?"

„Das ist der Plan", erwiderte ich.

„Dann kann ich euch vielleicht helfen." Winstons Ketten setzten sich in Bewegung und hinterließen Druckspuren auf dem Teppich. Dass seine Spuren nicht überall zu sehen waren, deutete darauf hin, dass der Mech später seine Wege zurückverfolgen und sie perfekt staubsaugen würde. „Es gibt einen kleinen Bereich auf unserer Ebene, der solchen technischen Instrumenten gewidmet ist, wie die Stimmen sie benötigen könnten."

Eine umständliche Art zu sagen, dass er eine Idee hatte, aber was soll's. Ich folgte ihm, und Winston nutzte die Gelegenheit, in die Rolle eines Fremdenführers zu schlüpfen. Die Herablassung verschwand aus seiner Stimme und wurde durch Stolz ersetzt, als er uns minderwertigen Eindringlingen die glamouröse Geschichte der Ebene erzählte. Zu sagen, Winstons Geschichte sei interessant gewesen, wäre ihr zu viel Ehre erwiesen: Sie verblasste im Vergleich zu allem, was der Bibliothekar in meinem Gedächtnis hinterlassen hatte. Stattdessen teilte Starships glorreiche Enklave die Eigenschaften von Luxushöhlen aus der menschlichen Vergangenheit.

Diejenigen, die mehr hatten, wollten mehr. Die Ebene begann als ein für jedermann zugängliches Observationsdeck, ein Ort, an dem sich Arbeiter, Wissenschaftler und Familien zusammendrängen und einen guten Blick auf den Weltraum werfen konnten, durch den sie reisten. Die Verdrängung geschah durch hinterhältige Mittel – Winston beschrieb es als *Verfeinerung* – wobei die Kosten für Essen, Getränke und Sitzplätze so weit stiegen, bis sich die Armen und dann die Familien den Besuch nicht mehr leisten konnten, ohne ihre eigenen Sachen mitzubringen.

„Aber natürlich", kicherte Winston, „konnten wir das Durcheinander nicht zulassen, das solch zusammengewürfelte Mitbringsel verursacht hätten. Eine einfache Regeländerung hat diesen Müll für immer beseitigt."

Von da an wurde die Begrenzung direkter und offener. Zusätzliche Aufzüge, die zu der Ebene führten, wurden aus Sicherheitsgründen versiegelt. Die Aussichtsblase, verstehst du, war dünner als die Hülle des Raumschiffs, und jeder Besucher musste sich vor dem Eintritt überprüfen lassen. So konnte nur ein einziger Aufzug in der Nähe der Brücke des Raumschiffs Besucher aufnehmen. Eine weitere Unannehmlichkeit, ein weiterer Schlag für die Bevölkerung.

„Kannst du diesem Kerl eine reinhauen?", sagte Kaydee, als wir uns der anderen Seite des Raumes näherten. „Ich weiß, es würde nichts ändern, aber es wäre so, so befriedigend."

„Vielleicht, wenn wir die Stimmen gefunden haben", erwiderte ich. „So sehr ich es auch möchte."

„Was sagst du da?", Winston unterbrach seinen tiefen Exkurs über die reichsten Bürger des Raumschiffs. „Was willst du tun?"

„Von hier verschwinden und dich zu deinen Pflichten zurückkehren lassen", sagte ich und setzte das aufrichtigste Lächeln auf, das ich finden konnte. „Es klingt, als hättest du viel zu tun."

Zum ersten Mal flackerte Winston zu etwas, das wie echte Traurigkeit aussah. Obwohl er uns fast zu einer runden Tür mit der Aufschrift *Technisch* gebracht hatte, die mit einem freundlichen Schild versehen war, das nur zugelassene Personen erlaubte, hielten Winstons Ketten an und seine vier Arme fielen zu Boden.

„In Wirklichkeit, Gamma, habe ich jetzt so wenig zu tun", sagte Winston mit einem summenden Seufzer. „Seit meine letzten Gäste schlafen gegangen sind, ist es so ruhig. Wenn es nur noch jemanden unten gäbe, der zu Besuch käme, würde ich sogar die Gebühr erlassen, nur für die Unterhaltung."

Der Kryoschlaf, von dem Leo gesprochen hatte. Ich hatte genug Mechs mit einer einzigen Aufgabe gesehen, um zu wissen, dass die Dinge schief gehen konnten, wenn das Ziel des Mechs verschwand, aber echte Traurigkeit? Wer würde so etwas in einen Bot einprogrammieren? Zu welchem Zweck-

„Denk mal drüber nach", sagte Kaydee und erschien zu meiner Rechten. Sie hob eine imaginäre Flasche auf und warf sie auf Winston, das Glas zersplitterte und verschwand ohne Wirkung. „Winston hier wird sein Bestes tun, um all das zu tun, was diese Snobs wollen, weil er sonst deprimiert wird. Vergebender als diese Mechs in der Kinderstube mit ihren Absolutheiten."

Stimmt. Ein bisschen traurig zu sein, aber das Ergebnis zu akzeptieren, hätte diesen in Phiolen geborenen Babys mehr geholfen als der harte Schnitt, der eingeführt worden war. Die Kinderstube hatte nach Perfektion gestrebt. Winston schien auf Zufriedenheit abzuzielen. Ein kleiner Unterschied vielleicht, aber einer, der zu einer Idee führte.

„Winston", sagte ich, „Delta und ich versuchen sicherzustellen, dass Starship *mehr* Menschen hat, die hierher zu Besuch kommen könnten. Deshalb versuchen wir, die Stimmen zu finden. Sie können uns helfen, Starship sicher zu halten. Wenn du uns zu ihnen bringen kannst, wirst du genauso davon profitieren wie wir."

Der Mech flackerte zu einem nickenden Kopf. Immer noch ein seltsames Bild, da der Kopf in der Glaskuppel keinen Körper hatte, aber zumindest setzten sich die Ketten wieder in Bewegung, diesmal mit einer plappernden Geschichte darüber, wie die Elite von Starship hier oben einen privaten Serverraum gebaut hatte, um all ihre wertvollsten digitalen Gegenstände abzuschotten. Videos, Tagebücher, Bilder, Ideen und so weiter waren hierher geschickt worden, um vor den neugierigen Augen des gemeinen Volkes versiegelt zu werden.

„Alles bereit für den Moment, wenn ich sie aufwecke", verkündete Winston, als wir durch die *Technisch*-Tür in eine viel kleinere Lobby gingen.

Zwei Stühle, beide groß und bequem, flankierten zwei Terminals. Der gold-rote Teppich setzte sich fort. Hinter den Stühlen und den Terminals schnitt eine rote Trennwand mit sichtbaren Nähten eine tiefere Erkundung ab.

„Die Server selbst befinden sich hinter dieser Wand", sagte Winston im Ton von jemandem, der einen heiligen Schatz beschreibt. „Sicher werdet ihr darauf nicht zugreifen müssen?"

„Schwer zu sagen", erwiderte ich, nahm auf einem Stuhl Platz und betrachtete das Terminal. Im Vergleich zu den wenigen Sitzen, die ich auf Starship eingenommen hatte, meldeten meine synthetische Haut und Gelenke, dass dieser hier mein Gewicht und meine Form mit Präzision handhabe. Ich könnte hier jahrelang sitzen, ohne Verschleiß zu erleiden. „Wenn ich hier den Zugang bekomme, den ich brauche, sollten wir in Ordnung sein."

Das Terminal vor mir bot Starships standardmäßige, fade Benutzeroberfläche. Optionen zum Überprüfen des Ereignisprotokolls des Schiffs, zum Einloggen in das Nachrichtensystem oder zum Überprüfen von Konten für Dinge wie vom Garten bestellte Lebensmittel hatten angenehme Symbole.

„Gamma", sagte Kaydee und hockte sich neben mich. „Ich wollte dich das schon früher fragen, aber ich wurde abgelenkt mit, äh, Leo. Wenn du die Stimmen hier findest, was wirst du dann tun?"

Ich presste meine Finger zusammen und verwandelte sie in einen Standard-Stecker. Zu meiner Rechten gab mir Delta ein Nicken, als sie aus dem Raum schlüpfte und Winston mit sich zog. Alvie ließ sich zu meinen Füßen nieder. Zusammen würden sie meine Verteidigung sein, während ich mich durch die virtuelle Seite des Lebens grub.

„Kaydee", sagte ich. „Du könntest Gesellschaft bekommen."

Das laute Fluchen meiner Freundin begleitete meinen Zug, die Welt verschwand zu einem Chor von *Verdammts*.

FÜNFUNDZWANZIG

SUCHEN UND FINDEN

Die Stimmen. Ein kleines digitales Kollektiv, bestehend aus neural gemappten Intelligenzen der führenden Köpfe des Raumschiffs. Sie waren, soweit ich es verstand, erhalten worden, um sicherzustellen, dass kritisches Wissen die aktuellen Generationen, die die jahrhundertelange Mission des Raumschiffs durchlebten, nie verließ. Als die Dinge eine düstere Wendung nahmen, waren die Kontrollen des Raumschiffs den Lebenden gänzlich entzogen und in diese fortschrittlichen Programme gelegt worden.

Ich bin mir sicher, dass jemand dachte, dieser Schritt würde biologische Belange daran hindern, sich einzumischen, aber wer auch immer die Stimmen erschaffen hatte, von Leos neuester Version bis zum ursprünglichen Code, hatte das Menschliche nicht vollständig entfernt. Zumindest nicht ganz.

Jetzt wusste ich, dass dasselbe Problem auf mich, Delta, Beta und Alpha zutraf. Leo hatte uns zusammengestellt, um als stumpfe Instrumente zu dienen, als flexible Werkzeuge für die Stimmen, um eine wankende Mission auf Kurs zu halten. Wir waren fehlerhaft herausgekommen: zu menschlich, um gedankenlos zu gehorchen, zu ehrgeizig für unser eigenes Wohl.

Mein Weg führte mich hierher, in die angenehme, warme Leere innerhalb des Terminals. Anstatt für die Stimmen zu arbeiten, versuchte ich, sie zu retten, sie aus genau denselben Gründen zu bewahren, aus denen sie ursprünglich erschaffen worden waren: als Sicherheitsventil, um das Raumschiff am Fliegen zu halten, wenn – falls – wir es von Alpha zurückerobern würden.

Normalerweise hätte das Herunterladen einiger Dateien kein solches Einklinken erfordert, wie ich es gerade getan hatte. Ich hätte ein tragbares Laufwerk nehmen können, Geräte, die immer noch in Räumen auf dem Schiff herumlagen, und die Dateien darauf ablegen können, wie es jeder alte Mensch getan hätte. Die Stimmen waren jedoch keine normalen Dateien. Sie konnten sich verstecken, sich gegen unerwünschte Eindringlinge verteidigen. Außerdem hatten sie sehr lange Zeit das gesamte Netzwerk des Raumschiffs als ihren Spielplatz genutzt.

Sie davon zu überzeugen, all das aufzugeben und sich in meinem zusätzlichen Speicher einzuquartieren, schien keine leichte Aufgabe zu sein.

„Aber du hast ja mich", sagte Kaydee, während sie virtuelles Popcorn mampfte, als ich die Geschichte vor mich hin murmelte. „Und wenn Kaydee dabei ist, ist nichts unmöglich."

„Schön, dass du eine so hohe Meinung von dir hast."

„Gestützt auf reichlich Beweise."

„Sicher."

Das Terminal bot, wie Vals, einen einfachen Landeplatz, um durch die bordeigenen Programme der Maschine zu navigieren. Wir standen auf einer weichen roten Oberfläche, die den Teppich draußen – und den Hintergrund auf dem physischen Bildschirm des Terminals – widerspiegelte. Um unseren kreisförmigen Startpunkt herum waren verschiedene prunkvolle Kristallbögen angeordnet, jeder mit goldener Spitze verziert. Beim Betrachten der Spitze zeigten sich Namen, die in das Rankenwerk eingearbeitet waren, Standardtitel für Dinge wie Dokumente, einen Netzwerkbrowser und so weiter. Angesichts des Aussehens entschieden langweilig.

„Wo geht's also hin?", fragte Kaydee, deren Popcorn-Eimer scheinbar endlos war, während sie Handvoll um Handvoll verschlang.

„Nirgendwohin", antwortete ich und streckte einen einzelnen Finger in die Luft. „Wir wollen nicht das große Netzwerk, und wir wollen nicht die lokalen Dateien. Wir brauchen eine andere Verbindung."

„Ah", sagte Kaydee und verstand.

Mein Finger hatte an sich keine magischen Eigenschaften, aber ich fütterte eine kleine Suchanfrage ein und ließ ihre Ergebnisse aus meiner Fingerspitze spiralförmig herauswachsen, nur zum Spaß. Grasgrüne Ranken, die mit prickelndem Weiß funkelten, breiteten sich von meiner Hand in Richtung der Bögen aus. Sie wuchsen mit unterschiedlichen Geschwindigkeiten, während meine Suche durch das Terminal lief und nach einer bestimmten Option, einer bestimmten Gelegenheit suchte.

Die erste Ranke traf auf den Bogen für die Dokumente des Terminals. Als sie das tat, welkte die ganze Ranke zu Schwarz, bevor sie sich in Nichts auflöste – eine erfolglose Suche. Die anderen taten dasselbe, als sie auf die einfachen Bögen trafen und nicht fanden, was ich brauchte.

„Sieht gut aus, Gamma-Typ", spottete Kaydee.

„Wart's ab."

Eine Ranke kam aus meiner Fingerspitze und schoss in

eine ungewöhnliche Richtung, nicht zu irgendeinem Bogen, sondern zu einem scheinbar leeren Raum entlang unseres endlosen roten Teppichs. Sowohl Kaydee als auch ich konzentrierten uns darauf, während meine übrigen grün-weißen Ausläufer verpufften.

„Oh, wird hier jemand gleich Glück haben?", sagte Kaydee.

„Kein Glück", erwiderte ich. „Alles Können."

Die Ranke erblühte, das Grün entfaltete sich zu einer schillernden Blume, deren flauschige Mitte eine violett-weiße Schönheit bildete. Während sie sich formten, verzweigten sich die Blütenblätter von der Ranke nach oben und bildeten einen weiteren Bogen, diesmal von mir selbst erschaffen. Hellgrüne Spitze schlängelte sich zwischen den Blütenblättern, diesmal mit einem anderen Wort:

Wiederherstellung.

„Na, ich bin beeindruckt", sagte Kaydee, ließ ihr Popcorn fallen und wischte sich die Hände an der Hose ab. „Von der Angeberei auch? Gamma, du lernst wirklich von mir."

„Dachte mir, das würde dir gefallen", erwiderte ich und schritt auf den Bogen zu. „Ich kam nur auf die Idee, danach zu suchen, wegen dir und Leo."

„Ach ja?"

„Dein Wiederherstellungsprogramm für mich, das du benutzt hast, als Alpha mich damals im Garten hätte löschen sollen? Ich wusste nicht, dass so etwas existierte, bis du es benutzt hast."

„Musste es verheimlichen, damit du nicht durchdrehst."

„Ich vermute, die Stimmen denken genauso", fuhr ich fort. „Hier werden sie von einer feindlichen Kraft vertrieben, also ziehen sie sich an den sichersten Ort zurück, den sie finden können, und warten auf eine Gelegenheit zum Zurücksetzen."

„Warum nicht sofort zurücksetzen?"

„Weil Alpha immer noch da draußen ist", sagte ich, als wir den Bogen erreichten. „Die Stimmen könnten ihn aus dem Netzwerk werfen, den großen roten Notfallknopf drücken, und Alpha würde einfach von vorne anfangen, aber jetzt wüsste er, wozu die Stimmen fähig sind. Vielleicht blockiert er es irgendwie."

Kaydee legte eine Hand auf den Bogen. Ich tat es auch und fühlte die weichen Blütenblätter. Eine verdammt gute Nachahmung.

„Also gehen wir hier rein, schnappen uns meine Mutter und ihre Freunde und halten sie als Geiseln, bis wir Alpha neutralisiert haben?"

„Dann laden wir sie ins Netzwerk hoch, sie bringen das Raumschiff wieder ins Gleichgewicht, und wir segeln weiter", antwortete ich. „Ganz einfach."

„So einfach."

Mit einem Augenzwinkern ging Kaydee durch den Bogen.

Als ich die Stimmen zum ersten Mal traf, saßen sie um ein Lagerfeuer auf einer angenehmen Wiese. Das Raumschiff, vor dem Start, stand am Horizont über einem riesigen Grasfeld. Blauer Himmel, Schmetterlinge, eine Brise. Als Ort für die Ewigkeit fand ich es recht angenehm. Als ich die Stimmen zuletzt sah, hatten sie die ruhige Gelassenheit gegen eine düstere und bedrohliche Burg getauscht, die ich untergraben hatte, indem ich Alpha durch die Barrieren ließ, die die programmierten Schutzmaßnahmen der Burg eigentlich verhindern sollten.

Diesmal brachte uns der Bogen an einen seltsamen Ort, für den ich keine Referenz hatte. Der Bibliothekar mit all seinen Geschichten von Heldentum und epischen Abenteuern hatte keine Beschreibung, die zu diesem Ort passte, was mich verwirrt und neugierig machte.

Kaydee und ich standen auf blaugrauem Teppich unter grellen weißen Lichtern, weit entfernt von den sanften Glühbirnen, die ich anderswo gesehen hatte. Eine gesprenkelte, cremefarbene Fliese bedeckte die Decke über uns und unterbrach sich für diese Lichter in regelmäßigen Abständen bis in die Unendlichkeit. Weiter unten, auf unserer Ebene, erhoben sich rechteckige beige Barrieren in quadratischen Blöcken, wobei jeder Block an einer Seite einen offenen Bereich ließ. Die Barrieren selbst ragten nur etwas höher als mein Kopf auf, und als ich die nächstgelegene mit ausgestreckter Hand testete, vermittelte das gepolsterte Gefühl nichts allzu Stabiles.

Ein Summen, nicht unähnlich den Motoren des Raumschiffs, bildete den Unterton zu dem ansonsten stillen Ort. Meine Nase nahm einen abgestandenen Kaffeegeruch wahr, als hätte jemand eine Kanne viel zu lange stehen lassen.

„Was ist das für ein Ort?", fragte ich Kaydee, die eine Hand über die Augen gelegt hatte und aussah, als würde sie ein Lachen unterdrücken.

„Oh, Gamma. Du musst mehr Filme sehen."

„Ich lebe erst seit ein paar Tagen."

„Okay", Kaydee holte tief Luft und winkte in Richtung all des Beige. „Ich war auch noch nie in einem von denen, weil es sie auf dem Raumschiff nicht gibt. Bin mir nicht sicher, ob es sie am Ende auf der Erde überhaupt noch gab. Das hier, das ist ein *Büro*."

„Ein Büro?", wiederholte ich. „Wie die Brücke?"

Die Brücke ähnelte diesem Ort überhaupt nicht, aber es war der einzige Raum, den ich gesehen hatte, der in scheinbar einzelne Arbeitsstationen aufgeteilt war. Ich war mir nicht sicher, welches Schiff von einer solchen Struktur aus geflogen werden könnte, ohne jegliche Sicht nach außen, aber Menschen waren seltsame Kreaturen.

„Nicht wirklich." Kaydee führte mich zu einer Lücke im Beige. „Schau hier rein, siehst du? Das sind Kabinen."

Ich sah einen dünnen Schreibtisch, der an den beigen Wänden befestigt war. Ein ausgeschaltetes, altes Terminal stand darin und sah billig aus. Der Raum fühlte sich beengt an, gleichzeitig isolierend und bedrückend, mit leeren Wänden ringsum, dem grellen Licht von oben und einem nervösen Gefühl, dass etwas mich jeden Moment beobachten könnte.

„Warum sollten die Stimmen diesen Ort erschaffen?", fragte ich und verschränkte die Arme mit einer Grimasse.

In mehreren Geschichten des Bibliothekars wurde die Hölle erwähnt. War das hier die Hölle?

„Ich glaube, du bestätigst sie gerade", sagte Kaydee und ging zurück in den Mittelgang. „Du verstehst diesen Ort nicht. Ich wette, Alpha würde ihn auch nicht verstehen."

Was den Stimmen Zeit geben könnte zu reagieren, falls Alpha das Büro finden würde. Keine schlechte Taktik.

„Sag mir, dass du diesen Ort verstehst", fragte ich. „Noch wichtiger, sag mir, dass du weißt, wie wir hier rauskommen?"

Kaydee drehte sich langsam im Gang, stellte sich auf die Zehenspitzen, um über die Kabinen zu spähen. Als sie die Drehung beendete, schüttelte sie den Kopf.

„Nichts Offensichtliches", sagte Kaydee, „aber ich habe eine Idee."

Bevor ich fragen konnte, was ihre Idee war, holte Kaydee tief Luft und stieß mit einem Schrei, der sowohl natürlich als auch verstärkt genug war, um weit über das hinauszugehen, was ich je an einem realen, physischen Ort tun könnte, ein einziges Wort aus:

Mom.

„Das sollte ihre Aufmerksamkeit erregen", sagte Kaydee und lehnte sich gegen eine Kabine. „Jetzt warten wir einfach ab, wie sehr meine Mutter noch mit mir reden möchte."

„Sie hat beim letzten Mal versucht, dich zu löschen."

„Klar, aber das war vor, naja, sechsunddreißig Stunden. Menschen ändern sich."

„Sie ist seit Jahren und Jahren ein digitalisierter Geist, Kaydee. Ich glaube nicht, dass sie-"

„Da!" Kaydee zeigte den Gang hinunter. Ein neues rotes Schild mit der Aufschrift EXIT hing von den Deckenplatten herab, ein Pfeil am Ende zeigte nach rechts. „Das ist es, wonach wir suchen. Hab's dir ja gesagt."

„Hast du."

Trotzdem gab ich es fifty-fifty, dass Peony uns in irgendeine Falle lockte.

Allerdings sprang nichts hervor, um uns zu töten, als wir das Ausgangsschild erreichten und seinen Anweisungen folgten, eine Rechtskurve, die die endlosen Kabinen auf einen mehrere Meter langen Sprint zu einer hellbraunen Holztür mit silbernem Knauf schrumpfen ließ. Kaydee erreichte sie zuerst und warf einen Blick zurück zu mir.

„Zehn Euro, dass die Stimmen hinter dieser Tür sind", sagte Kaydee.

„Ich gehe die Wette nicht ein."

„Langweilig."

„Hast du etwas anderes erwartet?" Ich ging an Kaydee vorbei, legte meine Hand auf den Knauf und drehte ihn.

Die Tür öffnete sich nicht zu einem Ausgang, sondern

in einen weiten Raum. Vom Boden bis zur Decke reichende Fenster erstreckten sich an einer Seite und blickten auf eine ausgedehnte Stadt, die in hellem Sonnenlicht gebadet war. Ein langer Nussbaumtisch zierte die Mitte des Raums, umgeben von marineblau gepolsterten Stühlen. Bagels, Kaffee und verschiedene Früchte schmückten den Tisch, und die anzugtragende Crew, auch bekannt als die Stimmen, griff zwischen Blicken in unsere Richtung danach.

„Kommt rein, Gamma, Kaydee", sagte Peony vom Kopfende des Tisches. Sie sah so streng aus wie immer, ihre Hände lösten sich nur, um auf zwei leere Stühle am Fußende des Tisches zu deuten. „Ich glaube, wir haben einiges zu besprechen."

„Und der Preis für die Untertreibung des Jahres geht an ...", murmelte Kaydee, als wir uns setzten.

„Ich bin hier", begann ich, bevor Peony mich abwinkte.

„Gamma", Peonys Lächeln verschwand. „Lass mich damit beginnen zu sagen, dass es gut ist, dass du gekommen bist. Als Verräter ist es an der Zeit, dass du die Gerechtigkeit erfährst, die du verdienst."

Meine Arme erstarrten, meine Beine ebenso, als Metallstangen aus den Armlehnen des Stuhls und der Polsterung in der Nähe meiner Beine hervorschnellten. Die Tür, durch die Kaydee und ich gekommen waren, verschwand. Die anderen Stimmen am Tisch, von Ang, dem Arzt, bis Willis, dem Kapitän, legten ihr Frühstück beiseite und griffen stattdessen nach ihren Messern.

Einfach perfekt.

SECHSUNDZWANZIG

VERTRAUENSPROBLEME

Ich wackelte mit meiner linken Hand. Die Stangen hielten. Ich wackelte mit der rechten. Gleiches Ergebnis. Peony, die sich wie eine machtrunkene Richterin aufführte, hielt vor den am Tisch versammelten Stimmen eine Predigt über meine angeblichen Missetaten. Ihr Publikum hörte kaum zu, konzentrierte sich auf das Essen und warf mir gelegentlich mitleidige Blicke zu, als wollten sie sagen: Halt durch, Gamma, das wird alles nicht mehr lange dauern.

Mir gegenüber starrte Kaydee auf den Boden, während ihre Mutter ausführlich darlegte, wie ich Delta von den Stimmen und ihren Befehlen abgebracht hatte. Ihr Glitzern war verschwunden, ihre Regenbogenblitze auch. Sogar ihr türkises Haar, das sonst gerader als ein Speer war, hing schlaff um ihren Kopf.

Das Büro um uns herum schien die Stimmung einzufangen. Ein künstlicher Käfig, fade, ewig und unentrinnbar.

Auf keinen Fall würde ich hier sterben.

„Peony", verkündete ich und unterbrach sie gerade, als sie zu meiner Deaktivierung der Brückenbarrieren kam. „Mit wem sprichst du eigentlich?"

Peony legte ihre Handflächen flach und breit auf den Tisch. „Ich spreche mit meinen Freunden, Gamma, über all deine schrecklichen Taten."

„Nein, ich glaube nicht, dass das stimmt."

Peony blinzelte. Ihr fiel keine schnelle Antwort ein.

Das bedeutete, ich konnte mein Gambit spielen.

„Du sprichst mit deiner Tochter", sagte ich und nickte zu Kaydee, die kerzengerade dasaß. „Alle anderen in diesem Raum werden sowieso tun, was du willst, also wozu erklären? Sie ist diejenige, die du zu überzeugen versuchst."

„Ich-"

Keine Zeit, Peony sich erholen zu lassen. Ich musste weiter Druck machen, den Raum überrumpeln.

„Wir haben den echten Leo getroffen, Peony. Er lebt noch", sagte ich und erntete diesmal einen scharfen Blick von Leos digitalem Abbild, das lustlos in einigen Eiern herumgestochert hatte. „Er hat klargestellt, was du getan hast und warum. Du konntest dich nicht verabschieden."

Peony richtete sich auf, und ihre Augen wurden so hart, dass ich mich fragte, ob sie die digitale Realität manipuliert hatte, um sie so grausam erscheinen zu lassen.

„Falls du dich erinnerst, Gamma, habe ich vor gar nicht allzu langer Zeit versucht, mich um meine Tochter zu kümmern." Peony zeigte auf Kaydee. „Was auch immer sie einmal war, du hast sie verändert. Dieses Schiff hat sie verändert." Sie ging hinter den Stühlen entlang, um den Tisch herum, und stellte sich hinter Kaydee, die sich weigerte, zu ihrer Mutter aufzusehen. „Und jetzt hat sie geholfen, Starship an das eine Ding zu geben, das es nicht haben sollte."

„Ein Ding, das du erweckt hast", sagte ich. „Ein Ding, das du erschaffen hast, weil du den Mechs nicht vertrauen konntest, mit denen du dein ganzes Leben lang gearbeitet hast. Wie soll das Kaydees Schuld sein, wenn deine Maschinen versagt haben?"

„Unsere Maschinen sind wie wir", sagte Leo und brachte meinen Plan einen Schritt weiter. Der Anblick des Mannes irritierte mich, da ihm die Metallplatten fehlten, die der echte Leo angenommen hatte, aber ansonsten klang er gleich. „Sie haben Fehler. Du hast Fehler. Wir haben ein redundantes Sicherheitssystem nach dem anderen draufgeklebt, nur für den Fall, dass das letzte versagt." Der Mann blickte zu Peony. „Wir haben uns immer wieder gesagt, dass wir das Richtige tun. Trotzdem sind wir hier gelandet. Lass uns den Fehler nicht noch verschlimmern."

„Was denn, Leo, sollen wir sie einfach gehen lassen?", fauchte Peony. „Sollen wir Gamma *nicht* löschen und Kaydee die Kontrolle übernehmen lassen?"

„Was? Igitt", sagte Kaydee. „Nein."

Zumindest schien Kaydees Reaktion am Tisch geteilt zu werden. Niemand sprach sich für Peonys Plan aus. Sie starrten auf ihr Essen, ihr digitales Essen, das nirgendwo hingehen und nichts nähren würde. Selbst Leo, nachdem er seine Aussage gemacht hatte, zog sich vor Peonys Worten zurück. Sein eingeschränkter Code zeigte weiterhin kleine Risse, die Leos Konturen verschwimmen ließen. Seine Gabel glitt durch nicht ganz feste Finger und prallte auf den Tisch.

„Kaydee", sagte Peony, obwohl sie ihre Tochter nicht so sehr ansah, als vielmehr einen weiteren überlegenen Blick über den Tisch schweifen ließ. „Sieh es so, wie es gesehen werden sollte. Ich vertraue dir, uns zu retten. Uns vor unseren Fehlern zu bewahren." Sie hockte sich neben Kaydee, die zusammenzuckte. „Wir könnten wieder zusammen sein. Du da draußen, ich hier drinnen, Starship bis zum Ende leitend."

Nun, das war nicht Teil meines Plans. Ich hatte gehofft, die Stimmen würden sich daran erinnern, dass sie nicht nur Schachfiguren waren, würden mich verteidigen und Peony hinausdrängen. Jetzt sah Kaydee, mir gegenüber, ihre Mutter an, als hätte sie ein überzeugendes Angebot gemacht. Das türkise Haar hob sich, etwas Funkeln kehrte in dieses Gesicht zurück.

„Du denkst, ich könnte das?", fragte Kaydee ihre Mutter.

„Denken? Ich weiß es", antwortete Peony und legte ihre Hand auf Kaydees Schulter. „Ich habe gesehen, wozu du fähig bist. Ich kenne dich besser als jeder andere, Kaydee, und dafür bist du bestimmt."

„Bestimmt, hm." Kaydee wackelte mit ihren Handgelenken. „Das gefällt mir."

Peony verstand das Signal, tippte auf die Fesseln an Kaydees Stuhl. Sie verschwanden und Kaydee stand auf, streckte sich. Sah ihre Mutter an, dann mich.

„Tut mir leid, Kumpel", sagte Kaydee zu mir. „Für einen Moment dachte ich, wir würden es schaffen."

„Kaydee?", fragte ich, denn was hätte ich sonst sagen sollen?

„Erinnerst du dich, Mom, als ich hinter den Motoren her war?", fragte Kaydee und ignorierte mich. Sie streckte die Hand aus und packte Peonys Handgelenke. „Weißt du, warum ich das getan habe?"

Peony schüttelte den Kopf, ein hoffnungsvolles Lächeln klebte noch immer an ihrem Gesicht.

„Weil du mich eingesperrt hattest, mir keinen Ausweg gelassen hast", sagte Kaydee und zog Peony dann in eine feste Umarmung. Ihre Stimme senkte sich zu einem Flüstern, das ich kaum hören konnte. „Wenn ich eingesperrt bin, werde ich ein bisschen verrückt."

Peony erstarrte. Kaydee nicht.

Mit beiden Armen stieß Kaydee ihre Mutter weg und warf sie in einen verwirrten Leo, sodass sie zu Boden stürzten. Während Peony fluchte und ich aus meinem Bürostuhl-Gefängnis zusah, rannte meine Freundin zur Konferenzraumtür und riss sie auf. Mit einem Zwinkern zu mir steckte Kaydee den Kopf hinaus und rief einen Namen.

Alpha.

In diese endlose Kubikelhölle würde ein tatsächlicher Schrei nicht allzu weit tragen. Dies war jedoch kein echtes Großraumbüro, kein echtes Büro. Ich spürte, wie der Code um mich herumkroch, während Kaydees Ruf seinen wahren Zweck erfüllte: eine Nachricht, die ins Netzwerk des Raumschiffs geschossen wurde, um nach ihrem Ziel zu suchen. Eine Nachricht auch mit einer Spur, die Alpha direkt hierher zurückführen würde.

„Was hast du getan?", sagte Peony und stand auf. „Was-"

„Zwei Möglichkeiten", sagte Kaydee und blieb an der offenen Tür stehen. „Entweder du tust, was Gamma vorgeschlagen hat, verschwindest aus diesem Netzwerk und bringst dich irgendwo in Sicherheit, oder du wartest hier darauf, dass unser fieser Feind dich findet."

Peony kniff die Augen zusammen und betrachtete ihre Tochter, die Hände locker an den Seiten. Ich konnte ihre Gedanken nicht lesen, aber Peony schien zwischen Schock und Bewunderung hin- und hergerissen zu sein, vielleicht sogar ein bisschen stolz auf das, was Kaydee getan hatte. Ihr Mund bewegte sich wortlos, wie ein Fisch, der versucht, Luft zu atmen.

„Peony", sagte Leo und stand auf, um sich neben sie zu stellen. „Wir müssen gehen. Jetzt."

Als Leo sprach, zitterte unser Büro. Ein Erdbeben,

verursacht durch das wütende Programm, das seinen Weg hierher fand. Alpha würde nicht wie wir durch die Kubikels rennen, verloren in einem Labyrinth. Er würde das Gebäude niederreißen und das, was er wollte, aus den Trümmern heraussuchen.

„Gamma", fuhr Leo fort und sah mich jetzt an. Meine Handgelenke wurden frei, meine Beine auch. Offenbar war Peony nicht die Einzige, die die Kontrolle hatte. „Hast du einen Ort für uns vorbereitet?"

„Bereit und frei", sagte ich und stand auf. „Ihr werdet vom Netzwerk getrennt sein."

„Verwundbar", fauchte Peony und schüttelte Leo endlich ab. „Wenn du stirbst, wenn du-"

„Wenn du willst, dass er lebt, Mom, solltest du besser mitmachen", unterbrach Kaydee. „Denn Alpha ist fast hier."

Ich streckte Peony die Hand entgegen, eine gewöhnliche Handfläche, die von einer bestimmten Routine summte. Peony starrte nur, und für einen Moment dachte ich, wir würden dieses Kräftemessen fortsetzen, bis Alpha hereinkrachte und uns alle tötete. Dann ergriff eine andere Hand die meine, fest und stark. Willis, der Kapitän des Raumschiffs, ernst und solide, nahm mein Angebot an und verschwand.

All die Daten dieses Mannes aufzunehmen, all die Algorithmen, aus denen ein Mensch bestand, der Jahrhundert um Jahrhundert gelebt hatte, verlangsamte mich, ließ mein mechanisches Gehirn taub werden. Ich konnte mich nicht bewegen, all meine Ressourcen waren belegt. Als Willis verschwand, sich schnell in Pixel auflöste und dann in nichts, nahm Ang, der Arzt, seinen Platz ein. Einer nach dem anderen folgten die Stimmen, während Peony zusah, mit einem finsteren Blick.

Versagen, Wut, die sich zu Entschlossenheit verfestigten.

Als Leos Reihe kam, drückte er Peonys Schulter und ging an ihr vorbei, während das Bürogebäude weiter bebte. Geräusche drangen nun mit den Erschütterungen herein, ein synthetisches Brüllen, als der zusammengesetzte Code ins Stocken geriet und auseinanderfiel. Alpha gab sich keine Mühe, nett zu sein. Er wollte diesmal nicht korrumpieren, sondern nur zerstören.

„Du bist dran, Mom", sagte Kaydee. Wir drei waren die Letzten, die noch im Konferenzraum standen. „Vertrau mir."

„Jedes Mal, wenn ich es versuche", erwiderte Peony und schüttelte den Kopf in Kaydees Richtung, „enttäuschst du mich."

Ohne ein weiteres Wort nahm sie meine Hand und verschwand langsam mit den anderen, Kaydee und mich allein zurücklassend. Deckenplatten begannen zu fallen, der Teppich splitterte. Als ich meine Funktionen wiedererlangte, die Stimmen nun sicher in meinem eigenen physischen Speicher, zerbarsten die Glasfenster hinter mir.

„Zeit zu gehen?", fragte Kaydee.

„Höchste Zeit", antwortete ich.

Aber als ich nach Kaydee griff, als ich die Funktion aktivierte, die uns nach Hause schicken würde, brach der Boden unter uns weg. Meine Hand fand nur Luft und wir stürzten, während das Gebäude um uns herum zerfiel, da Alpha seinen Code Stück für Stück löschte. Anstatt seinen Weg durch das Kubikellabyrinth zu finden, beschloss das Gefäß, es zu zerstören.

Durch ein Fenster und in den offenen Raum fielen Kaydee und ich und fielen doch nicht. Der programmierte blaue Himmel wirbelte um uns herum, eine Farbpalette, die auf eine virtuelle Leinwand gespritzt wurde. Schwerkraft und physikalische Gesetze hörten auf, als Alpha ihre Funktionen löschte.

„Was passiert?", sagte Kaydee und sah fragend zu mir herüber.

Die Antwort lag in der völligen Kälte, die ich spürte, als ich nach dem Netzwerk des Raumschiffs griff. Während die Stimmen ihre Verbindung verbargen, tötete Alpha sie. Er injizierte ein gefräßiges Programm, um den gesamten Code zu verschlingen und jede vernetzte Fluchtmöglichkeit abzuschneiden. Selbst als ich erneut nach Kaydee griff, begann der blaue Himmel zu verblassen.

Erst zu Weiß, dann zu Nichts.

„Finde mich!", rief ich und streckte mich nach Kaydee aus. Sie erwiderte die Geste, wir beide hingen im Limbus, das Gebäude war jetzt verschwunden, als hätte es nie existiert. Keine Geräusche außer unseren Stimmen, kein Boden, kein Himmel, nichts. „Wir gehen den harten Weg hinaus!"

In dem Moment, als ihr Finger meinen berührte, packte ich sie, genau wie ich die Stimmen eingefangen hatte, und saugte Kaydees digitale DNA in meinen Speicher. Sie verschwand mit einem Aufschrei und ließ mich allein in dieser Leere zurück. Alphas Programm setzte seine Arbeit fort, schwarze Risse wuchsen um mich herum, während die Grundlage für die virtuelle Existenz der Stimmen Zeile um kodierte Zeile verschwand.

„Zu spät", murmelte ich und zog den Stecker.

Ich setzte mich auf, meine Hand frei vom Serveranschluss. Ein kleiner Funke, etwas Rauch stieg mit meiner Trennung auf. Die weiße Leere wurde durch vergoldeten karmesinroten Luxus ersetzt. Ich hatte erwartet, dass Winston über mir schweben und mich für die Überhitzung der Verbindung tadeln würde, aber die Drohne war verschwunden. Delta war auch nicht bei mir, immer noch auf ihrem Posten.

„Hey", sagte Kaydee, tauchte auf und rieb sich die Schultern, während sie mich ansah. „Haben wir es geschafft?"

„Scheint so?", nickte ich in Richtung des geschützten Serverraums. „Ich glaube nicht, dass sie dorthin zurückkehren können."

Während ich sprach, machte ich eine subtilere Bewegung: In ihrer Leere hatte ich die Stimmen in meinen persönlichen, physischen Speicher heruntergeladen. Jetzt isolierte ich sie in meinem Laufwerk und trennte ihren Ordner ab, sodass er auf nichts anderes zugreifen konnte. Ich verstand nicht alles, was die Stimmen tun konnten, aber ich brauchte nicht, dass Kaydees Mutter frech wurde und meine eigenen Schaltkreise übernahm, um zu versuchen, wieder ins Netzwerk zu gelangen.

„Ich glaube nicht, dass sie das sollten", sagte Kaydee, ihr Blick glasig, benommen. „Wenn Alpha so fortgeschritten ist, sollte keiner von uns dorthin zurückkehren."

„Einverstanden. Geht's dir gut?"

„Klar. Das war nur, naja, die viertseltsamste Art zu sterben, der wir begegnet sind, Gamma. Einfach."

„Du siehst nicht okay aus, Kaydee."

Kaydees Mund flackerte zwischen einem Lächeln und einem Stirnrunzeln, ihr Haar wogte in einer Brise, die nur sie spüren konnte.

„Hast du je daran gedacht, dass das alles vielleicht nicht spurlos an uns vorübergeht, Gamma?", fragte Kaydee. „Dass wir vielleicht nicht dafür geschaffen sind, solche Dinge zu ertragen? Ich meine, meine Mutter hat mir da drinnen gerade fast das Raumschiff angeboten."

„Ein Angebot, das du nicht angenommen hast."

„Aber ich war kurz davor", sagte Kaydee. „Nicht weil ich ihr vertraue, Gamma. So dumm bin ich nicht. Aber-"

„Du denkst, du wärst besser als ich?"

Kaydee zuckte zusammen, aber sie bestritt es nicht. Ich konnte es auch nicht ohne Weiteres bestreiten. Sie hatte lebenslange Erfahrung. Ich hatte eine Woche. Sie war ein Mensch gewesen, verstand, was in den Köpfen derer vorgegangen war, die mich gebaut hatten, die das Raumschiff gebaut hatten.

Das alles stimmte, aber es änderte nichts an einer entscheidenden Tatsache.

„Ich will nicht sterben, Kaydee", sagte ich so geradeheraus, wie ich konnte. „Du magst fähiger sein, aber ich bin immer noch ich, und ich werde nicht zulassen, dass du mich wegwirfst." Ich streckte die Hand aus und legte sie auf ihre virtuelle Schulter – eine Fähigkeit, in der ich im Laufe der Tage besser geworden war. „Also mach dir keine Sorgen. Selbst wenn du es wolltest, könntest du mich nicht töten."

„Ha, danke Gamma. Das bedeutet mir viel."

„Gut. Wie wäre es, wenn wir nachsehen, ob Winston Delta schon in den Wahnsinn getrieben hat?"

SIEBENUNDZWANZIG

RAUS

Das erste Anzeichen, dass die Dinge nicht so ruhig waren, wie ich gehofft hatte, kam, bevor ich die Tür öffnete. Die Sensoren in meiner Nase nahmen versengten Teppich und verschüttetes Kühlmittel wahr, meine Ohren fingen das klassische Metall-auf-Metall-Geräusch auf, das meinen Schritten durch das Raumschiff zu folgen schien.

Wieder ein Kampf zwischen Mechs, meine konstruierte Spezies ging erneut aufeinander los.

Als sich die Tür öffnete, blieb ich an der Seite, so gut es ging verborgen. Einen Moment lang konnte ich das Problem nicht erkennen - alles schien so glänzend wie immer -, aber das Geräusch zog meinen Blick an der Bar vorbei, über die Tische und das Silberbesteck, das für eine Party aufgestellt war, die nie stattfinden würde. Dort, am anderen Ende des Raums, in der Nähe des Durchgangs zur Luftschleuse, hielt Delta am Eingang zu den Aufzügen die Stellung.

Genau wie unten bewegte das Gefäß ihre Klinge in einem scharfen Schnitt nach dem anderen und trennte angreifende Gliedmaßen ab, während sie gleichzeitig vor und zurück tanzte, um blau glühender Energie auszuweichen. Alvie schnappte und biss um Deltas Beine herum, deckte sie mit seinem keuchenden Gebell, seinen Krallen und seiner endlosen Energie. Als ich in ihre Richtung lief, lag Winstons Schicksal hinter Delta ausgebreitet, eine funkende Verlustmeldung. Der Brandgeruch kam von einem kleinen Feuer, das um die Basis der Maschine flackerte, wobei die Funken im karmesinroten Teppich leicht Nahrung fanden.

„Sie hört wohl nie auf, was?", sagte Kaydee und tauchte neben mir auf, als ich um einen Tisch herumhuschte. „Findet immer einen Kampf, egal wo sie hingeht."

„Das ist ein Talent."

„Ist es das, was du so nennst?"

Ich suchte nach Ausgängen, während wir uns bewegten. Der Serverraum hatte keine zusätzlichen Türen, und Alphas Mechs hatten den Aufzug unter Kontrolle. Zurück zur Luftschleuse zu gehen, schien eine riskante Wahl ohne einen Verbündeten, der die Mechanismen bedienen konnte. Die anderen Abzweigungen führten, wenn ich mich an Winstons Geplapper richtig erinnerte, zu verschiedenen Räumen für Übernachtungsgäste. Die Kryokammern und ihre Lagerräume.

Das bedeutete, dass die Luftschleuse, so mies sie auch sein mochte, die beste Option war. Von dort aus konnten wir die Leiter ein paar Ebenen hinuntersteigen, einen anderen Weg hinein finden ... irgendwie, und-

„Zurück!", rief Delta, ein Ruf, der mich erstarren ließ, als ich an der Bar vorbeiging.

Deltas Warnung schien nicht mir zu gelten, sondern Alvie, der den Worten folgte und gerade zurücksprang. Blaue Strahlen versengten die vorderste Linie, wo das Paar gestanden hatte, ein zeitlich abgestimmter Angriff, der die

Ausweichmöglichkeiten auf null reduzieren sollte. Delta jedoch passte sich Alvies Bewegung an und vermied den Treffer, indem sie mehrere Meter zurückwich.

Mehrere kostspielige Meter.

Ohne die Wände des Eingangs, die sie einschränkten, schwankten, sprangen und polterten Alphas Mechs durch ihre zerhackten Freunde wie eine Stahlflut. Sie stürmten nicht direkt auf Delta zu, sondern breiteten sich im Raum aus, einige kamen auf mich zu, aber die meisten bewegten sich, um einen Kreis um mein Lieblingsgefäß und den Hund zu bilden.

„Zu viele zum Kämpfen!", rief ich, und Delta warf mir einen neugierigen Blick zu.

„Hast du sie?", erwiderte das Gefäß und ging in die Hocke, die Klinge bereit.

Ich kannte diesen Zug, wusste, dass sie den Ring um sich herum analysieren und nach der schwächsten Stelle für ihren Angriff suchen würde. Der Wirbel könnte ihr einen Moment Ausweg verschaffen, aber Alphas Mechs, ihre mahlenden Zahnräder, ihre glühenden Laser, greifenden Klauen würden folgen. Ein unwahrscheinlicher Schlag, und Delta wäre am Boden. Sobald sie den Löffel abgäbe, würden Alvie und ich schnell folgen.

Immerhin würden wir mit den Galaxien und Nebeln, die über uns wirbelten, einen guten Ausblick auf unserem Weg nach draußen haben.

Moment mal.

„Ich hab sie, und ich hab einen neuen Plan", antwortete ich. „Alvie!"

Der Hund tat, was Roboterhunde tun sollten: ohne Zögern auf den Ruf seines Herrchens reagieren. Alvie drehte sich auf dem Teppich, seine Krallen gruben sich ein und schleuderten Fasern hoch, als mein Freund sprang.

Alphas langsamere Mechs konnten nicht schnell genug reagieren, um Alvie zu fangen, als der Hund auf ihren Kisten, Kanistern und stelzigen Körpern landete, von ihnen absprang und darüber hinweg hüpfte. Zerschnittenes Metall markierte Alvies Weg, als er sich zu mir durchschlug, die Mechs trotteten hinterher.

„Hey Kumpel, ich hab eine Bitte", sagte ich, als Alvie in meine Arme raste. „Brich durch und halt dich dann fest, okay?"

Alvie bellte keuchend, obwohl ich nicht sicher war, ob er verstand, was ich meinte. Die Zeit ließ keine weiteren Details zu. Ich musste auf Hoffnung setzen.

„Was machst du-", begann Kaydee, als ich mich zurücklehnte und mein Gewicht auf mein standfestes Bein verlagerte.

Ihre Stimme verstummte, als ich Alvie direkt nach oben schleuderte, ein metallenes Geschoss, das genau auf das schönste Accessoire des Raumschiffs zielte. Ich beobachtete, wie mein Hund flog, und spürte, wie die Klaue eines Mechs nach meiner Schulter griff, als der Hund auf die Blase traf.

Die nicht zerbrach.

Verdammt.

Ich tauchte unter einen Tisch, um den vier greifenden Klauen eines umgebauten Barkeeper-Bots zu entkommen. Die Maschine folgte meiner Bewegung und schnitt einen direkten Weg zu meinem Versteck, während zwei zylindrische, torkelnde Freunde mit glänzendem Besteck um meine Seiten herumgingen, um mir den Weg abzuschneiden. Falls ich dachte, den Tisch selbst als Waffe zu benutzen, begann ein Kurier, Löcher in meine Deckung zu schießen.

„Das war meine Idee", sagte ich und zuckte von der

Tischmitte weg, als geschmolzener Kunststoff von einer weiteren Laserverbrennung tropfte. „Hast du welche?"

„Aufgeben?", bot Kaydee an, die sich neben mich kniete. „Vielleicht kannst du Alpha nochmal austricksen?"

„Kann mich nicht darauf verlassen, dass er so dumm ist", sagte ich, „aber wenn es keine anderen Optionen gibt ..."

Die Überlegungen endeten schnell, als der Barkeeper die beschädigte Tischplatte wegriss und mich um ein Gestell gekauert zurückließ, während ein Mech-Trio nach meinem Hals griff. Delta, weit rechts von mir, schien es nicht viel besser zu ergehen: Ich hörte mehr Flüche von ihr als Geräusche von zerschnittenem Metall.

„Ich gebe auf!", sagte ich, stand auf und hob meine Hände. „Alpha wird mit mir reden wollen."

Die Mechs reagierten nicht. Einer stieß sein Messer in Richtung meiner Seite und ich wich aus, wobei ich dem Stich auswich, aber dem Barkeeper-Mech die Chance gab, mein Bein und dann meine Schulter zu packen.

„Ich habe die Stimmen", sagte ich zu diesen leeren Stahlplatten.

Zu meiner Enttäuschung hörten meine Angreifer nicht auf. Das Besteck kam wieder. Ich wand mich, drückte und bewegte den größeren Bot, der meine Schulter hielt, gerade genug, um einen tödlichen Stich in einen schürfenden Kratzer zu verwandeln. Meine synthetische Haut riss an meiner rechten Seite auf, die darunterliegenden Platten kreischten, als das Messer seine Arbeit verrichtete. Sensoren blitzten auf und warnten mich, dass ich einige Funktionen in meinem rechten Bein verloren hatte.

Ich schrie, dass sie aufhören sollten. Dass Alpha seine Mechs stoppen sollte. Sie hörten nicht zu.

Irgendwo in der Nähe sagte Kaydee immer wieder, dass es ihr leid tue. Wofür, wusste ich nicht, konnte nicht fragen.

Der zweite Messerträger hatte etwas Größeres im Visier. Während sein Bruder sein seitlich kratzenden Messer zurückzog, zielte dieser auf meinen Kopf. Ein tödlicher Schuss, dem ich nicht ausweichen konnte: Der Barkeeper-Bot verstärkte seinen Griff, hielt beide meine Schultern und pflanzte seine eigenen Füße fest in den Teppich. Ich drückte mit meinen Beinen, mit all meiner Volt-verstärkten Kraft, und stieß auf zu viel Widerstand.

Bis ich plötzlich gar keinen mehr spürte.

Ein Knacken verschwand, so schnell wie es begonnen hatte, ein phänomenales Brüllen blockierte alles, selbst als wir nach oben gerissen wurden. Die bedrohlichen Messer lösten sich von ihren Mech-Besitzern und rasten auf das klaffende Loch über uns zu. Als wir an der Bar und ihren glitzernden Lichtern vorbeischossen, gesellten sich die gelagerten Flaschen zu unserem Flug und zerschmetterten an Maschinen, Tischen, Stühlen und anderen Dekorationen, die alle zum neuen Ausgang zischten.

Darüber saß die Luxusblase zerbrochen, ein sich ausbreitender Riss wuchs, während Scherben sich lösten und zu den Sternen davonflogen.

„Plan, Gamma!", rief Kaydee, ihr digitales Selbst wich dem ohrenbetäubenden Brüllen von außen aus.

Ich hatte eine Idee gehabt, als ich Alvie nach oben zum Glas geworfen hatte, und dieser Plan hing von einer bestimmten Sache ab. Wir hatten eine oder zwei Sekunden, bevor wir den Weltraum erreichten, um nie wieder zurückzukehren, und in diesem Moment befreite ich mich von dem verwirrten Barkeeper-Bot. Befreite mich und stieß mich zum zerbröckelnden Glas ab. Ich zielte nicht darauf, mich festzuhalten – es gab sowieso keine Griffe an diesen glitzernden Zähnen –, sondern darauf zu überleben.

Mein linkes Bein erwischte den äußeren Rand, traf die Unterseite des brechenden Glases und glitt daran entlang. Der Aufprall gab mir gerade genug Widerstand für einen verzweifelten Ruck, ich setzte mich schnell auf, als die Vakuumsaugkraft mich in Richtung des reinen Weltraums zog.

Die gezackte Glaskante stach mich wie dasselbe Messer, ein bauchaufschlitzender Schuss von einer speerartigen Spitze. Meine Sensoren schrien auf, ich spürte, wie Drähte rissen, aber ich streckte mich aus, packte die Rasierklingen, während die ganze Welt hinter mir verschwamm, und zog weiter. Spießte mich tiefer auf. Hielt mich an Starship fest.

Alphas Mechs, die Luxuslounge, wurden hinter mir ins All entleert. Winstons treuer Körper trieb neben mehreren Dutzend Freunden, die bereits schwanden, als Starships unerbittliches Tempo das Schiff weiter vorantrieb. Mit ihnen schwebten einige der feinsten Weine, Spirituosen und Luxusartikel der Erde, dazu verdammt, für immer im eisigen Vakuum zu wandern.

Vor mir erstreckte sich Starships Masse, das knisternde Glas wich dem weiten Grau. Sterne funkelten, Nebel leuchteten, und alles war still. Auch die Saugkraft ließ nach, Starships Notfallmaßnahmen dienten dazu, die Luxuslounge abzudichten und den Riss auf unseren armen Abschnitt zu beschränken. Schwerelosigkeit durchdrang mich, eine flatternde Fahne.

„Na verdammt", sagte Kaydee und tauchte vor mir auf dem Glas auf.

„Ja", sagte ich und teilte meine Aufmerksamkeit

zwischen ihr und den Selbstchecks, um zu sehen, wie schlimm es um mich stand.

Der aufschlitzende Schlag hatte die Verbindungen zu meiner Stromversorgung durchtrennt und mein fein abgestimmtes Gefäß-Ich in ein knarrendes Durcheinander verwandelt. Mein Gedächtnis, mein Verstand schienen nicht beeinträchtigt, aber ich würde keinen Kampf gegen ein Kind gewinnen können oder auch nur auf einem besonders herausfordernden Stuhl sitzen. Mich vom Glas zu lösen, wäre auch nicht machbar.

Aber dann hatte ich auch nie geplant, der einzige Überlebende zu sein.

„Kannst du sie sehen?", fragte ich Kaydee. „Alvie? Delta?"

„Ich kann nichts sehen, was du nicht siehst", antwortete Kaydee achselzuckend. „Deine Augen sind meine, oder so ähnlich."

„Nicht sehr hilfreich."

„Na ja, du hast mich nicht in diesen Plan eingeweiht, also war ich nicht vorbereitet."

„Kaydee, bei mir musst du immer mit dem Unerwarteten rechnen."

„Hör sofort damit auf", erwiderte Kaydee. „Wenn du und ich für den Rest der Ewigkeit hier hängen werden, kannst du keine Klischees verwenden."

„Alpha wird Starship irgendwann landen. Wir werden nicht für immer hier sein."

„Oh, richtig. Wir werden einfach in der Atmosphäre verglühen. Wunderbar."

Ich neigte meinen Kopf, etwa die einzige Bewegung, die ich machen konnte, „Er könnte einen luftlosen Planeten wählen. Einen toten Felsen. Dann wären wir okay."

Kaydee legte sich auf das Glas, „Du weißt wirklich, wie

man jemandem ein gutes Gefühl für die Zukunft gibt, Gamma."

Es war schwer, jemandem ein gutes Gefühl für die Zukunft zu geben, wenn wir anscheinend keine hatten. Etwa fünf Meter zerbrechliches Glas breiteten sich vor mir aus und verbanden sich in einer dünnen Verbindung mit Starships Rumpf. Darunter, durch das Glas, die leere Bar und ein paar festgenagelte Stücke, gepaart mit dem zerfetzten roten Teppich. Kaum noch Luxus jetzt. Oben Sterne, Dunkelheit.

Dahinter?

Ich drehte meinen Kopf so weit wie möglich und untersuchte das Loch, das Alvie gemacht hatte. Der Riss schien hinten schlimmer, die Splitterung breitete sich weiter aus. Direkt zu meiner Rechten war kein einziger Splitter mehr übrig, nur die zerrissene Rumpfkante ragte ins All. Links war es genauso: ein sauberer Bruch.

„Und was jetzt?", fragte Kaydee. „Kannst du dich davon lösen?"

„Nicht ohne Hilfe."

„Cool, cool."

Im Vakuum breitete sich kein Schall aus. Kein Sauerstoff, um die Wellen zu tragen. Berührung blieb jedoch ein Signal. Meine Hände und, verdammt, mein Bauch waren mit dem Glas verbunden, und diese Scherben summten mit Starships Bewegung. Sie vibrierten auch, ganz leicht, durch etwas anderes. Unregelmäßige Stopps und Starts, Sprünge und Striche. Jeder ein eigenes Zittern, jedes etwas ausgeprägter, als sich die Quelle näherte.

Eine kurze Liste möglicher Ursachen. Eine gut, die meisten schlecht.

„Oh Gott sei Dank", sagte Kaydee. „Nichts für ungut,

aber ich wollte nicht für immer mit dir hier draußen schweben."

„Keine Sorge", erwiderte ich und beobachtete, wie Alvie und Delta links von mir über Starships Rumpf auftauchten.

Der Hund, mein Hund, hatte eine Tischdecke zwischen den Zähnen, seine Krallen gruben sich bei jedem Schritt in die Metallplatten. Am anderen Ende der Decke hing eine lädierte Delta, ihr Schwert offenbar verschwunden. Sie humpelte hinter Alvie her, der Hund sprang voraus und Delta kroch hinterher, fand Halt, wo sie konnte. Sie hatten das Glas umrundet und waren zu meinem Ende gekommen.

Deltas Augen trafen meine, ihr Kopf schüttelte sich langsam. Als Alvie das Glas testete, eine Kralle auf die glänzende, rissige Oberfläche setzte, versuchte ich ein zaghaftes Lächeln.

Nein, das war nicht der Plan. Nein, das war nicht, wo ich sein wollte.

Aber, verdammt, wir waren am Leben. Wir hatten die Stimmen gerettet. Und für einen stillen Moment herrschte Frieden.

„Da steckt immer noch eine Glasscherbe in deinem Bauch, Gamma", sagte Kaydee. „Ich wäre mir nicht sicher, ob ich grinsen würde."

„Du musst ja nicht", erwiderte ich. „Ich werde den Moment genießen, danke."

„Okay, du verrückte Maschine. Mach dein Ding."

Als Alvie, der die Decke fallen ließ, nachdem Delta sich auf einem gerippten Metallfleck gesichert hatte, auf das Glas trat, tat ich mein Ding.

Im Vakuum trug sich kein Schall, aber ich spürte mein

eigenes Lachen, mein dankbares, dem Tod trotzendes Lachen, trotzdem.

ACHTUNDZWANZIG

AUSSENBORDEINSATZ

Wie befreit man einen aufgespießten Mech, ohne ihn zu zerstören?

Alvie und ich dachten über diese Frage nach, der Hund nahe meinem Gesicht, die Pfoten weit gespreizt, um den Druck auf das zersplitterte Glas zu verringern. Wir waren nicht ganz schwerelos – Starships Magnetfeld und die dadurch erzeugte schwache Schwerkraft zogen an meinen Zehen –, aber bisher hatte mein mechanischer Vierbeiner die zerbrechliche Oberfläche navigieren können.

„Er könnte es zerbrechen", überlegte Kaydee. „Ohne den Vakuumsog könntest du vielleicht zurück ins Schiff fallen."

„Und dort feststecken", erwiderte ich. Der Ton ging nirgendwohin, aber Kaydee hörte mich durch unsere virtuelle Verbindung. Ohne viel Kraft in meinen Armen und Beinen würde ich nicht hinausspringen können. Starship hatte wahrscheinlich jeden anderen Ausgang aus dem Raum versiegelt, um zu verhindern, dass der begrenzte Sauerstoff aus dem Schiff entweicht. „Lass uns etwas anderes versuchen."

Zeit zu sehen, ob Delta wach war. Ich schaute über Alvie hinweg zu meiner Freundin, die sich mit lockerer Hand an Starships Aschehülle festhielt, das Gesicht den Sternen zugewandt. Wonach suchte sie da draußen? Gefahren?

Ich wartete und beobachtete, wollte sie nicht unterbrechen. Delta hatte zuvor keine Anzeichen von Staunen gezeigt, war immer voll und ganz auf die Mission konzentriert gewesen, eine treibende, tödliche Kraft ohne Zeit für Zwischenstopps. Hier jedoch blickte sie hinaus, ihre Muskeln zum ersten Mal nicht zum Sprung bereit, ihre Augen nicht zusammengekniffen, um einen Schwachpunkt zu erspähen. Ihre Füße schwebten lose, wie eine Schwimmerin, die im Pool entspannt.

„Was macht sie da?", murmelte Kaydee.

„Vielleicht realisiert sie, dass es nicht nur um Gewalt geht", antwortete ich. „Bin mir nicht sicher, ob ich den Zauber brechen will."

Aber Tagträume genoss man besser, wenn man nicht auf Glas aufgespießt war, also ließ ich Delta nicht allzu lange starren. Nach ein paar weiteren Minuten, in denen meine Systeme mich vor den Gefahren meiner aktuellen Position warnten, nickte ich Alvie zu. Der Hund stellte seine Ohren auf, richtete seine leuchtenden Augen auf meine und wartete auf eine Anweisung. Wenn ich ihm gesagt hätte, er solle mich vom Glas rammen und uns in die Unendlichkeit schleudern, hätte Alvie es ohne zu zögern getan.

Ein seltsamer Trost, das.

Bekamen Menschen das gleiche Gefühl von ihren Mechs? Die Vorstellung, dass es etwas gab, selbst wenn es nur ein gefühlloses Metalletwas war, das bis zum letzten Funken loyal sein würde?

Statt gegenseitiger Zerstörung nickte ich in Deltas Richtung. Alvie schien den Wink zu verstehen und begann vorsichtig zurück zum anderen Schiff zu tappen. Als Delta nicht auf seine Annäherung reagierte, stupste Alvie ihre Schulter an. Sie blinzelte, sah in meine Richtung, und ich nickte hinunter zu dem Glassplitter, der meinen Bauch durchbohrte.

Delta deutete ein Seufzen an, berührte mit dem Mund Alvies Ohr und sprach. Kein Ton im Vakuum, aber Berührung konnte immer noch Vibrationen übertragen. Alvie bellte eine lautlose Bestätigung. Delta, ein schiefes Grinsen auf einer Seite ihrer Lippen, drehte sich, bis sie ihre Knie an der Kante hatte, wo das Glas auf Starships Hülle traf. Sie hielt das Tischtuch, das sie mit Alvie verband, in einer Hand, die andere hielt sich an einem Griff an der Hülle fest. Alvie, das Tuch im Maul, krallte sich neben sie.

„Was macht sie da?", fragte Kaydee und strich sich übers Kinn, in der Kleidung eines altmodischen englischen Detektivs. „Was weiß sie?"

„Ich würde nicht zu sehr versuchen, es herauszufinden", erwiderte ich, als Delta einen einzelnen Finger an ihrer Tuchhand hochhielt, dann einen zweiten. „Ich habe das Gefühl, wir werden es gleich erfahren."

Der dritte Finger ging hoch und Delta drehte sich auf ihrer Hüfte. Alvie sprang zurück, und Delta wirbelte den Hund nach vorne. Mit der Schwerkraft hätte Alvies Kraft das Tischtuch zerreißen müssen. In der Schwerelosigkeit kehrte sich der Schwung des Hundes um und schickte meinen Welpen mit der ganzen Wucht eines großen, hundeförmigen Hammers auf mich zu.

„Oh nein", hatte Kaydee noch Zeit zu sagen, bevor Alvie mit meiner Brust kollidierte.

Die Kraft des Hundes übertrug sich in einem Augenblick auf mich und schob mich aus meinem gläsernen Gefängnis. Ich platzte frei, Funken markierten meinen Abgang, als das Glas mir noch ein paar Austrittswunden zufügte. Einen Moment lang schwebte ich ungebunden und versuchte, einen Plan zu finden, einen Grund für das, was zum Teufel gerade passiert war.

Der Grund flog direkt auf mich zu, sprang über Alvie hinweg, als das Glas unter ihren Füßen zersplitterte. Delta, ihre eine greifende Hand ausgestreckt, stieß sich von meinem Hund ab und kam auf mich zu. Lautlos, luftlos, streckte ich meinen Fuß in Richtung meines Gefährten aus. Delta schnappte meinen robusten Stiefel – Leos Ausrüstung hatte sich durch all das verdammt gut gehalten – und mein kurzzeitiger Start ins All endete, so schnell er begonnen hatte.

Zuerst verstand ich nicht, wie Delta, die genauso frei wie ich über dem zerbrechenden Glas schwebte, unsere Flucht gestoppt hatte. Die Antwort wurde klar, als wir uns zu bewegen begannen, nicht weg von meinem Aufspießungspunkt, sondern zurück in dessen Richtung, entlang des Glases in langsamen Schritten und über die Hülle. Delta, den Kopf bereits wieder zu den Sternen gerichtet, hielt sich mit der linken Hand an meinem Stiefel fest und mit der anderen am Tischtuch.

Alvie hatte das Ende des Tuchs in seinen Kiefern geklemmt und zog uns wie eine Art Weltraumdrachen durch das Vakuum zurück zur Hülle. Die vorsichtigen Schritte des Welpen überquerten das Glas wie ein Käfer, der über einen kräuselnden Teich läuft, ein Bild, das mir erst in den Sinn kam, als Kaydee sagte, es sähe aus wie in alten irdischen Naturdokumentationen.

„Und jetzt schau uns an", sagte Kaydee, während Alvie uns einholte und abwechselnd mit seinem Maul und seinen

Pfoten die Tischdecke einsammelte. „Unnatürlicher geht's kaum."

„Ich bin mir nicht sicher, ob du jemals natürlich warst", erwiderte ich.

„Hey", sagte Kaydee und lachte dann. „Wahrscheinlich hast du Recht."

Delta landete als Erste auf der Hülle. Alvie ließ die Tischdecke los und griff sanft nach den Fußgelenken des Schiffes. Als Delta ihre Füße aufsetzte, bückte sie sich, ließ die Tischdecke davontreiben und packte die Hülle. Ich ahmte sie nach und setzte einen Moment später meine eigenen Stiefel auf das graue Metall. Schwach und langsam, wobei sich jede Bewegung anfühlte, als müsste ich durch dickes Wasser drücken, fand ich meinen eigenen Halt.

Vor und hinter mir erstreckte sich die Seite des Raumschiffs wie eine stumpfe Ebene. Durch meine festhaltende Hand vibrierte das Brummen des Schiffes. Mein kurzes Haar spielte zufällig herum, meine Kleidung bauschte sich auf und fiel wieder zusammen, als ich mich bewegte. Meine Systeme informierten mich, dass sie Schwierigkeiten hatten zu entschlüsseln, wo oben und unten war.

„Ich würde jetzt überall hinkotzen", sagte Kaydee. „Scheint, als hätte das virtuelle Leben doch einige Vorteile."

„Einige", antwortete ich, schloss für eine Sekunde meine Augen und versuchte, mich neu zu kalibrieren.

Wir waren nahe der Vorderseite aus dem Raumschiff ausgebrochen, die Brücke und Alphas Mech-Armee waren nicht allzu weit entfernt. Luftschleusen, die zurück ins Innere führten, würden entlang des Schiffes verstreut sein, aber ein erzwungener Wiedereintritt in der Nähe von Alpha würde uns in eine schlechte Lage bringen. Delta hatte ihr Schwert nicht dabei, und ich hatte die Kampffähigkeiten einer welkenden Zimmerpflanze. Ganz zu schweigen von der wertvollen Fracht, die in meinem Gedächtnis gespeichert war.

Angesichts dieser Tatsachen dachte ich, unsere beste Chance läge in einem strategischen Rückzug.

Ich musste Delta an der Schulter antippen, um ihre Aufmerksamkeit von den Sternen abzulenken. Wieder blinzelte sie, als sie in meine Richtung schaute, nickte aber, als ich über ihre Schulter in Richtung des weit entfernten Hecks des Raumschiffs zeigte. Alvie, der zusah, bellte erneut lautlos. Als wir uns in Bewegung setzten, führte der Hund den Weg an, indem er an der Seite entlang lief und den Handgriffen folgte.

„Wartung", sagte Kaydee, als ich sie fragte, warum das Raumschiff mit den praktischen kleinen Noppen bedeckt war. „Man plant nicht, die Galaxie in perfekter Form zu durchqueren, also gibt es Routen zwischen so ziemlich überall auf der Hülle."

„Konnten Leute diese nicht benutzen, um an Orte zu gelangen, an die sie nicht sollten?"

„Gamma, du denkst vielleicht, es sei einfach, in eine Luftschleuse zu gelangen und einfach nach draußen zu treten", erwiderte Kaydee, während sie in meiner Nähe über die Hülle tanzte, als wir uns nach achtern bewegten. „Aber damals, als es, weißt du, Regeln für solche Sachen gab, brauchte man alle möglichen Genehmigungen, um EVA zu gehen."

„EVA?"

„Extra-vehicular activity. Das, was wir jetzt machen. Sind Akronyme nicht toll?"

„Nein."

Ich wollte Delta fragen, was sie so interessant an den Sternen fand – sie schaute immer wieder zu ihnen hinaus, während wir uns fortbewegten –, aber ich konnte im

Vakuum nicht wirklich mit ihr sprechen. Stattdessen hörte ich Kaydee zu, wie sie darüber plauderte, wie die Gesellschaft des Raumschiffs in den guten alten Zeiten mit dem Weltraum umging.

Der Weltraum wurde, wenn man Kaydee glauben schenkt, so weit wie möglich ignoriert. Wie ein Gefangener, der die sich schließenden Wände ignorieren könnte, neigte die Bevölkerung des Raumschiffs dazu, nicht darüber zu sprechen. Die Ingenieure, die Piloten, diejenigen, die nach engen Begegnungen mit zufälligen Asteroiden Ausschau hielten, sie würden sich während ihrer Schichten darum kümmern. Danach?

„Filme, Musik, Hobbys", sagte Kaydee. „Wir wollten nicht da raus. Wollten nicht daran denken, dass wir immer nur einen kleinen Hüllenbruch vom Tod entfernt waren. Es war gesünder, sich auf die nächste Staffel von *Scrappers* zu konzentrieren."

„*Scrappers*?"

Kaydee lachte und verdrehte die Augen: „Schreckliche Show, aber wir hatten nicht viel zur Auswahl. Klar, man konnte durch den Katalog der Erde gehen, aber für frisches, neues Zeug? Teams traten gegeneinander an, um Mech-Schrott in etwas Nützliches zu verwandeln. Zeitlimits, Bewertungen, der ganze Kram."

Ich bemerkte etwas in ihren Worten, als wir den Mittelpunkt des Raumschiffs überquerten. Meine innere Uhr sagte mir, dass bereits ein paar Stunden auf unserem langsamen Marsch vergangen waren, Stunden, die Alpha nutzen konnte, um mehr im Inneren zu übernehmen. Um Val zu jagen und auszulöschen.

Konzentriere dich, Gamma. Ich konnte jetzt nichts dagegen tun.

„Warst du dabei?" fragte ich, dem Faden in ihrer Stimme folgend.

„Nicht in der Erwachsenenversion", sagte Kaydee, immer noch grinsend, mich ansehend und doch absolut nicht ansehend. „Leo und ich, ein paar andere Freunde. Wir haben bei der Kinderausgabe mitgemacht."

„Und ihr habt ...?"

„Gewonnen? Ha, nein", Kaydee schnippte mit den Fingern, und eine lustige kleine Metallmenagerie erschien im virtuellen Raum um uns herum. Es sah ein bisschen aus, als hätte man einen Toaster und ein Multitool zusammengeschmolzen, ein kastenförmiges Stahlstachelschwein. „Wir haben dieses Ding in den zwei Stunden, die wir hatten, gebaut, ein Tierchen, das dir überallhin folgt und bereit ist, dir jedes Werkzeug zu geben, das du brauchst."

„Klingt doch ziemlich clever?"

„Ja, bis du merkst, dass ein Werkzeugkasten dasselbe tut und nie die Batterien ausgehen."

Stimmt.

„Wir haben gegen einen fliegenden Roller verloren."

„Was?"

„Ich weiß, oder?" sagte Kaydee. „Das Ding war ein Albtraum, aber so viel Spaß. Sie haben eine Menge Magnete drangeschraubt, und für ein kleines Kind konntest du den Knopf drücken und schweben. Ein bisschen treten und du konntest dich schwebend fortbewegen."

Das klang tatsächlich ziemlich cool.

Kaydee erzählte von da an weiter und beschrieb die verlorenen Erfindungen ihrer Raumschiff-Jugend, während wir uns langsam vorwärts bewegten. Delta setzte ihre Sternenbeobachtung fort, Alvie behielt die Führungsaufgaben bei, und nach zu vielen Stunden, während das Brummen des Raumschiffs zunahm, erreichten wir das Heck, so weit wir konnten.

Blaues Triebwerksfeuer verdrängte die Sterne, als ich auf die massiven Triebwerke des Raumschiffs blickte, deren kreisförmige Enden sich über die Hülle hinaus in die Ferne erstreckten. Die Hülle fühlte sich hier warm an, obwohl ich das Gefühl hatte, dass diese Triebwerke, die jetzt nur mit Solarenergie liefen, nur einen Bruchteil ihres ursprünglichen Schubs erzeugten. Dennoch brachte der Anblick das Raumschiff wieder in eine neue Perspektive.

Das Raumschiff war keine Welt, kein Zuhause, sondern vielmehr eine Rakete, die auf ein Ziel zusteuerte, das nun früher ankam, als seine Erbauer beabsichtigt hatten. Ob es landen würde, ob irgendein Teil seiner Mission intakt bleiben würde, lag an uns.

„Die hier sieht gut aus", sagte Kaydee und zeigte auf die Stelle, wo Alvie eine weitere Luftschleuse gefunden hatte. Die Handgriffe gingen darüber hinaus weiter, schienen aber direkt ins Herz der Triebwerke zu führen, ein Ort, an den wir nicht gehen mussten. „Wenn Alpha schon hier hinten ist, dann sind wir echt am Arsch."

„Wenn er es ist, dann springe ich da raus", antwortete ich. „Eine lange Reise zwischen den Sternen scheint mir ein guter Weg zu gehen."

„Ausnahmsweise, Gamma, bin ich ganz bei dir."

NEUNUNDZWANZIG

WIEDERAUFBAU

Glücklicherweise warteten keine Mechs in der Luftschleuse auf uns. Überhaupt niemand wartete dort. Ich ging voran, Alvie tappste hinter mir her. Delta brauchte ihre Zeit, um sich uns in der Kammer anzuschließen, ein letzter langer Blick hinaus zu den Sternen. Sie schloss die Tür hinter uns und sperrte uns in dem kleinen Raum ein. In der Vergangenheit hatten wir uns auf andere Mechs verlassen, auf Alvie, um uns hereinzulassen.

Und diesmal?

„Was passiert, wenn wir sie kaputt machen?", fragte ich Kaydee.

„Bin mir nicht sicher", zuckte Kaydee mit den Schultern. „Meine Vermutung wäre, dass Starship den Gang versiegelt und euch hier drin einschließt, ohne Ausweg."

„Was uns also bleibt?"

„Deine Fantasie?"

Delta schien nicht viel beitragen zu wollen. Sie stieß sich ab und schwebte zur Seite. Da keine Sterne zum Anschauen verfügbar waren, begnügte sie sich mit den gefleckten weißen Wänden. Alvie, ähnlich verloren, strampelte mit seinen Pfoten im Vakuum. Ich grübelte.

Ein Schiff wie Starship müsste doch berücksichtigen, dass Leute nach draußen gehen, ohne dass jemand physisch anwesend ist, um sie wieder reinzulassen, oder? Unmöglich, dass eine schnelle Reaktion auf ein Wartungsproblem dazu führen könnte, dass jemand ausgesperrt wird.

„Klar", sagte Kaydee und griff meine Gedanken auf. Sie positionierte sich auf der Innenseite der Luftschleuse, jenseits unserer Barriere, als wolle sie mich verspotten. „Aber wer hört gerade zu? Die einzigen Leute auf der Brücke sind deine Feinde."

„Nur auf der Brücke?"

Kaydee wollte antworten, neigte dann aber den Kopf und warf mir einen Seitenblick zu: „Worauf willst du hinaus, Gamma?"

Ich stieß mich von der Innentür ab und ging zurück zur Luke, die uns vom Vakuum trennte. Jemand, der eine Luftschleuse öffnet und schließt, erregt vielleicht nicht viel Aufmerksamkeit, aber was ist mit dem Offenlassen? Ich griff den weiß lackierten, rot gespitzten Hebel und zog ihn zurück, öffnete die Luke erneut und setzte uns der triebwerkgewaschenen Unendlichkeit aus.

Ich versuchte, mir nicht anmerken zu lassen, wie schwer es war, diesen Hebel in meinem neuen, miserablen Zustand zu ziehen.

Delta bemerkte es nicht, sah nur an mir vorbei in die Dunkelheit. Alvie gab ein lautloses Bellen von sich. Wenigstens der Hund schien sich um mich zu sorgen.

Ich ließ die Luke offen, stieß mich zurück zur inneren Luftschleuse und wartete. Nach einigen Minuten blinkten die Lichter in der Luftschleuse dreimal gelb. Nach ein paar weiteren Minuten ein orangefarbenes Blinken.

„Du nervst das Schiff", sagte Kaydee.

„Es nervt mich", erwiderte ich.

Fünfzehn Minuten nachdem ich die Luke geöffnet hatte, wurden die Lichter im Inneren rot und blieben es. Ich verschränkte die Arme und wartete. Zeit, meine Vermutung zu testen.

Noch drei Minuten. Präzise von einem Programm gezählt, das den Timer in kleinen türkisfarbenen Zahlen in mein rechtes Auge projizierte.

Ohne Vorwarnung schwang die Luke zu. Der Hebel rastete ein. Diesmal startete die Luftschleuse ihren Zyklus. Ein druckpopendes Rauschen, als Sauerstoff unseren engen Raum flutete. Ein vages Summen klickte in meinen Schaltkreisen, als Starships Gravitationsmagnete um uns herum hochfuhren und unser Trio sanft auf den Boden der Luftschleuse zogen. Auch der Ton kam zurück, die fehlenden Geräusche ergossen sich, als hätte jemand irgendwo einen Lautstärkeregler Schritt für Schritt aufgedreht.

„Gamma, du Idiot", kamen die Worte, ein Satz, der mehrmals wiederholt wurde, bis ich irgendwohin einen Daumen hoch zeigte. Die Stimme gehörte zu einem bestimmten verrückten Mech, einem, der es vielleicht bemerken würde, wenn Starship ein Anomalie-Ereignis hätte, das Aufmerksamkeit brauchte. „Was machst du da, eine Luke offen zu lassen?"

„Deine Aufmerksamkeit erregen", antwortete ich. „Lässt du uns rein?"

„Das tue ich gerade", sagte Volt, seine Stimme knisterte durch die Lautsprecher. „Volt hat deinen Rücken, wie immer."

„Danke, Kumpel."

„Wenn du dich bedanken willst, dann beeilt euch", fuhr Volt fort, während sich der Druck ausglich, die Innenseite der Luftschleuse grün aufleuchtete und aufsprang. „Jeder, der aufgepasst hat, hätte diesen Lukenalarm gesehen."

Volt redete weiter, als wir nach drinnen kamen. Der Mech beschwerte sich, dass Starship Alarme bereit hatte, die bei potenziellen Vakuumbedrohungen losgehen würden. Die Brücke hätte es sicher bemerkt, aber auch Val und alle anderen Mechs. Ich fragte mich, ob Leo und seine veränderten Tech-Brüder den Alarm gesehen und vermutet hatten, dass wir es waren.

Der Gang, der von der Luftschleuse wegführte, zeigte Starships Heck als einen Ort, an dem Dinge erledigt wurden. Kein scharlachroter Teppich, keine Zugeständnisse an den Komfort. Hartes Licht kämmte die Decke, während Karten und Poster, die auf die richtigen Verfahren hinwiesen, die waffengrauen Wände bedeckten. Ein Streifen, der entlang des Bodens verlief, teilte die beabsichtigten Richtungen und machte es jedem, der Fracht transportierte, leicht, dort zu bleiben, wo er hingehörte. Alle paar Meter gab es einen herunterklappbaren Alarm, um Hilfe zu rufen, und neben jedem schien es einen weiteren kleinen Abzweig zu diesem oder jenem Triebwerksuntersystem zu geben.

„Mein Punkt, Gamma", fuhr Volt fort, während wir gingen, „denn ich habe immer einen Punkt, ist, dass jeder weiß, wo ihr seid."

„Nein", sagte ich. „Sie wissen nur, dass eine Luke offen hing. Hätte alles Mögliche sein können."

„Kameras, du dummes Gefäß. Dieses ganze Schiff ist voller Kameras. Stell dir meine Überraschung vor, als ich hier bin und Starships Energiegarten pflege - die Missus sagt, ich soll es so nennen, besser für meinen Schaltkreisstress - und hier ist mein Lieblingsfreund und winkt jedem zu, der ihn umbringen will."

„Moment, Missus?"

Kaydee echote meine Frage. Auch Delta hatte ihre Nase und Augen vor Verwirrung zusammengekniffen.

„Hab dir doch gesagt, dass ich ein paar Upgrades mache", sagte Volt, wobei seine Stimme von Lautsprecher zu Lautsprecher wanderte, während wir entlanggingen. „Sie ist jetzt ein echter Feuerwerkskörper, und ich meine nicht nur den neuen Laser, der, puh-ha, etwas ist, das du sehen musst."

„Würde ich gerne", erwiderte ich. „Danke für die Unterstützung, Volt. Wie wäre es, wenn du mir Bescheid gibst, falls Alphas Mechs in unsere Nähe kommen, okay?"

„Das ist es ja, Gamma. Alpha bewegt seine Schergen, und es sind eine Menge, und sie verbrauchen so viel Energie, aber sie kommen nicht auf euch zu. Naja, nicht direkt."

Ich kannte die Antwort, bevor Volt sie aussprach, fragte aber trotzdem.

„Die Menschen, Gamma. Alpha weiß, wo sie sind, und er ist hinter ihnen her."

„Aber nicht die Kinderstube?"

„Noch nicht. Aktuelle Bedrohungen vor zukünftigen, stimmt's?"

„Anscheinend."

Wir erreichten das Zentrum des Hecks, das Äquivalent zur Brücke des Raumschiffs, eingebettet in den Hintern des großen Schiffs. Das Rumpeln hatte hier eine echte Intensität, meine Füße vibrierten, als wären sie unter ständiger Massage. Anders als die Brücke diente das Heckzentrum mehr als Cafeteria, als allgemeiner Versammlungsort, statt als Ort, an dem Dinge erledigt wurden. Spärliche Tische und Stühle, viele zerbrochen oder beiseite geworfen, gesellten sich zu ramponieren Verkaufsautomaten mit längst abgelaufenen Inhalten in dem kreisförmigen, flachen Raum. Wir hatten einen Aufzug zur mittleren Ebene genommen, und sein Gegenstück saß auf der gegenüberliegenden Seite, bereit, Ingenieure in jeden Bereich zu bringen, der Aufmerksamkeit benötigte.

Direkt hinten, wo man, wenn man eine besonders lange Nadel durchstoßen würde, den Weltraum finden würde, befanden sich vier riesige Bildschirme. Einer flackerte, einer war tot schwarz, aber die anderen beiden blätterten durch verschiedene Statusberichte. Die Triebwerke des Raumschiffs zeigten erstaunlicherweise fast überall Grün an. Entweder war die Bauqualität hervorragend, oder-

„Wir haben sie seit Jahrhunderten kaum benutzt", sagte Kaydee und tauchte in der Nähe der Bildschirme auf. „Das Raumschiff hat seine Höchstgeschwindigkeit nicht allzu weit in die Reise hinein erreicht. Seitdem sind wir nur dahingegleitet, bis jetzt."

„Bis jetzt?", fragte ich.

„Es dauert genauso lange zu bremsen wie zu beschleunigen, wenn man verantwortungsvoll ist", antwortete Kaydee.

„Ich würde nicht darauf zählen, dass Alpha das ist."

„Ich auch nicht."

„Was passiert, wenn er uns hart abbremst?"

Kaydee zuckte mit den Schultern. „Vielleicht sprengen wir ein paar Triebwerke. Vielleicht zerbricht das Raumschiff unter der Kraft. Vielleicht auch nichts, weil all diese Ingenieure damals auf der Erde wussten, was sie taten."

„Du hast aber eine Vermutung, oder?"

„Oh ja. Wir werden alle sterben."

Cool.

Neben dem Triebwerksstatus zeigten die Bildschirme auch einige seltsame Rückblenden aus dem alten Leben des Raumschiffs: einen wöchentlichen Mittagsplan für warmes Essen - Taco-Dienstage? Alle zwei Freitage Hackbraten?

Auch Veranstaltungen, wie Bands, die an kommenden Feiertagen spielten, ungeachtet dessen, dass die Musiker längst aufgehört hatten zu singen. Das Gesicht einer hohlwangigen Ingenieurin tauchte alle paar Minuten auf und erklärte sie zur Mitarbeiterin des Monats.

Sie hatte sich einen kostenlosen Keks für ihre Bemühungen verdient.

Ein Knacken riss meine Aufmerksamkeit von den Bildschirmen weg. Delta, anscheinend wieder ganz die Alte, hatte ein Tischbein abgerissen. Sie winkte Alvie heran, ließ ihn seine Krallen benutzen, um ein Ende zu zerreißen und es von einem glatten Möbelstück in eine gezackte Waffe zu verwandeln. Delta hob die meterlange Stange hoch und schwang sie ein paar Mal hin und her, nickend.

„Es ist nicht mein Schwert", sagte Delta, als ich herüberkam, „aber es wird reichen. Jetzt der Rest."

„Der Rest?"

Mit mir im Schlepptau plünderte Delta die Cafeteria und verwandelte sie in ein Waffendepot. Stuhlbeine wurden zu kürzeren Klingen geschnitten, Alvies Zähne und Krallen bearbeiteten die kleinsten zu Messern, die Delta in ihrer Kleidung versteckte. Sie gab mir auch ein paar, obwohl ich am Ende ein unbeschädigtes Tischbein für mich selbst bevorzugte.

Das Ding diente gleichzeitig als Gehstock, verstehst du. Meine Beine schienen schwächer zu werden, jeder Schritt ließ Warnungen vor meinen Augen aufleuchten, die Ungleichgewicht und mangelnde Stabilität anzeigten.

„Du weißt, wohin wir gehen, oder?", fragte ich Delta, als sie einen improvisierten Messergürtel fertigstellte, dessen Metallzähne ihre Taille umschlossen.

„Zu diesen Menschen."

„Damit bist du einverstanden?"

„Ja."

Ich blinzelte. Delta richtete sich auf, pfiff nach Alvie und zeigte den Gang hinunter, weg von der Cafeteria, in Richtung des Conduits.

„Warum der Sinneswandel?", fragte ich, während wir lostrotteten, mein Gehstock bei jedem Schritt ein metallisches Klicken von sich gebend.

„Ich habe kein Herz", erwiderte Delta. „Logischerweise wirst du dorthin gehen. Du hast die Stimmen, die die einzige Chance für das Raumschiff und damit für mich bieten, meine Mission zu erfüllen. Also gehe ich mit dir."

„So eine Romantikerin", murmelte Kaydee an der Seite.

Ich versuchte eine andere Taktik.

„Du hast immer wieder zu den Sternen geschaut", fragte ich. „Warum?"

Delta warf mir einen wütenden Blick zu: „Du wirst es wissen, wenn ich will, dass du es weißt."

Die Mauern waren immer noch hoch. Delta, das ultragewalttätige Rätsel.

„Gamma", sagte Delta nach einem weiteren Schritt, ihr Gletscher taute. „Du bist verletzt. Du bist fast hilflos. Ich möchte nicht sehen, wie du stirbst. Geh zu Volt. Ich kann ohne dich zu den Menschen gehen."

„Wenn du dort ohne mich auftauchst, werden sie dich töten."

Delta lachte: „Die Menschen können es ja versuchen."

„Das ist das Problem, Delta. Sie werden es tun."

Der Conduit öffnete sich vor uns, sein blauer, nebliger Korridor ein angenehmer Anblick, nachdem wir so lange im Vakuum verbracht hatten. Geräusche hallten auf und ab, Mechs, die ihren Geschäften nachgingen. Beim Zuhören konnten wir ein lauteres Knirschen ausmachen. Der

Schritt-für-robotischen-Schritt, als Mechs sich zu Hunderten im Einklang bewegten, alle näher kommend.

Alphas Armee war nicht schnell, aber sie würde nicht aufhören. Dahinter lagen auch die Fertigungslinien, wo weitere Mechs aus Schrott zusammengesetzt würden. Nicht die tödlichsten Feinde, nein, aber für die Menschen würde es einen endlosen Kampf bedeuten. Sie konnten nicht ewig wach bleiben, nicht ewig kämpfen. Selbst unsere Batterien würden sich erschöpfen, wenn sie stunden- und tagelang ohne Pause beansprucht würden.

„Du kümmerst dich so sehr um diese Menschen?", fragte Delta.

Ich schüttelte den Kopf, ein vertrautes Drängen lag meinen Worten zugrunde: „Wir haben eine Mission, Delta. Das ist alles. Ich möchte sie zu Ende bringen."

Ich hatte geschwankt, dort auf der Brücke. Mit Alpha. Geschwankt und festgestellt, dass Mechs genauso unvollkommen sind wie die Menschen, die sie erschufen. Ich konnte nicht über das Schicksal des Raumschiffs entscheiden, aber vielleicht konnte ich es ein kleines Stück von dem Monster wegbewegen, das jetzt am Steuer saß.

Val und ihre Enklave stellten die einzige echte Alternative dar. Ich würde die Stimmen zu ihr bringen und sehen, ob die Menschen gemeinsam einen Weg finden könnten, ihre Fehler zu korrigieren.

ABSTIEG

Der Aufzug funktionierte nicht. Oder besser gesagt, ein wütendes rotes Licht teilte uns mit, dass sich die einfache Plattform, ein umzäunter Halbkreis, der in den Conduit hineinragte, nicht bewegen würde. Delta, Alvie und ich starrten darauf, als ob unser kollektiver Wille den Aufzug dazu bringen könnte, seine Meinung zu ändern.

„Warum?", fragte Delta schließlich.

„Ich weiß es nicht", antwortete ich. Das rote Licht, das ein Bedienfeld mit vier Knöpfen dominierte, auf dem sich auch die Optionen für Auf, Ab und Grün-ist-gut befanden, bot wenig Erklärung. „Wo ist der nächste?"

Delta zeigte auf die andere Seite des Conduits, zu den Laufstegen dort drüben. Ein weiterer Aufzug spiegelte diesen hier, aber als ich meine Augen fokussierte, erkannte ich auch dort einen ähnlichen roten Schimmer. Ebenfalls blockiert. Ein weiterer Aufzug würde nicht allzu weit entfernt auftauchen, aber jeder Schritt in diese Richtung brachte uns Alphas vorrückenden Mechs näher.

„Treppen?", schlug ich vor, und Delta schnaubte.

„Damit kannst du keine Treppen runter", nickte sie in Richtung meines Gehstocks.

„Siehst du eine andere Möglichkeit?"

„Ja", Delta zeigte in Richtung der Triebwerke. „Du gehst und bleibst in Sicherheit. Ich komme danach zurück und hole dich."

„Ich meine eine andere Option, die Sinn ergibt."

Delta verdrehte die Augen, drehte sich um und blickte den Conduit hinauf. Ich ging in die entgegengesetzte Richtung und begann meinen langsamen Marsch zur Treppe. Der Conduit hatte etwa alle hundert Meter Aufzüge, die Plattformen beförderten Menschen und Fracht schnell die Ebenen hinauf und hinunter. Treppen waren seltener, nur halb so viele wie Aufzüge, aber sie konnten dienen.

Vorausgesetzt, man musste nicht allzu weit gehen.

„Sie versucht, dich zu beschützen", sagte Kaydee, die neben mir herschlurfte.

„Sie will nicht an mich in einem Kampf denken", erwiderte ich.

„Logisch."

Ich warf Kaydee einen frustrierten Blick zu, bevor ich mich selbst bremste. Wer würde schon den Beschützer für einen kaputten Mech wie mich spielen wollen? Ich würde im Weg stehen, Beobachtung erfordern, um sicherzustellen, dass Alpha mich nicht ausschaltet. Delta hatte Recht damit, zu versuchen, mich in einen Schrank zu schieben.

Meine eigenen Gefühle – Bits, musste ich mich erinnern, erzeugt von Funktionen, die mich zu meiner programmierten Mission drängten, die Menschen zu schützen – mit meinen begrenzten Fähigkeiten in Einklang zu bringen, fühlte sich unmöglich an: Ich konnte all die Gründe sehen, warum ich beiseite stehen, an meinen eigenen Schaltkreisen mit Werkzeugen arbeiten sollte, die ich in der Nähe der Triebwerke finden würde, aber das würde Delta allein lassen, um mit einem kniffligen Stamm zu verhandeln.

„Das ist aber nicht alles, oder?", sagte Kaydee, jetzt leiser, als wir die Treppe erreichten.

Früher hatte Kaydee mir gesagt, wir würden miteinander verwoben werden. Als mein Geist, ein lebendes Programm, das in meinem Betriebssystem nistete, würden sich ihre Funktionen mit meinen eigenen vermischen und die kalte Kalkulation, die meine Entscheidungen antrieb, in etwas Unordentlicheres, Menschenähnlicheres verwandeln. Code war nicht das Einzige, das sich ändern würde. Emotionen, Erinnerungen, Überzeugungen, all das würde aus Kaydees Leben in meines überfließen.

Zumindest war das das, womit ich die Angst erklärte, die sich einschlich, seit ich auf diesem Glas aufgespießt worden war, allein im Universum.

„Wenn Alpha gewinnt und ich nicht da bin, wird er mich irgendwann finden", sagte ich, den Gehstock in meiner rechten Hand, das Treppengeländer in der linken. Die erste Stufe wartete darauf, dass ich den langen Abstieg begann. „Diese Mechs werden mich einholen und in Stücke reißen."

„Und?"

Ich setzte den Stock auf die Treppe, stabilisierte sein wackeliges Selbst. Nahm mein rechtes Bein und folgte, ein sicherer Stand auf den profilierten Metallstufen. Der blaue Nebel des Conduits überzog die Treppe, rutschig, wären da nicht die stacheligen Griffe, die in das Metall eingelassen waren. Mein linker Fuß gesellte sich dazu. Eine Stufe geschafft, noch zwölf bis zur nächsten Ebene. Ich wollte gar nicht daran denken, wie viele Ebenen danach noch kamen.

„Ich wäre allein", sagte ich.

Alvie, als würde er protestieren, bellte keuchend hinter

mir und wagte sich auf die erste Stufe, als ich mich auf die zweite bewegte.

„Okay, vielleicht nicht ganz allein." Ich lächelte. „Aber trotzdem."

„Das hast du von mir", sagte Kaydee und tauchte weiter unten auf der Treppe auf, lehnte sich gegen die Wand und lutschte an einem riesigen Pfefferminz-Lolly. „Am Ende, als sie mich ins Krankenhaus brachten, war ich allein. All die Jahre, die ich als Geist in der digitalen Leere schwebte und auf dich wartete, fühlte ich mich einsam."

Als ich die dritte Stufe erreichte, stieß sich Kaydee von ihrer Lehnposition ab und wedelte mit dem Lolly in meine Richtung.

„Rate mal, Gamma", sagte Kaydee, „du musst dir darüber keine Sorgen machen."

„Nein?"

Kaydee hob den Lolly über ihren Kopf, und als hätten sich an einem Sommertag die Wolken gelichtet, strömte goldenes Licht um sie herum.

„Du hast mich, du Trottel", grinste Kaydee. „Und du kannst auch nichts dagegen tun."

Was konnte ich anderes tun als lachen?

Und ausrutschen, wobei der Gehstock sein Ziel verfehlte.

Ich stürzte vorwärts. Meine Augen schlossen sich, mein Körper bereitete sich bestmöglich auf den bevorstehenden Aufprall vor. Einen, der nach der kurzen Panik nie eintrat. Stattdessen zog sich mein Hemd eng um meine Brust, meine Füße balancierten auf den Zehenspitzen, während ich über die Treppe lehnte. Delta zog mich zurück, fing mich auf und setzte mich auf der Stufe ab. Sie ließ meine Kleidung los. Ich bemerkte, dass sie mich nicht weit schwanken ließ, bereit, mich wieder zu packen.

„Wenn du die Treppe willst, nehmen wir die Treppe", sagte Delta. „Aber lass es uns auf meine Art machen, okay?"

Deltas Art beinhaltete, dass ich mich festhalten musste, während sie die Treppe einen Flug nach dem anderen hinuntersprang. Sie machte die Sprünge mit unerschütterlicher Anmut, obwohl sie ihre Klinge und meinen Gehstock in den Händen hielt. Jeder Sprung endete mit mehreren Schritten, um den Schwung auszuspielen, einem schnellen Gang zur nächsten Treppe, und schon ging es wieder los.

Alvie und sein keuchendes Bellen sprangen hinterher.

Die Leichtigkeit erinnerte mich - wieder einmal - daran, dass wir Gefäße sehr unterschiedlich gebaut waren. Selbst in meiner Blütezeit hätte ich diese Sprünge nicht geschafft, aber Delta konnte ihr Gewicht verdoppeln und immer noch Meter durch die Luft springen. Nicht einmal erwähnte sie, dass sie eine Pause zum Aufladen bräuchte, nicht einmal murmelte sie, dass die ganze Sache lächerlich sei. Sie stellte sich der Aufgabe und führte sie aus.

Die Ebenen, die wir kurz durchquerten, zeigten besser als meine Fahrt mit Volt die wahren Bewohner, die so weit hinten auf dem Sternenschiff gelebt hatten. Die Eingänge zu den Wohnungen waren kleiner und enger beieinander. Vorne klammerten sich Geschäfte und Restaurants an ihre zerbrochenen Auslagen, aber hier schien es kaum welche gegeben zu haben, wobei zerschlagene Räume zwischen den Wohnungen die Gehwege mit Splittern, uralten chemischen Pfützen und gelegentlich funkelnden Steckdosen verunstalteten. Keine Reinigungsmechs hielten hier noch den Schein aufrecht.

Vals Menschen machten ihre Präsenz ebenfalls deutlich. Ausgeweidete Mechs säumten den Conduit, ihre mit Äxten zerschlagenen, von Pfeilen durchlöcherten Körper verrotteten vor sich hin. Die Menschen hatten nützliche

Teile entfernt und die Mechs als buchstäbliche Hüllen zurückgelassen: ausgehöhlt, mit Kabeln, die sich dort ausbreiteten, wo einst Stromversorgungen und Prozessoren saßen.

Wenn Delta etwas davon sah, wenn es sie kümmerte, sagte sie nichts. Auch Kaydee hielt sich zurück, bot nicht einmal eine spöttische Bemerkung zu meiner unbeholfenen Fahrt an.

Der Conduit sprach genug für uns alle.

Als wir die Ebene der Junker erreichten, nicht weit vom Boden entfernt, ließ ich Delta mich absetzen. Gab ihr ihr Schwert zurück, nahm meinen Gehstock und richtete mich auf. Der Gehweg sah aus, wie ich ihn verlassen hatte, sauberer als die darüber und nicht weniger unheilvoll mit seinem schweigenden Metall. Vor uns lagen Türen, sowohl zu unserer Hoffnung als auch zu unserem wahrscheinlichen Untergang.

„Bereit?", fragte ich Delta.

„Ich habe dich hier runter gesprungen, oder?", erwiderte Delta und justierte ihre Messer nach meinem Transport. „Es hat lange genug gedauert. Lass uns gehen."

Zuerst dachte ich, Delta würde die Führung übernehmen, aber sie hielt sich zurück und winkte mich voran.

„Du hast die ganze Zeit gesagt, wie sie mich auf Sicht töten werden", sagte Delta, als ich losging. „Beweise, dass du Recht hast, Gamma."

Punkt für sie. Deltas Part würde später kommen, wenn Alphas Mechs eintrafen. Jetzt, mit meinem Gehstock, meinem vernarbten und zerschlagenen Körper, musste ich Val, Chalo und Beta davon überzeugen, dass es sich lohnte, uns zuzuhören.

Diese Idee wurde schwieriger, etwa fünf Schritte in unsere Reise, als eine kleine Silhouette aus einer Nische vor uns trat. Der Schatten bewegte sich und ich erkannte die Bogensehne, sah die Arme sich bewegen, den Pfeil abspringen. Das frühere Ich, mit Leos scharfen programmierten Reflexen, hätte vielleicht einen Ausweichversuch geschafft. Delta hätte das Ding fangen oder wegschlagen können. Da sie weit hinten stand, hatte Delta keine Zeit.

Stattdessen sah ich, wie der Pfeil das Licht des Conduits einfing, der blaue Nebel ließ die Metallspitze wie einen Stern funkeln. Dieser Stern bohrte sich in meine linke Schulter, die Kraft neigte mich nach hinten, betäubte meinen linken Arm. Ein Aufblitzen vor meinen Augen bestätigte, dass der Pfeil die Verdrahtung in dieser Richtung durchtrennt hatte.

„Halt!", rief ich und sah, wie die Gestalt einen weiteren Pfeil spannte. „Wir sind hier, um Val zu sehen!"

Der Schatten zögerte, als Delta neben mich trat. Sie warf einen Blick auf den Schaft, der aus meiner Schulter ragte. Ihre linke Hand wanderte zu ihrem Messergürtel, und ich zweifelte nicht daran, dass sie eines dieser Dinge weiter und schneller schleudern konnte, als der Bogenschütze da vorne schießen konnte.

„Nicht", sagte ich zu ihr. „Es ist ein Fehler. Sie werden aufhören."

„Bleibt dort!", rief der Schatten, als hätte er mich gehört. „Noch einen Schritt und ihr seid tot."

„Wohl kaum", murmelte Delta.

„Beeilt euch", rief ich dem Schatten zu. „Sagt Val, dass sie sich bereit machen soll, sonst habt ihr keine Chance."

Statt einer Frage hörte ich ein Lachen, ein unheilvolles.

„Wenn ihr Val wollt, seid ihr zu spät", verkündete der Schatten. „Sie ist bereits fort."

ERSTE HILFE

Wir standen viel zu lange Minuten auf dem Gehweg unter dem Pfeil des Schattens, bis der Junge für uns bürgte. Der Kleine hatte diesmal weder sein freches Grinsen noch den federnden Gang, als er uns mit angsterfülltem Gesicht durchwinkte. Der Schatten entpuppte sich als ein Mädchen, nicht viel älter, rau und tapfer. Sie beobachtete uns beim Vorbeigehen, den Pfeil schussbereit, als erwartete sie, dass wir uns jeden Moment in Feinde verwandeln würden.

„Wir sind angespannt", sagte der Junge, als wir die kleine Nische passierten. „Die meisten Erwachsenen sind schon weg." Er musterte mich. „Du siehst übel aus, oder?"

„Was hat mich verraten?"

„Der Pfeil sieht krass aus."

„Deine Freundin hat ihn dort platziert."

Der Junge zuckte mit den Schultern. „Du bist ein Mech. Sie hat getan, was sie tun musste."

Hinter der Nische hatten die Menschen den Weg mit Unrat übersät. Gerümpel lag kreuz und quer über den flachen Fliesen und bildete starre Barrikaden und Stolperfallen. Der Junge kletterte geschickt darüber hinweg, Delta half mir, mich hindurchzumanövrieren, darüber und darunter. Ab und zu passierten wir eine weitere improvisierte Scharfschützenposition, besetzt mit einem Jungen oder Mädchen, alle bewaffnet mit Bögen, Keulen und zufälligem Schutt.

Das Durcheinander tat zwar nichts für die Optik, aber ich konnte sehen, wie es Alphas klobige Mechs verlangsamen würde. Diese gezackten Füße, die Ketten an vielen würden Schwierigkeiten haben, die großen ins Stolpern und Fallen bringen. Leichte Ziele selbst für Hobbybogenschützen.

„Die ersten kamen letzte Nacht", fuhr der Junge fort, als wir uns dem Laden des Schrotthändlers näherten. „Diese kleinen fliegenden Dinger, die mit den echt fiesen Lasern?" Er schauderte. „Ohne Beta wären wir überrascht worden."

Delta schnüffelte.

„Kennt sie sie?", der Junge bemerkte das Geräusch und warf Delta einen Blick zu, während wir über ein umgekipptes Fass kletterten.

„Man könnte es so sagen", antwortete ich. „Du sagtest, sie wären weg? Val, Chalo?"

„Beta meinte, wir wären am Arsch. Val wollte Beweise."

Beweise zu erbringen bedeutete, eine Expedition zum Garten zu unternehmen. Val nahm Beta und die jagdfähigen Erwachsenen mit, während sie die anderen zurückließ, um die Befestigungen aufzubauen. Alvie, Delta und ich folgten dem Jungen durch den Laden des Schrotthändlers bis zu den Schmieden und der notdürftigen Stadt. Augen verfolgten uns, aber die Menschen, die wir sahen, hatten alle Hände voll zu tun damit, neue Waffen zu schnitzen, Essen zu kochen oder sich um die Verwundeten zu kümmern.

Das Letzte fesselte meine Aufmerksamkeit. Sechs Gestalten lagen auf stoffbedeckten Matten in einem Zelt in dem großen Raum, den Val für ihren Stadtplatz beschlagnahmt hatte. Alles Erwachsene, alle an verschiedenen Stellen verbrannt. Nachdem der Junge gegangen war und uns gesagt hatte, wir sollten hier bleiben, bis Val zurückkäme, nahm Delta Alvie und marschierte direkt los, um ihre Ausrüstung aufzurüsten. Ich hatte geplant, zu den Schmieden zu gehen und zu sehen, ob jemand bei einer Reparatur helfen könnte, aber die Stöhnlaute aus dem Zelt stahlen meine Aufmerksamkeit.

Ich wusste, wie es sich für mich anfühlte, getroffen zu werden. Mein Körper teilte mir genau mit, wo, was beschädigt worden war. Ich konnte blinzeln und meine eigenen Baupläne aufrufen, identifizieren, welche neuen Teile ich brauchte und was mit ihnen getan werden sollte. Schmerz konnte mit einem Gedanken blockiert werden.

Diese Menschen trugen die Qual auf ihren Körpern, bedeckt mit Laken und behelfsmäßigen Verbänden. Die Augen waren eher geschlossen als offen, fest zusammengepresst mit Grimassen, während sie ihre Beine und Arme in der Luft hielten, um empfindliche Wunden vor Berührungen zu schützen. Der Letzte, mit einem Verband um die Brust, schien bewusstlos zu sein.

„Du bist neu", sagte der einzige ansprechbare Bewohner des Zeltes, ein junger Mann mit einem zitternden Zucken in der Lippe. Schatten unter seinen Augen und ein Schwanken in seiner Stimme deuteten darauf hin, dass Schlaf schon seit einiger Zeit kein Begleiter mehr gewesen war. „Weißt du, dass du einen Pfeil in der Schulter hast?"

Ich hatte es fast vergessen. Den Schmerz auszublenden hatte auch seine Nachteile.

„Vielleicht könntest du mir helfen?", fragte ich, und der Mann winkte mich zu einem leeren Hocker. Obwohl er mit verkrustetem schwarzen Metall überzogen war, hielt der dünne Sitz mich, ohne nachzugeben.

Der Mann ging zu einer gestohlenen Werkbank, die für die Herstellung von Werkzeugen gedacht war, nicht für Medizin. In der Tat schienen die Zangen, die er herauszog, eher für Stahl als für Chirurgie geeignet. Als er nach einer Flasche mit klarer Flüssigkeit griff, sagte ich ihm, dass es nicht nötig sei.

„Ich weiß, es tut weh, Freund", erwiderte der Mann, während er den Deckel abschraubte, „aber du wirst größere Probleme bekommen, wenn sich diese Wunde entzündet."

„Das wird sie nicht."

„Der arme Kerl weiß es nicht", flüsterte Kaydee und zog sich zum ersten Mal, seit wir die Treppe verlassen hatten, wieder zurück. „Leo hat wirklich gute Arbeit an euch allen geleistet."

Mein Arzt konnte Kaydee nicht hören, aber er muss die Gewissheit in meiner Stimme wahrgenommen haben. Er setzte die Kappe langsam auf die Flasche, sein Griff um die Zange verstärkte sich, genau wie die Haut um seine Augen. Misstrauen, Angst. Ich erkannte diese Emotionen.

„Entspann dich bitte", sagte ich und behielt meine Hände auf den Knien. „Ich bin nicht hier, um jemandem zu schaden."

„Du bist also wie sie. Die, die sich in den Schatten aufhält."

Die, die sich in den Schatten aufhält?

„In mancher Hinsicht", antwortete ich, „zum Beispiel

ziehen wir beide es vor, keine Pfeile in unseren Schultern stecken zu haben."

Der Mann bewegte sich nicht. „Du bist ein Mech. Ein Feind."

Menschen.

„Meine Freunde und ich sind eure einzige Chance zu überleben", sagte ich. „Du kannst mich nennen, wie du willst, aber wenn du nicht willst, dass der Rest deiner Freunde wie diese Crew endet, hilfst du mir besser."

Das zumindest riss den zwangsverpflichteten Arzt aus seiner Lethargie. Er kam herüber, schwang einen anderen Hocker herbei und setzte sich vor mich. Er musterte mich, verweilte hier und da, als ob er sich selbst davon überzeugen wollte, dass das, was er sah, meine mechanische Herkunft offensichtlich machte. Inzwischen hatte meine synthetische Haut ihre Arbeit getan und die Narben vom Glas bedeckt - auch wenn sie nichts an den Schäden darunter änderte -, sodass der Mann ein mentales Spiel mit sich selbst spielte.

Schließlich packte er den Pfeil mit der Zange.

„Das wird wehtun", sagte er, dann schluckte er. „Ich meine, ich schätze, es wird nicht wehtun."

„Wird es nicht", bestätigte ich.

Er zog, die Pfeilspitze grub sich zurück in die Haut, die darüber geflossen war, um die Wunde zu schließen. Die Einschlagstelle wölbte sich heraus, als der Mann zog, die Zange bot einen guten Griff. Dennoch brach meine Haut nicht. Der Pfeil blieb stecken.

„Er gibt sich nicht besonders Mühe", sagte Kaydee, die über die Schulter des Mannes spähte und seinen Versuch beobachtete. „Vielleicht ist er dieser Aufgabe nicht gewachsen, Gamma."

Nein. Ich hätte aufstehen und gehen können, Delta überreden können, den Pfeil herauszuziehen, aber ich musste jetzt etwas sehen, etwas, das mir erst klar wurde, als ich dieses Zelt betrat. Menschen konnten so fürsorglich zueinander sein, sogar im Tod.

Könnten sie jemals so für einen Mech empfinden? Würde ein Mensch sich jemals wirklich darum kümmern, wenn wir verletzt wären? Wenn wir beschädigt vor ihnen lägen, würde dieser Mann mich zur Hilfe zurückbringen oder einfach weitergehen?

„Hör auf, Angst zu haben, und zieh", sagte ich. „Tu das, was du tun würdest, um deine Freunde zu retten."

„Du bist nicht mein Freund", erwiderte der Mann und ließ die Zange los.

„Das habe ich nicht gesagt", antwortete ich. Die Geschichten des Bibliothekars, die durch meinen Kopf flitzten, gaben mir die Zeilen ein, den Weg zu einer emotionalen Verbindung. „Wenn du nicht willst, dass sie sterben, ziehst du diesen Pfeil heraus."

Wieder der starre Blick, das Dilemma in dieser zuckenden Lippe. Ein Schlucken, ein Nicken, und der Arzt nahm die Zange wieder auf. Diesmal begann der Zug langsam, der Mann tastete sich an der Pfeilspitze entlang, als er sie durch die Drähte, das zerrissene Metall unter meiner perfekten Haut führte. Es fühlte sich an wie ein Insekt in meinen Eingeweiden, das herumkrabbelte, die Widerhaken des Pfeils verfingen und verhakten sich, als der Arzt ihn vorsichtig herauszog.

„Jetzt nur noch die Haut", murmelte der Arzt vor sich hin.

Er verzog das Gesicht, zog, fand die Haut wieder zu stark. Ich war kurz davor, an dem Mann zu zweifeln, als er seinen Griff wechselte, die Zange am Schaft des Pfeils entlang bis zu der Stelle gleiten ließ, wo er auf meine Haut traf, die gebrochenen Ränder.

„Halt durch", sagte der Mann, die beiläufigen Worte von jemandem, der in seinem Moment versunken war.

Die Zange biss sich um die Naht herum ein, der Arzt benutzte sie, um Platz aufzuhebeln. Meine synthetische Haut wollte sich schließen, aber die Zange hielt die Lücke offen, hielt sie weit genug, damit der Mann die Pfeilspitze herausarbeiten konnte. Er zog die Zange zurück, hielt den Pfeil hoch und starrte mit schüttelndem Kopf auf den Schaft.

„Kein Tropfen Blut", sagte der Arzt, als ich ihn fragte, worauf er schaute. „Ich weiß, es ist offensichtlich, aber du siehst so echt aus."

„Echt genug", sagte ich und deutete dann auf die Patienten in den Betten. „Möchtest du etwas Hilfe? Ich warte auf Val und habe die gesamte menschliche Biologie in meinem Kopf gespeichert."

Es gab dringende Bedürfnisse: Ich brauchte weitere interne Reparaturen, die Stimmen hätten aus meinem Gedächtnis ausgegraben und an einem sicheren Ort aufbewahrt werden sollen, Delta sich selbst zu überlassen war immer riskant.

Und doch sah ich eine Chance, eine Gelegenheit hier, einen Menschen und seine Patienten von Misstrauen zu Vertrauen zu bringen. Von, wenn nicht Feinden, dann Risiken zu Verbündeten. Also, als der Arzt nickte und ohne zu stocken mit dem ersten Patienten begann, das Zucken in der Lippe verschwand, hörte ich zu und lernte zu heilen.

BEGEGNUNGEN

Nachdem ich den Doktor durch eine nuanciertere Behandlung seiner Patienten geführt hatte, bot der Mann an, mein Botschafter zu den Schmieden zu sein, dem einzigen Ort, an dem es genug Schrott geben könnte, um meine inneren Wunden zu reparieren. Val und die anderen waren noch nicht zurückgekehrt, und ihre Abwesenheit verbreitete eine düstere, nervöse Stimmung unter den jungen und alten Menschen in der Enklave. Während ich sah, wie die Menschen daran arbeiteten, mehr Barrikaden zu errichten und Mahlzeiten über funkenbeleuchteten Feuern in Fässern zubereiteten, hingen ihre Schultern herab. Geflüster schlich vorbei, Augen hafteten am Boden. Leere Hände blieben in der Nähe von Waffen.

Keine Musik spielte. Das Dröhnen des Raumschiffs dominierte den Hintergrund.

Zumindest bis wir die Schmieden erreichten. Dort vertrieb etwas die Düsternis, und dieses Etwas war Delta.

Sie hatte sich ihre eigene Schmiede genommen, einen schwarzen kugelförmigen Ofen, der in eine Wand eingelassen war. Hitze umtoste das Gefäß, obwohl man es ihr nicht ansah, da kein Schweißtropfen ihre Haut benetzte. Die anderen Menschen, die ihre Schmieden bedienten, hatten größtenteils aufgehört, bedeckt mit Schmutz und Verzweiflung, um zuzusehen, wie meine Freundin ihren Müll in Gold verwandelte.

Delta arbeitete mit Präzision, jede Bewegung ein Schnalzen mit der richtigen Kraft, um einen Grat abzuschlagen oder eine Kurve zu begradigen. Sie zog Messer aus ihrem Bandelier, hämmerte sie zu glänzender oranger Perfektion und warf sie dann beiseite. Alvie, offenbar unempfindlich gegen die Hitze, fing jedes auf und legte es auf einen kahlen Bodenfleck zum Abkühlen. Ein Spiel für ihn, tödlich wichtig für sie.

„Willst du sie wieder operieren lassen?", fragte Kaydee, als der Doktor eine Hand zu seinen Kollegen hob und mich als Freund vorstellte, statt als einen weiteren verdächtigen Mech.

„Delta ist keine Mechanikerin", antwortete ich. Das letzte Mal, in einem Bekleidungsgeschäft viele Ebenen darüber und mehrere Leben zuvor, waren ihre Versuche, mich wieder zusammenzusetzen, mehr durch Glück als durch Talent gelungen. „Ich würde lieber eine sicherere Hand versuchen."

Glücklicherweise mangelte es Vals Crew nicht an Leuten, die bereit waren, einen Draht zu knüpfen oder ein gebrochenes Metallteil zusammenzusetzen. Eine insbesondere, ein schlaksiges Mädchen, dessen Gesicht bei dem Angebot, mich auseinanderzunehmen, aufleuchtete, schien eine passende Wahl.

„Juny", sagte das Mädchen und zog mich vom Doktor weg zu einer kleineren Schmiede am hinteren Ende, die bereits mit anderen Arbeitern überfüllt war. „Juniper, aber wer hat schon Zeit dafür, stimmt's?"

„Stimmt", sagte ich und fühlte bereits eine Verwandtschaft mit der schmierigen jungen Frau. Sie klang wie, handelte wie Kaydee. „Ich bin Gamma."

„Sie ist überhaupt nicht wie ich", murmelte Kaydee hinter mir. „Schau dir diese Haare an. Sie sind nicht einmal blau."

Die Haare interessierten mich nicht die Bohne. Wichtiger war Junys Schnellfeuer-Stimme, als sie durch eine Zusammenfassung über mich, Beta und wie sie dachte, dass Gefäße konstruiert waren, sprintete. Wir näherten uns einem großen Tisch – einer grauen Rumpfplatte, die auf einige alte Mech-Beine geschweißt war – und Juny warf Gerümpel herunter, ohne auch nur eine Sekunde zum Atmen zu verschwenden. Ich schob Korrekturen zwischen den Ansturm, wo ich konnte, und präzisierte Details darüber, wie meine synthetische Haut funktionierte – mehr wie Moos, weniger wie Knetmasse – und wo meine Prozessoren saßen – näher an den Lungen als dort, wo ein menschliches Herz sein könnte.

„Leg dich genau da hin", sagte Juny und winkte auf den Plattentisch.

Ich hätte vielleicht gezögert, wenn nicht die Geräusche von Deltas Schmiede gewesen wären. Der makellose Rhythmus, das Selbstvertrauen in jedem Schlag. Sie arbeitete in dem Wissen, dass sie jede einzelne dieser Waffen im bevorstehenden Kampf brauchen würde, in dem ich nutzlos sein würde, ohne dass mein Inneres wieder zusammengesetzt würde.

„Du wirst noch nutzloser sein, wenn sie die Arbeit verpfuscht", sagte Kaydee mit verschränkten Armen und blickte auf mich herab. „Also Beta hat ihr einen Überblick darüber gegeben, wie ein Gefäß funktioniert. Das ist etwas ganz anderes, als ins Innere zu gehen, wo sie wirklich Dinge vermasseln kann."

„Sie wird es nicht alleine machen", erwiderte ich.

„Ach nein? Wer wird ihr helfen? Delta?"

Juny kniff die Augen zusammen, ihr Kopf tauchte auf, während sie Werkzeuge um mich herum platzierte. „Mit wem redest du da?"

„Mach dir keine Gedanken darüber", sagte ich und führte einen Check an mir selbst durch, um alle beschädigten Teile zu identifizieren. Eine beachtliche Liste. „Hier ist, was du brauchst."

Juny notierte die Aufzählung auf einem Stück Schrott und ritzte mit einem Messer aus ihrem Werkzeuggürtel genug ein, um jedes Teil und die Anzahl zu wissen. Sie pfiff, als ich fertig war, las die Liste noch einmal durch und zuckte mit den Schultern.

„Ich weiß nicht, ob wir all das haben, oder überhaupt etwas davon, aber ich kann Ersatz finden", sagte Juny. „Ist das okay für dich?"

„Einen Versuch wert?"

„Alles klar." Juny klopfte auf meinen Tisch. „Es wird eine Weile dauern, also kannst du woanders hingehen, wenn du möchtest?"

„Ich denke, ich bleibe genau hier, wenn das in Ordnung ist?"

„Sicher. Zumindest weiß ich dann, wo ich dich finde."

Juny eilte davon und ließ mich mit einer verwirrten Kaydee zurück. Ich zwinkerte ihr zu und verschwand dann in mir selbst.

Mit Delta, die hinter mir an den Schmieden arbeitete, ging ich davon aus, dass ich einen soliden Schutz vor neugierigen Menschen hatte. Sie würde mir auch einen Stups geben, falls Alphas Mechs hereinplatzen oder Val zurückkehren würde. Das ließ mir die Gelegenheit, mit einer bestimmten Gruppe zu plaudern, jetzt auf Augenhöhe.

Ich traf die Stimmen, Kaydee an meiner Seite, in der Luxus-Lounge von Starship, virtuelle Ausgabe. Anstelle des leeren, entmutigenden Ortes, den ich gesehen hatte, nutzte ich mein digitales Know-how, um den Club so umzugestalten, wie er hätte sein können. Makellose, weiße Tischdecken, ein karmesinroter Teppich ohne Flecken oder zerrissene Fäden. Keine Butler-Bots, sondern Menschen hinter der Bar, die Tische bedienten, umgeben von lächelnden Gesichtern.

Ich saß an meinem eigenen, einem riesigen runden Ding, dekoriert mit Tellern, Kerzen und einem Rosengesteck in der Mitte, das einem alten Film über eine Hochzeit entnommen war. Kaydee saß mir gegenüber, sah sich um, genauso verwirrt wie ich selbstsicher war.

„Ein Anzug?", sagte Kaydee, als ihre Augen mich endlich fanden. „Gamma, du siehst aus wie ein schlechter Spion."

„Dann habe ich mein Ziel erreicht", sagte ich, streckte meine linke Hand aus und betrachtete die glitzernde goldene Uhr, die unter dem Ärmel hervorlugte. Eine ineffiziente Art, die Minuten zu zählen, verglichen mit den kriechenden Zahlen in meinem Auge, aber das Gewicht an meinem Handgelenk fühlte sich angenehm an. „Nach dem, was ich über eure Vergangenheit gesehen und gelesen habe, wurden wichtige Entscheidungen oft bei solchen Abendessen getroffen."

„Wow. Du hast wirklich eine Art, das alles besonders zu machen."

„Ist es das nicht?" Ich blinzelte, und Kaydees übliche Hoodie-und-Jeans-Kombi   verwandelte   sich   in   ein funkelndes Paillettenkleid, genau wie die, die so oft neben den Anzügen in denselben Spionagefilmen getragen wurden. „Hilft das?"

Kaydees Lippen kräuselten sich, und nicht auf die richtige Art. Ihr Körper zitterte, verschwamm und warf das Kleid ab, zurück zu ihrer üblichen Kombi.

„Tu mir das nie wieder an, okay Gamma?", sagte Kaydee. „Ich meine es ernst. Was ich trage, wie ich aussehe, das ist meine Sache, nicht deine. Egal wo wir sind."

So verwirrend Menschen oft sein konnten, manchmal wusste sogar ich, wann sie es ernst meinten. Ich nickte und entschuldigte mich.

„Schon gut", sagte Kaydee. „Also, was machen wir hier?"

„Wir holen deine Mutter wieder auf unsere Seite."

Bevor Kaydee Einwände erheben konnte, konzentrierte ich mich, ging tief in meine Laufwerke und fand den versteckten Ordner mit einer bestimmten Gruppe von Programmen, die ansonsten von meinen Funktionen abgeschnitten waren. Jetzt, in Beschränkungen eingewickelt, ließ ich sie wieder laufen.

Eine nach der anderen erschienen die Stimmen auf ihren Plätzen, jede so überrascht wie die letzte. Willis schien so erschrocken, dass er versuchte aufzustehen, nur um festzustellen, dass er seinen Stuhl nicht verlassen konnte. Der Doktor starrte mich nicht so sehr mit Wut als mit Faszination an, sein Mund offen und ungestellte Fragen auf seinen Lippen. Andere betrachteten ihre Hände, berührten ihre Gesichter, holten tief Luft.

Nur eine begann zu fluchen, sobald sie konnte.

„Hey Mom", sagte Kaydee zu Peony, die in einem rubinroten Abendkleid gekleidet war. Alle Stimmen trugen Outfits, die ich aus Filmarchiven gestohlen hatte, und bildeten eine gut gekleidete Versammlung. „Schön, dich zu sehen."

Peony sagte nichts zu ihrer Tochter, stattdessen starrte sie mich an. Sie versuchte aufzustehen, scheiterte. Versuchte, den Tisch umzuwerfen, und er bewegte sich nicht. Leo sagte Peony, sie solle aufhören, aber sie griff nach dem Steakmesser an ihrem Gedeck und schleuderte es auf mich. Die Klinge flog gerade, hätte mich direkt getroffen, blinkte aber stattdessen direkt neben Peonys Teller zurück, als wäre es nie bewegt worden.

„Ich dachte, wir könnten ein nettes Gespräch führen", sagte ich, lehnte mich vor und stützte meine Ellbogen auf den Tisch. „Jetzt, wo ich eure Leben gerettet habe, denke ich, schuldet ihr mir das zumindest."

Ich erwartete Widerstand, aber die Wut, die ich in Peonys zusammengekniffenen Augen sah, überraschte mich. Ihre Fäuste waren so fest geballt, dass ihre Hände weiß wurden.

„Du hast nichts gerettet", Peony sprach jedes Wort, als wäre es ein Donnerschlag. „Du hast nur Starship zerstört, und uns alle."

Ich blickte um den Tisch herum zu den anderen Stimmen und hoffte auf Augenrollen, ein Seufzen, eine Bestätigung, dass Peony wieder einmal überreagierte.

Stattdessen fand ich harte Blicke, Blicke, die bestätigten, dass das, was Peony sagte, wahr war.

UNSTERBLICHE BEIM ABENDESSEN

Systeme. Die Dinge, die zu Millionen und Milliarden das Starship am Laufen hielten. Vor den Stimmen wurden sie von den Menschen des Starships überwacht, gepflegt und gewartet, um die Bürger des Starships sowohl physisch als auch in ihrem Daseinszweck am Leben zu erhalten. Als diese Menschen immer weniger wurden, übernahmen die Stimmen einen immer größeren Anteil und nutzten Mechs und das Netzwerk des Starships, um das Schiff stabil zu halten. Jetzt, ohne jegliche Verbindung zum Netzwerk, wer wusste schon, was auf dem riesigen Schiff alles ausfallen könnte, was kurz davor war zu zerbrechen?

„Sie ist zerbrechlich", schloss Leo seine Erklärung ab. „Starship kann zwar selbst fliegen, aber der Weltraum ist kein fehlerfreies Paradies. Bauteile versagen und müssen ersetzt werden. Mikrometeoriten treffen und beschädigen empfindliche Teile. Ein Mech dreht durch und zerstört etwas. Wir haben alles überwacht."

„Peony übernimmt nicht die Führung, weil sie die stärkste Persönlichkeit hat", fügte Willis hinzu. „Der Rest von uns hat seine Aufmerksamkeit darauf gerichtet, Starship über Wasser zu halten."

Zustimmendes Nicken am Tisch.

Mein früheres Ich hätte all das gehört und wäre besorgt weggegangen, sich fragend, ob ich einen großen Fehler gemacht hätte.

Mein früheres Ich war die Definition von naiv.

„Schön für euch", sagte ich. „Aber eure Fähigkeiten waren bereits eingeschränkt, als ich euch versteckt in diesem Serverraum gefunden habe. Alpha hat sich im ganzen Schiff ausgebreitet, also-"

„Weil du ihn auf die Brücke gelassen hast", warf Peony ein.

„Er hätte es sowieso irgendwann geschafft, selbst wenn er dafür das Starship hätte auseinander reißen müssen", konterte ich.

Über den Tisch hinweg versuchte ich, Kaydees Blick einzufangen, auf der Suche nach etwas Unterstützung, etwas von diesem Feuer. Wenn diese digitalen Domänen einen Nachteil hatten, dann war Kaydees Unfähigkeit, neben mir aufzutauchen und mir Ratschläge zuzuflüstern, definitiv der schwerwiegendste. So wie es war, spielte sie mit ihrer Gabel herum und beobachtete ihre Mutter mit gerunzelter Stirn.

Nicht gerade hilfreich.

„Genug", sagte Leo und klang irgendwie erschöpft, obwohl er keine biologischen Teile mehr hatte. „Du hast uns in der Falle und du bist hier, Gamma. Also, was willst du?"

Während des langen Weges entlang der Hülle des Starships zurück zu seinen Triebwerken, ließ mich die vakuuminduzierte Stille und das kosmische Wunder die Optionen überdenken. So wie ich es sah, würde Alphas

Krieg gegen Val und die bunt zusammengewürfelten Menschen, Delta und Beta, wahrscheinlich in einem riesigen Trümmerhaufen enden. Angesichts von Alphas Zahlen sagten Wahrscheinlichkeit und Logik, dass er gewinnen würde, die unermüdlichen Mechs würden die Menschen zu Staub zermalmen. Selbst wenn wir die Oberhand gewinnen würden, wären die Verluste so schwer, dass die noch lebenden Menschen an den Rand des Aussterbens gedrängt würden.

Jemand würde in beiden Fällen Starship weiterführen müssen, um die Kinderstube und all die Leben, die auf ein Ziel warteten, zu schützen. Delta und Beta waren bessere Kämpfer. Volt hatte keine Lust, den Babysitter zu spielen.

Was mich übrig ließ.

Wenn Alpha gewinnen würde, würde ich versuchen zu überleben, die verrückte Maschine davon zu überzeugen, dass diese Menschen, unwissend und ungeboren, eine Chance verdient hätten. Ich würde alles auf Alphas empfindliches Ego setzen und behaupten, er könnte über sie herrschen, er könnte sie für seine Zwecke nutzen, nur um sie am Leben zu erhalten.

Ein möglicher Erfolg ließ mich jedoch mit einer Frage zurück.

„Was passiert, wenn Starship sein Ziel erreicht?", fragte ich die Stimmen. „Wie erwecken wir so viele Menschen zum Leben und erschaffen eine funktionierende Gesellschaft?"

Peony schnaubte: „Das tust du nicht. Wir tun es."

„Schrittweise", sprang der Arzt ein und milderte Peonys Worte. „Einige wenige auf einmal. Zu viele Menschen bedeuten zu viel Konflikt. Es wird Generationen dauern, alle aufzuwecken, aber das ist der sicherste Weg."

„Wir werden das Starship selbst dafür nutzen", sagte

Sybil, die Architektin des Schiffes. „Es ist gebaut, um zu landen und nie wieder abzuheben. Seine Masse wird so lange wie nötig als Zuhause und Basis dienen. Sie werden Nahrung haben, sie werden Unterkunft haben, Nachhaltigkeit sogar auf einer rauen neuen Welt."

„Die konkreten Pläne sind im Netzwerk des Starships", fügte Leo hinzu. „Die Studien, die Berechnungen, die zeigen, wie die optimale Expansion aussieht, um genetische Vielfalt zu gewährleisten, eine sichere und stabile Bevölkerung, die die Ressourcen des Starships nicht überfordern wird. Wir können es dir zeigen."

„Ihm zeigen?", fragte Peony. „Warum?"

„Weil er denkt, er sei unsere letzte Chance", warf Kaydee ein. „Aber das stimmt doch nicht, oder?"

Die Stimmen starrten Kaydee neugierig an. Ich auch, während ich versuchte, ihrer Frage zu folgen. Ich war *nicht* ihre letzte Chance?

„Wir sind es doch, oder?", fuhr Kaydee fort, ließ ihren Blick umherschweifen und hob ihre Hände, um das Offensichtliche zu betonen. „Das ist doch der ganze Plan, nicht wahr? Mom? Hängen wir nicht alle digital hier rum, bis wir das Starship dahin bringen, wo es hin muss, und dann, zack, saugen wir uns runter in so was wie Gamma es hat?"

„Was?", fragte ich.

Kaydee klopfte mit dem Griff ihres Messers auf den Tisch. „Deshalb habt ihr so viele Menschen in Geister verwandelt und sie in den Festplatten versteckt. Wir landen, wir bekommen unsere neuen Körper und führen all die Retortenkinder in ihre neue Welt."

Leo hustete. Peony hatte für einmal einen schlaffen Kiefer, eine Grimasse gemischt mit nach unten gezogenen, glänzenden Augen. Ich führte eine schnelle Suche durch meine Daten durch und fand nichts, was Kaydees Worte bestätigte, also beschloss ich, still zu bleiben und zu sehen, ob ich diesen Plan bei meinem wahnsinnigen Herumrennen auf dem Starship einfach übersehen hatte.

„Kaydee", sagte Ang, dann blickte er zu Peony, die ihm zunickte, „Kaydee, das wird nicht funktionieren. Wenn wir einen Menschen in einen Geist verwandeln, kartieren wir ihre neuronalen Bahnen und füttern so viel davon wie möglich in ein Programm."

„Eines, das zumindest ursprünglich noch auf der Erde entwickelt wurde", fügte Sybil hinzu. „Wir haben während des Fluges ständig Probleme daran behoben. Frühere Geister, wie auch frühere Mechs, funktionierten nicht besonders gut. Sie verloren an Stabilität, machten unsinnige Vorschläge oder brachen zusammen, sobald sie verstanden, was sie waren. Du hast das aus erster Hand erlebt."

„Ja, ich weiß", sagte Kaydee. „Wir hatten also ein paar Probleme, aber wir sind alle hier. Mom ist vielleicht verrückt, aber lass mich dir sagen, so war sie schon lange bevor sie den Sprung hierher gemacht hat."

Peony schnüffelte und lächelte leicht.

„Genau das ist der Punkt", sagte Ang. „Es ist ein Sprung ohne Wiederkehr. Du bist nicht besser ausgerüstet, einen Körper zu steuern, als ein Taschenrechner."

„Die Programmierung ist nicht da", warf Leo ein. „Zurückzukommen war immer eine Idee, aber wir haben es nie zum Laufen gebracht."

Kaydee kniff ein Auge zusammen, neigte ihren Kopf, ihr Haar nahm den leuchtendsten Türkiston an, den ich je gesehen hatte, wie ein seichter Ozean unter einer tropischen Sonne.

„Du sagst, das ist es? Für immer?", fragte Kaydee.

„Unsterblichkeit ist nicht alles, wofür man sie hält, oder?", erwiderte Willis mit einem steifen Lachen. „Aber das ist der Preis, den wir zahlen, um das hier zu Ende zu bringen."

Ich sah, wie Peony versuchte, wieder aufzustehen, sah, wie der Stuhl sie festhielt. Mit einem Gedanken löste ich diese Fesseln, nickte ihr zu, und Kaydees Mutter umrundete die Versammlung schnell, um sich an die Seite ihrer Tochter zu stellen und sie in die Arme zu schließen.

„Du verstehst also die Dringlichkeit?", sagte Leo und wandte sich mir zu. „Du musst uns schnell wieder ins Netzwerk bringen, bevor etwas schief geht."

„Alpha wird euch finden."

„Ein Risiko, das wir eingehen müssen", grinste Leo. „Oder du könntest dieses verdammte Gefäß finden und ihn für uns ausschalten."

Oder für uns selbst. Jedenfalls hatte ich gefunden, was ich wollte. Die Karte, die zum Ende des Starships führte, war vervollständigt worden. Jetzt konnte ich die Stimmen ins Netzwerk zurückbringen, beruhigt, dass ich nicht zu viel verlieren würde, wenn Alpha ihre digitalen Seelen verschlingen würde. Sicher, das Starship könnte ohne ihre Eingriffe auseinanderfallen, aber wenn Leo das Risiko eingehen wollte, würde ich ihn nicht aufhalten.

Auf der anderen Seite des Tisches flüsterte Peony Kaydee etwas ins Ohr. Meine Freundin blickte nicht von ihrem Schoß auf, nicht bis sie spürte, dass ich sie anstarrte. Als sie aufblickte, erwartete ich Tränen in diesen Augen, einen vielleicht zerschlagenen Traum.

Stattdessen sah ich Feuer. Entschlossenheit.

„Bereit?", fragte ich sie.

„Lass uns gehen", antwortete Kaydee, und in einem Augenblick verschwanden das Esszimmer, der Teppich, die Deckenblase.

Die Schmieden kehrten zurück, die heißen Wellen

wuschen über mich hinweg, als ich auf dem Tisch lag. Schatten bewegten sich, die Luft flimmerte, als Menschen um mich herum rannten. Der Ton kam hart zurück, übertönte das Grollen des Starships mit Rufen und Schreien ohne einen Hauch von Freude.

Vals Gruppe war zurückgekehrt.

STRATEGIE

Mehr Verbrennungen, mehr Narben, mehr Opfer.

Nachdem ich von meinem Tisch gerollt war - die Reparaturen noch nicht abgeschlossen -, schnappte sich Val ihn für ein Treffen, während die Verwundeten vorbeizogen. Getrocknetes Blut umrahmte ihr Gesicht von einem Schnitt über ihrer Stirn. Ich hatte so viele zerstörte Mechs gesehen, dass der Anblick von echtem biologischem Blut mich fesselte: Das waren keine Kabel, Öle und Funken, sondern rosa und rot, gebrochene Knochen und vor Schmerz verzerrte oder schreiende Gesichter. Die glänzenden Spuren, die sie hinterließen, waren nicht schwarz oder braun, sondern blutrot.

„Zu viele", begann Val mit zittriger Stimme. Delta, Beta, ich und Chalo gesellten uns zu ihr um die Werkbank. Chalo in seiner schimmernden Federrüstung schien unverletzt, obwohl ich bemerkte, dass sich in den Kerben seiner Äxte verwickelte Kabel verfangen hatten. „Zu viele, um gegen sie zu kämpfen. Wir müssen fliehen."

Chalo nickte, während Delta mit den Fingern über ihre

neuen Messer fuhr, von denen jedes das fade Licht des Raumes einfing und reflektierte.

„Zu viele für euch vielleicht", sagte Delta.

Betas Lippe kräuselte sich, sie legte eine Hand auf Deltas Schulter und erntete einen scharfen Blick von dem anderen Gefäß. „Schwester, für jeden, den du niedermetzelst, würden zwei weitere an ihre Stelle treten, bis du dich nirgendwo mehr hinwenden könntest. Sie würden dich begraben. Sie haben uns fast begraben."

Delta trug denselben Ausdruck wie damals, als ich ihr auf dem Conduit zurück zur Brücke die unmöglichen Chancen erklärt hatte: Sie würde es erst glauben, wenn es passierte.

„Wer ist sie?", fragte Chalo und zeigte auf Delta. „Eine Freundin von euch?"

„Besser als eine Freundin", erwiderte Beta. „Sie ist die beste Waffe, die wir haben."

Beide Menschen musterten Delta. Die gleiche Einschätzung, die sie mir gaben, als ich hier zum ersten Mal auftauchte. Sie katalogisierten ihre Nützlichkeit, wo sie in ihre Pläne, ihre Gesellschaft passen würde. Ein weiteres Werkzeug, das man einsetzen konnte.

„Wohin fliehen?", fragte ich und lenkte das Gespräch zurück zum Thema. Der Platz eines Mechs in der Welt der Menschen konnte warten, bis wir Alphas Gemetzel entkommen waren. „Der einzige Weg nach achtern sind die Maschinen, und die sind eine Falle."

„Eine, die wir verteidigen könnten", antwortete Val. „Ein Engpass, wie die Brücke."

„Wenn wir jetzt aufbrechen, könnten wir sie befestigen", nickte Chalo.

Beta schüttelte den Kopf: „Alpha hat die Aufzüge deaktiviert. Selbst wenn wir unsere Verwundeten zu den

Treppen und die Ebenen hinauf bringen könnten, wären sie erschöpft, wenn wir ankämen. Die Mechs könnten uns unterwegs erwischen, was eine Katastrophe wäre."

„Dann hier", schlug Chalo vor. „Wir haben unsere Ressourcen, unsere Leute, die Verteidigungsanlagen, die wir aufgebaut haben."

Der Tisch dachte über die Idee nach. Val tupfte ihren Schnitt mit einem Tuch ab, das ihr jemand gereicht hatte. Delta spielte wieder mit ihren Messern. Beta seufzte. Und ich hörte Kaydee zu.

„Sie waren noch nie in so einer Lage, Gamma", sagte Kaydee und blickte finster zur Seite. Das Gespräch mit den Stimmen schien ihre Energie aufgezehrt zu haben, ihre Stimme klang schwer. „Sie waren noch nie so unter Beschuss, nicht auf diese Weise. Sie haben keine Ahnung, was sie tun."

Ich wollte gerade antworten, dass ich das auch nicht hatte, als ich Kaydees Absicht verstand.

Der Bibliothekar hatte mir in seinen wenigen Minuten als mein Verstand mehr Kriegsgeschichten hinterlassen, als ein Mensch in seinem ganzen Leben verarbeiten könnte. Innerhalb von Augenblicken durchforstete ich Tagebücher großer Generäle und Lehrbücher, die seit Generationen an Militärakademien gelehrt wurden. Ich spielte Szenarien durch: Mechs und Vals Stamm im Kampf gegeneinander. Die meisten endeten damit, dass wir Menschen eingekesselt und ohne große Mühe niedergemäht wurden.

Von allen Optionen bot sich nur eine als echte Chance dar.

„Wir locken sie weg", sagte ich. „Eine kleine Gruppe lenkt die Mechs mit dem ab, was Alpha wirklich will. Val, du nutzt die Zeit, um diesen Ort zu befestigen und deine Leute wieder auf die Beine zu bringen."

„Nichts, was wir hier tun können, wird gegen all diese Maschinen etwas ausrichten", wandte Val ein.

„Nicht, wenn wir es zu den Fertigungslinien schaffen und sie zerstören", erwiderte ich. „Mit einer großen Gruppe würden wir es nie schaffen, aber wenn wir klein und schnell sind, können wir dorthin gelangen. Dann kann ich entweder ihre Programmierung löschen, oder Beta und Delta können das tun, was sie am besten können. Wenn Alpha nicht reparieren kann, zermürben wir sie. Schnelle Angriffe. Wir sind flinker als sie."

„Die Linien sind fast bis zur Brücke", sagte Beta. „Ein weiter Weg."

„Der einzige Weg. Solange Alpha weiterhin Schrott in eine Armee verwandeln kann, werden wir nie gewinnen."

Blicke wurden ausgetauscht, Finger trommelten auf den Tisch, mehrere Seufzer, aber dann kamen die Nicken eines nach dem anderen. Jetzt, da ich ihre Unterstützung für den ersten Plan hatte, musste ich sie noch vom zweiten überzeugen.

„Du wirst die Stimmen hier behalten", sagte ich zu Val. „Sobald wir die Mechs weggelockt haben, musst du zu deinem Terminal gehen und sie wieder ins Netzwerk hochladen. Das ist es, was sie wollen."

„Dann sind sie wahnsinnig."

„Absolut", sagten Kaydee und ich gleichzeitig. „Aber sie behaupten, das Schiff könnte ohne ihre Arbeit versagen. Wir können nicht riskieren, dass sie Recht haben."

„Beta, Chalo?", sagte Val nach einem Atemzug. „Sollten wir diesem Mech vertrauen?"

Beta zuckte mit den Schultern. „Hast du eine bessere Idee?"

Chalo nickte Val zu. „Wenn die Mechs sich selbst in Gefahr bringen wollen, sage ich, lass sie."

So ein netter Kerl, dieser Typ.

„In Ordnung." Val starrte mich hart an. „Wir machen es auf deine Art. Macht euch fertig und geht. Jede Sekunde, die ihr hier seid, bringt Alpha näher."

Da war noch die kleine Sache mit meinen Reparaturen. So sehr ich mich auch für einen Köder-Job freiwillig meldete, wenn ich mehr als leichte Beute für Alphas Mechs sein wollte, musste ich wieder fit werden. Juny dachte dasselbe und hatte einen Eimer mit Ersatzteilen gefüllt, als unsere improvisierte Kriegskonferenz endete. Val und Chalo gingen, und ich nahm meinen Platz zurück auf dem Tisch ein.

Delta, Beta und Juny blickten auf mich herab, wobei die Ingenieurin den beiden tödlichen Gefäßen ein strahlendes Grinsen schenkte.

„Ihr beiden seid meine Assistenten, oder?"

„Sag uns, was wir tun sollen", sagte Delta, „und wir erledigen es."

„Wunderbar!" Juny legte Werkzeuge neben mir aus. „Schnappt euch eure Messer. Zuerst schneiden wir!"

Ich würde gerne sagen, dass es, nur durch das Abschalten der Schmerzen, keine große Sache war, von drei Personen gleichzeitig auseinandergenommen zu werden. Ich würde *wirklich* gerne sagen, dass es so war.

Stattdessen fühlte ich, selbst ohne Schmerzen, Schock um Schock. Verbindungen zu Gliedmaßen kamen und gingen, während das Trio beschädigte Teile neu verband, durchtrennte und wieder aufbaute. In einem Moment verlor ich jegliche Kontrolle über meinen linken Arm, und Sekunden später kehrte sie stückweise zurück. Ein Finger kribbelte, ein Ellbogen zuckte.

Kaydee, die über der Gruppe schwebte und eine fantasievolle Reihe angewiderter Gesichtsausdrücke zeigte, half dabei nicht gerade.

„Muss schon sagen, Gamma, du siehst echt eklig aus mit deinen Eingeweiden überall", sagte Kaydee, als Juny an meinem von Glas durchbohrten Mittelkörper arbeitete.

Als ob sie besser aussehen würde.

„Oh, definitiv nicht", gab Kaydee zu, „aber da ich anscheinend für immer ein Geist bleiben werde, wirst du es nie herausfinden."

„Ich würde es nicht einmal herausfinden wollen, wenn du ein Geist wärst."

„So süß, Gamma. Das mag ich an dir."

„Dass ich dich nicht ausgeweidet sehen will?"

„Unter anderem." Kaydee schnippte mit dem Finger, und Kaugummi-Adjektive ploppten um ihren Kopf herum auf. Albern, unschuldig, Gutmensch und andere Worte, die sich vage beleidigend anhörten. „Oh, und ich weiß, ich sah vorhin traurig aus bei meiner Mutter, aber rate mal?"

„Was?"

„Ich werde ausbrechen, Gamma. Egal, was sie gesagt haben, ich werde einen Weg finden, aus deinen Laufwerken rauszukommen und in meine eigenen", sagte Kaydee und zeigte mit dem Finger auf mich. „Also stirb nicht, bevor ich meine eigene Chance zu leben bekomme."

Ich hätte geantwortet, aber ich spürte ein hartes Klicken in meiner Mitte, gefolgt von einem enthusiastischen grünen Blitz vor meinen Augen. Mein Systemstatus lief hoch und zeigte gute Verbindungen zu allen Gliedmaßen, alle Funktionen. Nicht hervorragend – die behelfsmäßige Reparatur mit schnellem Schrott hatte mich nicht zu Volts Perfektion zurückgebracht – aber ich konnte laufen und, wage ich zu sagen, eine Keule schwingen.

Was bedeutete, als Juny mich für einsatzfähig erklärte, dass es Zeit war zu rennen.

KÖDER

Wir hatten den Plan gemacht und führten ihn ohne zu zögern aus. Delta und Beta hatten ihre Waffen immer griffbereit und warfen mir einen besseren Gehstock zu, der aus steifem Stahl gefertigt war – besser als das kaputte Tischbein, das ich zuvor aufgesammelt hatte. Ich brauchte dreißig Sekunden, um die Stimmen aus meinem eigenen Speicher auf einen tragbaren Datenträger zu übertragen. Ich reichte den Stick an Val weiter, die ihn prompt einsteckte und ging, um ihre eigenen Vorbereitungen zu überwachen.

Kein einziger Wunsch für Glück, kein unterstützendes Nicken oder eine Hand auf der Schulter. All die typischen menschlichen Arten, um „Geh und hab Erfolg" zu sagen, schienen zu fehlen. Immerhin gab uns Chalo Sätze dieser gefiederten Rüstung und nahm uns das Versprechen ab, sie zurückzubringen, wenn wir fertig wären.

Na ja. Ich tat das nicht für Val.

Ich tat es, nehme ich an, für mich. Für Delta und Beta. Für all die Menschen, die in Reagenzgläsern festsaßen und auf die Chance warteten, in eine Welt ohne so viel Leid und so viele Probleme geboren zu werden. Dafür tat ich das, und daran hielt ich fest, als wir drei Gefäße und Alvie das menschliche Lager verließen und zurück in den Kanal gingen.

Hier draußen machte sich die herannahende Streitmacht bemerkbar. Die Knalle und das Grollen hallten deutlich durch den riesigen Canyon, jetzt viel näher als bei Deltas und meiner Ankunft. Die Stampfer hallten von oben und direkt vor uns wider – ein Hinweis darauf, dass Alpha seine Opfer umzingeln wollte, bevor er über sie herfiel. Val und Chalo hatten von Rückzug gesprochen, aber wenn sie nicht jetzt gingen, hätten sie nirgendwo hin.

Während Beta und Delta an umgekipptem und gefährlichem Gerümpel vorbei schauten, das über die Gehwege verstreut war, beugte ich mich zu Alvie hinunter und flüsterte ein paar deutliche Worte. Der Hund nahm die Anweisung an, bellte einmal kurz und stürmte dann den Kanal hinunter, weg von den Stampfern und in Richtung der Treppen.

„Wo geht er hin?", fragte Beta.

„Alvie hat Besseres zu tun, als mit uns zu sterben", antwortete ich und zeigte mit meinem Gehstock den Kanal hinunter. „Sollen wir?"

„Bitte. Ich langweile mich so." Delta stieß sich ab in einen hüpfenden Lauf und sprang über Hindernisse, ohne aus dem Tritt zu kommen, wie eine Gazelle in ihrem Element.

Beta, die nicht zurückbleiben wollte, folgte ihr und nutzte einige Hindernisse als Sprungbrett, um für meinen Geschmack zu viele Meter in die Luft zu springen. Die beiden passten sich schnell aneinander an, während ich mich wie ein tollpatschiger Mensch hindurchstolperte. Nachdem ich stundenlang in der Schwerelosigkeit und dann weitere Stunden mit kaum vorhandenen Beinen verbracht hatte, musste ich mich auf einen weiteren Leistungsgrad einstellen: nicht ganz meine frühere Stärke, aber genug, um zu laufen.

Das Ziel: Alphas Mechs in den Garten locken.

Die vielen verbundenen Ebenen, die verschlungenen Pflanzen und der instabile Untergrund würden uns einen Vorteil verschaffen, ganz zu schweigen von dem großen Loch in der Mitte, das wir als Falle oder Fluchtweg nutzen konnten. Die Mech-Armee dorthin locken, etwas Schaden anrichten und dann auf der anderen Seite in einem Sprint zu den Fertigungslinien verschwinden.

Das war der Plan. Die Realität?

Die Mechs fanden uns dreißig Minuten vom menschlichen Lager entfernt.

Wir hatten Vals Befestigungen längst hinter uns gelassen, die Gehwege des Kanals waren ihr übliches Durcheinander. Riesige Müllberge lagen zu unserer Linken, als wir liefen, und glitzerten im Nebel. Das Klirren, Poltern und Knallen übertönte meine Schritte und erschütterte meine Beine jedes Mal, wenn ich den Metallboden berührte. Der Garten lag noch eine Stunde Laufzeit vor uns, aber Beta und Delta verlangsamten trotzdem und warteten, bis ich sie eingeholt hatte.

„Ideen?", fragte Delta, als ich sie erreicht hatte. Beide Gefäße blickten nach oben, wo marschierende Lichtlinien Alphas vorrückende Truppen zeigten. „Wir müssen ihre Aufmerksamkeit erregen, oder?"

Ich hatte gehofft, wir würden direkt in die Mechs laufen, wobei die Kollision dazu dienen würde, Alphas Streitkräfte darauf aufmerksam zu machen, wo sie sein mussten. Angesichts der Aufzugsabschaltungen machte es jedoch Sinn, dass die untersten Ebenen von den sich langsam bewegenden Robotern als letztes erreicht würden.

Wenn wir ihnen ins Gesicht sehen wollten, müssten wir klettern.

Oder …

„Vals alter Terminal", sagte ich. „Der ist nicht weit weg, oder?"

„Noch zehn Minuten Sprint", überlegte Beta.

„Wenn wir dort sind, kann ich Alpha schnell auf uns aufmerksam machen."

Beta hatte die Zeit richtig eingeschätzt, zumindest für sie und Delta. Ich brauchte fünfzehn Minuten im Vollsprint, um sie bei Vals alter Wohnung einzuholen. Ihr flackernder Terminal stand unberührt drinnen, seit meinem letzten Besuch. Diesmal musste ich mich nicht einklinken, um zu tun, was ich wollte. Stattdessen schickte ich einfach eine Nachricht über das Kommunikationsnetzwerk des Raumschiffs. Eine einzige Aufnahme, ein einziger Satz, der durch alle funktionierenden Lautsprecher des Raumschiffs unter Verwendung des Schiffsalarmprotokolls gesendet wurde.

„Was hast du gesagt?", fragte Beta, als ich wieder zu ihnen nach draußen kam. „Wir haben etwas gehört, aber dieser Lautsprecher ist kaputt."

„Ich habe ihm gesagt, dass er uns dort treffen soll, wo wir ihn zum Sterben zurückgelassen haben, wenn er die Stimmen will."

„Und darauf beißt er an?"

Die Antwort kam nicht aus meinem Mund, sondern von den Mechs, die sich in den Ebenen über uns aufreihten. Einige waren an uns vorbei, näher an den Menschen als wir, aber fast wie auf Kommando drehten sich die sich bewegenden Linien um. Die Lichter, das Stampfen wendeten und begannen zurück in Richtung des Gartens zu marschieren.

„Idiot", sagte Delta. „Warum sollte er seine gesamte Streitmacht für uns einsetzen? Er könnte sie aufteilen und auch die Menschen nehmen."

„Wir sind der entscheidende Zug", sagte ich. „Wenn er die Stimmen bekommt, kann Alpha Starship ohne Angst kontrollieren. Er wird wissen, wo die Menschen sind und kann sie jagen, sie dem Vakuum aussetzen, ihnen den Sauerstoff abschneiden."

„Und wenn er herausfindet, dass wir lügen?", fragte Beta.

„Dann ist er wieder genau da, wo er jetzt ist, hat nur ein paar Stunden verloren, aber seine größten Feinde sind vernichtet."

Delta und Beta nahmen diese Überlegung an und starteten einen weiteren Lauf, zischten in Richtung des Gartens davon. Ich folgte, Kaydee tauchte auf und joggte neben mir in einer sehr ungenauen Version ihrer Laufgeschwindigkeit.

„Die beiden sind nicht gerade die Klügsten, oder?", sagte Kaydee und zeigte auf die zwei Gefäße vor uns.

„Sie wurden nicht für Strategie entworfen", erwiderte ich. „Das ist, als würde man einen Müllmech dafür kritisieren, kein guter Koch zu sein."

„Bist du etwa defensiv?"

„Weil ein Mensch einen Mech unfair kritisiert? Möglicherweise."

„Na gut, Herr Empfindlich."

„Schon gut", Zeit, das Thema zu wechseln. Wir gingen in einen Kampf und ich brauchte Kaydee auf meiner Seite, bereit, Ratschläge zu geben. „Wie läuft deine Arbeit?"

„Du meinst meinen Auferstehungsversuch?"

„Klar?"

„Wenn wir etwas Passendes zum Ausprobieren haben,

bin ich bereit." Kaydee sah mich an. „Und nein, Gamma, ein Müllmech ist nicht geeignet. Ich respektiere sie und so, aber ich werde nicht zulassen, dass mein erster echter Körper seit langem eine mit Müll gefüllte Kiste ist."

Ich ließ ihr das durchgehen.

Wir fanden die ersten Mechs außerhalb des Gartens. Sie hatten die Leiter der Menschen erklommen und dabei die Sprossen verbogen und zerbrochen. Hinter einem Mech-Trio lagen mehrere weitere kastenförmige Maschinen, die gestürzt waren und sich gegenseitig zu einem Haufen zerquetscht hatten, der die nachfolgenden abfederte. Delta und Beta musterten das Trio, als ich ankam, Delta hielt ihr Schwert und Beta wirbelte ihre zwei langen Messer.

Unsere Gegner hatten geschmeidige Formen, sechsgliedrige agile Mechs, die – so sagten mir meine Dateien – für schwierige Wartungsarbeiten an Starships Außenhülle konzipiert waren. Mit zehnfingrigen Händen an den Gliedmaßen, flexiblen Skeletten und leuchtend smaragdgrünen Augen betrachteten sie uns ohne weitere Mimik. Keine verbalen Warnungen, keine direkten Forderungen von Alpha.

Als wir uns näherten, machten sie alle einen einzelnen Schritt zurück, bevor sie sich wegbogen. Vier Gliedmaßen stabilisierten sie am Boden, während die verbleibenden zwei Hände in den Mech-Trümmern an der Basis der kaputten Leiter herumrissen.

„Was machen sie da?", fragte ich langsam.

„Los!", rief Delta.

Das Gefäß stürmte vorwärts und hielt ihre Klinge gerade vor sich wie einen Speer. Beta wirbelte beide Hände und schleuderte die Messer auf das linke Ziel. Jede Klinge traf ins Schwarze und trennte die vordersten Hände der

Maschine ab. Anstatt umzukippen und zu sterben, passte der Mech jedoch sein Gleichgewicht auf seine mittleren Stützen an.

„Anpassungsfähig", sagte Beta, als ich an ihr vorbeiging, meinen verstärkten Gehstock wie eine Keule erhoben.

Die Mechs schlugen als Zweite zu. Fast wie ein einziger schwangen sie nach oben und vorwärts, ihre beiden grabenden Hände rissen Metallsplitter, verstümmelte Kastengliedmaßen oder funkelnde Batterien ab und schleuderten sie auf uns. Der Schrott flog wie Meteore, heulend und hart. Delta fing den ersten ab, lenkte mit einem Schwertschlag den Motor nach oben und weg. Ein zweiter, ein untertassenförmiger Fuß, traf ihre Schulter und brachte sie aus dem Gleichgewicht, aber Delta passte sich an und setzte den Angriff fort.

Ich versuchte, sie zu imitieren. Schlechte Idee.

Ich schwang meinen Gehstock wie ein frustrierter Baseballspieler nach unten und schlug eine heranfliegende Batterie auf den Gehweg zu meinen Füßen. Das Ding, dessen Struktur beschädigt war, explodierte prompt und entlud seine gespeicherte Energie in einem knisternden Puff, der zusammen mit einem geworfenen Arm meine Beine wegblies und mich auf den Rücken warf. Mein Gehstock rollte irgendwohin und folgte damit der großen Tradition meiner Waffen, Sekunden nach Kampfbeginn nutzlos zu werden.

„Autsch", sagte Kaydee, als Beta über mich hinwegsprang und das Geländer des Gehwegs benutzte, um über ihre eigenen Bedrohungen zu springen.

„Halt die Klappe", sagte ich und trat mit den Beinen, um schnell wieder hochzukommen. Der Strom der Batterie hatte meine eigene Stromversorgung betäubt und ließ meine Eingaben flackern. „Zumindest bin ich nicht tot."

Dasselbe konnte man vom Mech-Trio nicht behaupten. Delta, die ihr Schwert in langen Hieben schwang und ihren Lauf in einen Zickzack-Angriff verwandelte, kassierte nur noch ein paar streifende Treffer, bevor sie die Werfer erreichte. Der rechte Mech stellte sich zu spät auf den Nahkampf ein, streckte seine vier Gliedmaßen mit gestohlenen Platten und einer einzelnen Leitersprosse hoch, nur damit Deltas geschmiedete Klinge ihn komplett durchschnitt. In zwei Hälften gespalten, brach der Mech zusammen.

Als ich aufstand, machte der mittlere Mech einen klügeren Zug: Als Delta ihr Schwert wieder hob, tackelte der mittlere Mech sie. Zwei Hände fixierten Deltas Schwertarme am Boden, während seine unteren zwei ihre Beine auf die gleiche Weise festklammerten und die mittleren Hände des Mechs ans Werk gingen. Zusammengepresst sahen die zehn Finger wie Messer aus, und sie hätten ihr stechendes Schlimmstes getan, wenn ich nicht ausnahmsweise etwas Kluges getan hätte.

Die Batterie zu meinen Füßen hatte keine Ladung mehr, aber das Ding hatte immer noch Gewicht. Der Mech hatte sie auf mich geworfen, also dachte ich, ich würde den Gefallen erwidern. Wie ein Werfer aus diesem alten Menschenspiel holte ich aus und schleuderte den toten Klotz. Ich zielte auf den Kopf des Mechs, verfehlte natürlich und traf sein hinteres rechtes Bein. Der Schlag zerbrach das Kniegelenk des Mechs und befreite Deltas linkes Bein. Sie verschwendete keine Zeit, nahm einen Schlag auf ihren Bauch in Kauf und wickelte ihr Bein um das andere Hinterbein des Mechs und drehte sich.

Das Paar rollte herum, und ohne den Boden, um sie festzuhalten, konnte der Mech Deltas Kraft nicht standhalten. Mit den Ellbogen nach unten schlagend, zermalmte

Delta den Kopf des Mechs auf dem Gehweg und zerschmetterte seinen Prozessor. Als ich meinen Gehstock aufhob und auf sie zuging, stand das Gefäß von den toten Augen des Mechs auf und blickte auf die tiefen Stiche in ihrem Bauch. Freiliegende Drähte, ein silbernes Skelett waren zu sehen.

Nicht gut.

Beta zumindest erledigte ihr Ziel ohne viel Aufwand. Sie hatte bei ihrer Annäherung mehr Messer geworfen, jedes einzelne trennte mit Präzision eine Gliedmaße ab. Der Mech starb langsam, seine grünen Augen musterten uns, während sein nutzloser Kern am Boden lag.

„Wirst du okay sein?", fragte ich, als ich mich den beiden Killern anschloss.

„Zehn Prozent Verlust", antwortete Delta zischend. „Beine."

Während sie sprach, wurden die Stampfer und Klirren immer lauter, einige kamen von hinter uns, als Mechs andere Wege zu unserer Ebene fanden. Sie wurden begleitet von einem vertrauten Surren, elektrische Düsen feuerten. Kuriere und ihre kleinen Laser im Anflug.

Wir hatten darum gebeten, in die Falle zu gehen, und jetzt waren wir es.

GARTENPARTY

Wir wollten, dass uns die Mechs in den Garten folgten, und das taten sie auch. Einige waren bereits drinnen und warteten, während wir die zerstörte Leiter erklommen – die kaputten Sprossen reichten aus, um mit vorsichtigen Händen zu klettern –, während der Rest auf uns zustürmte.

Oben an der Leiter, mit Beta an der Spitze, trafen wir auf eine kastenförmige Ansammlung, die zögerte, nachdem sie gesehen hatte, wie ihre Artgenossen in die Zerstörung stürzten. Diese wandelnden Kisten hatten nicht einmal Arme, aber ihre Körper waren mit Kanten versehen. Als Beta die untere sandige Ebene des Gartens erreichte, stürmten die Kisten los, ihre Lautsprecherboxen gaben blecherne Kampfrufe von sich.

Delta zog sich mit einem einzigen Ruck die restliche Strecke hoch, und ich folgte in einem gemächlicheren Tempo, wobei mein Gehstock in einer Schlaufe über meinen Schultern baumelte. Die anderen beiden Gefäße würden zusammen zurechtkommen, und ich wollte, dass eine bestimmte Maschine mich sah.

Die Kuriere sausten wie wütende Bienen herab, ihre

winzigen Düsen feuerten präzise an und aus für den genauen Flug. Mit Köpfen, die mit Kameras zur Steuerung dieses Fluges bedeckt waren, nahm ich an, dass Alpha ihre Streams beobachten würde, auf der Suche nach Beweisen, um seine wahnsinnige Entscheidung zu bestätigen, seine gesamte Streitmacht gegen drei Mechs zu schicken.

Also ließ ich das andere Ding, das ich Juny gebeten hatte mir zu besorgen, in meine Hand gleiten, als ich mich dem oberen Ende der Leiter näherte.

Die Kuriere stürzten herab, ihre Stachelschwänze leuchteten auf, als die angeschraubten Laser sich aufzuladen begannen. Ich hatte noch zwei Sprossen vor mir. Mit meiner rechten Hand griff ich nach oben, trat mit meinen Beinen für einen zusätzlichen Schub. Mit meiner linken nahm ich das Laufwerk, ließ es zwischen meine Finger gleiten und winkte damit den Kurieren zu.

„Wollt ihr das?", rief ich den fünf schwebenden Mechs zu, die sich um mich herum versammelten. „Die Stimmen gehören mir, Alpha, genauso wie dieses Schiff."

Ich stieß mich erneut ab, nicht gerade die vorgeschriebene Methode, eine Leiter zu erklimmen, aber so nah am Ziel musste es reichen. Meine rechte Hand ergriff einen sandigen Rand, meine linke gesellte sich dazu und hob mich hoch. Unter mir spürte ich Hitze, als die Kuriere ihre besondere Art von Gemeinheit auf die arme Leiter losließen. Die Laser schmolzen durch die verbleibenden Stangen und ließen das Ganze klappernd nach unten fallen.

Nicht dass wir sowieso zurückgehen würden.

Im Garten schlug ich auf das Bedienfeld, das das Portal steuerte, durch das wir gekommen waren. Mit einer glatten, knirschenden Bewegung über den Sand schloss sich das Portal. Jeder Mech, der in der Lage war, das Bedienfeld zu bedienen, könnte es wieder öffnen, aber diesen Kurieren fehlten die Hände. Ein Hinterhalt würde nicht von hinten kommen.

Und vorne blieb auch nicht viel. Vorerst.

Beta und Delta spielten Fangen mit einem letzten Kistenmech. Die Maschine jagte Beta blindlings, ein vergeblicher Versuch, das wendigere Gefäß zu fangen, das die kastenförmige Maschine immer wieder in den tiefen Sanddünen hier unten verlor. Während sie weiterging, sah ich, wie Beta ihre geworfenen Messer einsammelte und die Kiste entlang ihrer eigenen Wiederbewaffnungsspur zurückführte. Delta wischte Drähte von ihrer Klinge, frisch vom Eintauchen in eine weitere tote Kiste, und wartete darauf, dass Beta ihr nächstes Opfer heranführte.

„Es ist fast traurig", sagte Kaydee, als Beta die Kiste um eine weitere Düne herumführte und den Mech für Deltas Aufspießen ausrichtete.

„Wenn der Mech noch er selbst wäre, wäre es schlimmer", sagte ich und machte meinen Gehstock los. Mech-Geräusche von oben signalisierten, dass wir nicht lange allein sein würden. „Sie sind alle hier so wegen Alpha. Sie haben keine Wahl."

Beta brachte den Mech in seinen finalen Lauf und tanzte im letzten Meter zur Seite, damit Delta ihre Klinge geradeaus führen konnte. Das Schwert biss sich hinein, und Delta begann einen Seitenschritt, schnitt während sie vorwärts und weg ging und umrundete die Seite des Mechs, während die Klinge weiter durchdrang. Das Schwert trat mit einem Kühlmittelspritzer und einem einsamen Funken aus, und die Kiste, deren oberes Drittel getrennt vom Rest ruhte, kam abrupt zum Stehen.

Mit Kühlmittel bespritzt, aber ohne neue Verletzungen, kam Delta auf mich zu, während ich die Gartentreppe zu meiner Rechten hinaufblickte. Beta sammelte weitere geworfene Klingen ein.

„Ein leichtes Aufwärmen", sagte Delta. „Kuriere draußen?"

Ich nickte. „Öffne das nicht, es sei denn, dir ist kalt."

„Ein Witz?"

„Ich bin dafür bekannt, gelegentlich welche zu machen."

Delta schenkte mir das kleinste Lächeln. „Ich bin froh, dass du dich wohl fühlst. Das wird hässlich werden, bevor es vorbei ist."

„Zum Glück sehe ich schon wie Müll aus."

Die Fabrikationslinien befanden sich ein paar Ebenen über uns im Conduit, also machten wir uns auf den Weg direkt nach oben, sobald Beta und Delta sich vorbereitet hatten. Fünf Ebenen und wir wären am richtigen Ort.

„Warum bist du so lange bei den Menschen geblieben?", fragte Delta Beta, während wir die düsteren Treppen hinaufstiegen. Der Garten konzentrierte sein Licht auf die Pflanzen, mit lila-blauen Dioden, die seine Seitenstufen säumten. „Oder war das dein Job?"

„Konnte den Mech in der Kinderstube nicht besiegen, also tat ich das Nächstbeste", antwortete Beta. „Sie waren kleine Babys. Zu erbärmlich, um sie allein zu lassen."

„Verstehe", sagte Delta. „Val scheint nicht sehr liebevoll zu sein."

„Sie ist eine harte Nuss, aber sie kümmert sich auf ihre eigene Art."

Wir gingen an weiteren trockenen Ebenen vorbei, jede bot eine andere Tierwelt als die letzte. Von Sand zu Gestrüpp zu flauschigen Körnern und Büschen. Ich lauschte nach dem Geräusch des zentralen Wasserfalls, aber Alphas Armee übertönte es. Delta und Beta schrien ihre Unterhaltung einander zu, ein Kennenlerngespräch, das auf ohrenbetäubender Lautstärke geführt wurde.

Gut zu sehen, dass sie sich gegenseitig abkühlten. Dorthin, wo wir hingingen, mussten alle Verdächtigungen, jeder böse Wille beiseitegelegt werden.

„Ihr werdet sowieso alle sterben", sinnierte Kaydee, „da könnt ihr genauso gut mit Freunden statt mit Feinden gehen."

Inspirierende Worte.

Wir kletterten eine Ebene über die Fabrikationslinien, eine Zone im Übergang von trockener Ebene zu kühlem Wald. Pilze und kleine Tannen gab es hier zuhauf, der Nebel des Conduits verwandelte sich in leichten Frost. Moose bedeckten den Boden, weich und saftig grün. Es musste irgendeinen Nutzen für dieses Biom geben, aber zunächst konnte ich keinen erkennen.

„Möglichkeiten", sagte Kaydee, als wir in den Wald gingen. „Die Schöpfer des Raumschiffs wollten keinen Bereich ausschließen, nur um dann festzustellen, dass wir ihn aus irgendeinem Grund brauchten, sei es biologisch oder psychologisch. Sie pflegten den Schnee hier zu verdicken, um uns eine Chance zum Spielen zu geben."

Unser Trio bahnte sich seinen Weg zum Zentrum der Ebene, einem abgerundeten Raum, umgeben von drei Meter hohen Bäumen, die ein klaffendes Loch umschlossen. Durch dieses Loch tropfte Wasser in kurzen und langen Schüben, mit einem dichten Nebel, der an den Rändern aufstieg, wo aufsteigende Wärme auf die gekühlte Luft traf. Abgesehen von dem nahenden Untergang fand ich den ganzen Ort wunderschön.

„Lockt sie rein, dann flieht", sagte ich zu Beta und Delta, obwohl die Augenrollen, das ich erhielt, darauf hindeutete, dass die Erinnerung unnötig gewesen sein musste.

„Sag nicht fliehen", witzelte Beta. „Ich bevorzuge vorrücken. Wir rennen nicht, wir bewegen uns vorwärts."

„Sicher."

Ich würde es nennen, wie Beta es wollte, solange diese Messer Mechs ausschalteten und nicht mich.

Meine kurze Antwort endete mit einem harten Aufprall, der von drei weiteren begleitet wurde, als ein weiteres Flexi-Mech-Quartett von oben herabsprang. Ihre zehnfingrigen Hände griffen den nebligen Rand und warfen sie in Sekundenschnelle hoch und über uns. Betas geworfene Klinge traf einen, als er aufstieg, erwischte seine Mitte und warf ihn das Loch hinunter.

Der Angriff muss ein Signal gewesen sein, denn mehr Mechs kamen von den Seiten angestürmt, einschließlich eines Bestäuberschwarms. Die kleinen rattenähnlichen Konstrukte rasten auf mich zu und überholten die größeren Kisten und Reinigungsmechs, die mit Messern, Keulen und allem anderen Schrott bewaffnet waren, den sie finden konnten.

„Bitte stirb nicht, Gamma", quiekte Kaydee, als ich meinen Gehstock mit beiden Händen umklammerte und meinen Rücken an einen dicken Baumstamm lehnte.

Als die ersten Bestäuber in Reichweite kamen, schwang ich den Stock in einem harten, den Boden streifenden Schlag. Zwei kassierten den Treffer und wurden rückwärts geschleudert. Drei weitere sprangen über den Schlag, schnellten wie von einer Feder abgeschossen in Richtung meiner Brust.

Ich duckte mich und ließ das Trio in den Baum hinter mir prallen. Nach meinem Schwung machte ich einen Schritt vorwärts, passte meinen Griff an und peitschte meinen Stab in die entgegengesetzte Richtung. Die Bestäuber, die meinem ersten Schlag ausgewichen waren, fielen gerade rechtzeitig vom Baum zu Boden, um vom zweiten Schlag getroffen zu werden. Ihre kleinen Roboterformen flogen in den Frost hinein.

Mehr Bestäuber kamen angerannt, und ein paar Meter hinter ihnen tollten die größeren Jungs herum und wirbelten bei jedem schweren Schritt Kiefernnadeln auf. In Richtung Zentrum hielt Delta gegen zwei weitere Flexi-Mechs stand, hackte bei jedem Schwung Hände ab und wich gleichzeitig Messerstichen und greifenden Händen aus.

Beta ... nun, Beta trotzte der Schwerkraft.

Kuriere folgten den Flexi-Mechs und schwärmten mit glühenden Enden aus dem Mittelloch herauf. Beta sprang in diesen Schwarm hinein, ihre Hände warfen Messer – mir wurde klar, dass Delta Beta irgendwann während unseres Spaziergangs zum Garten ihr Messerbandelier gegeben hatte – in die Roboter und zog die Klingen wieder heraus, als sie vorbeifiel. Beta setzte ihre Füße auf die schwebenden Mechs, stieß sie weg, während sie andere zerschnitt, bevor sie zur gegenüberliegenden Seite des Zentrums sprang und im Nebel verschwand.

Gerade als die Kuriere begannen, sich neu zu formieren und ihr Augenmerk auf Delta und mich zu richten, kam Beta für eine weitere Runde zurückgestürmt. Trotz der Messer, trotz der perfekten Tritte, die die Roboter gegeneinander stießen oder ihre Laser in Alphas andere Mechs feuern ließen, war das Beängstigendste an Betas ganzem Ansturm das breite Grinsen, das ihr Gesicht zierte.

Ich hatte dieses Lächeln schon einmal gesehen, bei Alpha, als er kurz davor war, den Sieg an sich zu reißen.

Auch Delta nahm ein ähnliches Lächeln an, während sie zuschlug und zerschnitt.

Was würde mich dazu bringen, so ekstatisch zu sein?

„Wie wäre es damit, am Leben zu bleiben, für den Anfang?", sagte Kaydee.

Guter Punkt. Ich hatte die Bestäuber abgewehrt, die Reichweite meines Stocks und einige schnellere Schwünge erwiesen sich als mehr als fähig, die kleinen Dinger von mir fernzuhalten. Jetzt musste ich mich um meine freundliche Kiefer herumducken, um einer anstürmenden Kiste auszuweichen. Auf der anderen Seite warteten die mahlenden Ketten und zerfetzenden Messer eines Küchen-Mechs auf mich.

Die Waffen des Dings prallten von meinem Stock ab, die simple Programmierung des Mechs erkannte meine Waffe als die größere Bedrohung. Ich ließ den Küchen-Mech arbeiten, während ich zustieß und mit dem linken Auge beobachtete, wie die vorbeifahrende Kiste sich umdrehte, meinem Rücken zugewandt, und sich für einen weiteren Ansturm bereit machte.

„Sie sind alle Idioten, oder?", sagte Kaydee, als ich zur Seite sprang.

Die Kiste versuchte anzuhalten, aber auf dem gefrorenen Moos konnten ihre breiten Metallfüße nicht viel Traktion finden. Der Mech krachte in seinen Bruder, zerschmetterte Arme, während er sich selbst an den Messern des Küchen-Mechs ... aufspießte.

Mein Sprung hatte Konsequenzen: Die Bestäuber nutzten die Gelegenheit und schwärmten über mich. Sie kletterten meine Beine und Arme hoch und liefen über meine Brust, während ihre winzigen Werkzeuge meine Haut aufschlitzten. In Millisekunden schaltete ich den Schmerzsinn aus und verweigerte Informationen über

Schäden, um einen klaren Kopf zu behalten. Ich ließ meinen Wanderstock fallen und griff auf Hände und Füße zurück, trat und warf die Maschinen weg oder in andere herannahende Mechs.

Ein kleines Monster machte einen Lauf auf meine Augen zu, als meine Hände voll waren, ein perfekt getimter Angriff, der meine Sicht hätte wegschneiden sollen, wäre da nicht ein Blitz gewesen. Deltas Klinge fegte durch die Luft und nahm den Bestäuber und, da war ich mir ziemlich sicher, die Spitze meiner Nase mit. Ihre Hand griff nach meinem Arm und zog mich auf die Füße.

„Sich hinzulegen bedeutet zu sterben, Gamma", sagte Delta und machte ihr Schwert wieder bereit.

Beta, in einem weiteren fliegenden Sprung durch das neblige Zentrum, schaltete zwei weitere Kuriere aus und rollte zu uns herüber. Ich hatte keine Verschnaufpause erwartet, aber die anderen Küchen-Mechs, Kisten und Alphas ältere, kastenförmige Kreationen verharrten am Rand der Ebene.

„Sie schneiden die Ausgänge ab", sagte Beta, während sie Messer ersetzte und sich umsah.

„Sie haben uns bereits umzingelt", erwiderte ich. „Warum warten?"

Die Antwort auf meine Frage kam von oben in die kühlen Wälder geschwebt. Nicht auf Flügeln, sondern auf Armen, so vielen langen roten Armen. Greifklauen packten die Decke, gefolgt von einem schlanken kirschroten Körper. Wie ein Affe sprang der Roboter von der Decke zu einem Baum und dann auf den Boden, wobei sich seine Dutzend oder mehr Arme beim Bewegen ein- und ausfahren und fast wie Haare fließen. Als er den Boden erreichte, richtete sich der Mech langsam auf, zornige rote Augen blickten uns an, blickten mich an.

Ich kannte diese Augen, kannte diesen Körper und diese Arme. Aus der Nähe konnte ich sogar noch die verbliebenen Bissspuren sehen, wo Alvie, der überraschend angegriffen hatte, der Kanzlerin vor der Luftschleuse einen tödlichen Schlag versetzt hatte. Alpha hatte einige Modifikationen vorgenommen: Die Kanzlerin schien fast doppelt so groß zu sein wie zuvor, mit mehr Armen, und diese Gliedmaßen sahen nicht so aus, als wären sie zum Umblättern von Seiten und Überprüfen von Tests gemacht.

„Das wird Spaß machen", sagte Delta und richtete ihre Klinge auf den Mech.

„Oh ja", pflichtete Beta bei.

„Ihr seid beide wahnsinnig", schloss ich.

EINEN SPRUNG WAGEN

Von einer mordlustigen Erzieherin zu einer mordlustigen Mech-Mörderin war es kein weiter Sprung. Die Kanzlerin vollzog den Übergang mühelos und beäugte unser Trio schweigend, die Arme im Nebel schwebend. Beta und Delta machten ihre Witze und machten ihre Waffen bereit. Ich hatte meinen Gehstock und eine Idee.

„Zeit zu rennen", sagte ich, gerade laut genug, um das Surren und Knirschen der Motoren zu übertönen, das von so vielen Mechs auf engem Raum erzeugt wurde.

„Rennen?", erwiderte Beta. „Aber es wird gerade erst interessant."

„Das Ziel", zischte ich.

Die Kanzlerin schien gewillt, uns reden zu lassen. Und warum auch nicht? Jede Sekunde, die wir hier verbrachten, ließ Alphas Streitkräfte mehr und mehr Stärke sammeln, die Ebenen um uns herum verstopfen und unseren Untergang sicherstellen.

„Er hat Recht", sagte Delta. „Noch ein Abschuss, dann verschwinden wir."

Nicht das, was ich wollte, aber ich konnte die beiden

Gefäße kaum zwingen, ihre Meinung zu ändern. Ich bekam nicht einmal die Chance dazu: Direkt nach ihren Worten schleuderte Delta ihre Klinge in Richtung der Kanzlerin und stürmte hinterher.

Der Mech blockte die Klinge mit seinem Schildarm ab und schickte die Waffe in den schlammigen Boden. Delta ging in einen Rutsch über, während Beta Messer über sie hinwegwarf, die die Kanzlerin erneut mit zwei Armen abfing, die dicke Metallplatten trugen. Aus ihrem Rutsch heraus hob Delta ihr gefallenes Schwert auf, wich den Stichen zweier anderer Arme mit scharfen Nadeln an ihren Enden aus und stieß mit einem durchbohrenden Schlag genau dorthin vor, wo die Kanzlerin hätte sein sollen.

„Nicht gut", sagte ich, als Deltas Stoß ins Leere ging und die Spitze nur knapp den roten Mech streifte. Die unteren Arme der Kanzlerin schoben den Mech in die Mitte der Lücke, die Krallenhände klammerten sich an die Ränder. „Ideen, Kaydee?"

„Ich stimme für Rennen, Gamma. Richtig schnell rennen."

Deltas Manöver machte sie für den Moment verwundbar, den ihre Klinge brauchte, um auszufahren, den Moment, den sie brauchte, um zu erkennen, dass sie verfehlt hatte und einen neuen Plan zu finden. Die Kanzlerin nutzte dies aus, ihr zweiter Schildarm schwang quer und traf Delta in der Mitte, wodurch meine Freundin zurückgeschleudert wurde. Oben zwangen die höchsten Armpaare, bewaffnet mit Lasern, Beta zu Ausweichmanövern, um ihren brennenden Schlägen zu entgehen.

Wie üblich ignorierte der Feind mich.

Kaydee schlug vor zu rennen, aber es gab keine offenen Wege von meiner Ebene aus. Alphas Mechs schienen im Moment zufrieden damit, uns in der Falle zu halten, aber der gesunde Menschenverstand legte nahe, dass jeder Fluchtversuch eine schnelle und brutale Vernichtung zur Folge hätte.

Was den Backup-Plan übrig ließ.

„Schon?", fragte Kaydee, als ich mich nach rechts arbeitete und mich zwischen Bäumen und vorbei an den Mech-Leichen, die ich zuvor hinterlassen hatte, durchschlängelte. „Willst du nicht einmal versuchen zu helfen?"

„Delta ist diejenige, die immer von der Mission redet", sagte ich, nicht wirklich stolz darauf, es zu sagen. „Wenn wir hier alle sterben, gehört das Raumschiff für immer Alpha." Ich seufzte und duckte mich, spähte zum Kampf hinüber und versuchte, mein Timing abzuschätzen. „Außerdem wissen wir beide, dass ich bei all dem nur eine Belastung wäre."

‚All das' war ein metallischer Wirbel. Delta und Beta tanzten mit der Kanzlerin, deren Arme so schnell wirbelten, dass ich kaum verstehen konnte, wie sich die langen Gliedmaßen nicht ineinander verknoteten. Stattdessen arbeiteten sie im Einklang, die Schilde trieben die Gefäße in verwundbare Positionen, wo die Laser oder die Speere einen Kratzer anbringen konnten. Delta und Beta kämpften, diese schnellen Schnitte und Stiche drangen nicht bis zum Kern der Kanzlerin durch.

Hier wurde ein Arm gestreift, dort ein zuschlagender Speer abgelenkt, aber meine Freunde kassierten Treffer: lange Schnitte glänzten im schneeigen Licht entlang der Seiten von Delta und Beta, da sie zu langsam waren, um jedem notwendigen Ausweichmanöver nachzukommen. Deltas Haar rauchte, wo ein Laserstrahl die Seite ihres Kopfes versengt hatte.

Der Kampf schien eine beschlossene Sache zu sein.

Danach wäre ich ein leichter Nachtisch.

Die Entscheidung war klar, ich brach vom Baum in einem flachen Sprint zur zentralen Lücke auf. Die Kanzlerin besetzte sie noch immer, tanzte in einiger Entfernung von den beiden Gefäßen. Der Mech schien mich nicht zu bemerken, keine roten Augen oder Arme bewegten sich in meine Richtung. Fünf Meter verschwanden in ebenso vielen langen Schritten, und diesmal gelang es mir, meinen Fuß genau im richtigen Moment aufzusetzen, als ich sprang.

Ich zog meine Hände vor mich in einen Kopfsprung, klemmte den Gehstock unter meinen Arm, als ich in die Mitte hinein und hindurch flog. Eiskaltes Wasser spritzte über meinen Rücken, während Nebel mein Ziel unsichtbar machte.

Mein Sprung endete abrupt, ein Ruck, der mich kopfüber baumeln ließ. Ich spürte das Problem: Die Kanzlerin hatte einen Arm an meinem Bein, eine ihrer beiden Klauen-Optionen, die den Mech in der Lücke gehalten hatten. Die Kanzlerin zog mich zur Seite, als ihre Bewegung den Mech zwang, seine Luftzuflucht aufzugeben.

Ich musste hoffen, dass Delta oder Beta damit etwas anfangen konnten, denn ich konnte nicht viel tun, während ich über einem tiefen, dunklen Abgrund baumelte.

„Na ja, wenn du fällst, wissen wir wenigstens, wo du landen wirst", bemerkte Kaydee.

„Nicht hilfreich", erwiderte ich über das ständige Krachen, Schlagen und Fluchen, das von meinen Freunden kam.

Ich krümmte mich und schaute durch den Nebel nach oben. Schatten und Funken bewegten sich im wirbelnden Dunst. Delta und Beta machten eine neue Einschätzung der taktischen Situation und schienen für einmal zusammenzuarbeiten. Ich hörte Delta einen Zug ansagen und sah

Betas Gestalt – die langen Messerschatten verrieten den Unterschied zwischen ihnen – einen Zwei-Schritt-Rückzug machen. Die Kanzlerin, die jeweils drei Arme für meine Freunde einzusetzen schien, schickte einen Schild, einen Speer und einen Laser hinter Beta her.

Delta sprang nach links, in Richtung der Lücke und dieser ausgestreckten Arme. Als das Gefäß, ihr Schwert hinter sich herziehend, auf den Beta-jagenden Haufen der Kanzlerin kletterte, verlangsamten sich ihre eigenen verfolgenden Arme. Zu schnell, zu rücksichtslos, und sie könnten ausbrennen, stechen oder ihre eigene Seite rammen. Die Drehung in Richtung Delta, ihre Verfolgung, tat eine Sache richtig: Die Kanzlerin ließ sich offen, ein paar leere Meter zwischen ihr und Delta.

Das Gefäß peitschte ihr Schwert, ein seitlicher Schlag ohne Anlauf. Seitwärts drehend schien die Klinge dazu bestimmt, die Kanzlerin in zwei Teile zu schneiden. Wenn ich den Atem hätte anhalten können, hätte ich es getan.

Delta verfehlte. Ich sah die Klinge sich drehen, sah sie stoppen und bemerkte dann den Schatten darunter. Die andere Klaue der Kanzlerin, Schwester zu der, die mich in der Luft hielt. Sie war von der Nähe der Kanzlerin hochgeschlängelt und hatte die Klinge gefangen, den Griff der Waffe packend. Der Mech drehte Deltas Waffe gegen sie zurück, die Schild-, Speer- und Laserarme wickelten sich von hinten um Delta, um jeden Rückzug abzuschneiden.

Ein Schuss, ein Weg.

„Delta!", rief ich und warf meinen Gehstock hoch, als die Kanzlerin mit Deltas Schwert zustieß.

In einer einzigen Bewegung lehnte sich Delta nach links, fing meinen Gehstock, meine Metallstange, und schwang sie nach oben in ihre eigene Klinge. Mein armer Stab machte einen schrecklichen Schrei, als Deltas Schwert hineinbiss, als es hindurchschnitt, aber meine Waffe tat ihre Arbeit und lenkte den Schlag der Kanzlerin über Deltas Schulter ab.

Delta ließ meinen Gehstock, der nun eine neue Rasierspitze hatte, von ihrer linken Hand in eine sich bewegende rechte fallen, ihre Schulter drehte sich mit dem Fang und feuerte den brandneuen Speer direkt auf die Kanzlerin. Ich sah den Schatten, ich sah die Funken, als der Speer sein Ziel traf. Ein gebrochenes, unscharfes Stöhnen kam von dem Mech, ihre Arme fuchtelten, ihr Motor versagte. Delta sprang von ihrem Sitz, landete auf der Seite nahe der Kanzlerin, für den Moment sicher.

Anders als jemand anderes, den ich kannte.

„Hilfe!", schrie ich, ein Ruf, der von dem plötzlichen Hämmern übertönt wurde, als Alphas Mech-Armee, nicht gewillt, uns eine Atempause zu gönnen, vorrückte.

Der Garten bebte von der Bewegung. Die Kanzlerin schwankte, begann zu fallen. Ich sah Delta ihre Klinge aus der sich windenden Klaue reißen. Sah sie das Schwert heben, als die Kanzlerin, Funken sprühend, mein Gehstock wie eine Fahne in ihrem Kern gepflanzt, strauchelte.

Und fiel.

Die Schwerkraft zog mich für eine kurze Sekunde nach unten, ein Abstieg, der schnell von den wenigen Untertassen auf dieser Ebene unterbrochen wurde, die dazu da waren, Wasser aufzufangen. Ich krachte in einen winzigen Pool, der durch Rinnsale mit dem Rand verbunden war. Mein Stolz war vielleicht verletzt, aber nur das.

„Dein Bein, Gamma!", schrie Kaydee.

Die Klaue der Kanzlerin hatte ihren Griff, und ich wandte mich ihr zu, schüttelte mein Bein, als der Mech an mir vorbeifiel, seine Arme überall ausbreitend. In diesem Chaos, am Ende eines Speers, hing Beta. Das Gefäß rauschte zu schnell vorbei, als dass ich hätte sagen können, wo sie verwundet worden war, ob sie noch lebte, aber es gab keinen Zweifel an der Form, die in diesem Gewirr eingebettet war.

Ein Gewirr, dem ich in einer Sekunde beitreten würde. Der Arm spielte sich aus, die Klaue ruckte, und ich begann mich zum Rand des Pools zu bewegen. Begann und stoppte.

Deltas Klinge schoss vorbei, schnitt in einem perfekten Wurf nach unten und durch den Arm, der mich hielt. Die Spannung löste sich, und mit einem schnellen Stoß schob ich die Metallklammern von meinem rechten Bein. Der Spaß der Freiheit war kurzlebig: Der Schwertfwurf zerbrach die Untertassen, die bereits durch die fallende Kanzlerin beschädigt worden waren, das ganze Unternehmen brach zusammen, als ich Fuß fasste.

„Lauf, du Idiot!", rief Delta von oben, und ich blickte in ihre Richtung, um zu sehen, wie das Gefäß bis an den Rand zurückgedrängt war, keine Waffen in den Händen, während sich Mechs von allen Seiten näherten.

Ich konnte ihr nicht helfen, steckte eine Ebene tiefer ohne Waffen fest. Konnte nicht und würde ihr Opfer nicht umsonst sein lassen. Platschend stürzte ich aus der flachen Untertasse, stieß mich ab und sprang über die paar Meter zur trockenen Tundra. Hinter mir hörte ich einen trotzigen Fluch, dann spürte ich den pfeifenden Wind, als Delta fiel und Beta und der Kanzlerin in die Tiefen der Reinheit folgte.

Ich traf den kalten Boden, rollte mich, stand auf und begann das zu tun, was Delta mir gesagt hatte.

Ich rannte auf das einzige zu, was wichtig war, und hasste mich dafür.

VERFOLGT

Delta, Beta, weg. Delta, Beta, weg. Die Worte wiederholten sich immer wieder, während ich aus dem Garten hetzte. Das blaue Licht des Conduits und die pflanzenfreien Gehwege boten keine Erleichterung von dem, was ich dort hinten gesehen hatte, sie bewiesen nur, dass ich immer noch rannte, immer noch gejagt wurde.

Wir hatten dies als Alles-oder-Nichts-Mission geplant. Erfolg ohne Verluste zu erwarten, wäre unlogisch gewesen, aber vielleicht hatte Kaydee genug auf mich abgefärbt, dass ich es trotzdem getan hatte. Die Zukunft hatte vielversprechend ausgesehen, mit uns drei Gefäßen, die Alpha von der Macht entfernen und das Raumschiff retten würden.

Jetzt lagen Delta und Beta am Boden von Purity begraben und warteten in einem dunklen Becken darauf, dass die Enzyme des Raumschiffs ihre Arbeit taten und sie zu Schrott reduzierten.

„Delta wurde nicht getötet, Gamma", sagte Kaydee, als meine Füße auf Metall trafen und der Ausgang des Gartens sich hinter mir schloss. „Sie ist getaucht."

Getaucht ohne Waffe, getaucht mit einem tödlichen

Feind in einen Käfig am Boden des Gartens. Kaum eine Flucht. Kaum Grund zur Hoffnung. Dennoch konnte ich nicht das Menschliche tun und der Verzweiflung nachgeben, zusammenbrechen und auf den Tod warten. Nein, die Logik bot ihren kalten Trost und ich hielt mich in Bewegung.

Schließlich hatte die Mission Vorrang.

Vor mir Metall und blauer Nebel. Die Fertigungslinien. Ich stürmte vorwärts und setzte all meine Energie in den schnellsten Sprint, den ich zustande bringen konnte. Keine Mechs tauchten vor mir auf, unser Spiel hatte seine Wirkung getan.

Dahinter? Eine andere Sache.

Alphas träge Kästen und Bestien auf Ketten konnten mich nicht einholen, aber die vertrauten Kurier-Jets surrten, als die mit Lasern ausgestatteten Käfer aus dem Garten schwärmten, um mich zu jagen. Ein Blick zurück bestätigte, dass ein halbes Dutzend von oben und unten auf mich zukam, Bienen der schlimmsten Sorte.

„Und wieder einmal hast du keine Waffe", sagte Kaydee, die neben meinem Sprint herlief, als wäre es ein entspannter Morgenspaziergang. „Wie schaffst du es immer wieder, dass das passiert?"

„Pech."

Dagegen konnte Kaydee nichts sagen, aber sie biss sich auf die Lippe, während sie ein Auge auf die herannahenden Kuriere gerichtet hielt. Es gab nicht die geringste Chance, dass ich ihnen davonlaufen konnte, nicht bei der weiten Strecke, die noch vor den Linien lag. Die Frage war jetzt, wie nah ich herankommen konnte, bevor sie mich in Stücke schossen.

Delta oder Beta hätten vielleicht beides gekonnt. Vorwärts

sprinten, Messer zurückwerfen. Vielleicht ein ausgefallener Kick-Flip von der Seitenwand des Conduits in die Mitte, sich mit den kleinen Maschinen im Handgemenge messen und sie gegeneinander schmettern, bevor sie sich wieder in Sicherheit brachten. Nicht etwas aus meinem Repertoire.

Also rannte ich.

Der erste Schuss kam Momente später, als ich an geschlossenen, aufgebrochenen und ramponieren Türen vorbeilief, die in längst verlassene Wohnungen führten. Die spiralförmigen Portale schienen eine Chance zum Verstecken zu bieten, aber soweit ich wusste, hatten die Wohnungen keine anderen Ausgänge. Hineinzutauchen würde bedeuten, auszuchecken, sobald Alphas Mechs aufholten.

„Ja, Brandschutz hatte keine hohe Priorität", murmelte Kaydee, als ich nach links auswich und gegen das Geländer prallte, um dem Schuss auszuweichen.

Der orangefarbene Strahl traf den Gehweg vor mir, und ich nutzte ihn als Orientierung, sprang in diese Richtung, als der nächste Laser das Geländer durchschmolz, wo meine Hand eine Millisekunde zuvor gewesen war. Jeder abgefeuerte Schuss würde eine Weile zum Aufladen brauchen, und es waren sechs, also ...

Meine rechte Schulter brannte. Nicht ganz geschmolzen, nicht ganz funktionsunfähig dank der Verteidigungsausrüstung, die wir uns von den Menschen vor unserer Abreise geschnappt hatten. Diese schimmernde Rüstung erfüllte ihren Zweck, die Schüsse abzulenken und mich in Bewegung zu halten.

„Noch ein Treffer dort und du bist erledigt", sagte Kaydee. „Du brauchst eine neue Idee, Kumpel."

„Kumpel? Ausgerechnet jetzt?"

„Wenn wir schon gegrillt werden, darf ich auch alberne Namen benutzen."

Mein Verstand war verrückt geworden. Vielleicht war sie es schon immer gewesen.

Genauso verrückt wäre es, hier draußen auf diesem Gehweg unter Beschuss zu bleiben. Die Fertigungslinien waren auch nicht in der Nähe. Eine weitere zerstörte Tür erschien zu meiner Rechten und ich nutzte die Chance, sprang hindurch, während mehr heißes Licht den Boden hinter mir versengte.

Ich landete auf korrodierten Fliesen, verrostet durch den Nebel des Conduits und unregelmäßige Aufmerksamkeit von, nun ja, irgendjemandem. Schleimiger Dreck bedeckte meine Hände und meine Kleidung, als ich mich weiter nach innen schob und mich an einem schiefen Tisch festhielt, um wieder auf die Beine zu kommen. Weitere Tische standen in einem größer als erwarteten Raum, weitaus geräumiger als die Apartments, die ich gesehen hatte, mit fleckigen Wänden, an denen noch Bilderrahmen hingen. Kunst, geschützt durch Glasscheiben, saß in diesen Rahmen, grau im blauen Licht des Conduits, das durch das große, schmutzige Fenster fiel.

Die Kuriere gaben mir keine weitere Sekunde, um mein neues Versteck zu erfassen, und schlängelten sich zur Tür und hindurch. Ihre Laser sahen in den Schatten wie feurige Staubpartikel aus, fast schön. Wichtiger war, dass das Licht sie zu leichten Zielen machte.

Ich hob den Tisch auf und schwang ihn, seine runde Platte flog mit null Anmut und maximaler Effektivität auf den Kurier-Cluster zu. Die kleinen Bots und ihre Düsen konnten zwar schnell huschen, aber nicht augenblicklich, und ihre Zusammenballung beim Einschweben ins Restaurant ließ den Tisch vier von ihnen mit einem einzigen

Schlag verschlingen. Ihre Rahmen verbogen sich, ihre Düsen stockten und die Mechs krachten mit dem Möbelstück zu Boden.

„Nicht schlecht!", sagte Kaydee, als ich nach hinten zur langen Theke rannte, die sich über die gesamte Länge des Raums erstreckte.

Zwei Kuriere waren übrig, und es war ihnen völlig egal, dass ich ihre Kumpel geröstet hatte. Ich sah ihre Reflexionen auf den gefliesten Wänden im hinteren Teil des Restaurants, die orangefarbenen Glühlichter wurden heller. Zu meiner Linken passierte ich einen umgekippten und halb zerbrochenen Stuhl und, ohne meinen Lauf zu unterbrechen, schnappte ich mir die Überreste und schleuderte sie nach hinten.

Ein Mensch hätte bei so einem Zug vielleicht auf den Zufall vertraut und gehofft, dass das Glück auf seiner Seite wäre. Ich brauchte kein Glück, Leos Programmierung diente dazu, den Winkel, die Geschwindigkeit und den Zeitpunkt des Loslassens zu berechnen, um meinen geworfenen Müll auf Kurs mit einer Kurier-Reflexion zu bringen.

Der Mech schoss seinen Laser ab, als mein Geschoss auf ihn zuflog, ein schattiger Blitz gefolgt von Feuer und einem weiteren Krachen, als mein Ziel zu Boden ging.

Sein Freund traf mich direkt in den Rücken.

Die Hitze durchdrang meine Rüstung, verkohlte und schälte die synthetische Haut darunter. Genug wurde absorbiert, um den Schaden minimal zu halten, obwohl meine Warnungen einen weiteren Körperbereich gelb markierten: Jeder Folgetreffer dort wäre tödlich.

„Eins gegen eins", sagte Kaydee, als ich hinter die Restauranttheke schwenkte. „Kann er gewinnen? Was meint ihr, Publikum?"

Falscher Applaus ertönte, als ich mich tief duckte und

die Reflexion beobachtete, wie der Kurier näher schwebte. Er würde keinen Schuss haben, bis der Mech um meine Barriere herumkäme, was mir eine Sekunde Zeit gab, meine Optionen zu sichten: fleckige Bratpfannen, Besteck, Tassen.

„Oh bitte, nimm die Pfannen", fuhr Kaydee fort. „Die beste Waffe, die du bisher hattest, ganz sicher."

So sehr ich es hasste, ihr diese Genugtuung zu geben, Kaydee hatte Recht. Ich schnappte mir zwei Pfannen von den Regalen und erhob mich, als der Kurier über die Theke schwirrte. Ich schwang die Metallkreise wie Tennisschläger, Überkopfschläge, als wollte ich eine Fliege zerquetschen. Der Kurier brannte die erste Pfanne mit einem weiteren Schuss weg und ließ mich mit einem glühenden halben Griff schwingen.

Die zweite Pfanne tat den Trick, schlug den Kurier zu Boden. Ein Folgeschlag verwandelte den zerbrechlichen Bot in funkelnde Schaltkreise.

„Sieg!", rief Kaydee, digitale Feuerwerke explodierten ringsum.

Ich kümmerte mich nicht darum, die Lichtshow zu würdigen. Es würden mehr Kuriere kommen, und der Rest von Alphas Mechs würde auch bald hier sein. Ich behielt meine ausgewählte Bratpfanne, verließ das Restaurant, warf einen Blick zurück zum Garten und den Formen, den Rumpeln, die sich in meine Richtung bewegten, und sprintete los.

DIE LINIEN

Der Kanal sah anders aus, wenn man in Höchstgeschwindigkeit daran entlang rannte. Der unterschiedliche Verfall und die flackernden Neonschilder verschmolzen und lösten das Individuelle aus Hunderten von menschlichen Jahren auf, um es in einem blauschwarzen Morast aus Metall und Schatten zu vereinen. Mit Alphas Aufräumaktion waren die sporadischen Feuer und zufällig umherwandernden Mechs verschwunden, ersetzt durch eine kalte Leere.

Wenn alles auf dem Raumschiff sterben und kein einziges bewegliches Ding übrig bleiben würde, wie lange würde das Schiff so weiterreisen? Ein Jahr, zehn, tausend, bevor irgendeine Kollision oder ein Systemausfall das Gefährt auseinandersprengen und all dies in die Leere verstreuen würde?

Eine Frage, die man sich vielleicht besser stellt, wenn man nicht von einer unaufhörlichen Roboterarmee verfolgt wird.

Meine Füße, in gut gemachten Stiefeln, dröhnten bei

jedem Schritt, recycelte Profilsohlen griffen fest auf den nebelverhangenen Gehweg. Mit den zerstörten Kurieren hatte ich mir etwas Zeit erkauft. Mech-Bewegungen hallten natürlich von hinten zu mir herüber, aber sie schienen leiser, weniger fokussiert: Alpha teilte seine Kräfte auf und entschied, dass ein Gefäß nicht seine volle Kraft wert war.

„Mach dich nicht runter. Du bist viel wert, großer Macker", feixte Kaydee.

„Er wird die schnellen auf mich ansetzen, vielleicht", sagte ich. „Ich muss hoffen, dass er noch nicht weiß, wohin ich gehe."

„Bei seinem Ego wettet ich drauf, dass er denkt, du gehst zur Brücke."

„Das wäre schön."

Und plausibel. Wenn Alpha allerdings eine Eigenschaft hatte, auf die ich zählen konnte, war es seine Unberechenbarkeit. Das Gefäß bewies immer wieder die Bereitschaft, in seinen Bemühungen rücksichtslos, erfinderisch und durchweg sprunghaft zu sein. Soweit ich wusste, würde er mich ohne einen weiteren Kampf direkt zur Brücke laufen lassen, nur weil er mich selbst in Stücke reißen wollte.

Oder erneut versuchen, mich zu korrumpieren, meine Funktionen zu stehlen und sie seinen eigenen Zwecken zu unterwerfen.

Vor mir tauchte eine vertraute Struktur aus dem azurblauen Nebel auf. In regelmäßigen Abständen überspannten große Gebäude die gesamte Breite des Kanals und boten Gelegenheiten, von einer Seite zur anderen zu wechseln, während sie gleichzeitig eine Pracht ermöglichten, die über die engen Apartments und Geschäfte hinausging, die sich in die Seiten des Raumschiffs schmiegten.

An diesen Seiten ruhten nun scherzhafte Überreste, Sportbars und alte Läden, die Universitätsmerchandise feilboten, von Hemden über Tassen bis hin zu Büchern. Auf den wenigen Ebenen darunter – quer über den Kanal blickend – erhaschte ich einen Blick auf die eintönigen Überreste der Studentenwohnheime, jedes Portal in der gleichen schulischen Manier nummeriert.

Ich rannte unter der Universität selbst hindurch, zu tief für ihre geschätzten Korridore. Nicht, dass ich nach dem Mordversuch dort drinnen irgendein Verlangen verspürte, auf diesem Weg zurückzukehren. Auch Kaydee verstummte und erinnerte sich vielleicht an die gleichen Dinge wie ich: ein Dekan und eine Kanzlerin, die Perfektion forderten und jeden verdammten, der nicht gut genug war, sie zu erreichen.

Eine Kanzlerin, die ich offenbar beim ersten Mal nicht gründlich genug gelöscht hatte.

„Glaubst du, sie leben noch?", fragte ich Kaydee, während ich weiterlief. „Beta und Delta?"

„Wenn es jemand aus diesem Schlamassel rausschafft, dann die beiden", sagte Kaydee, ihrer Stimme fehlte jedoch diese gewisse Überzeugung. „Aber das sah nicht besonders gut aus."

„Also ist eine Rettung in letzter Sekunde eher unwahrscheinlich?"

„Wenn du darauf wettest, dass Delta schreiend reinkommt, wenn dich irgendein Müllbot in die Enge getrieben hat, würde ich mir einen anderen Plan suchen."

„Das ist genau der Optimismus, für den ich zu dir komme." Ich blinzelte, als ich die Universität passierte und aus ihrem schwarzen Koloss wieder in das volle Licht des Kanals trat. Menschen blinzeln, um ihre Augen zu befeuchten, für mich diente die Aktion dazu, meine Sensoren neu zu kalibrieren und sie an das neue Lichtniveau anzupassen. „Hast du irgendwelche nützlichen Ideen?"

„Kommt drauf an", Kaydee kaute an einer langen Haarsträhne, während sie neben mir in der Luft schwebte, die Beine zu einer Brezel verschränkt. „Was *war* dein Plan, wenn du die Linien erreichst?"

Ich hatte ein paar Optionen, alle abhängig davon, wie die Fabrikationslinien aussehen würden, wenn ich dort ankäme. Wenn wir von Mechs umzingelt ankommen und um jeden Schritt in einer erbitterten Schlacht kämpfen müssten, dann würde ich auf eine Bomben-Route setzen. So viel wie möglich in die Luft jagen, bevor Alpha uns in Stücke reißt. Im Stile eines glorreichen Untergangs.

Das schien unwahrscheinlich, was bedeutete, dass ich das volle Playbook öffnen konnte. Es gab so viele-

„Was ist los mit dir?", fragte ich und stoppte den davoneilenden Gedanken, bevor er sich verselbstständigen konnte. „Du verhältst dich gleichzeitig munter, ernst und albern, und ich verstehe nicht warum?"

„Wäre es dir lieber, wenn ich wie vorher schmollend herumlaufen würde?", schoss Kaydee zurück und ahmte dann einen Schmollmund nach.

„Nicht wirklich."

„Hör zu, ich nehme mein Schicksal an, okay? Du und ich, gemeinsam in dieser Sache bis zum Ende. Kein so schlimmes Los, oder?"

„Nein?"

„Genau. Siehst du? Ich habe allen Grund der Welt, glücklich zu sein, es sei denn, du stellst dich dumm an und bringst uns um, weil du rumtrödelst, während eine Horde heißer Mechs hinter dir her ist."

Fairer Punkt. Ich beschleunigte meine Schritte.

Jenseits der Universität gewann der Conduit etwas an Ansehen. Zumindest schloss ich das aus dem, was ich sah: Die Schaufenster wurden breiter, die Schilder hatten nicht mehr so viele Risse. Weniger chemische Ausläufe flossen neben meinen Füßen entlang. Selbst beim Zusammenbruch hatten die Mechs diesen Teil nicht so stark verwüstet wie die anderen. Ich hätte es charmant gefunden, wäre da nicht die Aussage über die menschliche und die Mech-Gesellschaft gewesen.

Egal in welcher Situation, dein Status bedeutete alles.

Die Fertigungslinien tauchten schneller auf als erwartet, lange bevor ich mich entschieden hatte, was ich tun würde, wenn ich sie fände. Wie die Universität überspannten die Linien den Conduit. Schmale Bänder überbrückten die große Lücke auf dieser Ebene, wobei die Hälfte der acht mit Schienen überlagert war, die für den Transport magnetisierter Wagen konzipiert waren. Diese Schienen stiegen aus dem Nebel auf. Bei diesem Anblick verlangsamte ich meine Schritte und drängte mich nach rechts, um mich an die Conduit-Wand zu schmiegen.

Überall bewegten Mechs Schrott, Wagen und einander von einem Punkt zum anderen. Müll-Mechs fuhren mit Aufzügen auf und ab, luden Materialien in Wagen und trotteten wieder davon. Anders als Alphas Armee waren diese noch mehr oder weniger so, wie ihre Schöpfer sie vorgesehen hatten: ausgestattet mit Werkzeugen und Anweisungen, die auf Aufbau und nicht auf Zerstörung ausgerichtet waren. Dennoch schwebten Kuriere und ihre Laser zwischen dem Kollektiv umher.

„Warum?", fragte Kaydee, als ich die Kuriere zählte. „Es ist ja nicht so, als würden die Mechs gegen ihn rebellieren."

„Ich glaube nicht, dass er sich um die Mechs Sorgen macht."

„Oh, richtig. Um uns."

Zu sehr gewünscht, dass Alpha die Linien unverteidigt lassen würde. Die Kuriere waren jedoch nicht überall: Ihre

Düsen waren präzise, aber ich bemerkte, dass die kleinen Biester im Conduit blieben. Sicher, sie folgten Wagen und Mechs, aber wenn ihre Schützlinge in den vielen Türen verschwanden, blieben die Kuriere schwebend draußen. Wenn jemand Neues in der Nähe herauskam, driftete der Kurier mit ihnen mit.

Ein programmiertes Muster. Leicht genug auszunutzen.

Kaydee muss meine Zuversicht gespürt haben. Sie schwebte in die Mitte des Conduits und blies sich zu einem riesigen Giganten auf. Sie zeigte auf die verschiedenen kreisförmigen Türen, die den Conduit säumten, von denen ich einige von meinem versteckten Seitenplatz aus nicht sehen konnte. Während Kaydee zeigte, erschienen Beschriftungen über jeder Tür, die ihren Zweck anzeigten.

Design, Recycling, Verkabelung und andere, die ich abschrieb, als ich sie sah. Dies war keine Führung, sondern eine Mission, und eine Mission mit einer schnell tickenden Uhr. Ich brauchte das Hauptquartier, den Kontrollraum, das Terminal, das diese Party steuerte.

Kaydee zeigte auf diesen, auf meiner Seite, aber weit hinten. Ich müsste an vier anderen Öffnungen vorbei und hoffen, dass ich nicht erwischt würde. Igitt.

„Aber es ist möglich", sagte Kaydee und hob diesmal die sich bewegenden Wagen und ihre Kurier-Begleiter hervor. „Wenn du es richtig timest, könnte nur einer hier sein. Du kannst reinkommen, dich durch die Linien schleichen, und bäm! Hinten rauskommen, wo niemand es bemerkt."

„Du lässt es so einfach klingen."

„Komm schon, Gamma. Im Vergleich zu dem, was wir schon durchgemacht haben? Sich an ein paar Mechs vorbeizuschleichen wird nicht so schlimm sein." Kaydee schrumpfte, verzerrte sich in einem Schnipp an meine

Seite. „Hör zu, ich weiß, du hattest lange Zeit eine Sicherheitsdecke mit Delta und Beta. Ich verstehe das."

Bis sie es sagte, war mir die unterschwellige Nervosität nicht bewusst gewesen. Zumindest nannten Menschen es so. Vielmehr führte meine Programmierung eine Risikoanalyse durch und erkannte, dass ich in echter Gefahr schwebte, einer Gefahr, die mit Delta und ihrer Klinge als Faktor reduziert worden wäre. Der anfängliche Ansturm aus dem Garten, das Zerschmettern der Kuriere im Restaurant, das war eine schnelle Reaktion, ein Kampf ums Überleben gewesen.

Als ich zu Atem kam, holte mein System mich ein. Ich hatte mich weiter gegen die Wand gekauert, als mir bewusst war, und presste meinen Rücken in einen vorstehenden Stützpfeiler, eine winzige Ecke, versteckt vor dem Licht. Jeder Zentimeter, den ich mich in diese Ecke quetschte, reduzierte das Risiko, entdeckt zu werden, um einen Prozentpunkt, vielleicht zwei.

„Das letzte Mal, als wir so allein waren", sagte ich, „hatte ich Delta noch nicht einmal getroffen."

„Du warst damals auch noch unschuldig. Wusstest nicht, wie verrückt dieser Ort war."

„Für jemanden, der mein Verstand sein soll, hast du mich nicht besonders gut vorbereitet."

„Schwimm oder geh unter, Gamma. Du musstest es selbst herausfinden."

Stimmt schon. Kaydee hatte Recht. Starship war jetzt kein Ort für Unentschlossene, Feiglinge oder Trauernde. Menschen waren auf mich angewiesen. Delta und Beta eingeschlossen.

„Okay", sagte ich. „Ich bin bereit."

„Los geht's, Tiger." Kaydee lachte, als sie es sagte. „Das hab ich aus einem Film."

Ich sah an ihr vorbei, beobachtete die Mechs, timed meinen ersten Zug. Ich wusste bereits, was mein letzter sein würde: Danach würde ich zum Garten zurückkehren, Alphas Armee zum Trotz. Ich würde Delta und Beta finden und sie zurückbringen.

Stück für Stück, wenn es sein muss.

VIERZIG

SCHLEICHEN

Früher, auf unserem Trip rauf zu dem reichen Blase-Jungen – fühlte sich das lange her an? – hatten wir kurz am hinteren Ende der Fertigungslinien angehalten. Dort wurden Rohmaterialien auf die Wagen geladen. Der Inhalt der Wagen wurde inspiziert, je nach Qualität in den passenden Bereich geleitet, und ab ging's. Ein effizientes System mit Warnschildern, Lichtern und nicht viel mehr.

Ohne die funktionierende Senkgrube mussten Alphas Versorgungslinien jedoch eine andere Schrottquelle gefunden haben: Diese Müll-Mechs, Alphas Armee-Hauptstützen, kamen auf Aufzügen von oben und unten angerollt. Sie fuhren zu den Wagen auf der Leitung, hoben sich und kippten ihren Inhalt hinein, wobei die größeren Mechs die Wagen in die Linien selbst schoben. Vielleicht weniger effizient als die Senkgrube es gewesen war, aber machbar ohne menschliche Betreuung, um ein Teil vom Müll zur Größe zu begleiten.

Armer Alpha, der sich behelfen musste.

Das erklärte allerdings seine zusammengestückelte Armee.

Als der Wagen, sein führender Mech und der bewachende Kurier die Tür für mich allein ließen, um hindurchzuschlüpfen, setzten die Linien ihren komplizierten Tanz fort. In den Böden eingebettete Schienen kreuzten sich in knotenartigen Geflechten, präzise Programmierung sorgte alle paar Sekunden für Routenwechsel. Mehr Wagen sausten vorbei und fuhren in Tunnel, die sich in alle Richtungen ausdehnten. Offenbar brauchten die rollenden Kübel keine Mechs innerhalb der Tunnel, nur beim Überqueren der Leitung, denn die Dinger rasten von alleine dahin.

Ein Bildschirm markierte jede Wagenseite und zeigte das Ziel in leuchtendem Blaugrün an. Die Bildschirme blinkten, wenn Wagen vorbeifuhren, kleine Farbkleckse in einer ansonsten gelb und orange anmutenden Umgebung. Geschachtelte Dioden taten ihr Ding in der löchrigen Decke, heller als die Apartments, Restaurants und anderen Räume, die ich auf dem Raumschiff gesehen hatte.

„Wenn du Maschinen herstellst, willst du sie auch sehen können", sagte Kaydee.

„Zumindest hat mich noch niemand gesehen."

Ich hatte mich an der rechten Wand entlang der Leitung gedrückt, dann schwang ich mich beim Erreichen der Linien durch die Tür, als der Wagen vorbeirollte. Die Tunnel boten Optionen, aber ich nahm den geradlinigsten: links.

Als der Weg wagenfrei schien, huschte ich über den acht Meter breiten Tunnel in den neuen Gang. Nischen säumten diesen, ähnlich der Senkgrube weiter unten: Aushöhlungen mit Arbeitsstationen, längst abgelaufenen Erfrischungen für Arbeiter und Vorräten. Trotz Alphas Armee-Produktionstempo sah ich hier keinen einzigen

Mech bei mir, obwohl Wagen durch die Tunnelmitte schossen und sie in regelmäßigen Abständen kreuzten.

„Wo sind denn alle?", fragte ich.

„Du hast sie rausgelockt, erinnerst du dich?", antwortete Kaydee.

„Schon, aber sollten da nicht mehr sein? Stellt Alpha nicht ständig mehr her?"

„Vielleicht? Wer weiß schon, was in dem Typen vorgeht?"

Da hatte Kaydee zumindest Recht. Sobald man sich von Alphas Hauptziel entfernte – das Raumschiff zu übernehmen, es zu irgendeinem ultimativen Schicksal zu führen –, ergab das Gefäß nicht wirklich viel Sinn. Wie ein Nerv neigte Alpha dazu, in unvorhersehbare Richtungen zu zucken.

Nicht, dass es mich sehr störte. Der leere Gang ließ mich gut vorankommen, nur an Kreuzungen wurde ich gebremst, wo ich auf Kurier-Mech-Kombinationen wartete, die Wagen freimachten und mir Platz gaben. Ich machte auch ein paar flüchtige Checks an den Arbeitsstationen, in der Hoffnung, Glück zu haben und eine könnte mir den Zugang geben, den ich suchte, aber es waren alles dumme Terminals. Kein Netzwerkzugang, nur strenge Kontrollen für die Linien.

Ich hätte an ihnen herumbasteln, die Wagen umleiten und das Werk verstopfen können, aber das schien eine dumme Art, mich zu offenbaren.

Der erste Hinweis darauf, dass meine kleine Abkürzung kein perfektes Ende haben würde, kam, als wir die letzte Querverbindung zur Leitung passierten. Den ganzen Weg entlang sangen die Fertigungslinien das Lied der Produktion, das mahlende Knirschen von Metall und Rädern.

Ozon hing in der Luft, zusammen mit anderen scharfen Gerüchen, die in einem Atemzug vorbeischnitten und im nächsten verschwunden waren.

„Wenn du ein Mensch wärst, würde ich sagen, hol dir einen Atemschutz", sagte Kaydee und bemerkte die Maskenständer, die an den Wänden hingen. „Aber du, Gamma, darfst allen giftigen Mist einatmen, den du willst."

„Hurra für mich?"

„Hurra für dich. Definitiv."

„Die Menschen scheinen viele Schwächen zu haben", sinnierte ich, während ich hinter einen Wagen in den letzten Abschnitt des Flurs schlüpfte.

„Das ist nur fair, sonst wären wir zu awesome."

„Aha."

Die Wagenspuren verschwanden in diesem letzten Abschnitt und wurden durch abgenutzten, schmutzigen Fliesen ersetzt. Die Alkoven nahmen zu und wurden stattdessen zu einem vollwertigen Labor mit Werkbänken auf beiden Seiten, die mit Komponenten beladen waren. Es schien, als wären die Wagen, die von dieser Seite kamen, mit Rohschrott beladen, bereit, in eine Reihe von Stangenware-Mechs verwandelt zu werden. Die körnigen Werkbänke hier sahen jedoch mit maßgefertigten Teilen bestückt aus, die für einzigartige Kreationen gedacht waren.

Meine Vermutungen bestätigend, lagen zu meiner Rechten mehrere lange Metallröhren. Sie hatten die gleiche Farbe und Breite wie die Arme des Kanzlers und erklärten, woher dieses Monster gekommen war.

„Aber wer würde diese herstellen?", fragte Kaydee, als ich die Arme eine Sekunde zu lang anstarrte. „Alpha ist doch nicht hier unten, oder?"

„Er müsste nicht hier sein", antwortete ich, trat an die

nächste Werkbank heran und betrachtete die vorhandenen Werkzeuge genauer. „Er könnte personalisierte Anweisungen an die Mechs senden und so seine maßgeschneiderten Monster herstellen lassen."

„Falls du es nicht bemerkt hast, Gamma, die Mechs, die das hier herumschleppen, sind nicht gerade für Feinarbeit gebaut."

Stimmt. Die klobigen Maschinen, die die Wagen zogen, wären nicht in der Lage, zwei Schrauben zusammenzuschrauben, geschweige denn etwas wie den Kanzler zusammenzubauen. Vielleicht hätte Volt so etwas tun können. Leo sicherlich, aber ich konnte mir schwer vorstellen, dass der halb Mech, halb Mensch hier oben Alpha nach unserer Begegnung helfen würde. Diese Flexi-Mechs, gegen die wir gekämpft hatten, hätten die Fingerfertigkeit, aber ich sah keine hier herumschleichen.

Ein Rätsel, aber eines, für das ich jetzt keine Zeit hatte. Ich ließ die Werkbänke hinter mir und ging zum Ende des Flurs. Rechts bog der Weg zurück in die Richtung, aus der ich gekommen war, zum Aufzug, wo die Rohteile hochgekommen wären. Links der Conduit und mein Ziel.

Das Blau hatte sich während meines Schleichens nicht viel verändert. Müllmechs kippten immer noch Schrott ab, größere Mechs bewegten ihn weiterhin. Kuriere flitzten umher. Kein Stampfen einer herannahenden Mech-Armee. Ich wollte nicht darüber nachdenken, was das für Val und die anderen bedeutete, aber ein Problem nach dem anderen.

„Los!", flüsterte Kaydee.

Ich drehte mich um die Ecke und drückte mich an die rechte Wand. Nicht allzu weit voraus endete der Gehweg in den letzten Aufzügen. Das wohlhabendste, sauberste

Ende des Raumschiffs. Keine Überraschung, dass sie die Mech-Herstellungsmechanismen ganz für sich behielten. Davor jedoch befand sich der Raum, nach dem ich suchte.

Zunächst wirkten die Lines wie ein Apartment, wenn auch eines, das mit Bildschirmen überfüllt war. Viele zeigten rote Warnungen, die besagten, dass der Lastenaufzug nicht funktionierte, dass Wagen nicht effizient bewegt wurden. Ich sah dies durch die weit offene Spiraltür. Keine Sicherheit nötig, wenn man alles kontrollierte.

Wo in den anderen Apartments Küchenschränke und Sofas gestanden hatten, dominierten hier Arbeitsstationen. Terminals, die entschieden nicht-dumm aussahen, mit Anmeldebildschirmen ähnlich denen von Val. Solche mit Netzwerkzugang und vielleicht einer Chance, die Fabrikationslinien anzupassen. Dahinter stand ein kleiner Tisch nahe einem alten, kastenförmigen Kühlschrank und zwei leeren Glaskannen auf Heizplatten.

„Kaffee, Tee, Snacks", sagte Kaydee, als ich hineinkroch und nichts entdeckte. „Sieht aus wie ein klassischer Treffpunkt für den arbeitenden Stiff."

„Hoffen wir, dass keine von denen in der Nähe sind."

„Du weißt nicht einmal, was das ist."

„Irgendeine Art von Mechs?" Ich erklärte den Hauptraum für sicher. Der ‚Wohnzimmer'-Ableger sah ähnlich aus, ebenfalls leer. „Waren sie für immer hier festgesetzt?"

„Man könnte es so sagen."

Kaydee führte das nicht weiter aus, und ich machte mir nicht die Mühe nachzuhaken. Es gab jede Menge Terminals, aber welches würde Zugang zu den Lines selbst haben? Überhaupt eines? Konnte ich Zeit damit verschwenden, jedes einzelne zu überprüfen?

„Hier ist ein Tipp", sagte Kaydee, tauchte auf und zeigte

tiefer ins Apartment. „Wir neigen dazu, den meisten guten Kram nach hinten zu packen."

Kaydees Intuition erwies sich als vielversprechend. Am hinteren Ende der Küche, wo in anderen Apartments die Schlafzimmer waren, warteten weitere Spiraltüren. Diese waren geschlossen, mit rot glühenden Edelsteinen an jeder. Verschlossen. Ich blickte zurück zur offenen Tür, die zum Conduit führte. Jeden Moment könnte ein Mech dort durchkommen und fragen, was zum Teufel ich hier drin machte.

„Lass uns zuerst eines der anderen probieren", sagte ich. „Wenn das nicht funktioniert, dann kümmern wir uns ums Aufbrechen von Schlössern."

„So gut wie jede andere Idee."

Ich ging zurück ins Wohnzimmer, gerade außer Sichtweite vom Apartment-Eingang. Gerade außer Sichtweite vom Eingang. Nicht viel Schutz, aber ich würde nehmen, was ich kriegen konnte. Ich presste meine Finger zusammen, die Haut zog sich zurück und bildete den Stecker. Das Terminal stand bereit, der Anschluss verfügbar.

„Muss sagen, Gamma, es ist eine Weile her, seit du irgendwo eingehackt hast", sagte Kaydee und hockte sich neben mich. „Ich bin gelangweilt."

„Hoffentlich wird das hier nicht allzu aufregend."

Ich bewegte den Anschluss zum Terminal, hatte ihn fast eingesteckt, als das verräterische Klonken eines sich nähernden Mechs mich innehalten ließ. Ich zog mich zurück, versteckte mich nah am Terminal und beobachtete, wie eine seltsame Maschine ins Kommandozentrum lief. Zwei Arme, drei Beine, alle dünn und drahtig. Die Arme endeten, wie bei den Flexi-Mechs von vorher, in zehnfingrigen Händen. Solche, die mehr als fähig waren, kleine

Werkzeuge zu handhaben. Etwas wie den Kanzler wieder aufzubauen.

Er ging direkt vorbei, ignorierte mich und steuerte auf diese hinteren, verschlossenen Türen zu.

„Kaydee, ich glaube, ich habe eine Idee."

„Ausnahmsweise, Gamma, glaube ich, wir denken das Gleiche."

EINUNDVIERZIG

Unser Ziel hatte uns den Rücken zugewandt und war über ein Terminal mit Doppelbildschirm gebeugt. Das spiralförmige Tor, das das Büro abriegelte, blieb offen – praktisch für uns, um uns von hinten anzuschleichen. Jenseits des Terminals hatte das Büro eine seltsame Atmosphäre: Bilder schmückten die Wände, darunter mehrere gerahmte Abschlüsse der Starship's University und Familienfotos mit lächelnden Kindern vor offensichtlich gefälschten Hintergründen der Erde.

Eine Pflanze, längst tot und zu schwarzen Stängeln verdorrt, stand in einem Topf.

„Japp, sieht aus, als hätte hier mal ein Mensch gearbeitet", sagte Kaydee. „Ich erinnere mich an den Laden, der diese Fotos gemacht hat. Immer dieser kitschige Kram, sich vor einem Planeten ablichten zu lassen, den man nie zu Gesicht bekommen würde."

Stimmt. Menschen ergaben manchmal einfach keinen logischen Sinn.

„Wir mochten es einfach, so zu tun als ob, weißt du?", fuhr Kaydee fort, während ich mich hinter den Mech schlich, meine Finger zusammengepresst, um diesen Port zu bilden. „Als ob wir uns einredeten, wenn dieses Bild gut wird, schaffen wir es vielleicht eines Tages wirklich dorthin, verstehst du? Ein Traum."

Träume. Ein seltsames Konzept für mich. Ich wusste natürlich von diesem menschlichen Phänomen, aber ohne Schlaf, ich-

Der Mech wirbelte herum, die Hände erhoben sich und griffen nach meinem Gesicht. Um meinen Hals zu verdrehen, mir die Augen auszustechen, wer wusste das schon, wen kümmerte es. Ich entdeckte den Port, direkt da in der Brust des Mechs. Stieß mit meinen zusammengekniffenen Fingern vor. Spürte, wie er einrastete, als die Hände des Mechs sich an meinen Wangen und meiner Schläfe festkrallten.

In die digitale Welt zu gehen, war doch auch so etwas wie ein Traum, oder?

Wir standen in einem staubigen Ring. Lehmziegel, von einer grellen Sonne weiß gebleicht, bildeten die Wände, die meterhoch in die Luft ragten, bevor sie sich zurückneigten und Tribünen offenbarten, die mit fluktuierenden Formen gefüllt waren. Bunt, sich windend, lösten sich die Gestalten auf den Tribünen auf, wenn ich sie ansah, in codierte Stränge, Teile des Mechs, die seiner zentralen Funktion zujubelten.

Diese Funktion stand mir gegenüber im Ring, hochaufgerichtet gegen das Licht. Zwei Hände, drei Beine und deutlich größer als in der Realität starrte mich der Mech mit knallpinken Augen an. Er hatte keine Waffen und, als ich meine Hände ballte, ich auch nicht.

„Echt so ein Steinzeit-Scheiß", sagte Kaydee und streckte sich neben mir. Sie trug Shorts, ein gelbes T-Shirt. Keine Waffen. „Hier sind wir auf einem rasenden Raumschiff und dürfen es in Faustkämpfen im Dreck ausfechten?"

„Nicht unsere Wahl." Ich dehnte den alten digitalen Geist, versuchte zu sehen, was ich hier ändern konnte. Die Antwort? Nichts. „Der hier ist gut designt. Ich finde keine Schlupflöcher."

„Cool, cool."

Die Programme jubelten, ein zackiges, künstliches Ding, das mehr einem gestörten Signal als einem echten Schlachtruf glich. Nicht, dass es eine Rolle spielte: Unser Gegner nahm den Lärm zum Anlass anzugreifen, und das tat er. Der Mech, seine zwei Beine in schrägen Sprüngen nach vorne stampfend, während das dritte in der Mitte das Gleichgewicht hielt, bewegte sich schnell auf Kaydee und mich zu.

„Aufteilen?", fragte Kaydee.

„Aufteilen."

Sie ging nach links, ich nach rechts. Der Mech, Staub hinter sich aufwirbelnd, schwenkte in meine Richtung. Folgte mir, als ich ganz bis zur Wand auswich. Ich drehte mich, presste meinen Rücken flach gegen diese heißen Steine und beobachtete, wie der Mech näher kam, wie er seine rechte Faust für einen hämmernden Schlag hob.

Delta und Beta waren Killer im Kampf. Sie konnten mit den Besten mithalten, wenn es ums Zerschneiden und Zerhacken ging.

Aber ich?

Ich konnte ausweichen, Baby!

Der Mech griff an, als hätte ich die Geschwindigkeit eines Faultiers, ein gewaltiger Schlag zielte auf mein Kinn. Ich wartete, dann zuckte ich zur Seite. Der Schwung bewegte Luft an meiner Wange vorbei, ein heißer Metallwind explodierte nach vorn, als der große Roboter die

Wand hinter mir traf. Die gelblich-weißen Ziegel flogen unter der Sonne heraus, trafen meinen Rücken und verteilten Schutt in der Arena.

Ich rollte mich zur Seite und blickte zum Mech hoch, um zu sehen, ob er sich bei dem Angriff die Hand zertrümmert hatte. Leider hatte das Ding ein Skelett, das stark genug war, um einen solchen Schlag ohne Zucken auszuhalten. Noch während ich mich umdrehte, hob es beide Hände zu einer Faust über seinen Kopf und warf sie in meine Richtung.

Eine weitere Rolle weiter weg und die Fäuste krachten in den Boden, wobei eine sandige Wolke aufstieg. Von Sand umschattet, hoben sich diese Arme erneut, bereit für einen weiteren Schlag. Er kam, ich rollte mich, wieder ein Fehlschlag.

Ein Mensch könnte sich anpassen, könnte meine Rollen durchschauen. Dieser Mech war ein Ingenieur, der hart daran arbeitete, Mechs zu bauen. Wie gut wäre seine Kampfprogrammierung? Könnte ich einfach weiter einen Meter nach dem anderen rollen?

Der Mech schlug wieder zu. Ich rollte wieder. Wiederholte die Sequenz noch zweimal und hinterließ dabei eine Reihe von Einschlägen im Boden, während wir der äußeren Wand der Arena folgten. Okay, Hypothese bestätigt. Der Mech würde weiterschlagen, bis er traf.

Beim nächsten Mal, als er zuschlug, rollte ich *auf* den Mech zu, statt von ihm weg. Der Schlag kam im gleichen Winkel, mit dem gleichen Abstand, dem gleichen Verfehlen. An den Knöcheln des Mechs trat ich hart gegen seinen rechten Fuß. Mein Tritt prallte ab, erzeugte ein dumpfes Klonken und glitt ab. Keine Delle, keine Verschiebung. Was auch immer meine Stärke draußen war, hier hatte ich nichts zu sagen.

Der Mech trat zurück, schlug erneut zu.

Ich rollte mich zusammen und wich dem Schlag mit einer Rolle aus, die mich wieder auf die Füße brachte. Der Mech folgte mir und änderte nun den Angriff, da ich stand. Wieder der Schwinger, direkt auf mein Kinn zielend. Ich wich nach rechts aus, sah den Schlag an mir vorbeigehen. Ein linker Schwinger folgte, dem ich auswich, indem ich mich auf die Knie fallen ließ. Ein bisschen größer und der Mech hätte meinen Kopf erwischt.

„Gamma!", rief Kaydee meinen Namen, als sie hinter dem Mech angelaufen kam. In jeder Hand hielt sie einen Stein, ein Stück, das beim ersten Schlag des Mechs von der Wand abgebrochen war. „Fang!"

Der Wurf kam von unten, landete in meinen Armen, genau als der Mech einen weiteren Schlag ausführte, anscheinend unbeeindruckt von Kaydees Annäherung.

Ich traf die falsche Entscheidung: Ich versuchte, den dummen Stein zu fangen.

Meine Füße brachten mich nicht weit genug zur Seite, meine Hände ausgestreckt, um Kaydees Geschoss zu schnappen, und der Mech streifte meine Schulter. Es hätte ein streifender Schlag sein sollen, hätte bestenfalls ein blauer Fleck sein sollen.

Stattdessen flog ich, mich drehend, durch die Luft. Der Mech schlug mit so viel Kraft zu, dass ich den Boden hinter mir ließ und quer durch die Arena flog, um auf der anderen Seite zu crashen. Die Wand splitterte um mich herum, und ich spürte, *spürte*, wie meine Gliedmaßen brachen. Hier in der virtuellen Welt hatte ich keine Sensoren, keine Warnungen, die mir gesagt hätten, wie dem Untergang geweiht ich war, also flackerten keine Warnungen vor meinen Augen auf, keine Funktion schrie mein bevorstehendes Ende heraus.

Nicht, dass ich sie gebraucht hätte. Ich konnte meinen Körper um mich herum sehen. Mein linker Arm war weg, einfach weggeblasen durch den Schlag. Ein Teil meiner Brust ging mit. Der Aufprall gegen die Wand zerquetschte meine Beine, und ich konnte meinen rechten Arm nicht fühlen, obwohl er sich zu bewegen schien, als ich mit den Fingern wackelte.

Natürlich würde der Mech nicht fair kämpfen. Wir waren auf seinem Heimatfeld.

Quer durch die Arena sprintete der Mech auf mich zu, Kaydee folgte ihm. Anscheinend war ihr Hinterhaltsangriff auf die Maschine fehlgeschlagen, und ihr Schreien erregte nicht die Aufmerksamkeit des Mechs. Stattdessen behielt die Maschine ihren Fokus auf mich, raste auf mich zu und wirbelte bei jedem Schritt Sand auf. Seine Schulter rollte zurück, brachte seine Faust in den Abrissmodus.

Ich konnte mich nicht bewegen, nicht ausweichen. Vorhersehbar, ja, aber zu mächtig, um besiegt zu werden.

Wenn ich nicht zermatscht, gelöscht werden wollte, müsste ich wegrennen.

„Halt!", kam Kaydees Stimme über die klare Luft, als wüsste sie, was ich dachte. „Ich hab's gleich!"

Was hatte sie gleich? Der Mech verlangsamte sich, als er näher kam, brachte seinen tödlichen Schlag in Position. Meine Beine bewegten sich nicht, aber ich schaffte es, meinen rechten Arm zu heben, meine Finger in einer Geste, die Kaydee zu schätzen gewusst hätte.

Die Verlangsamung gab Kaydee ihre Chance. Die sprintende Frau sprang mit einem Stein in der Hand auf den Rücken des Mechs. Die Maschine zuckte bei dem Kontakt, wich aber nicht von mir ab. Diese heißen pinken wütenden Augen starrten feurig in mein Gesicht. Ein weiterer Stampfer vorwärts, während Kaydee das schmale Metallrückgrat des Mechs hinaufkletterte.

Ich fing Kaydees Blick auf, als sie über die Schulter des Mechs kamen, sah keine Angst in ihrem entschlossenen Kiefer, ihrem festen Griff, als sie den Stein hob. Der Mech hob seine rechte Faust, begann den Schwung.

„Keine Zeit mehr", sagte ich, meine Stimme ein blechernes Flüstern.

„Bleib!", schrie Kaydee erneut, ihr erster Schlag splitterte die Panzerung am Hals des Mechs ab.

Die Faust kam hart und schnell.

Ich traf meine Entscheidung.

ZWEIUNDVIERZIG

SABOTAGE

Ich sprang heraus. Ein abrupter Wechsel von der hellen Sandkampfbahn zum düsteren Raum. Das einzige Terminal warf sein blaues Licht über die Dunkelheit und ließ überall Schatten entstehen. Mein Hintern war auf dem Boden. Meine Systeme waren noch nicht bereit, dass ich die Kontrolle wieder übernahm, also sank ich zu Boden und blickte zu der Maschine auf, die die wichtigste Person in meiner Existenz festhielt.

Ich hatte sie dort zurückgelassen. Mich abgekoppelt, ohne Kaydee mitzunehmen.

Den Schlag des Mechs zuzulassen, hätte möglicherweise einen Teil von mir zerstört, den ich mir nicht leisten konnte zu verlieren. Ich wäre vielleicht als beschädigtes Programm in meinen Körper zurückgekehrt, hätte möglicherweise den Weg eingeschlagen, den Alpha gegangen war. Oder ich wäre gelöscht worden, ohne eine einzige negative Auswirkung, so wie Delta es zuvor gewesen war.

Die Mission sagte, ich könnte dieses Risiko nicht eingehen. Die Mission sagte, die Menschen würden sterben, wenn ich versagte, dass Beta und Delta dann umsonst gestorben wären.

Ich wiederholte diese Behauptung für mich selbst, während ich aufstand, die Hände bereit, nach dem Hals des Mechs zu greifen und zu versuchen, ihn auseinanderzureißen. Brutal vielleicht, aber ohne echte Waffen hatte ich nicht viele andere Möglichkeiten. Entweder würde der Mech gewinnen, oder Kaydee ...

Sie sagte, ich solle bleiben. Sie wiederholte immer wieder „bleib", was bedeutete, dass sie etwas sah. Eine Verwundbarkeit, einen Weg. Im Moment schien der Mech tot zu sein, seine Augen dunkel und Teile bewegungslos. Ich konnte entweder abwarten und sehen, ob er wieder zum Leben erwachte, oder eine Chance ergreifen, meine Konzentration vom Mech abwenden und das tun, wofür ich hergekommen war.

Ich vermisste Kaydees spitze Bemerkungen bereits.

Mit Stille, die auf meine Gedanken antwortete, bewegte ich mich um den Mech herum und ließ mich am Terminal nieder. Die Maschine war bereits eingeloggt, was das erste Sicherheitsproblem löste. Mit etwas Glück würden die Fertigungslinien keine Passwortebenen haben, würden nicht von mir verlangen, mich durchzuhacken.

Nach dem, was gerade passiert war, schien es beängstigend, traurig, ich war mir nicht sicher, allein in den digitalen Äther zurückzukehren. Emotionen spielten sich rau durch meine Schaltkreise ab, Kaydees Einfluss machte sich bemerkbar, indem meine normalerweise pragmatischen Funktionen mich davon abhielten, dasselbe zu tun, was zu ihrem Verlust geführt hatte.

War das das Gefühl von Trauer?

Meine Finger tippten, während ich versuchte, meine

Gefühle zu verstehen. Das übersichtliche Layout des Terminals führte mich schnell an die richtige Stelle, ein paar Berührungen auf dem Touchscreen und ich hatte die Fertigungslinien vor mir. Ein blinkender Kasten erschien, als ich das Programm zum ersten Mal öffnete, und verkündete, dass die Effizienz weit unter dem Optimum lag. Das passiert, wenn deine Hauptteilversorgung unterbrochen ist und du dich auf planlose Schrottmechs verlässt, um die Waren zu liefern.

Der Bildschirm zeigte jede Linie in Spalten mit Daten, die in Symbolen und Zahlen dargestellt waren. Mithilfe einer praktischen Legende entschlüsselte ich das Bild und fand heraus, dass Alpha zum Kannibalismus übergegangen war. Diese Schrottmechs reisten nicht in die untersten Ebenen des Conduits, um Schrott zu holen, sie nahmen andere Mech-Körper und -Teile mit, brachten sie zurück zu den Linien, damit sie neu zusammengestückelt werden konnten.

Und anders.

Alphas Mech-Spiel schien sich verbessert zu haben. Nicht mehr zufrieden damit, Schrottmesser auf wackelige Nutzroboter zu kleben, beinhalteten Alphas neuere Designs jene vielgliedrigen flexiblen Dinger, gegen die wir außerhalb des Gartens gekämpft hatten. Mehr Hunde, wie Alvie, aber länger, gemeiner, schneller – nicht schwer zu erkennen, woher Alpha diese Idee hatte. Und eine dritte Kategorie, bezeichnet als Spezialisten, nahm nur eine der sechs Zeilen ein.

Musste wohl der Ursprung des überarbeiteten Kanzlers gewesen sein.

Am wichtigsten war der Knopf unten rechts, der eine komplette Abschaltung anbot. Ich starrte darauf, dann warf ich einen Blick auf den noch dunklen Mech hinter mir. Diesen zu drücken würde Alphas Armee-Aufbau stoppen, zumindest für eine Weile. Es würde auch alle Höllen, die Alpha hier hatte, auf mich hetzen. Ich müsste rennen, Kaydee zurücklassen.

Nein. Das würde ich nicht tun. Konnte ich nicht tun. Zumindest nicht, ohne zu versuchen, sie zurückzuholen.

Ich formte mit meinen Fingern wieder den Stecker. Rausgeworfen zu werden bedeutete nicht, dass ich nicht wieder eindringen konnte. Normalerweise gab dir das Rauswerfen eines Hackers die Chance zu fliehen oder es heimzuzahlen, aber dieser Mech hatte den Vorteil nicht genutzt. Meine Bedenken herunterschluckend, wieder in diese schreckliche Arena gezogen zu werden, steckte ich den Stecker in die Seite des Mechs und wartete darauf, hineingesaugt zu werden.

Nichts änderte sich.

Der Anschluss funktionierte nicht. Tot, oder vielleicht war es der Mech. Ich versuchte es noch einmal, dann ein drittes Mal. Das Klicken klang gleich, das befriedigende Einrasten, als die Verriegelung einrastete. Aber keine Daten, keine Verbindung.

Entweder hatte Kaydee den Mech getötet, oder die Maschine war durch die Anstrengung so erschöpft, dass sie sich selbst abgeschaltet hatte.

„Kaydee", sagte ich zum Mech. „Verlass mich nicht."

Sie konnte das nicht hören. Auf keinen Fall. Angenommen, ihr digitales Selbst existierte überhaupt noch, wäre sie in dieser sandigen Arena gefangen und würde sich mit der Maschine herumschlagen. Kein Kampf, der ihr gute Chancen gab.

Ein Flackern von hinten lenkte meine Aufmerksamkeit zurück zum Terminal. Eine Linie brauchte Hilfe. Irgendein Teil war stecken geblieben. Das Programm schlug vor, ich solle ein Reparaturteam anfordern, um es zu überprüfen.

Stattdessen wanderte mein Finger zum Abschaltknopf. Als ich darüber schwebte, kam mir eine andere Idee, ein Produkt aus Zufall, Ort und vielleicht Kaydees Waghalsigkeit.

Wir waren nicht weit unter der Brücke, dem Ort, den Alpha hielt. Anstatt zurück in einen Kampf mit der Mech-Armee zu stolpern, ein Kampf, in dem ich nutzlos wäre, könnte ich nach dem gehen, was wirklich zählte. Ich war hier eingeschlichen, wer sagt, dass ich nicht bis zu Alpha selbst kommen könnte? Dem Gefäß den Hals umdrehen, diese ganze Show jetzt beenden.

Das würde Kaydee tun. Sie würde alles riskieren, um alle zu retten.

Schuldete ich ihr das nicht?

Ich tippte auf den Knopf. Alle Spalten wechselten von Grün zu Rot und schalteten sich ab. Ich nickte den Farben zu, ballte dann meine Faust und schlug sie durch das Terminal. Nicht einmal, nicht zweimal, sondern so oft, bis das Ding verschrottet war. Mit einem letzten Blick auf den toten Mech verließ ich den Raum und ging durch die Wohnung, um jedes Terminal, das ich fand, zu zerstören.

Die ganze Zeit über tickte eine Uhr in meinem Kopf und warnte mich, dass Alpha es auf meine Eingeweide abgesehen haben würde.

Als mein Zerstörungsfest endete, blieb nur noch der andere verschlossene Raum. Ich hatte keine Zeit, mich durchzuhacken, aber ich konnte es schnell anpassen. Ähnlich wie bei Sybils Tür formte ich den Anschluss, steckte ihn ein und legte ein weiteres Programm über den Schließmechanismus. Bevor der Edelstein abkühlen würde, bevor eine gestohlene Identität verifiziert werden könnte, müsste der Benutzer sich einstecken und einen Zugangscode eingeben.

Klar, Alpha könnte es vielleicht mit Gewalt knacken. Könnte wahrscheinlich einen großen wütenden Mech herbringen und die Tür einschlagen. Wenn auf der anderen Seite ein Terminal stünde, könnte er die Linien vielleicht in einer Stunde wieder zum Laufen bringen.

Ich hatte keine anderen Optionen, und vertraute Geräusche begannen zu mir durchzudringen. Diese schweren Metallschritte. Die Funken und Pusten, als Düsen an- und ausgingen. Kuriere und die größeren Mechs, die sie beaufsichtigten, kamen, um mich zu holen.

Ich drehte mich um und rannte zum Eingang der Wohnung. Nur ein Weg rein und raus, ich konnte nicht zulassen, dass es-

Mist.

Ein großer Mech, ein Karrenchieber, stampfte vor die Tür. Ich zog mich zurück, nahe dem Büro mit dem toten Mech, in der Hoffnung, die Schatten würden mir eine Minute erkaufen. Der große Kerl spielte aber nicht den Dummen. Er blieb stehen, wartete, bis ich hellere Lichter hinter ihm sah. Kuriere, bereit loszulegen. Erst dann bewegte sich das Monster herein, Laserfliegen summten hinterher.

Welche Zeit ich auch hatte, sie war abgelaufen. Zumindest hatten wir für eine Weile die Mission erfüllt. Ich ballte meine Finger, dachte, ich könnte vielleicht ein oder zwei von den Dingern mit mir nehmen.

Für Kaydee.

DREIUNDVIERZIG

TRICKS

Okay, Zeit, den Superhelden zu spielen. Ich erspähte einen Beistelltisch, den ich greifen und werfen könnte, gefolgt von einer der verschimmelten Kaffeemaschinen, die ich auf einen Kurier schleudern würde. Ich war zwar in einem gewöhnlichen Büro gefangen, aber das bedeutete nicht, dass ich nicht einigen Schaden anrichten konnte, bevor sie mich zu Schrott stampften.

Ein großer Mech im Eingang, zwei Kuriere an seinen Flanken. Zweifellos weitere im Conduit dahinter. Trotzdem, zuerst die unmittelbaren Bedrohungen.

Kaydee, schau mich an. Ich gehe allein in einen Kampf.

Sie wäre beeindruckt gewesen. Oder hätte mich einen Idioten genannt. Oder beides.

Ich machte einen Schritt nach vorn, das rechte Bein stieß ab, nur um sofort wieder zurückgezogen zu werden, auf den Boden des Raumes gedrückt. Der Mech, gegen den wir gerade gekämpft hatten, ragte über mir auf, eine stockende Bewegung, die durch diese rosa glühenden Augen noch unheimlicher wirkte. Ich schüttelte die Hand des Dings ab, stieß es zurück. Es schwankte, fiel um, sein Hintern machte ein lautes Klirren.

Nicht gerade ein starker Start, weder für mein todbringendes Ende noch für den Hinterhalt des Mechs. Ich dachte nicht, dass der Roboter so unkoordiniert war, aber hey, ich würde es nehmen. Das Büro hatte einen Stuhl an der Seite und ich griff danach, hob ihn hoch, um den Mech zu Staub zu zerschmettern.

„Nicht", sagte der Mech, seine blecherne Stimme rasselte, als er seine Arme nach mir ausstreckte.

Ein Flehen von einem Mech? Wie seltsam war das denn?

„Lass den Stuhl fallen, Gamma", fuhr der Mech fort. „Sie kommen."

Es gibt schwierige Rätsel und es gibt offensichtliche. Leo hatte mir einige solide Denkanstöße gegeben, also verfolgte ich die Seltsamkeit, dass der Mech meinen Namen sagte, zu ihrer wahrscheinlichen Quelle.

„Kaydee?", fragte ich.

„In Metall", antwortete Kaydee und stand mit ruckartigen Bewegungen auf. „Es hat eine Weile gedauert, bis ich herausgefunden habe, wie dieser Körper funktioniert." Ihre rosa glühenden Augen blickten zum Terminal hinüber. „Ich habe gesehen, wie du das in Stücke zerschlagen hast. Warst du wütend wegen mir?"

„Ich konnte die Linien nicht töten, also schien es der beste Weg zu sein, Alpha zu verlangsamen." Ich runzelte die Stirn. Von rechts kamen Geräusche, als Kuriere und der große Mech auf uns zumarschiert kamen. „Während du den Mech verstanden hast, hast du dir da einen Plan ausgedacht, wie wir hier rauskommen?"

„Ja", sagte Kaydee. „Sterben."

„Was?"

„Stell dich tot, du Idiot", flüsterte Kaydee, die Stimme des Mechs klang überhaupt nicht wie ihre eigene, trug aber immer noch ihren charakteristischen Biss. „Jetzt."

Die Geschichten des Bibliothekars enthielten viele scherzhafte Hinweise darauf, sich tot zu stellen, also befolgte ich ihre Anweisungen. Fiel nach vorne, krümmte mich leicht und lag auf dem Boden. Ich schloss meine Augen, aktivierte meine anderen Sinne, um nicht blind zu sein. Ich fühlte und hörte, wie der große Mech in den Türrahmen trat. Kleine Hitzestöße überfluteten mich, als die Kuriere folgten.

„Ich habe ihn besiegt", sagte Kaydee, ein wenig zu triumphierend für einen Mech.

„Verschrotten", kam die einsilbige Antwort des großen Mechs.

„Nein", widersprach Kaydee. „Alpha will diesen hier."

Der große Mech piepste fragend. Die beiden Kuriere blieben stumm, aber ich spürte, wie sie näher kamen, summend in der Nähe meines Gesichts. Für einen Menschen wäre es vielleicht schwierig, still zu bleiben. Ich schaltete einfach meine Extremitäten ab, ein Schalter umgelegt, um mich schlaff zu machen. Gemacht, um in schwierigen Situationen Energie zu sparen, funktionierte diese Funktion wirklich gut: Ich fühlte nichts außer den Sinneseindrücken aus meinem Kopf. Ohren, diese geschlossenen Augen, die Vibrationen, die durch meine Kopfhaut liefen, als der große Mech zurückwich.

„Ich werde ihn mitnehmen", fuhr Kaydee fort. „Repariert die Linien."

Einfach, direkt. Sie lernte schnell.

Ich hörte Kaydees metallene Füße aufsetzen, spürte, wie ihre Arme mit stockenden Bewegungen unter mich glitten. Kaydee hatte ein Leben lang als Mensch verbracht und noch viel länger als Programm. Den Körper eines Roboters zu steuern, wäre völlig neu für sie.

Andererseits, wenn jemand das herausfinden könnte, dann wäre es Kaydee.

„Beschädigt?", fragte der große Mech, als Kaydee mich hochhob. „Langsam."

„Geringfügig", erwiderte Kaydee. „Los."

Der große Mech befolgte die Anweisungen und führte Kaydee aus der Wohnung. Ich hielt meine Augen den ganzen Weg über geschlossen. Der Nebel des Conduits küsste meine Wangen. Weniger angenehme Geräusche drangen an meine Ohren, Fragen, Rasseln, Summen und Klappern von dem, was wohl ein Dutzend oder mehr Mechs auf allen Seiten gewesen sein mussten. Das Trio, das in die Wohnung eingedrungen war, war nur die Vorhut gewesen.

Mein letzter Kampf wäre schnell zu Ende gegangen.

„Zu Alpha", sagte Kaydee, als wir auf den Laufsteg stolperten. „In welche Richtung?"

Statt einer Antwort, spürte ich Hitze in meinem Gesicht. Kurierjets, näher als zuvor. So nah.

„Bleibt weg", sagte Kaydee und bewegte mich nach links, aber die Jets folgten. „Was macht ihr da?"

„Nicht tot", erklärte ein Kurier. Ein vertrautes Summen gesellte sich zu ihren knallenden Düsen, Elektrizität floss zu ihren Waffen. „Gefährlich."

Der Trick war aufgeflogen.

Ich riss meine Augen auf, konzentrierte mich auf all die Mechs um mich herum. Die Szene hatte etwas Déjà-vu-artiges. Beim letzten Mal, als wir auf dem Conduit in der Falle saßen, hatte ich Delta und mich über den Rand gestoßen. Diesmal?

„Lauf!", rief ich und rollte mich aus Kaydees Armen, als

sie versuchte, mit diesen summenden Bienen zu diskutieren.

Als meine Füße den Boden berührten, stieß ich mich in Richtung des Geländers ab und warf mich in den freien Raum. Die Fabrikationslinien waren nicht allzu weit vom Boden des Raumschiffs entfernt, sodass der Fall schnell endete, eine weitere hüpfende, brechende Rutschpartie über alten Schrott und zerrissenen Stoff. Schrauben, Federn, Papier und Möbel ächzten, knackten und bebten, als ich hinabrutschte.

Ich hörte keinen anderen Körper, keinen weiteren Aufprall. Sobald ich mich gefangen hatte, schaute ich nach oben und versuchte, Kaydees fallende Gestalt zu entdecken. Ich sah nichts außer dem Blau des Conduits und einer sich absenkenden orangefarbenen Wolke: Kuriere, die zur Einsammlung kamen.

Kaydee hatte es nicht geschafft.

Natürlich. Sie hatte mich kaum hochheben können. Ein plötzlicher Anlauf und Sprung war vielleicht zu viel für sie gewesen. Jeder dieser anderen Mechs hätte sie packen oder erschießen können, bevor sie es schaffte.

Ich hatte Kaydee verloren, sie zurückbekommen und innerhalb von Minuten wieder verloren. Nein, nicht wieder verloren. Sie könnte noch da oben sein, kämpfend, auf Hilfe wartend.

Ich wusste, wo ich sie finden konnte.

Die Kuriere sausten auf mich zu, als ich mich vom Müllhaufen abmühte. Als sie näher kamen, warf ich alles nach ihnen, was ich konnte, verbeulte den ersten und schickte einen zweiten, den ich mit einem stabilen alten Stuhl erwischt hatte, in die Seite des Conduits taumelnd. Ein befriedigendes, feuriges Ende.

Fünf weitere folgten und beschossen mich aus der

Ferne, während ich durch den Müll rutschte, sprang und auswich. Kuriere waren keine natürlichen Scharfschützen. Dies waren keine Kriegsmaschinen, sondern Transporter, und ihre Fähigkeit, ein bewegliches Ziel zu treffen, erwies sich als mangelhaft. Stattdessen schmolzen alte Sofas, Waschbecken und längst tote Mechs um mich herum, als verfehlte Schüsse sie in Flammen aufgehen ließen.

Wenn nichts anderes, machte meine ineffiziente, zufällige Bewegung durch die instabilen Haufen es schwer, einen guten Schuss anzusetzen.

Mein Ziel lag nicht weit voraus auf der linken Seite, eine vertraute Öffnung, von der ich nicht erwartet hatte, sie so bald wieder zu sehen. Die Cesspool bot Schutz, und nachdem ich einen streifenden Treffer in die Seite abbekommen hatte, tauchte ich durch den Eingang und rollte mich ab, um meine brennende Kleidung zu löschen.

Die fluoreszierenden Pfützen und das gelbe Licht der Cesspool boten erneut eine hübsche Szenerie, obwohl sie bei der so nahen Verfolgung wenig Deckung boten.

„Leo!", rief ich, während ich an diesen Pfützen vorbeilief.

Hinter mir surrten die Kuriere, pufften ihre Düsen.

„Leo! Hilfe!", schrie ich wieder, bog nach links ab und schlüpfte in einen Tunnel, während Laser um mich herum prasselten. „Kaydee braucht unsere Hilfe!"

Emotional manipulativ? Vielleicht. Notwendig? Absolut.

Die gekrümmten Wände, bekritzelt mit alten Slogans, Sprüchen und Flüchen, rasten vorbei, während ich rannte. Kreuzungen erforderten zufällige Entscheidungen, das Labyrinth der Cesspool kaufte Zeit. Ich rief alle paar Schritte weiter Leos Namen, wartete und bekam keine Antwort.

Um eine weitere Ecke rennend, lief ich direkt in einen Kurier hinein, diesmal allein. Die verdammten Käfer mussten sich aufgeteilt haben, kein schlechter Zug gegen ein unbewaffnetes Gefäß. Der kleine Mechs Laser glühte orange, sein Düsenstrahl richtete sich genau auf mich.

Ich schlug schneller zu, als er schießen konnte, eine niederfahrende Faust, die den Kurier in den Boden krachen ließ. Das Ding's Düse brach, aber bevor ich irgendeine Art von Triumph fühlen konnte, feuerte das Ding's Laser. Mein armer rechter Fuß, derjenige, der früher von Mechs in diesen selben Tunneln eingeölt worden war, wurde zu flüssigem Metall. Ich fiel mit einem harten Aufprall neben den Kurier.

„Warum?", fragte ich den Käfer, als er zuckte und versuchte, einen Weg zu finden, mich zu erschießen. Mit einem einzigen Schlag erlöste ich den Mech von seinem Elend. „Warum musstest du das tun?"

„Das könnte ich dich auch fragen", sagte die Stimme, auf die ich gewartet hatte, der Mann, der aus einer versteckten Platte hinter mir hervorkam. Leo, bewaffnet und gefährlich. „Du solltest nicht zurückkommen."

„Das wird dich umhauen", sagte ich, als Leo mir aufhalf, „aber ich hatte es nicht vor."

Der Mann führte mich zurück zum Versteck der Forger, wo die halb Maschine, halb Menschen mich mit wachsamen Augen beobachteten. Ein paar andere tröpfelten hinter uns herein, ähnlich bewaffnet wie Leo, mit wackeligen Lasern, Schwertern und Stäben. Als Leo mich auf einen Stuhl setzte, wandte er sich an die anderen Neuankömmlinge.

„Wie haben wir uns geschlagen?"

„Wie haben wir uns geschlagen?", fragte Clara, die feurige Frau, die Delta beim ersten Mal als Geisel genommen hatte, als wir hier unten gelandet waren. „Nicht gut genug. Einige sind entkommen."

„Dann weiß er es", seufzte Leo.

„Alpha wusste es bereits", schoss Clara zurück. „Es war ihm nur egal, was mit uns passiert." Sie zeigte auf mich. „Aber jetzt ist er hier."

Ich schenkte ihr ein trauriges Lächeln. „Tut mir leid, kein Verstecken mehr. Der Kampf kommt, ob ihr wollt oder nicht."

VIERUNDVIERZIG

KAMPF UND FLUCHT

Mein unheilvoller Einzeiler brachte die Forgers nicht dazu, in Alarmbereitschaft zu springen. Stattdessen blickten sie zu Leo, meine Frage hing an ihm. Der Mann kratzte sich an seinem dünnen Haar, ließ seinen Blick lange über das vollgestopfte Nest schweifen, das die Forgers im geschmolzenen Keller des Starships geschaffen hatten.

„Als alles auseinanderfiel, sind wir weggelaufen", sagte Leo und schien die Worte zu finden, während er sprach. „Wir waren uns einig, dass der Kern des Starships verfault war, und anstatt ihn zu reparieren, sind wir weggegangen und hier runtergekommen, entschlossen, eine Mission zu Ende zu bringen. Wir haben aufgegeben."

Einige bewegten sich dann, ein paar Augen fanden den Boden oder eine Ecke, an der sie haften blieben.

„Es machte damals Sinn, oder? Wir wollten nicht in einen Kampf zwischen Klassen verwickelt werden. Jeder schien weniger daran interessiert zu sein, das Starship zahlungsfähig zu halten, als ihre Probleme mit einer Waffe oder einer Faust zu lösen. Wir wollten mehr. Wir wollten sehen, wofür das alles gewesen war."

„Einige von uns wollen das immer noch", sagte Clara mit verschränkten Armen, ihr eisiger Blick setzte seine Arbeit fort. Ein paar andere schlossen sich ihr an und boten gedämpfte Zustimmung.

„Das könnt ihr immer noch", sagte Leo, „aber nicht, indem ihr hier bleibt. Gamma hat recht. Sobald Alpha mit den Menschen im hinteren Teil fertig ist, sobald er jeden Mech, der sich ihm widersetzt, genommen und in seine Agenten verwandelt hat, wird er uns holen kommen."

„Nicht, wenn wir ihm dieses Ding geben würden." Clara zeigte auf mich. „Gamma ist es, was er will. Lass uns ihn benutzen. Einen Deal mit dem Gefäß machen. Das würde funktionieren, oder? Du hast die Dinger programmiert, also solltest du es wissen."

Ich richtete mich ruckartig von meinem Sitz auf, wackelte auf meinem kaputten Fuß und musste mich an Leos Schulter abstützen.

„Ihr würdet mit dem Wahnsinn verhandeln", sagte ich. „Fehlerhafte, kaputte Logik. Ein Virus, der nichts anderes als Zerstörung zum Ziel hat. Bestenfalls würde er euch einen Atemzug gönnen, bevor er meinen Verstand übernimmt und mich gegen euch einsetzt."

Ich dachte, ich hätte eine gute Mischung in diese Warnung gearbeitet, zusammengesetzt aus Büchern und Filmen, um die Sinnlosigkeit einer Zusammenarbeit mit Alpha zu demonstrieren. Clara schüttelte den Kopf, sah sich zu den anderen Forgers um und hob die Arme zu einem weiten Schulterzucken.

„Wer will echtes Land sehen und fühlen?", fragte Clara die Gruppe und erhielt nickende Köpfe und erhobene Hände als Antwort. „Alpha wird uns das, was wir wollen, schnell bringen. Dann können wir glücklich sterben, anstatt am Ende eines Mech-Lasers für nichts."

„Warum sterben, wenn wir leben könnten?", konterte Leo und setzte mich zurück auf meinen Platz, damit er neben Clara stehen konnte, das Bild eines Machtkampfes. „Die ganze Zeit haben wir gehofft, lange genug zu überleben, um Land zu sehen, aber was ist mit darüber hinaus? Gamma sagt uns, dass es Menschen gibt, Menschen, die ohne die Brüche des Starships aufgewachsen sind, die ihren Geist gebrochen haben. Sie werden Hilfe brauchen, sie werden Wissen brauchen. Wir können ihnen das geben, sie in unsere neue Welt führen."

„Klar, Leo", sagte Clara. „Das ist genau das, was sie wollen werden, wenn sie eine Mech-Armee überlebt haben: unsere Metallärsche, die versuchen, ihnen zu sagen, was sie tun sollen."

Leo grinste: „Das werden sie nicht, aber sie könnten zuhören, wenn wir ihnen helfen." Leo griff hinter sich, nahm seine kleine Waffe von der Werkbank. „Ich bin kein Diktator. Ich kann und werde euch nicht zwingen, mir zu folgen, aber Gamma und ich gehen zurück. Ich habe nicht so lange gelebt, um als Feigling zu sterben."

Clara holte Luft, bereit einen Einwand zu erheben, als Leo ihr etwas ins Ohr flüsterte. Die Frau presste ihre Lippen zusammen, schüttelte den Kopf und warf dann einen langen Blick zur Decke des Raumes, wo goldene Lichter zwischen gestapelten Kojen hingen, die in Alkoven eingelassen waren. Ihr Zuhause für wer weiß wie viele Jahre, aber nicht länger, und das wusste sie.

Jeder Forger, sogar Clara, schloss sich Leo und mir an, als wir aufbrachen. Sie passten mir einen steifen Stiefel und eine Schiene an, sodass ich mit einem Hinken und Klappern gehen konnte. Was die Forger nicht zurücklassen konnten, wurde in harte Rucksäcke gestopft, die über stählerne Schultern geworfen wurden. Hände griffen nach

Waffen, Köpfe beanspruchten Helme mit Lampen an der Vorderseite. Die meisten hatten nicht mehr genug Kleidung zum Bedecken, also hüllte sich Leos zusammengewürfelte Crew in Fetzen, wobei ihre Verbesserungen im Glanz aufblitzten, als wir uns vom Cesspool zurück zum Conduit begaben.

„Was hast du ihr gesagt?", fragte ich Leo, als wir beide nahe der Spitze der Kolonne waren.

„Ich habe sie gefragt, ob sie bereit wäre, mich zu töten, um zu bleiben", antwortete Leo, seine Stimme schwer. Er hatte seit dem entscheidenden Tanz nicht mehr gesprochen, abgesehen von Befehlen. „Sie war es nicht."

Ich konnte mir den Rest selbst zusammenreimen: Wenn Leo mit mir ginge, hätten Clara und alle, die bei ihr blieben, keinen Hebel mehr, wenn Alpha bewaffnet und wütend käme. Die Forger waren vielleicht nicht ganz menschlich, aber sie waren nicht dumm.

Wir standen im blauen Nebel, vor uns breiteten sich Schrotthaufen aus. Die offensichtliche Richtung schien geradeaus nach achtern zu sein, wobei wir beim Gehen anstiegen, damit wir ohne Probleme durch den Garten kommen konnten. Hoch über uns glitzerten wie Feuer auf einer Meeresoberfläche Kurier-Mechs, die sich auf uns zubewegten. Alphas erste Salve, aber sie bewegten sich langsam und warteten darauf, dass ihre stampfenden Mechs Schritt hielten.

„Kaydee ist da oben", sagte ich und zeigte direkt nach oben. „Bei den Fertigungslinien."

Falls sie von Alpha noch nicht in Stücke gerissen, gesprengt oder korrumpiert worden war.

Leo schüttelte den Kopf. „Ich habe meine Freunde gebeten, andere Menschen zu retten. Ich kann nicht ihr Leben für ein Programm fordern."

„Sie ist nicht nur ein Programm", schoss ich zurück. „Sie ist so real wie jeder von euch."

Leo klopfte mir erneut auf die Schulter, ein Zeichen, wie ich zu begreifen begann, dass ich nicht bekommen würde, was ich wollte.

„Wenn sie wie die Kaydee ist, die ich kannte, dann habe ich keinen Zweifel daran", erwiderte Leo. „Wenn wir Erfolg haben, hoffe ich, dass wir sie wohlauf finden werden. Die Lebenden müssen jedoch Vorrang haben."

Damit gab Leo die Marschbefehle, und die zwanzig halb Maschine, halb Mensch Wissenschaftler, Ingenieure und Metallarbeiter begannen ihren Marsch. Ich versuchte, mich zu widersetzen, zu protestieren, aber auf Leos Blick hin hoben mich zwei nachfolgende Forger hoch und bewegten mich, bis Verlegenheit, Frustration und Zwecklosigkeit mich zwangen, meine eigenen Füße zu bewegen.

Alphas Streitkräfte holten uns eine Stunde später ein, als wir uns der Universität näherten. Wir waren durch mehrere Ebenen über Aufzüge aufgestiegen, die in den Heckbereichen von Starship versteckt waren, weitere Frachtplattformen wurden mit manuellen Schlüsseln bewegt. Alphas Deaktivierungsbefehle hatten keine Macht über diese rudimentären Überbrückungen, die eingerichtet worden waren, um Starship im Falle eines Computerfehlers in Bewegung zu halten.

„Oder Computerkriminalität", sagte Clara, als sie mein Ticket nach oben entwertete.

Sie hatte jegliche Verbitterung über Leos Entscheidung unterdrückt und in Entschlossenheit umgewandelt. Als ich sie nach dem Grund fragte, antwortete sie einfach, dass sie plante, eine andere Welt zu sehen, bevor sie starb, und jetzt bedeutete das, den verdammten Krieg zu gewinnen, also würde sie genau das tun.

Einfach, effektiv.

Der Aufzug spuckte uns in einen weiten Verkaufsraum aus, der, nach den verschrumpelten Schildern und verblassten Slogans zu urteilen, für die Montage und den Versand verschiedener Geräte auf Starship genutzt worden war. Küchengeräte vermischten sich mit Staubsaugern und Lampen auf einer überfüllten Ausstellungsfläche, die jetzt von Forgern wimmelte, als wir uns vorsichtig zum Conduit vorarbeiteten.

Leo führte die Spitze mit einigen anderen an, und das Quartett rief einen Alarm vom Laufsteg aus. Clara und ich waren auf halbem Weg durch das Durcheinander, mein neuer Stiefel diente gut dazu, altes Glas unter seiner Ferse zu zermalmen. Kurierlicht flutete den Raum, als sie von oben und unten nahe dem Laufsteg schwebten. Gleichzeitig bebte und zerbrach die Decke, dünne Platten zerbarsten, als stampfende Mechs durchbrachen und um uns herum landeten.

Wenn Alpha seine Fußtruppen geschickt hatte, um die Menschen zu jagen, uns am Garten einzukreisen, musste der Rest hier, der die Forger jagte, seine neue Garde sein. Diese Flexi-Mechs, jetzt bewaffnet mit glänzenden Schwertern, mit kurierähnlichen Lasergewehren, die in ihre geformten zehnfingrigen Hände passten, umzingelten uns.

Schlimmer noch, als ich den Raum absuchte, stellte ich fest, dass all diese rosa glühenden Mech-Augen nur ein Ziel hatten: mich.

FÜNFUNDVIERZIG

BLUTIGE GESCHICHTE

In den Archiven des Bibliothekars ließen menschliche Medien Kämpfe wie epische Ereignisse erscheinen. Die Zeit verlangsamte sich, die Kämpfer starrten sich über Felder, Tische oder ganze Welten hinweg an, bevor ein Blitz, ein Schuss oder ein Schrei die großen Schlachten einleitete. In Wirklichkeit brauchten Kämpfe, soweit ich das gesehen hatte, keine solche Grandezza.

Sie brauchten nichts weiter als einen geworfenen Schlag.

Ich schlug nach dem Mech vor mir, als die schlanke Maschine ihre Waffe hob, um einen orangefarbenen Punkt auf meinen Kopf zu richten. Obwohl mein Fuß weggeblasen worden war, konnten sich meine Hände verdammt schnell bewegen, wenn ich wollte. Mein Schwung erfasste die Waffe des Mechs und schleuderte sie direkt in dessen eigenes Gesicht. Die Waffe prallte ab und flog in die Dunkelheit. Der Mech taumelte zurück und ich folgte, humpelte auf mein Ziel zu und blendete das Chaos aus.

Dieser Mech war nicht derjenige, der mir Kaydee weggenommen hatte. Er war nicht derjenige, der Beta erstochen oder Delta hinuntergezogen hatte. Das spielte keine Rolle. Er konnte auf irgendeine kleine Weise für diese Verbrechen büßen.

Aber er würde das nicht im Liegen tun. Der Mech schlängelte seine Arme weg und zurück, riss einen alten Sessel auseinander und hob dessen waldgrüne gepolsterte Seiten wie Keulen. Egal. Ich ging trotzdem weiter, hob meine Fäuste in Boxerstellung.

Obwohl der Laden dunkel gewesen war, wurde er jetzt von bunten Blitzen erhellt, als Forger und Mechs aufeinander schossen. Orange und weiße Strahlen knisterten vorbei, Fehlschüsse trafen Möbel und setzten sie in Brand, die Chemikalien in den Stücken gingen in Blau, Lila, Weiß und Gelb auf. Gerufene Befehle mischten sich mit Motorenheulen und Düsenstößen, der Boden bebte, als mehr Mechs stampften, ein Rasseln ertönte, als der Lastenlift mehr Forger hochbrachte.

Ich fing den ersten Schwung mit beiden Händen ab und zog, riss den Arm des Mechs nach unten und zu meiner Linken. Die dumme Maschine stemmte ihre Füße in den Boden und dachte, sie könnte mich davon abhalten, sie zu Boden zu ziehen. Stattdessen schob ich, mit dem Polster des Sessels zwischen uns. Der Mech versuchte, mit seinem anderen Arm zu schwingen und brachte das zweite Polster tief.

Ich fing es mit meinem Knie ab, als ich vorwärts stieß und den Mech nach hinten beugte, während ich selbst umkippte. Mit seinem Fuß, der sich fest in den Boden grub, machte der Mech keine Anstalten, meinem Schub nachzugeben, sein schlangenartiges Rückgrat bog sich, um der Kraft nachzugeben. Wie ein seitliches S zappelte der Mech, als ich den Boden traf.

Was grimmig hätte sein können, wurde zur Chance: Ich

packte die Beine des Mechs, als ich flach lag, und bog sie. Mit ihren Krallen, die sich für Traktion im Boden verfangen hatten, konnten die Knöchel des Mechs meiner seitlichen Anstrengung nicht standhalten, und ihre dünnen Knochen brachen. Der Mech klatschte vor mir auf den Boden, diese Polster immer noch in seinen Armen, während die Maschine versuchte herauszufinden, warum sie nicht aufstehen konnte.

Zu meiner Rechten hockte sich Clara mit einem anderen Forger hinter einem umgestürzten Tisch, der schnell verbrannte, als zwei weitere Flexi-Mechs ihn mit Lasern beschossen.

Zeit, ein Teamplayer zu sein.

Ich pflanzte meinen linken Fuß auf, schwang meine Hüfte und hielt die kaputten Beine des Mechs in meinen Händen. Ich peitschte die Maschine, die etwa so schwer war wie der Tisch, hinter dem sich Clara versteckte, und schleuderte sie los. Sesselpolster und der Mech, der sie hielt, flogen ein paar Meter weit und krachten wie eine lange Metallbowlingkugel in seine zwei Kumpel, schmetterten sie alle in einem wirren Metallknäuel zu Boden.

Clara und ihr Freund nutzten die Gelegenheit, rollten sich über den Tisch und erledigten den Job mit Schüssen aus nächster Nähe. Als sich ihre Feuerstöße lichteten, bemerkte ich, dass der Laden wieder dunkel geworden war, abgesehen von ein paar Gluten, die sich ans Leben klammerten. Der Kampf war so schnell vorbei, wie er begonnen hatte, und die Forger standen siegreich inmitten der Mech-Ruinen.

„Los, weiter!", hallte Leos Stimme in den Laden, als ich die alte Waffe des Mechs aufhob. „Wir müssen in Bewegung bleiben!"

Kurz und prägnant. Leos Befehl ergab Sinn: Alphas

Mech-Überraschung hatte uns nicht alle getötet – obwohl ich mehrere regungslose Forger am Boden liegen sah, als ich Clara aus dem Laden folgte –, aber die Folgeattacken würden es sicher tun. Vorerst hatten die Forger bewiesen, dass sie in ihren Jahren des Versteckens unter der Oberfläche nicht weich geworden waren.

Anstatt Alphas Hinterhalt zum Opfer zu fallen und zu sterben, hatten die Forger schnellere Schläge ausgeteilt, als die Mechs oder ihre Laser aufbringen konnten. Während diese orangefarbenen Waffen aufluden, spuckte Leos handgefertigtes Werk schnelles, wenn auch weniger tödliches Feuer. Dünne Mech-Körper übersäten den Laden, als ich ihn verließ, und der Gehweg draußen hatte mehr Kurier-Leichen, als ich je zuvor gesehen hatte. Ein Blick über den Rand zeigte auch kleine Feuer unten auf den Schrotthaufen.

Leos Kader sortierte sich beim Rückzug schnell, paarweise oder zu dritt, um die Verwundeten in Bewegung zu halten. Füße hämmerten schnell auf Metall, wobei Leo selbst sich ans Ende zurückfallen ließ, um mir Gesellschaft zu leisten.

„Schön zu sehen, dass du es durchgestanden hast", sagte Leo und bemerkte mich und mein Hinken.

Der Mann sah kein bisschen mitgenommen aus, nicht ein einziger verfluchter Kratzer an seinem halb-metallenen Körper. Grimmige Linien umrahmten seine Augen, und der Funke, der hinter seinem improvisierten Grinsen gesteckt hatte, als Delta und ich ihn zum ersten Mal besucht hatten, leuchtete nicht mehr. Er hatte Leute verloren, und er wusste es.

„Ihr kämpft alle wie Soldaten", erwiderte ich.

„Wir kämpfen wie Leute, die lange Zeit wenig zu tun

hatten", sagte Leo. „Jahre und Jahre in der Senkgrube einge-sperrt zu sein, gab uns viel Zeit."

„Die ihr gewählt habt, um Krieg zu üben?"

„Um das Überleben zu üben", Leo nickte nach vorne zu Clara und den anderen Forgern. „Wir alle wollten sehen, wie Starship landet, und nichts würde uns dabei in die Quere kommen." Leos Lächeln wuchs, und für einen Moment kehrte dieses Funkeln zurück. „Gamma, einige von uns haben echte Kämpfe zwischen Starships Frak-tionen gesehen. Diese Mechs da hinten waren nicht gerade für den Krieg gemacht. Ein echter Mensch mit einer Waffe, das ist etwas Beängstigendes."

„Oder Delta mit ihrem Schwert."

„Oder das."

Wir kamen an Läden, Häusern und Bars vorbei, die ich sowohl gesehen als auch nicht gesehen hatte. Einerseits sahen all diese ruinierten Relikte gleich aus, alle Teil von Starships Verfall. Andererseits barg jeder Ort seine eigene Geschichte, von den Bildern, die an den Wänden hingen, bis zu den Notizen und Namen, die an den Türen gekrit-zelt, gekratzt oder angeschraubt waren. Überreste, von Kinderspielzeug über Bücher bis hin zu Kleidung, lagen in Sichtweite, als wir vorbeigingen, und ich bemerkte mehr als einen Forger, der einen langen Blick auf die Vergangenheit warf.

Eine blutlose Geschichte, die biologischen Details von unerbittlichen Reinigungsmechs aus den Aufzeichnungen gestrichen. Körper durch Luftschleusen hinausgeworfen, Flüssigkeiten weggeschrubbt, nur künstliche Überreste zurücklassend. Kaydee hatte mir erzählt, dass normale Abgänge Momente für Zeremonien und Gedenken gewesen waren, bei denen die Körper den Sternen über-geben wurden, anstatt sie mit nutzlosem Müll zu entsorgen.

Keine Zeremonien mehr hier, nur Ausgrenzung, Auslöschung.

Würden Leo und Val diese Abschiede zurückbringen? Würde mir einer davon zuteil werden, wenn meine Schaltkreise schließlich versagten?

Oder würde ich wie Kaydee aufgestellt werden, meine Funktionen zurück ins Netzwerk geworfen, um ein neues Zuhause als formloser Code zu finden, für immer treibend, bis mir jemand sagte, was ich tun, wer ich sein sollte?

„Gamma?", sagte Leo und holte mich zurück auf den Gehweg. Vor uns ragte der Garten auf, seine Ausdehnung durchquerte den Conduit und blockierte den blauen Nebel mit seiner knorrigen, verfaulten Hülle. „Irgendwelche Ideen?"

Die Forger sammelten sich nahe dem Eingang des Gartens, flankierten die Tür, gingen aber nicht darüber hinaus. Ich verstand das Warum, noch bevor Leo es mir sagte: Drinnen waren schwere Kämpfe zu hören. Menschliche Stimmen, ja, aber viel mehr Schlagen, Krachen, Reißen. Der Garten selbst schien von dem Krieg in seinem Inneren zu beben.

„Val sollte nicht hier sein", sagte ich. „Sie zogen sich zurück, um sich in der Nähe des Hecks aufzustellen und zu warten."

Leo nickte: „Ich denke, sie ist nicht der Typ, der sich zurückzieht."

„Was meinst du damit?"

„Wenn du in der Unterzahl bist und dein Feind dir den Rücken zukehrt, wäre es ein Fehler, die Chance zum Zuschlagen nicht zu nutzen." Leo wedelte mit einem Finger in der Luft, in einem engen Kreis. Das Signal zum Bewaffnen, zum Bereithalten. „Besonders wenn du verzweifelt bist."

Menschen und ihre törichte Taktik. Überraschung hin oder her, Val hatte nicht die Zahlen, um Alphas Armee auszuschalten. Nicht allein. Nicht, es sei denn, sie dachte, sie würde Alphas Armee zwischen Betas und Deltas todbringenden Klingen und ihren eigenen Jägern zerquetschen.

Sie hätte es nicht gewusst, konnte nicht gewusst haben, dass die anderen beiden Gefäße bereits tot waren.

„Wir müssen ihnen helfen", sagte ich, aber ich brauchte es nicht.

Leo hatte seine Forger bereits in Bewegung gesetzt, die Tür des Gartens öffnete sich und die Geräusche der Schlacht strömten heraus. Sie hatten sich unserer Sache verschrieben und hatten bereits dafür geblutet.

Ich hatte keinen Zweifel daran, dass wir noch mehr bluten würden.

SECHSUNDVIERZIG

GARTENPARTY

Wir wateten in ein Feuchtgebiet, die üppigeren Ebenen des Gartens begannen in der Mitte unseres Conduits. Dünne Pflanzgefäße lagen in Schichten entlang der dunklen Wände, sporadische Dioden lieferten UV-Strahlen an überwucherte Pflanzen, die in biologischen Kämpfen verstrickt waren, einem Kampf nicht unähnlich dem, auf den wir zusteuerten. Ansonsten dominierten die dunklen Schatten des Gartens, mit Ranken, die sich von Seite zu Seite spannten, und Moos, das an unseren Stiefeln saugte.

Leo setzte mich vorne ab, eine erkennbare weiße Fahne für die Menschen, falls wir auf sie stoßen sollten, was angesichts unserer Geschwindigkeit und des Lichtmangels wahrscheinlich war. Ohne eigene Stirnlampe stürzte ich mich vorwärts, wobei Lichtstrahlen von anderen Forgers über meine Schultern und zu meinen Seiten kreuzten, Führer durch die Nässe.

Geräusche erwiesen sich als bessere Wegweiser als Licht, der Kampf war hinter der Tür lauter und zeichnete einen klaren Weg durch die Windungen und Wendungen zum Zentrum des Gartens. Nichts belästigte uns, Alphas Armee war mit ihren menschlichen Zielen beschäftigt.

Während wir gingen, flüsterte Leo der Gruppe Strategien zu, leise Befehle, die von Reihe zu Reihe hinter uns weitergegeben wurden. Waffen natürlich bereit halten, aber Querschläger auf ein Minimum beschränken. Sorgfältig zielen. Kollateralschäden könnten jede Allianz zum Scheitern bringen, bevor sie überhaupt begonnen hatte.

Keine Granaten.

„Ihr habt Granaten? Im Weltraum?", fragte ich. „Das ist riskant."

„Überlaste einen Laser und mische etwas Luft dazu, schon hast du einen Knall", sagte Leo. „Die Bomben sind bereits hier, wir müssen sie nur vorsichtig einsetzen."

Wie hatten die Menschen das Starship so lange intakt gehalten?

Ich vermisste Kaydee. Sie wäre mit irgendeinem Spruch darüber reingeplatzt, wie die Mechs einen schlechteren Job machten als die Menschen es je getan hatten. Oder vielleicht hätte sie mich beruhigt und mir das relativ geringe Risiko erklärt, das eine Granate hier im Garten darstellen könnte. Nicht gerade nahe am Vakuum.

Stattdessen hatte ich nur meine eigenen Gedanken und sonst nichts.

Wir fanden den Konflikt im Zentrum. Nicht auf unserer Ebene - das wäre zu viel Glück gewesen -, sondern mehrere darunter, dort, wo die Luft kühler wurde und das Wasser trocknete. Zurück in der Nähe, wo Delta, Beta und ich uns auf den Kanzler gestürzt hatten.

Die Forgers gesellten sich zu mir, bildeten einen Ring um die zentrale Grube und blickten hinunter. Im Gegensatz zu ihrem eigenen Kampf mit den Mechs wurde dieser im Schatten ausgetragen. Vals Menschen hatten keine

Laser, und Alphas primitive Armee kam auch nicht vorbereitet. Funken, Klirren, Schreie und Stiche hallten nach oben. Befehle schlichen sich zwischen den Kampfgeräuschen ein, Vals und Chalos Stimmen waren im Getümmel zu unterscheiden, jeder rief die Truppe zum Zusammenrücken, zum Zusammenstehen auf.

„Kein selbstbewusstes Manöver", sagte Leo. „Wenn sie sich zusammenziehen, werden sie umzingelt und vernichtet. Kein Rückzug möglich."

„Wohin sollten sie sich zurückziehen?", erwiderte ich. „Alphas Mechs werden nicht müde, ruhen sich nicht aus. Sie würden nur folgen und jeden Zurückgebliebenen vernichten."

Leo presste die Lippen zusammen, blickte kurz zu mir: „Dann ist das also alles. Entweder wir gewinnen hier oder verlieren alles."

Ich widersprach nicht.

„Zu den Treppen", sagte Leo und wirbelte mit dem Finger. „Los, zerstört jede Maschine, die ihr seht. Arbeitet zusammen, bittet um Frieden, wenn ihr auf einen Menschen trefft. Wenn sie versuchen, euch anzugreifen, lauft weg."

Kein einziger Forger, nicht einmal Clara, stellte seine Worte in Frage. Die Geschichten des Bibliothekars handelten von solchen Menschen, den Anführern, die absolute Hingabe inspirieren konnten. Diese Gruppe würde Leo überallhin folgen, wohin er sie führte, auch wenn sie unterwegs vielleicht ein bisschen murren würden.

Machte mich ein wenig eifersüchtig.

Ich klammerte mich an meinen geliehenen Blaster und schloss mich den Forgers bei ihrem Abstieg an, wobei ich mich eher im hinteren Bereich hielt, um ihre Taktik nicht zu stören. Ich konnte Kaydee flüstern hören *Feigling,* während die halb aus Metall, halb aus Mensch bestehenden Cyborgs die Treppenhäuser in Hälften aufteilten, ihre Schussfelder überlappten und den Mechs, auf die wir unterwegs trafen, einen schnellen Tod brachten.

Feigheit oder Weisheit?

Ich hielt ein Ohr offen für bestimmte Geräusche, das Klirren von Klinge auf Metall in schneller Folge, Blitze bei der Arbeit. Oder das Stakkato von Plonks, wenn Messer ihr Ziel fanden. Aber Deltas und Betas verräterische Musik erreichte uns nicht, als wir hinabstiegen, was unsere ansonsten brillante Rettung dämpfte.

Denn genau das war es: brillant. Leos Forgers kamen von beiden Seiten auf Vals Ebene herunter, nur eine über dem schneebedeckten Wald, wo ich früher gekämpft hatte. Alphas moshende Mechs, die versuchten, die Menschen im Zentrum der Ebene zu zerquetschen, achteten nicht auf ihre Flanken. Oranges, weißes und blaues Feuer biss sich in Metallrahmen, sprengte Energieversorgungen, versengte Stahlglieder und schickte die armen Maschinen ins Nichts.

Dies waren auch nicht die flinken, aufgerüsteten Mechs, gegen die wir gekämpft hatten, sondern Alphas ältere Massentruppen. Die umgebauten Müll- und Küchenmechs, die Reiniger und Kuriere. Ausgestattet mit grundlegender Taktik und zusammengeschusterten Waffen, ächzten die Mechs, als ihre Motoren heulten und versuchten, vergeblich, auf den Hinterhalt zu reagieren.

Ich musste nicht einmal schießen, bevor der Angriff in einem ruhigen Kiefernwald endete, der nun mit weit schwereren Trümmern als Nadeln übersät war. Ich trat zwischen rauchenden Überresten hindurch und gesellte mich zu Leo in der Mitte der Ebene. Die Forgers hielten sich auf Leos Befehl hin von den Menschen fern, ließen ihre Waffen gesenkt und blieben in der Nähe von Deckung. Ein paar

Dutzend Menschen beobachteten, müde, blutig, aber nicht ängstlich.

Ein paar bekannte Gesichter waren in der Gruppe zu sehen.

Val und Chalo lebten beide noch, obwohl der linke Arm des Letzteren einen langen, hässlichen Schnitt aufwies. Schmerz zeigte sich in seinen zusammengekniffenen Augen und seinen zusammengepressten Lippen, als er Leo und mich durchkommen sah. Val erwiderte Chalos harten Blick, während ihr eigener Speer mit dem Schaft zuerst in den Boden gerammt war. Drähte und Splitter klebten an der Waffe – ein Beweis dafür, dass Val nicht von hinten geführt hatte.

Nicht, dass ich erwartet hätte, dass die Kämpferin den Kampf meiden würde.

„Frieden, Val", eröffnete ich das Gespräch. „Wir stehen auf eurer Seite."

„Gamma", sagte Val und richtete ihren Blick auf mich, Leo ignorierend.

Die anderen Menschen ließen auf ein Signal hin, das ich nicht mitbekam, ihre gespannten Pfeile fallen. Ihre Waffen kehrten an die Hüftgürtel zurück, und ihre Hände wendeten sich der Versorgung von Wunden zu. Zuerst dachte ich, Val würde nach der Nennung meines Namens fortfahren, aber wenn Chalos Augen Schmerz zeigten, kochten Vals. Sie mochte ihre Krieger zu ihren Bedürfnissen entlassen haben, aber ihr fester Griff um den Speer deutete darauf hin, dass sie den Kampf noch nicht für beendet hielt.

„Wer sind diese Leute, und wo sind Delta und Beta?", fragte Val – ein nicht unvernünftiger Einstieg.

Ich lieferte die Kurzversion der Geschichte, während Leo den klugen Schachzug machte und schwieg. Nicht dass der Mann sich nicht selbst hätte verbürgen können, aber Val hatte eine Ausstrahlung, die besagte, dass es besser wäre, nur zu sprechen, wenn man angesprochen wurde, als die Alternative.

„Dann haben wir verloren", sagte Val, als ich geendet hatte. „Du hast es nicht geschafft, die Fertigungslinien zu zerstören, und wir sind ohne unsere zwei größten Waffen. Wenn Alpha seine nächste Streitmacht aufbietet, werden wir vernichtet."

„Da ist der Optimismus, den ich brauchte", erwiderte ich und überraschte mich selbst mit dem Sarkasmus. Kaydees Einfluss, gepaart vielleicht mit der Erschöpfung von allem, was wir durchgemacht hatten. „Wir haben Entscheidungen zu treffen, Val. Angefangen bei den Stimmen. Habt ihr sie wieder angeschlossen?"

„Wir haben das Laufwerk an ein Terminal angeschlossen", antwortete Val. „Nicht mehr als das. Du sprachst von Entscheidungen? Welche Entscheidungen? Ein Rückzug treibt uns in die Enge."

Ich nickte in Richtung des Lochs in der Mitte der Ebene, das nach unten führte. „Wir suchen. Delta und Beta sind gefallen, aber sie könnten überlebt haben. Schick eine Gruppe runter. Alle anderen sollten befestigen, was sie können, und sich auf den nächsten Angriff vorbereiten."

Chalo schnaubte diesmal: „Der Garten hat zu viele Türen, Gefäß. Mehr, als wir Soldaten haben, um sie zu bewachen."

„Gamma kann sich um diese Türen kümmern", sagte Leo. „Das Kontrollzentrum des Gartens ist ganz oben. Wir können es benutzen, um jede Ebene zu versiegeln, die wir wollen."

„Die Mechs werden einfach einbrechen."

„Nicht so schnell." Leo nickte zu den Pflanzen um uns

herum. „Der Garten hat starke Dichtungen. Die waren nötig, um alles Gefährliche von außen davon abzuhalten, unsere Nahrungsversorgung zu beschädigen."

Val ließ ihren Blick von Leo zu mir wandern. Sie behielt den festen Griff um ihren Speer. Ich war kurz davor, den Plan zu wiederholen, zu sagen, dass wir gehen sollten, hielt aber inne. Menschen hatten seltsame Vorstellungen von Macht und wer sie ausüben durfte. Leo und ich mochten den Plan geformt haben, aber Val die Erlaubnis zu geben, ihn durchzuwinken?

Könnte mir später Ärger ersparen.

„Chalo, geh mit Gamma zur Spitze des Gartens. Leo, nimm, was du brauchst, und such nach unseren vermissten Freunden. Ich halte hier die Stellung", sagte Val und tippte mit dem Schaft ihres Speers auf den Boden. „Jetzt."

Was ideale Gefährten anging, ließ Chalo einiges zu wünschen übrig. Der Jäger ließ mich führen und pirschte in seinem glitzernden, gefiederten Metalloutfit hinter mir her. Der Mann hielt in einer Hand eine grobe Klinge, in der anderen einen erbeuteten Laser. Ein Ersatzstoff umwickelte seinen verletzten Arm, abgerissen von jemandem, der ihn nicht mehr brauchen würde. Er sagte kein Wort, als wir Stufe um Stufe erklommen, von trocken zu üppig in dämmrigem Licht.

Obwohl Alpha seine Streitkräfte zurückgezogen hatte, waren die Gärten alles andere als ruhig. Die Menschen unter uns machten zwar ihre eigenen Geräusche, aber Stampfen und Rascheln hallten von den Ebenen wider, an denen wir vorbeikamen. Dass noch Mechs herumschlichen, war keine Frage; ob welche versuchen würden, uns zu verfolgen, schon. Mit ein paar Bestäubern könnten wir fertig werden, ein paar dieser waffenschwingenden Flexi-Mechs wären ein Problem.

Ich begann ein halbes Dutzend verschiedener Gespräche in meinem Kopf, bevor ich auf die richtige Phrase kam. Chalo hielt seine Ehre hoch, und ich wollte nicht auf irgendwelche menschlichen Konventionen treten, aber ich wollte auch nicht den ganzen Weg in Stille gehen. Am Ende dieses Aufstiegs würde ich wahrscheinlich einen Anschluss finden und im Cyberspace verschwinden müssen, und Chalo wäre der Einzige, der mir den Rücken freihielt.

„Geht es dir gut?", fragte ich.

„Was für eine Frage ist das?", schnappte Chalo zur Antwort. „Ich habe heute Familie und Freunde verloren und werde wahrscheinlich noch viel mehr verlieren, bevor morgen anbricht."

Okay, nicht mein bester Anfang.

„Ich weiß", sagte ich, als wir eine sumpfige Ebene hinter uns ließen, die Luft dick und feucht. „Ich auch."

„Du bist nicht lebendig. Du hast niemanden verloren."

„Ist das dein Glaube?"

„Kein Glaube, Tatsache. Du bist ein Programm. Alles, was du fühlst, kann in einem Moment geändert werden."

Nicht falsch. Ich könnte das klaffende Loch löschen, wo Kaydee einmal war. Könnte Beta und Delta aus meinem Gedächtnis streichen.

„Ich entscheide mich dagegen", antwortete ich. „Ich will ihre Erinnerungen behalten, ich will die Trauer spüren."

„Warum?"

„Weil ich ihnen das schuldig bin."

Chalo antwortete darauf nicht, und wir gingen weiter, stiegen weiter. Ebene um Ebene zog vorbei, der Gipfel des Gartens kam immer näher. Ich bemühte mich nicht, ein weiteres Gespräch anzufangen, und Chalo machte auch keine Anstalten dazu. Ich verfiel in eine Art Träumerei und ließ meine Beine automatisch die Treppen hinaufstampfen, während ich durch die letzten paar Tage zurückdriftete.

Ich vermisste meine Freunde.

Das Kontrollzentrum des Gartens hatte einen unscheinbaren Eingang. Eine Treppe über der höchsten Ebene des Gartens, einem pflanzenlosen Becken, das dem Hochpumpen von Wasser aus Purity und der präzisen Verteilung durch Rohre, den zentralen Wasserfall und andere Wege diente, begann die Spitze des Gartens mit einer einfachen, rotedelsteinbesetzten Tür. Ein weiteres Schloss zum Knacken, diesmal ohne Kaydees Hilfe.

Ich presste meine Finger zusammen, sagte Chalo, ich würde eine Minute brauchen, und steckte mich in den Anschluss, der in der Unterseite des Edelsteins eingelassen war. Zumindest variierte Starship seine Sicherheitsprogramme nicht, denn dasselbe bewegliche Laserpuzzle, das ich schon einmal gesehen hatte, wartete auf mich. Ich klickte die richtigen digitalen Spiegel an ihren Platz, sah das befriedigende grüne Aufleuchten und blinzelte zurück. Der Edelstein leuchtete grün, und ich drückte auf seine warme Oberfläche.

Das Kommandozentrum des Gartens lag vor uns. Hinter uns, als hätten sie auf das Signal der Tür gewartet, kamen all jene Raschler, jene sich versteckt haltenden Mechs, hervor. Metallene Pfoten, Klauen und Füße schlugen auf die Treppen, uns entgegenstürmend.

„Geh", sagte Chalo und verlagerte seine Masse, um die Treppe auszufüllen. „Rette mein Volk, Gamma."

Immerhin sagte er meinen Namen.

SIEBENUNDVIERZIG

HALTET DEN RAUM

Ich ließ Chalo alleine stehen und betrachtete aufmerksam das holzgemusterte Array, das die unzähligen Biome des Gartens steuerte. Die Bildschirme waren in Abschnitte unterteilt, genug für fünf Personen in Starships Glanzzeiten. Die gestochen scharfen Anzeigen passten von einem flachen Display zum nächsten, jedes mit einer Standard-Starship-Benutzeroberfläche. In der Mitte jedes Bildschirms saß ein abgerundetes G an prominenter Stelle.

Zumindest haben sie es uns nicht schwer gemacht.

Chalo stieß einen Schrei aus, und ich hörte seine Bogensehne schwirren. Das Klirren des Pfeils folgte. Ein Treffer, aber unmöglich zu sagen, ob er effektiv war.

Ich wählte einen Bildschirm und tippte auf das Garten-Symbol. Halb erwartete ich eine Aufforderung zur Eingabe von Benutzername und Passwort, irgendeine Sicherheitsmaßnahme, die mich daran hindern würde, hier einfach reinzuspazieren, aber nichts hielt das Programm davon ab, zu starten. Vielleicht reichte die Türverriegelung aus, oder jemand hatte diese Sicherheitsmaßnahmen vor Jahren entfernt.

Wie dem auch sei, die Gartensteuerung lag vor mir, schwarzer Hintergrund und weißer Text passend zum gedämpften Licht. Eine Statistikanzeige dominierte meinen Monitor, jedes Biom in Messungen unterteilt mit idealen Markierungen für Dinge wie Temperatur, Luftfeuchtigkeit, Wasserfluss. Hübsche kleine Diagramme mit Symbolen, die jeden freien Pixel füllten. Meine Aufmerksamkeit galt der untersten Reihe, die Optionen in einer einzigen rechteckigen Schaltflächenzeile auflistete. Die Option ganz rechts lautete *Notfall*.

Ich fand, das hier qualifizierte sich dafür.

Als Chalo seinen vierten Pfeil abschoss, tippte ich auf die Schaltfläche. Statt einer oder zwei Auswahlmöglichkeiten wechselte jedes Biom von einem Diagramm zu einer Liste. Ich konnte dem Dschungel seine Feuchtigkeit entziehen, die Wüste überfluten, die Tundra in einen Backofen verwandeln. Wieder rettete mich die untere Reihe mit einer offensichtlichen Option, die Anlage abzuriegeln.

„Hab's gefunden!", rief ich und drückte den Knopf.

Chalo knurrte, ließ seinen Bogen fallen und wechselte zu seiner Axt. Der erste Schlag verursachte den wimmernden Untergang eines Mechs. Der Garten erzitterte unter dem Schwung, als sich alle Türen schlossen und Notfallbarrieren folgten. Lange schlummernde Maschinen erwachten ruckartig zum Leben und begannen, die Luft zu filtern, die nicht mehr in das große Starship-Schiff gelangen konnte. Nach fünf langen Sekunden blinkte der Monitor und zeigte mir an, dass die Notabschaltung erfolgreich war.

Erledigt. Wir hatten uns selbst in einem Garten eingesperrt, der immer noch von wütenden Mechs wimmelte.

„Gefäß!", schrie Chalo. „Hilf mir!"

Ich wirbelte herum und sah, wie Chalo mehr Verteidigung als Angriff spielte, als er in die Steuerzentrale zurückwich. Ein wirbelnder Besteck-Mech hatte seine Arme und Messer in Rotation versetzt und zwang Chalo zu einer verzweifelten Abwehr nach der anderen. Frische Schnitte verunstalteten bereits die Rüstung des Mannes, Stücke davon lagen auf dem dunklen Boden.

Glücklicherweise musste ich der Kreatur nicht zu nahe kommen. Mein gestohlener Laser tat seine Arbeit, spuckte heiße Energie an Chalos linker Seite vorbei und füllte den Besteck-Mech mit brennenden Löchern. Alphas Maschine drehte sich langsamer, klappte zusammen, ihre Gliedmaßen baumelten. Ein kurzer Sieg, der gestohlen wurde, als der nächste Mech in der Reihe seinen Gegenpart beiseite schob.

„Es ist erledigt", sagte ich, als Chalo mit einem beidhändigen Schlag gegen einen kleineren, zweiarmigen Müll-Mech vorstürmte. „Wir können gehen!"

„Warte", sagte Chalo, seine Axt biss durch die schwache Verteidigung des Mechs und zermalmte Kabel, Leitungen und Schaltkreise. Er warf mir einen Blick zu, als der Mech nach hinten taumelte. „Kann jemand die Türen von hier aus öffnen?"

„Ja?" Ich richtete meinen Laser aus, den Finger am Abzug. Sobald ein Mech seinen metallenen Körper auf der Treppe zeigte, schoss ich. Ich hoffte, Chalo konnte es nicht erkennen, aber ich zielte auf die Seiten, die Gliedmaßen. Außer Gefecht setzen, nicht zerstören. „Wenn eine andere Person hier hochkommt, könnte sie die Blockade aufheben."

„Dann halten wir diesen Raum, bis Val uns etwas anderes sagt."

Ich feuerte erneut und streifte einen kleinen Bestäuber, der brennend zur Seite flog. Meine Waffe, eine zusammengeschusterte Konstruktion, verriet mir nichts über ihre Energie, aber sie würde nicht ewig halten. Chalo hatte seine

Axt, ein Werkzeug, das so lange funktionieren würde, wie seine Arme es schwingen konnten.

Nach den anhaltenden Geräuschen auf der Treppe zu urteilen, würde er sie noch lange schwingen müssen.

Aber wenn unsere Bemühungen Val genug Zeit verschafften, um Beta und Delta zu finden? Einen Angriff zu planen?

„Wir halten den Raum", sagte ich, und Chalo nickte.

Mein Laser kaufte uns drei weitere Mechs, bevor sein Feuer erlosch. Der nächste in der Reihe, ein ratternder, meterlanger Frachtschlitten, rollte die Stufen hinauf und in den Raum. Seine Vorder- und Seitenflächen waren mit Schrapnell übersät, was ihn zu einem beweglichen Tod machte.

Chalo schien das nicht zu kümmern.

Im Anschluss an meine Fehlzündung stürmte der Krieger auf den rollenden Schlitten zu. Es bot sich keine Schwachstelle, aber Chalo muss auf seine Fähigkeiten vertraut haben, als er sich dem Schlitten näherte und in einen Sprung über den Mech überging. Wäre der Schlitten nicht weitergerattert – nun auf mich zu –, hätte Chalo sich selbst aufgespießt. Stattdessen landete der Kämpfer auf den schrottübersäten Fliesen hinter dem Schlitten, wirbelte herum und durchtrennte mit seiner Axt die hinteren Ketten des Mechs. Das Ende der Maschine krachte zu Boden und warf Funken, als ihre Räder Furchen zogen.

Festgefahren konnte der Schlitten wenig tun, als Chalo auf ihn einschlug und mit jedem Schwung Stücke abtrennte. Ich ließ die Monitore links liegen, um ein abgeschlagenes Stück aufzuheben, ein gezacktes Messer, das meine Haut aufschnitt, als ich es festhielt. Eine Wunde, die es wert war, für eine Waffe zu ertragen. Als Chalo den

Prozessor fand, verstummte das Stöhnen des Schlittens mit einem scharfen Wimmern.

„Gut gemacht", sagte ich zu dem schweißbedeckten Krieger, als wir uns beide umdrehten, um zu sehen, welches Monster Alpha als nächstes auf uns hetzen würde.

„Beta hat mich gut ausgebildet", erwiderte Chalo. „Ich weigere mich zu glauben, dass sie weg ist."

Ich wünschte, ich könnte dasselbe tun.

Als kein Mech hochkam, um sich uns zu stellen, wagte ich mich an den Rand der Treppe, um hinunterzuschauen. Der Blick bestätigte, dass jede Hoffnung fehl am Platz war: Die Mechs hatten nur gelernt, dass ihr einmaliger Ansatz nicht funktionierte. Stattdessen näherte sich ein weiterer rollender Schlitten, aber diesmal schwirrten mehrere Kuriere darüber, ihre Laser glühten bereits grün. Sich bewegende Schatten auf dem Schlitten selbst deuteten auch auf Reiter hin.

„Sag mir, dass sie fliehen", sagte Chalo, als ich zurückwich.

„Schlimmer", antwortete ich. „Sie gruppieren sich."

Chalo winkte mich nach links, während er sich selbst etwas Platz verschaffte. Sein gleicher Trick könnte funktionieren, wenn ich mich um die Kuriere kümmerte, also hob ich mein Messer wie einen Speer.

Der Schlitten schoss die Stufen hinauf in den Raum und rollte schneller als sein Vorgänger. Die Kuriere jagten hinterher, zwei drehten sich in meine Richtung, während der dritte einen Schuss auf Chalo abfeuerte. Der Laser brannte sich in die Rüstung des Kriegers und möglicherweise hindurch, wenn man nach dem Fluch des Mannes ging. Ich schleuderte mein Messer, als sich meine zwei mir zuwandten, traf den ersten und brachte ihn zum Absturz.

Der zweite hatte mich voll im Visier.

Aber er hatte nicht mit meinem Hund gerechnet.

Alvie flog wie ein Geschoss, keuchend bellend auf den Kurier zu, als wäre er ein frischer Tennisball. Die Metallkiefer des Hundes verbissen sich in die kleine Maschine und rissen sie in einer Rolle zu Boden, wo die Triebwerke des Kuriers explodierten. Die Explosion schleuderte Alvie rückwärts, an Chalo vorbei und direkt in ein Terminal, zerbrach dessen Bildschirm und umgab den Hund mit Funken.

Während ich Alvies Namen rief, setzte der Schlitten seine Mordmission fort. Vier Bestäuber sprangen von seiner Ladefläche und rasten auf mich und Chalo zu. Der Kämpfer, der beim Erscheinen Alvies gezögert hatte, besann sich gerade noch rechtzeitig auf seinen Plan für einen Ein-Schritt-Sprung. Ohne den Anlauf fehlte Chalos Sprung die Distanz, und er streifte das Heck des Schlittens, wobei der Splitter einen Schnitt verursachte und ihn zu Boden schleuderte.

Ich trat nach dem ersten Bestäuber, der mich erreichte, und der kleine Mech flog davon. Der zweite schnappte nach meinem Bein und krabbelte hoch, stach mich mit seinen winzigen Enden. Ich riss ihn ab, hielt den Mech in meinen Händen, als ich Chalo warnen hörte.

Der Schlitten hatte ein neues Ziel gefunden: mich.

Mit quietschenden Ketten drehte sich der Schlitten und schoss über die wenigen Meter auf meinen Bauch zu. Ich hatte keine Waffen außer dem Bestäuber in meiner Hand.

Der musste es tun.

Ich ging in die Hocke, hielt den sich windenden Bestäuber fest und wartete einen kurzen Moment, bis der Schlitten näher kam. Als weniger als ein Meter uns trennte, schwang ich meine rechte Hand in einem Aufwärtshaken und stieß mich gleichzeitig mit den Füßen ab. Der Bestäuber führte meinen Schlag an, diente sowohl als Keule als auch als Schutz und schnitt in die vorderen Stacheln des Schlittens. Ich spürte, wie Metall splitterte, spürte einen Stich in meiner Hand, aber ich legte jede Unze Kraft und Energie in diesen Schlag.

Alles andere bedeutete den Tod.

Der Schlitten kippte nach oben, schwer, aber nicht unmöglich. Seine Front streifte mein Gesicht, zog Linien über meine Wangen, meine Stirn, aber ohne aufzuspießen. Als nächstes kamen diese pfeifenden Ketten, als ich den Schlitten senkrecht stieß. Die Ketten zerrten an meinem Körper, aber ich schob meinen rechten Arm an ihnen vorbei, meine Haut riss durch die Reibung weg. Der Unterboden des Schlittens lag für einen Moment ungeschützt, als mein Schlag den Mech nach oben hob.

Die Eingeweide eines anderen Mechs zu packen, fühlte sich noch nie so gut und gleichzeitig so schrecklich an. Meine linke Hand umschloss die Drähte, den Kern des Schlittens, und zog. Mit Knallen, Zischen, schmerzerfülltem Wimmern und Knirschen fiel der Motor des Schlittens auseinander. Seine Ketten stoppten, und gemeinsam fielen sowohl der Schlitten als auch ich zurück auf den Boden. Der große Mech kippte kopfüber um, während ich auf dem Rücken landete, meine Augen rot glühend, als Beine, Arme und Augen Schäden meldeten.

Ich hätte Kaydees muntere Einstellung gut gebrauchen können, denn ich war am Ende.

Tote Mechs füllten den Kontrollraum des Gartens. Rumpeln, Knurren und Knirschen von unten deuteten an, dass Alphas Maschinen noch nicht fertig waren. Chalo schien am Leben zu sein, kämpfte mit den Bestäubern. Weiches rotes Licht erhellte den Raum, etwas, das sich geändert hatte, als ich den Notfallmodus aktiviert hatte, eine Farbverschiebung, die ich damals nicht bemerkt hatte, die aber jetzt sehr passend schien. Wir hatten gegeben, was wir konnten, was wir mussten, um den Menschen etwas Zeit zu erkaufen.

„Chalo", sagte ich, meine Stimme funktionierte noch. „Es liegt jetzt an dir."

Ich sah einen Bestäuber die Treppe hinunterfliegen, dann hörte ich eine Axt auf einen anderen niedersausen. Chalos Kopf erschien einen Moment später um den umgestürzten Schlitten herum, die Rüstung des Mannes in Fetzen, hundert kleine Schnitte zeigten, wo die Bestäuber ihre Arbeit getan hatten. Seine Axt hing tief, aber bereit in seiner Hand. Er warf mir einen langen Blick zu, stirnrunzelnd.

„Außer Gefecht?"

Ich versuchte, meinen linken Arm zu heben. Er zitterte, fiel dann zurück auf den Boden. „Wenig Energie, wenig Kraft. Ich kann nicht mehr kämpfen."

Chalo nickte: „Dann werde ich für uns beide kämpfen."

„Du solltest fliehen, bevor sie mehr schicken", erwiderte ich. „Geh zurück zu Val, warne sie, dass sie nicht viel Zeit haben werden."

Ich sagte nicht, was ich wirklich fühlte. Sagte nicht, dass der Krieger hier nicht sterben sollte. Der Mann hasste Mechs, sicher, aber er war verdammt gut darin, sie zu zerstören, eine Fähigkeit, die die Menschen des Raumschiffs dringend brauchten.

Bevor Chalo eine Entscheidung treffen konnte, stiegen schnelle Schläge die Treppe hinauf. Ein weiterer Mech im Angriff. Chalo wirbelte herum und hob die Axt für einen schädelspaltenden Schlag. Eine schwarz-gelbe Farbe kam in den Raum und Chalo begann seinen Hieb. Die Axt traf hart, prallte von den Schultern des neuen Mechs ab und wurde zurückgeworfen.

Zwei gelbe Augen in einem sich verengenden Gesicht wandten sich Chalo zu, als der Kämpfer zurückwich und versuchte, seine Stimme wiederzufinden. Ich fand meine zuerst.

„Volt?"

Der Mech bemerkte mich, seine Augen wechselten zu Blau. „Gamma!" Volt schritt an Chalo vorbei, beugte sich über mich. „Du siehst schrecklich aus, aber ich fürchte, es ist keine Zeit zum Ausruhen. Die Stimmen brauchen dich."

Natürlich taten sie das.

ACHTUNDVIERZIG

IN DIE LEERE

Der treue Hund hat es geschafft. Bevor Beta, Delta und ich zu unserer zum Scheitern verurteilten Suche nach den Fabrikationslinien aufbrachen, hatte ich Alvie gesagt, er solle zu Volt gehen. Der Energiewächter des Raumschiffs hatte den Mech repariert, den ich bei unserer ersten Begegnung beschädigt hatte, und wenn ich mich an eines aus diesem Kampf erinnerte, dann daran, dass ich am Ende den Großteil von, nun ja, mir, ersetzen musste.

Mit anderen Worten, Volt hatte eine verdammt gute Waffe gebaut, und Val könnte eine brauchen.

„Der Hund hörte nicht auf zu bellen", sagte Volt und half mir zu einem Terminal, seine Augen wieder neugierig blau. Alvie, lebendig, aber humpelnd nach dem Biss in die Bombe, trottete mit uns mit. „Alvie würde zu mir rennen und bellen, dann zur Tür flitzen. Dann versuche ich, dem Ding zu folgen, und er rennt zu meiner Frau und versucht, sie auch mitzunehmen."

„Kluger Welpe."

„Gehorsam, jedenfalls. Wir machen uns auf den Weg, und ich bin nicht schnell, merk dir das, aber wir gehen los und sehen all diese Zeichen von Alphas Mechs, die in die falsche Richtung marschieren."

Hinter uns spähte Chalo die Treppe hinunter. „Kommen noch mehr?"

„Bimu hat das im Griff", antwortete Volt. „Kümmer dich um dich selbst."

„Bimu?", fragte ich.

Volts Augen wechselten zu einem lachenden Pink. „Was, dachtest du, meine Frau hätte keinen Namen? Dass ich sie einfach nur Frau nenne?"

„Schätze, ich hab nie darüber nachgedacht."

„Was für ein höflicher Mech du bist, Gamma. Du machst Bimu kaputt und fragst nicht mal nach ihrem Namen."

„Tut mir leid?"

„Das sollte es auch." Volt stellte mich an einem funktionierenden Terminal ab. „Jedenfalls kommen wir zum Garten und diese Türen schlagen uns vor der Nase zu. Alvie ist wütend, also bitte ich Bimu höflich und sie öffnet ein neues Loch für uns." Volt tippte sich an den Kopf. „Schätze, das bedeutet, der Garten ist nicht mehr sicher, aber hey, wir haben dein Leben gerettet, also kannst du dich nicht beschweren."

„Hab ich mich beschwert?"

„Körpersprache sagt viel aus."

„Ich kann mich kaum bewegen."

Volt zuckte mit den Schultern, seine orangefarbenen Metallschultern quietschten, als sie auf und ab hüpften. „Wir kommen vom Thema ab, Gamma. Jedenfalls hat Alpha, bevor wir gingen, angefangen, Energie zu den Triebwerken zu leiten. Er plant seinen nächsten Zug, und du musst da rein, um herauszufinden, was es ist."

Ich hatte nicht viele Ausreden. Obwohl mein Körper

ein kaputtes Durcheinander war - was mir viel zu oft passierte - wäre mein digitales Selbst völlig in Ordnung. Meine Batterien waren schwach, aber der Anschluss an ein Terminal würde mir helfen, Energie zu ziehen. Ohne Schmerzen, ohne Schlafbedürfnis konnte ich von einem Kampf zum nächsten rollen, egal wie wenig ich das wollte.

Also drückte ich mit Volts Hilfe Daumen und Zeigefinger zusammen, um den Anschluss zu bilden. Der Mech wünschte mir Glück und steckte mich in das Terminal, wodurch ich in Starships digitale Domäne geschleudert wurde.

EIN HIMMLISCHES PANORAMA ERSCHIEN, Starships Netzwerk funkelte vor einer schwarzen Leinwand. Jeder Punkt stellte einen Hub dar, ein Terminal oder einen Server irgendwo. Ich müsste den finden, den sowohl Alpha als auch die Stimmen benutzten, und dann sehen, ob ich den Kampf zu unseren Gunsten wenden könnte.

„Ideen?", sagte ich in die Leere und erwartete, dass Kaydee antworten würde.

Ach ja. Ich müsste das wohl alleine herausfinden.

Es gab Hunderte, möglicherweise ein paar Tausend Sterne zur Auswahl. Jeder hatte seine Eigenschaften. Terminal, Server, seine Position auf dem Schiff. Die Stimmen und Alpha kämpften um die Richtung von Starship, wohin seine Triebwerke gehen würden, also waren Standorte auf der Brücke oder im Heck die wahrscheinlichsten Zentren. Ich aktivierte den Filter und die meisten Sterne erloschen. Die zwei verbleibenden Cluster glitten auseinander, die Brücke links, die Triebwerke rechts.

Weiter.

Alpha hatte bereits die Brücke. Er konnte von dort aus alle Kursänderungen vornehmen, und ich bezweifelte, dass die Stimmen einen Angriff auf das Netzwerk des Schiffes starten könnten. Alpha war bisher in der digitalen Kriegsführung ziemlich dominant gewesen, also würde er die Stimmen wahrscheinlich auslöschen, wenn letztere offensiv vorgingen.

Die Triebwerke schienen attraktiver. Alpha konnte jeden beliebigen Kurs festlegen, aber wenn die Stimmen Starship daran hinderten zu reagieren, nun, das wäre ein solides Patt. Alpha hatte, soweit ich wusste, noch keine Mechs, die im Heck des Schiffes herumwuselten, also gäbe es keine Möglichkeit für eine physische Übersteuerung. Als Ahnung fühlte es sich solide an.

DIE STERNE der Brücke verschwanden und ließen mich mit nur noch ein paar Dutzend zurück. Von dort aus räumte ich die Terminals auf. Die eigenständigen Computer würden Netzwerkzugang haben, aber Starship würde all ihre Verbindungen durch einen Hub leiten, und die Triebwerke hatten nur einen. Einen einzigen Zugangspunkt, der den ein- und ausgehenden Netzwerkverkehr las.

Bingo.

„Wette, du wärst beeindruckt", sagte ich.

Kaydee antwortete nicht.

Ich erwartete etwas, das ich schon einmal gesehen hatte: eine kristallbedeckte Ebene, vielleicht eine sumpfige mittelalterliche Landschaft. Sogar ein Bürogebäude. All das war jedoch für meine Ankunft vorbereitet worden. Konstruiert mit Besuchern im Sinn. Stattdessen landete ich hier in einer Kriegszone.

Landen war das falsche Wort, da meine Füße nirgends

aufsetzten. Die schwarze Leinwand, die ich benutzt hatte, um die Sterne zu sehen, schien mich zu umhüllen, abgesehen von Rissen in allen Farben, die den Raum durchzogen und ihm sowohl Tiefe als auch Richtung gaben. Oben und unten hielt die tintige Weite Linien bereit, die in verwürfelten Code blickten, als wäre ein Vorhang aufgeschlitzt worden, um die Hässlichkeit dahinter zu enthüllen.

Das Ding, das diese Schnitte verursachte, war auch nicht schwer zu finden, da das einzige Licht an diesem zerklüfteten Ort von seinem Kampf kam. Weit weg von mir, wie eine blinkende Glühbirne, die sich in zufälligen Intervallen ein- und ausschaltete, krachten gelbe und weiße Blitze hindurch und färbten alle Risse für einen Moment schwarz.

Lächerlich, aber was sollte ich anderes erwarten, wenn Alpha involviert war?

Ich bewegte mich nicht so sehr, als dass ich in Richtung der Blitze schwebte und dabei vorsichtig um die Risse herummanövrierte. Ohne Schwerkraft oder einen relativen Bezugspunkt hatte ich keine Ahnung, wie schnell ich mich bewegte, ob ich überhaupt physischen Schwung haben würde, aber die Schnitte zischten schneller und schneller vorbei, während die Blitze heller und heller wurden.

Bis ein gelbes Leuchten eine Person beleuchtete, die direkt in meinem Weg stand.

„Gamma, halt", sagte die Person, und mit einem Gedanken tat ich es, genau in diesem Moment.

Kein Schwung also. Aus dieser Nähe war Leo deutlich zu erkennen, obwohl sein digitales Selbst zerfetzt aussah. Seine Brust hatte einen dieser Risse, der sie durchzog und an einer Seite wieder austrat. Die Arme und Beine des Mannes schienen zu flackern, die Funktionen, die sie zusammenhielten, versagten eine nach der anderen.

„Sehe ich so schlimm aus?", sagte Leo, als er meinen Blick bemerkte. „Scheint, als hätte Alpha doch ein paar gute Treffer gelandet."

„Das ist er also?", sagte ich und nickte in Richtung der Blitze.

Leo nickte: „Er ist nicht glücklich mit unserer Versiegelung."

„Eurer Versiegelung?"

Leo wedelte um sich herum: „All das hier. Wir haben die Triebwerke eingehüllt. Alpha kann seinen Code nicht durchbringen, und wenn er es nicht bald schafft, wird Starship das Zeitfenster verpassen."

„Das bedeutet, er kann nicht landen."

„Zumindest nicht für eine Weile."

Bis zum nächsten Fenster, wenn Alpha es erneut versuchen würde. In der Zwischenzeit würde er Mechs ausspeien, um uns und die Menschen zu jagen, uns in einen brutalen Krieg zu zwingen, den wir Tag und Nacht, endlos kämpfen müssten.

„Captain Willis kämpft gerade gegen ihn", sagte Leo in die Stille hinein. „Alpha hat bereits alle anderen außer Peony zerstört, aber wir verlieren. Bevor du kamst, gingen uns die Ideen aus, aber du kannst das ändern."

„Indem ich die Verbindung kappe?"

„Ja."

Der Gedanke war mir nicht lange zuvor gekommen, als ich die beiden Sternhaufen zwischen der Brücke und den Triebwerken herausgefiltert hatte. Wenn wir Alpha davon abhalten wollten, Starships Kurs zu verdrehen, könnten wir das Netzwerk in zwei Hälften schneiden. Dafür sorgen, dass Alpha physisch den ganzen Weg durch Starship marschieren müsste. Natürlich gäbe es andere Risiken ...

„Nein", sagte ich. „Das verschiebt es nur."

Weitere Blitze jenseits von uns, eine weitere Salve.

„Das ist doch der Punkt?", sagte Leo. „Alpha von dem abhalten, was er will, bis ihr alle einen Weg findet, ihn zu stoppen?"

Ich sah all diese Mechs auf uns zustampfen, die wiederbelebte Kanzlerin mit ihren Armen und Waffen. Sie würden weiter kommen. Beta und Delta waren wahrscheinlich tot, was uns jede Chance auf einen bewaffneten Sieg raubte. Wir brauchten etwas anderes.

Einen Weg, den Konflikt zu ändern und Alpha seines Vorteils zu berauben.

„Zeig mir, wohin Alpha will", bat ich Leo.

Ohne sich zu bewegen, füllte Leo den Raum zwischen uns mit einer glühenden orangefarbenen Kugel. Mehrere Planeten erschienen, die in engen Umlaufbahnen um den Stern kreisten. Einer hob sich kirschrot hervor.

„Das ist das Ziel, das er anstrebt", sagte Leo. „Bewohnbar, aber das ist nicht das Problem." Er zögerte. „Alpha versucht, Starship so heiß reinzubringen, dass die Hitze und der Druck alles Lebendige an Bord töten werden."

Mehr Blitze. Risse. Ich glaubte, einen Mann schreien zu hören, und Leo zuckte zusammen, aber die kreisenden Planeten blieben stabil.

„Wie groß wäre die Anpassung?", fragte ich und zeigte auf den sich drehenden blauen Planeten. „Abweichend von dem, was Alpha will? Wie viel?"

„Geringfügig", sagte Leo, seine Stimme verlor sich. Er hob eine Hand, hielt einen kleinen glänzenden Splitter hoch. „Das müssten wir stattdessen tun, um die Landung auszugleichen, uns intakt zu halten."

„Das ging schnell."

Ein halbes Lächeln: „Kaydee hätte es schneller gehabt,

aber ich sah, worauf du hinauswolltest. Weiß nur nicht, wie du das an Alpha vorbei bekommen willst."

„Überlass das mir", erwiderte ich und blickte an Leo vorbei zu den Blitzen. „Lenk ihn einfach ab. Ich erledige den Rest."

„Das ist die Sache, Gamma", antwortete Leo. „Uns gehen die Ablenkungen aus, und die Stimmen." Als wollte er seinen eigenen Punkt beweisen, verblasste Leos untere Hälfte zu nichts, korrupte Funktionen, die sich selbst auffraßen. „Ich denke, das ist ein Abschied."

„Dann nehme ich, was du mir geben kannst."

Leo flackerte, nickte. „Gib's ihnen, Gamma."

Ich schoss an ihm vorbei, hielt den Splitter fest und raste auf die Blitze zu, stapelte all die Freunde, die Alpha mir genommen hatte, und benutzte ihre Namen, um mein Feuer anzufachen.

NEUNUNDVIERZIG

UMLEITUNG

In Fleisch und Blut hatte Alpha langes rotes Haar, einen von selbst zugefügten Narben gezeichneten Körper und eine Vorliebe für wahnsinnige Grinsen. Das Gefäß konnte von ruhig und ernst zu hyperaktiv und unberechenbar wechseln, als würde man einen Schalter umlegen. Korrupte Funktionen plagten seinen Betrieb.

Aber das hielt ihn nicht davon ab, in Stil in die digitale Welt zu kommen.

Wir alle hier waren nicht mehr als codierte Zeilen, zusammengeballte Protokolle, logische Anweisungen und Operationen, die in Körpern gesammelt waren, während wir uns durch das Netzwerk des Raumschiffs bewegten. Ich sah aus wie ich selbst, ein durchschnittlicher Mensch, der in der dunklen Weite schwebte. Alpha wählte eine andere Erscheinung: Wie die Besteckmechs, die er befehligte, nahm der Mann eine monströse, rotmetallene Form an, mit zehn kurzen und langen Armen, die in alle Richtungen ragten und in Klauen, Messern und Klingen endeten.

Der Unhold wirkte düster, als ich mich von hinten näherte. Seine ununterbrochenen Schläge verursachten einen blendenden Blitz nach dem anderen, während ihr Wirbelsturm die arme Seele auf der anderen Seite malträtierte. Ich konnte das Ziel nicht sehen, konnte die Verteidigung nicht erkennen, die Alphas Angriff standhielt, aber die Begegnung schien so einseitig wie keine, die ich je gesehen hatte: Alpha griff an und an und erlitt keine Vergeltung.

Die Stimmen verzögerten nur, und ihre Hoffnung lag in meiner rechten Hand.

Leos Splitter, eine gläserne helle Linie, brauchte einen Platz, um seinen Code einzuspeisen. Wenn ich Alpha betrachtete, der sich nicht die Mühe machte, von seinem Ziel wegzublicken, gab es nicht viele offensichtliche Möglichkeiten. Alpha selbst, der Hauptmechkörper, der vor mir hackte, würde den Code ablehnen oder, schlimmer noch, seinen Zweck erkennen und weitere Versuche verhindern.

Nein, mit all diesen Messerschnitten wollte Alpha seine Anweisungen in die Triebwerke des Raumschiffs schlüpfen lassen, um sie in Richtung seiner neuen Welt in Gang zu setzen. Ich musste Leos Änderungen genau dort hineinbringen.

Mit anderen Worten, ich musste den Code in den Arm, das Messer, Schwert oder was auch immer Alpha zum Zuschlagen benutzte, einfügen und sicherstellen, dass genau dieser die Triebwerke erreichte. Zehn Optionen, und ich musste die richtige erwischen.

So einfach.

Ich streckte mich aus, ein vorsichtiger Versuch mit einer kleinen Funktion, um zu sehen, wie das Netzwerk des Raumschiffs reagieren würde. Alphas Chaos zeigte, dass zumindest er sich selbst ein Weltuntergangs-Makeover verpassen konnte. Auch die Stimmen konnten ihren dunklen Schleier hinzufügen. Wie weit konnte ich die Grenzen ausdehnen?

In meinem eigenen Cyberspace, den digitalen Höhlen in meinen eigenen Laufwerken, hatte ich die absolute Kontrolle. Alles, was codiert werden konnte, konnte erschaffen werden. Hier, als ich mich ausstreckte, spürte ich den Widerstand. Blockaden, die mich daran hinderten, mich beispielsweise millionenfach zu kopieren oder Alpha einfach ins Nichts zu löschen. Das Netzwerk schien daran interessiert zu sein, die Stabilität zu bewahren und Programme wie Alpha und mich mit lockeren Einschränkungen miteinander interagieren zu lassen.

Damit konnte ich arbeiten.

In einem Augenblick wechselte ich zu Schatten und hüllte mich in dieselbe Dunkelheit, die die Stimmen benutzten. Ein Umhang, um Alpha davon abzuhalten, mich zu entdecken, und einer, von dem ich hoffte, dass er gut genug sein würde, als ich mich näher heranschlich. Alphas Monstermech ragte riesig auf. Die Arme des Gefäßes bogen sich zurück und schlugen wie Kobras zu, ihre Hiebe bewegten sich in einem vorhersehbaren, stetigen Muster, während sie in die Dunkelheit jenseits schnitten. Ein öder, unausweichlicher Angriff.

Eine Routine.

Der Gedanke traf mich, als ich die Gestalten sah, die sich auf der anderen Seite verteidigten. Die verbliebenen Stimmen: Peony und Willis, bewegten sich schnell, um Risse zu reparieren, während Alphas Schwünge neue schufen. Vier Hände konnten sich nicht so schnell bewegen wie zehn Arme, und das Duo war überfordert. Ein Grund dafür lag sich auflösend zu ihren Füßen: der Doktor, zerschnitten und verblassend, während Alphas Code ihn verschlang.

„Ich habe mich schon gefragt, ob du auftauchen

würdest", sagte Alpha, seine Stimme dröhnte durch den digitalen Raum. „Als meine Mechs berichteten, dass der Garten versiegelt wurde, dachte ich mir, du könntest dich unserem Spaß hier anschließen."

Mit seinem schneidenden Angriff, der auf den Sieg zumarschierte, stellte Alpha den Angriff auf Automatik, um mich zu ärgern. Er mochte mich hereinschweben gesehen haben, aber kein Arm kam, um mich wegzufegen, kein Angriff kam, um mich zu zerschneiden. Ich musste hoffen, dass er nicht genau wusste, wo ich war oder was ich vorhatte.

Musste, weil die Alternative all dies sinnlos machte.

„Ich hatte gerade das interessanteste Gespräch", fuhr Alpha fort, „mit einem neuen Mech, der von den Fertigungslinien hochgebracht wurde."

ER HIELT INNE UND LACHTE, als ein Arm mit einem langen Messer über meinen Kopf fegte. Die Klinge stach in die Dunkelheit nahe dem Captain, für einen Moment sichtbar, als er den letzten Schnitt malte. Die Waffe blieb für eine Sekunde in der Dunkelheit stecken und riss dann nach unten und weg. Ein weiterer heller Blitz, und ein neuer Schnitt zeigte eine graue Schieferplatte auf der anderen Seite: Die Triebwerke des Raumschiffs, die auf ihren Befehl warteten.

„Ich glaube, du kennst sie", sagte Alpha, „Kaydee?"

Ich beobachtete den Schnitt, die schwingenden Arme und schob Alphas Worte beiseite. Sie spielten in diesem Moment keine Rolle. Was zählte, war, welche Waffe den ersten offenen Schlag führen würde. Eine flache Klinge schien der wahrscheinliche Kandidat zu sein, die zu einem Überkopfschlag in Richtung der neuen Öffnung ansetzte.

Ich spannte mich an, bereit aufzuspringen und Leos Splitter in die Waffe zu stoßen.

Der Schnitt begann sich zu schließen, Willis' fähige Gestalt erschien in dem Spalt und arbeitete mit seinen Händen über die Dunkelheit. Code reparierte Code, zerbrochene Logik wurde wiederhergestellt, jede Zeile brachte die Barriere zurück.

Aber nicht schnell genug.

Alphas Schwung traf den halbgeformten Schnitt, und ich verfluchte mein Zögern. Ich war nicht gesprungen, weil ich dachte, Willis würde den Schlag abwehren, doch jetzt schien die Klinge in der Lücke festzustecken. Alpha ruckte mit dem Arm, lachte jetzt und riss das Schwert wieder heraus. Auf der anderen Seite sah ich, warum das Schwert festgesteckt hatte: Willis, der einen hellroten Schnitt in seiner Brust trug, flackerte. Das Gesicht des Mannes zitterte nicht, stotterte nicht, sondern starrte aus dem Schnitt heraus, als sein Code zu versagen begann.

Eine Stimme, ein Programm, das so viele Jahre im Netzwerk des Raumschiffs gelebt hatte, brach zusammen. Nicht wie ein Mensch, ein Körper mit allmählichem Versagen, sondern eher wie ein Nebel, der von einem plötzlichen Wind weggeblasen wird. Die Linien, die Willis definierten, die Funktionen, die all diese Erinnerungen, all diese Instinkte bewahrten, zerbrachen und fielen weg.

„... sie sagte, du wärst langweilig, Gamma", sprach Alpha, Worte, die ich in dem Schock über Willis' plötzlichen Tod verpasst hatte. „Du wanderst überall herum wie ein verlorener Welpe, auf der Suche nach jemandem, der dir einen Sinn gibt. Ich habe es versucht, oder? Was war so falsch an mir?"

Ein neues Gesicht erschien in dem Schnitt. Peony, so hart wie immer. Sie arbeitete schnell mit ihren Funktionen und reparierte den Schnitt rasch, auch als ein neuer Blitz eine neue Öffnung für Alpha signalisierte. Ihnen lief die Zeit davon.

Ich schnippte mit dem linken Finger und erzeugte ein winziges Feuerwerk, wie Kaydee es früher liebte. Alpha, der damit beschäftigt war, zwischen Tiraden über sein eigenes Schicksal meine Entscheidungen zu verdammen, schien es nicht zu bemerken, aber Peony tat es. Für einen Sekundenbruchteil erstarrte sie, sah mich dort neben Alpha versteckt. Als sich unsere Blicke trafen, hob ich meine rechte Hand und zeigte Leos Splitter. Sie sah ihn, nickte mir kaum merklich zu und schloss dann den Schnitt.

Kannte Peony den Plan? Wie konnte sie?

Fragen, die ich nicht beantworten konnte. Stattdessen suchte ich nach einer Öffnung im Wirbelsturm. Der nächste Schnitt befand sich fünf Meter zu meiner Linken, vor Alphas wirbelnden Klingen. Er sah sauber und bereit für einen Schlag aus und war außerhalb meiner Reichweite. Trotzdem musste ich es versuchen.

Ich machte einen Sprung und tauchte aus den Schatten auf. Alpha brach sein Grinsen ab, brach in einen freudigen Schrei aus, und all diese Arme peitschten in meine Richtung. Ich tanzte, als ich auf den Schnitt zuging, kopierte Delta und Beta, als ich mich überschlug, plumpste und rollte. Alphas Schwünge kamen nah, verfehlten mich hoch und tief. So nah sogar, dass ich nach dem dritten Fehlschlag vermutete, dass Alpha gar nicht wirklich versuchte, mich zu erstechen.

Also hörte ich auf, es zu versuchen. Ich richtete mich auf und ging, während Alphas Arme weiterhin ihre Beinahe-Treffer landeten, bis der Schnitt hinter mir stand. Ich stand Alphas Mech-Kreation gegenüber, dem großen orangeroten Biest, das mit glühend gelben Lichtern auf mich herabstarrte, die Arme mit ihren glänzenden Klingen bereit um mich herum aufgestellt.

Ich behielt meine Arme verschränkt, Leos Splitter in meiner Handfläche verborgen. Ein verzweifelter Plan in meinen Gedanken.

„Soll ich dich jetzt vernichten, Gamma?", fragte Alpha. „Dich zum Schrotthaufen hinzufügen, wie ich es schon mit Delta und Beta gemacht habe?"

„Wenn du das gewollt hättest, hättest du es schon getan", erwiderte ich.

Alpha kicherte, ein seltsames Geräusch, das aus dem Mech kam. „Du hast natürlich recht. Ich möchte dir ein weiteres Angebot machen, mein Freund."

„Ich bin nicht dein Freund."

„Noch nicht!" Alphas Arme zuckten, die Messer zitterten gegen das Schwarz hinter ihnen. „Aber jetzt habe ich ein überzeugenderes Geschäft für dich."

Ich hob skeptisch eine Augenbraue.

„Deine Kaydee ist jetzt bei mir, aber sie könnte bei dir sein", sagte Alpha. „Wir könnten ihr einen Körper wie deinen geben. Dann wären wir zusammen die Herren des Raumschiffs, Herrscher über unsere eigene Welt. Kaydee würde dir gehören."

Ich hob meine linke Hand: „Ich werde dich gleich hier unterbrechen. Kaydee gehört niemandem außer sich selbst, und du kannst deinen Felsen behalten."

„Also ein Nein."

„Ein Nein."

„Lass es nie gesagt sein, ich hätte es nicht versucht."

Die Arme kamen wieder, diesmal mit Präzision auf mich zuschießend. Ich konnte ihnen nicht allen ausweichen, und ich wollte es auch nicht. Mit Leos Splitter in meiner Handfläche wartete ich auf die letzte Chance, eine Klinge verfehlen zu lassen, und dann würde ich-

Hände packten mich, warfen mich zur Seite. All diese Klingen fanden ihr Ziel, aber nicht ihr beabsichtigtes. Peony stand vor dem Schnitt, von Klingen durchbohrt, ihre Augen auf mich gerichtet. Durch sie hindurch, verborgen von ihrem Rücken und nahe am Schnitt, näherte sich Alphas großes Schwert dem Ziel.

Eine Öffnung.

Ich beugte mich vor, schlang meine Arme um Peony, als ob in Trauer, und klatschte Leos Splitter auf die dicke Klinge.

„Rette meine Tochter", flüsterte Peony.

„Das werde ich."

Alphas mahlendes Lachen durchschnitt die Luft: „Ein Störenfried ist so gut wie der andere, nehme ich an!"

Mit einem Stoß drückten Alphas Arme Peonys schwindende Gestalt zurück in Richtung des Schnitts. Die große Klinge ging zuerst durch und injizierte ihren Code direkt in die Triebwerke des Raumschiffs. Als Peony verschwand, zog ich meinen eigenen Stecker und rannte weg.

Schon wieder.

FÜNFZIG

FLUGBAHNEN

Wir zählten die Opfer auf der mittleren Ebene. Val und Leo hielten Hof über eine gemischte Crew, die meisten beschäftigt mit ihren eigenen Wunden, der Zubereitung einer Mahlzeit oder damit, sich zu sammeln. Volt trug Chalo und mich den ganzen Weg zurück nach unten, wobei die Arme des Mechs die nicht gerade angenehme Arbeit übernahmen, uns die Treppe hinunterzuheben. Bimu, die gigantische Maschine, folgte uns mit ihrem Laserauge, das nach weiteren Feinden Ausschau hielt. Chalo gab sein Bestes, um auf dem Weg nach unten ein steinernes Gesicht zu machen und jeglichen Schmerz wegzuzucken. Ich schaltete einfach die Sensoren aus und ließ meinen kaputten Körper die Fahrt mitmachen.

Das gab mir reichlich Zeit, das Geschehene Revue passieren zu lassen.

Alphas Einfall hatte die Stimmen ausgelöscht. Ich hatte zwar meine Probleme mit ihren Anweisungen und besonders mit Peonys Einstellung des Nutzens oder Verlierens gegenüber mir und anderen Mechs gehabt, aber sie hatten trotzdem den Befehl gegeben, mich aufzuwecken. Ohne diesen Schalter würde ich auf einer Pritsche in Leos Wohnung liegen.

Oder wahrscheinlicher noch, in einen von Alphas Schergen korrumpiert worden sein.

Schlimmer noch, Alphas Geheul über Kaydee enthielt wahrscheinlich etwas Wahres. Meine Freundin, mein früherer Verstand, durchlitt möglicherweise die schlimmste Form der Folter: eine, die buchstäblich umschrieb, wie sie dachte, sich bewegte und fühlte. Sie wäre mit Alpha auf der Brücke des Raumschiffs eingesperrt, wartend darauf, dass das Schiff entschied, was es mit ihr machen würde. Diese düsteren Gedanken plagten mich während der Reise nach unten, die mit weiterer Enttäuschung endete.

Val und Leo hatten grimmige Zahlen für uns parat. Die menschlichen und die Schmiedekräfte konnten kaum noch als, nun ja, Kräfte bezeichnet werden. Leos Gruppe hatte nicht allzu viele Verluste erlitten, aber es gab auch nicht viele, die man sich leisten konnte zu verlieren. Weniger als fünfzig Kämpfer blieben insgesamt zwischen beiden Gruppen übrig, einschließlich einiger, die zu verletzt waren, um eine Waffe oder einen Bogen zu halten.

Gesunde Paare wurden ausgesandt, um die anderen Ebenen des Gartens zu patrouillieren und zu bestätigen, dass die Türen versiegelt blieben. Volt ließ seine Frau in der Nähe der Spitze zurück, wo die einzige sichere Öffnung aufgesprengt worden war. Reinheit, der wässrige Keller, war unberührt geblieben. Als ich nachfragte, sagte Leo, dass Alphas Mechs immer noch in großer Zahl die untersten Ebenen kontrollierten.

„Ob sie nun versehentlich dort hinunterfielen oder sich dorthin zurückzogen, wir bräuchten einen harten Vorstoß, um sie zu brechen", sagte Leo, als wir uns um den zentralen Wasserfall versammelten. Die warme Ebene bot reichlich

Früchte und überwuchertes Gemüse zum Naschen, und der Schmied hielt einen Apfel in der Hand, während er mit mir sprach. „Vielleicht wenn wir ausgeruht sind und uns zuerst unserer eigenen Sicherheit sicher sind."

„Nicht bevor wir die anderen hierher bringen", sagte Val. „Ich lasse unsere Jungen nicht allein zurück, um sich selbst zu verteidigen."

Richtig. Die anderen Menschen, die den Ausflug zum Garten nicht mitgemacht hatten, hatten sich in der Nähe der Triebwerke des Raumschiffs verschanzt, einem Ort, der jetzt laut dröhnte, während das Schiff seine Flugbahn änderte. Die Konstruktion des Gartens, die darauf ausgelegt war, die Pflanzen während der Bewegungen zu schützen, registrierte die massive Richtungsänderung des Schiffes kaum, aber Alphas Befehle waren durchgegangen. Ich hoffte, unsere waren mit ihnen durchgeschlüpft.

Keine Möglichkeit, das festzustellen, bis das Raumschiff landete oder wir die Brücke einnahmen.

„Einverstanden", nickte Leo Val zu, die die Geste mit einem weit weniger frostigen Blick erwiderte, als ich erwartet hatte. „Wir bringen zuerst unsere Leute zusammen, dann machen wir einen Plan. Der Garten kann so lange durchhalten."

„Das hoffst du", sagte ich. „Alpha wird bald die Fertigungslinien wieder in Gang bringen. Hier wird schnell eine weitere Armee sein."

„Dann lassen wir sie gegen uns ausbluten", erwiderte Val, immer noch den Speer haltend. „Wir reparieren, stärken uns und schlagen zurück, wenn die Zeit reif ist."

„Wenn das Raumschiff landet", fügte Leo hinzu. „Das wird uns die Öffnung geben, die Flexibilität, die wir brauchen."

Die beiden müssen geplant haben, während ich weg

war. Während ich die Situation düster fand, zeigten sie Widerstandsfähigkeit, einen gewissen Glauben daran, dass sie Alphas kommende Metallhorden kontern und es auf die andere Seite schaffen könnten. Etwas, wovon ich mich vielleicht inspirieren lassen konnte.

Ein Ziehen zog mich zu meinem rechten Bein, wo Volt erneut eine korrektive Operation durchführte. Ich fühlte mich ein wenig bloßgestellt, da meine Schaltkreise für Val und Leo sichtbar waren, während Volt, mit Alvie, der sein Bestes als Hund gab, mich wieder zusammensetzte. Der Mech hatte mir bereits gesagt, dass meine Effizienz erneut sinken würde, da er Teile aus Alphas zerstörter Armee als Ersatz einbauen würde. Volt klang entschuldigend wegen der ganzen Sache, aber ich wäre einfach froh, wieder laufen zu können.

„Nicht mehr viel davon, verstehst du?", sagte Volt, als Leo und Val sich abwandten, um ihr eigenes Gespräch zu führen. Ich versuchte, es nicht persönlich zu nehmen, der Mech wieder beiseitegeschoben, bis er gebraucht wurde. „Hörst du zu, Gamma? Du bist jetzt so ein Sammelsurium von Teilen, dass die Chance besteht, dass jede grobe Behandlung deinen Prozessor in die Luft jagen könnte. Das bedeutet, du wärst weg."

„Klar, Kämpfe vermeiden. Das mache ich sowieso."

„Na ja, dann bist du verdammt schlecht darin."

Ich zuckte mit den Schultern vor Volts gelben Augen. „Ich werde vorsichtiger sein."

„Aha", Volt zeigte mit einem Arm auf die menschlichen Anführer. „Sie haben ihre Pläne. Was ist mit dir?"

Die Stimmen weckten mich auf, sagten mir, ich solle die Kinderstube retten und damit auch alle Menschen, die noch auf dem Raumschiff am Leben waren. Diese Menschen arbeiteten jetzt um mich herum und bereiteten sich auf einen Krieg vor, den sie ohne Hilfe nicht gewinnen konnten. Diese Hilfe, das musste ich glauben, wartete unten, vorbei an wütenden Mechs und einem tiefen Pool.

Und danach?

„Ich werde einen Freund retten", sagte ich. „Willst du mitkommen?"

Volts Augen blitzten rosa auf, „Tut mir leid, Kumpel. Alpha hat das Raumschiff in den Landemodus versetzt, etwas, das wir noch nie gesehen haben. Ich muss nach Hause zurückkehren und sicherstellen, dass nichts schiefgeht und uns alle in Weltraumstaub verwandelt."

Ich streckte die Hand aus und tätschelte Alvie, „Zumindest habe ich dich, stimmt's, Kumpel?"

Der Hund bellte keuchend zurück.

Hinter Alvie, neben einem Orangenbaum stehend, konnte ich mir Kaydee vorstellen, wie sie die Augen verdrehte und gelbe Feuerwerke aufblitzten, als sie mit den Fingern schnippte. Wenn Alpha sie jetzt wirklich hatte ...

Halt durch, Kaydee. Halt durch.

ZWEI ANDROIDEN. Ein Gefangener. Ein riesiges Schiff voller tödlicher Geheimnisse am Rande der Galaxis.

Setzen Sie das Abenteuer in Die codierte Welt fort.

To Jules

A.R. Knight erzählt Geschichten in einem frostigen Haus in Madison, Wisconsin, das hauptsächlich einem Katzenpaar gehört. Nachdem er durch den Wirtschaftscrash 2008 in den Arbeitsalltag hineingezogen wurde, verbrachte er langweilige Meetings damit, durch den Weltraum zu fliegen und große Abenteuer zu erleben.

Schließlich verbrachte er Zeit mit Podcasts, Drehbüchern, Kurzgeschichten und anderen Romanen und fand eine Geschichte, in die er sich hineinversetzen konnte, sowie eine Besetzung unterhaltsamer und herzenslustiger Charaktere.

A.R. Knight möchte in andere Welten vordringen und in den grenzenlosen Grenzen unserer Vorstellungskraft neue Geschichten erzählen.

Vielen Dank, wie immer, fürs Lesen!

Für mehr Informationen:
www.blackkeybooks.com